셔터맨과 우렁각시

초판 1쇄 찍은 날 | 2014년 11월 24일
초판 1쇄 펴낸 날 | 2014년 12월 01일

지은이 | 송여희
펴낸이 | 서경석

편 집 장 | 권태완
편집책임 | 나정희
편   집 | 최고은

펴낸곳 | 도서출판 청어람
등록번호 | 제387-1999-000006호
등록일자 | 1999. 5. 31
어람번호 | 제5-0393호

주소 | 경기도 부천시 원미구 부일로 483번길 40 서경B/D 3F (우) 420-822
전화 | 032-656-4452 팩스 | 032-656-4453
http://www.chungeoram.com
E-mail | chungeorambook@daum.net

ISBN 979-11-316-9000-0 03810

송여희 장편 소설

셔터맨과 우렁각시

Chungeoram romance novel

도서출판 청어람

목 차

1. 범띠 계집아이, 범띠 사내아이

1986년 음력 정월 초하루, 유달리 까만 칠흑 같은 밤. 하늘에는 달조차 있는 듯 없는 듯 그 사위가 희미했다. 그런데 무슨 조화일까? 하염없이 굵은 눈발이 내리니 천지는 사방이 하얀 눈으로 뒤덮여 그것을 가만 바라보는 김습 할아범의 주름진 얼굴에는 어딘지 모르게 기이한 빛이 떠돌았다. 습관처럼 늘 씹던 솔잎도 잊은 지 오래였다. 옆에 선 소씨 부인이 미간을 찌푸린 채 한마디 했다.

"참말 재수가 없을래니, 정작 설에 이리 몽땅 음식을 해놓고서는 우리 며늘 아이가 첫 애를 가졌다는데도 눈 때문에 내려오지를 못 하는데. 이거는 뭐, 사람이 불쌍해 보여 거두었더니 귀한 날 옴팡지게 재수 없는 일이 생길까 걱정입니다."

그에 김습 노인이 지어미의 말이 끝나기 무섭게 엄하게 통바리를 놓았다.

"그런 소리 말게나. 사람이 죽고 사는 일을 두고 자네는 어찌 길흉을 논하나."

지아비로부터 한 소리를 들은 소씨 부인은 그만 이래저래 심기가 못마땅해졌다. 그러나 몸을 돌려 안방으로 들어가면서 끝내 한마디 대거리를 하고야 말았다.

"새벽입니다. 넘의 집 애 낳는 거 걱정해서 무엇 합니까? 일이 터지면 그때 가서 사람들이 일러주겠지요. 이만 가서 주무십시오."

새로운 가옥을 지은 지 햇수로 3년. 좋은 일만 있어도 모자랄 판국에 떠돌이 백 씨를 거둔 것이 불과 몇 개월 전인데 그 부인 된 자가 저리 산통이 오래가니, 만일에 이곳에서 첫 주검이 나온다면 필시 그것은 이 집안사람의 것도 아닌, 애먼 집안사람의 것일 터. 이 무슨 불경인고!

안방 문을 닫으며 2층의 유리창을 통해 아래를 흘깃 내려다보던 부인이 아랫입술을 앙다물었다.

반면, 심율 김습은 지그시 눈을 감은 채로 생각에 잠겨 있었다.

사각, 사각, 사각, 사각.

일하는 아낙 하나가 밖으로 연결된 부엌간에서 내려와 펄펄 끓는 물을 초라한 셋방살이 한구석으로 가져가니, 어째 그간 부리다시피 해온 백가 놈에게 무심했구나 싶어 마음이 썩 좋지 않은 김씨였다. 기실 자신은 떠돌이 백 씨를 그저 거두어 먹였다고 생각했는데, 어쩌면 그것이 아니었나 보다 싶어 마음이 좋지 않던 것이다.

시쳇말로 집안의 놉으로 들인 자의 안사람 출산일도 모르고 있었다니, 이럴 줄 알았다면 진맥이라도 한 번 재어보고 보약 한 재라도 지어 먹이는 것인데, 백 씨의 성정상 쉬이 말을 할 성격은 아니라고 생각은 했지만 차마 출산일까지도 숨겨왔을 줄이야. 게다가 백 씨 부인은 얼마나 먹지를 못했는지, 진정 산달이 다가온 여인이라고는 생각지를 못했다.

가까이에 보건소가 하나 있긴 하지만 하필 구정이라 외지로 나간 데다 이 시각에 의사를 멀리서 왕진하게 할 수 없어 급히 눈먼 산파 하나를 불렀는데, 아흔이 넘은 데다 그녀가 한창 활동을 하던 때는 30년 전의 일이니 과연 아이와 산모가 무사할는지.

그때였다.

난산이 지루했는지 꾸벅꾸벅 모여서 졸던 아낙들이 한 소리들을 해대는데, 다들 아이가 사내아이일 거란다.

"아, 참말 오래도 간다. 죽을란가 살란가는 몰라도. 그나저나 생각해 본게 해가 바뀌었응게 지금이 범의 해가 아녀? 거기다 지금 시각이 몇 시여? 모르긴 몰라도 조금만 더 있으면 산외면의 닭들이 죄다 울겄어. 지금 지가 지 에미 저 고생을 시켜놓고 태어났는디 사내가 아니라면 그게 말이 돼?"

"하기사, 그건 그렇네."

"얼매 대단한 놈이 나올라고 그러는가."

"아구, 우리는 얼른 가서 미역국이라도 끓이세."

"그려."

웃음이 많지 않은 김습임에도 그 말에는 자신도 모르게 절로 웃음이 슬쩍 나올 수밖에 없었다. 옛 어른들 말씀에 여자아이가 정월 초하루, 그것도 호랑이가 활동할 인시에 태어나면 팔자가 드세다고 하니 사내아이 못 낳은 것보다도 그 계집아이 팔자 사나울까 그것이 더 걱정되어 어미는 부엌간에서 미역국도 못 빌어먹고 서럽게 울었다고 한다.

반면, 범띠에 태어난 사내아이는 용맹하기가 그지없고 옛 우리 조선 땅을 누비던 한 마리 범처럼 생김이 날렵하고 잘생겼다 하니, 부모는 사내아이가 범띠 해에 태어나면 유독 큰일을 해낼 것이라고 생각해 더 각별한 기대를 쏟곤 했다 한다. 그러니 웃어른들을 오래 보아온 여인들이 저런 말을 하는 것도 아예 일리가 없는 말은 아닐 터.

사실상 사내아이가 태어난다면야 이런 시골에서는 계집아이보다 일손에도 더 보탬도 되는 것이었고.

그런데 뒷짐을 진 심율 김습의 입가에 희미한 웃음기가 떠도는 이유는 무엇인고.

그때였다.

허름한 셋방살이의 장지문이 벌컥 열리는가 싶더니, 난데없이 아낙네 하나가 피를 토하듯이 외쳐 댔다.

"아이고, 이를 어째! 나는 당최 뭐가 뭔지 모르겠고, 산파도 정신이 오락가락하는지라 그냥 그런갑다 했지. 근디 내가 이제사 제대로 알아듣겠구만. 아가 거꾸로 섰디야. 긍게 뱃속에 거꾸로 들었단 말여!"

애 아비는 하얀 눈밭에 이미 털썩 쓰러진 상태였다.

이낙이 툇마루가 부서질 듯 발을 동동 구르며 크게 외쳐 대었다.

"어미가 하얗다 못해 글쎄 얼굴이 푸르스름한 것이, 도저히 못

봐주겠어. 어쩌면 좋을란가……."

밖에서 어둠을 깨우는 그 호들갑스런 외침에 본채의 안방에 들어가 있던 소씨 부인이 방문을 벌컥 열고 나왔다.

"대체 뭐랍니까, 이게?"

몹시 언짢은 기색이 역력해 보였다.

김습 역시 창문을 드르륵 열더니 밖을 향해 쩌렁쩌렁한 노성으로 외쳐 대기 시작했다. 그의 목소리가 차가운 겨울밤을 갈랐다.

"산외면을 전부 깨울 참이더냐! 내 듣자 하니 아무 일도 아닌 것을! 네 잠자코 있지 못하겠느냐!"

산모가 놀라면 체온이 내려가 태아가 더 경직되는 수가 있었기에 얼른 수를 쓴 것이었다.

그런 뒤, 김습은 몸을 돌려 소씨 부인을 향해 나직이 말했다.

"지금 당장 죽통 가져오시오."

"네? 그…… 뜸 놓으시게요?"

"얼른 가져오지 않고 뭐 하는 게요?"

심율 김습의 모습이 심상찮다는 것을 알아챈 소씨 부인이 황급히 움직이기 시작했다.

안으로 들어가 뜸 상자가 담긴 도구를 챙겨 든 소씨 부인이 나타나자 김습이 황급히 죽통을 어깨에 멨다. 2층에서 하얀 눈발을 밟고 내려오자 아기의 아비 되는 자, 백호성이 눈물바람을 하고서 '살려주세요. 살려주세요, 선생님' 하며 그의 소맷부리를 잡아왔다.

김습은 그것을 본 척도 하지 않고 피비린내가 진동하는 산실로 걸어 들어가 산모의 상태부터 살폈다. 상태는 태위역위로, 아기가 거꾸로 선 상태라는 것은 쉽사리 진단할 수 있는 문제였다. 각각의 혈 자리를 짚은 뒤 커다란 뜸부터 시작해 하나씩 불을 붙여 나가며 지음혈에 들어갔다.

서서히 쑥 향이 번져 나가며 신기하게도 푸르스름하던 산모의 얼굴에 핏기가 돌고, 아기의 몸통도 움직임을 보이기 시작했다. 거기까지 확인한 그는 채 다음 모습을 보기도 전에 밖으로 나와 버렸다.

그 역시 고루하다면 고루한 옛사람인지라 여인의 밑을 보아서는 안 된다는 생각이 강했던 것이다.

잠시 툇마루에 서서 한숨을 내뱉자 하얀 입김이 쏟아지는 게, 날씨가 얼마나 추운지 알 수 있었다. 비록 아기와 산모를 살렸다지만 지붕 아래 맺혀 있는 서릿발 같은 고드름에 김습의 얼굴이 그다지 밝지만은 않았다. 산모가 그간 잘 못 먹었는지 드러난 팔이 메말라 있던 것이 떠오르며 그를 씁쓸하게 했다.

"선생님, 애 어미랑 즈이 아이가 살 수 있는 겁니까? 예?"

아이 아비가 그를 향해 사정하듯 물어왔다.

평시에는 움푹 파여 좀체 움직일 줄 모르는 합죽한 볼이 메마르나마 뿌듯한 미소를 보였다. 김습이 고개를 끄덕이며 가느다란 실눈을 한 채로 담 너머를 응시했다.

"한소끔 앓았다 치게."

시대가 많이 지났다지만 아낙들이며 일꾼들 모두가 마을의 터줏대감 격인 김습의 인품을 존경했으니, 모두가 이 순간 박수를 치며 좋아하기는 매한가지였다.

그때였다.

장지문 너머로 한 아낙의 실망 어린 목소리가 들려왔다. 아기는 울 힘도 없는지 툭툭 건드릴 때마다 간신히 응애응애 소리를 낼 뿐이었는데, 그네는 아이의 건강 상태보다도 아기의 성별이 더 걱정인 모양이었다.

"아이고, 이게 뭔 일이대야? 딸이잖여?"

안에서는 산모 강은애가 힘에 겨운 듯 아이 쪽으로 고개를 천천히 돌리고 있었다. 아이가 너무 작아 그녀는 그만 그것이 서러워 나오지도 않는 눈물을 설핏 토해냈다.

"아, 울지 말어. 딸이라도 잘 키우면 돼."

안에서 들려오는 그 소리를 아비인 백호성도 멍하니 들으며 울음을 간신히 참아내고 있었다.

밖에 모여 있던 사람들도 대번에 서로를 번갈아 쳐다보며 혀를 찼다.

"쯧쯧."

백호성의 어깨가 눈에 띄게 축 처져 있었다. 그는 어딘가 두들겨 맞기라도 한 듯 정신 나간 사람처럼 고개조차 제대로 가누질 않은 채였다. 눈치 없는 아낙들은 예전에는 그런 계집들은 팔자가 사나워 몸을 팔거나 우환이 끊이질 않는다는 말들을 저들끼리 조곤거리고 있었으니, 아기 아비인 호성만이 멍청히 서서 고생 끝에 이게 무슨 일인가 가만 생각에 잠겨 있을 뿐이었던 것이다.

김습은 알고 있었다. 동리 사람들이 유독 외지에서 떠돌다 이곳에 정착하게 된 백 씨를 은근슬쩍 따돌린다거나 매몰차게 군다는 사실을. 시골 인심이 푸지다는 말이 있지만, 속을 들여다보면 오랜 터전을 일구어오며 종씨가 형성된 마을이 많은지라 외지인이 들어오면 일단 마음을 열기 전까지는 쉬이 곁을 내어주지 않는 것이 또한 그네들의 습성이기도 했다. 지금도 그 앞에서 걱정해 주는 척하면서도 실은 불행을 논하고 있었으니.

백호성의 내외가 이곳에 들어와 땅 한 평 없이 남의 집 허드렛일을 해가며 그간 얼마나 주눅이 들어 살았겠는가. 차마 그 꼴을 볼 수 없어 김습이 자신의 집으로 불러들였는데, 그랬음에도 호성 내외는 천성이 그러한 것인지 무척이나 내성적이었다.

김습이 부러 이러저러한 모습들을 가만 훑다가 호성을 불렀다.

"호성아."

그제야 호성이 정신을 차린 듯 고개를 들어 주인집 어르신을 올려다보았다.

"예, 예, 어르신."

"보약 한 재 지어줄 터이니 아기 어미 일어나거들랑 먹이도록 하고, 행여 젖이 안 돌면 아이에게도 미음 신경 써서 내려 보내도록 하마. 그리고……."

벌써부터 호성의 눈에는 눈물이 글썽이고 있었다.

"그리고, 네 괜찮다면 내가 아기 이름자를 지어주고 싶은데…… 어떠냐?"

그 말에는 주위에 있던 모두가 놀란 눈치였다. 호성도 뜻밖이었는지 눈을 깜빡이다가 얼른 정신을 차리고서 황급히 대답을 했다.

"예, 어르신."

김습이 마냥 내성적인, 천성이 그대로 묻어나는 호성의 얼굴을 웃음기를 담아 가만 들여다보다가 손가락으로 어딘가를 가리키며 말을 이었다.

"이곳 산외면에는 몇 그루 오래된 아름드리 고목들이 있지. 그 중에 저기 들판 너머 소나무가 퍽 아름답다 생각하는데, 너는 어 떠하냐?"

호성은 대답도 잊은 채 어둠 속에 보이지도 않는 어딘가를 응시 하며 김습이 말한 소나무를 애써 보려고 기를 쓰고 있었다.

김습이 말을 이었다.

"네가 백 씨가 아니더냐. 해서 아이의 이름이 백향목, 즉 사시사 철 어떠한 일이 있어도 푸르디푸른, 변치 않는 소나무처럼 자라라 는 뜻의 이름을 지어주고 싶은데…….."

호성이 번쩍 고개를 돌려 김습을 올려다보았다. 그의 눈에 의아 함이 번졌다가 한 방울의 눈물이 또르르 떨어져 내렸다. 팔자가 드세다는 날 태어난 여자아이에게 내려진 이름이 언제 어디서고 변치 말라는 뜻의 소나무 백향목이라니.

하얀 눈을 고스란히 맞으며 멀거니 서 있는 아이 아비를 바라보 던 김습이 섬돌 아래의 신을 신고서는 아래로 내려와 힘을 내라는 듯 그의 어깨를 가벼이 쥐어준 뒤 사람들을 스쳐 지나갔다. 칠흑 같은 밤, 그의 입가에 걸려 있는 웃음이 하늘의 달을 대신하고 있 었다.

꼬끼오!

그제야 어디선가 닭의 울음소리와 함께 푸드덕 홰치는 소리가 들려왔다.

전라북도 정읍 산외면은 예나 지금이나 산 좋고 물 맑기로 유명 했다. 야트막한 산들이 굽이굽이 병풍처럼 둘러진 데다 가을이면 이곳에 구절초며 코스모스가 한가득 흐드러지게 피어 운치를 더했으며, 마을 한가운데로 섬진강에서 흘러드는 내가 종요로이 휘몰아치고 멀리로는 동진강이 지났다. 그러니 옛사람들 또한 이 땅의 기운을 유심히 살펴 좋은 뜻을 펼치려 하지 않았을까.

사실 이곳에는 300년 전, 그러니까 조선 정조 때 지체 높은 어느 선비가 이 터에 매료되어 무려 10년에 걸쳐 아흔아홉 칸의 집을 지었는데, 그 가옥이 고스란히 현재까지 보존되어 내려오고 있었다. 비록 지금은 종주가 관리하지 않고 가옥 또한 비워둔 채 관광지로 사용되거나 때로는 촬영 장소로 대여가 되면서 옛 모습을 조금씩은 잃어가고 있었지만.

어찌 되었거나 산외면의 사람들은 가을이면 흐드러지게 피는 구절초와 코스모스, 이 보기 드문 옛 가옥을 보기 위해 외지인들이 마을을 들락날락하여도 그저 그런가 보다 하였다.

심율 김습이 사는 집은 아흔아홉 칸 집에서 약 500미터가량 떨어진 곳에 위치해 있었다. 3년 전 새롭게 지어진 양옥 건물로, 2층에서 바라보면 아흔아홉 칸 집이 훤히 내려다보이는 곳이었다. 물론 김습 노인이 종가인 그 집을 건너다보는 일은 해가 갈수록 드물었지만.

현재는 신가옥의 정원에 어쩐 일로 김습이 나와 내내 서 있는 중이었다. 담장 아래 장독대를 향해 바지런히 움직이던 소씨 부인이 문득 그런 지아비를 발견하고는 행여 땡볕 아래 일흔이 넘은 노인이 또다시 쓰러지기라도 할까 봐 마음이 급해져 행주치마에 젖은 손을 닦으며 화급히 말했다.

"왜 그러고 계셔요? 들어가서 기다리세요."

그러나 노인은 지어미의 말에도 아무런 대답이 없었다. 게다가 심지어는 아흔아홉 칸 집을 나온 이래로 단 한 번도 눈길을 준 적이 없던 그곳을 똑바로 응시하고 있었으니, 참으로 이상한 노릇이 아닐 수 없었다. 문득 소씨 부인의 얼굴에도 불길함이 스치고 지나갔다.

'대체 또 무슨 생각을 하고 계시기에…….'

김습은 사실 허망함에 젖어 있었다.

'왜정 때던가…….'

그러니까, 1930년대였다. 사실 그네들은 아들 4형제에 출가한 딸들까지 합해 총 아홉 남매로, 제법 북적이는 집안이었다. 그중 셋째 아들로 나고 자란 김습은 아침이면 늘 하던 대로 놋대야를 들고 온 시종에게 발을 맡기는 일에 익숙해 있던 지역 유지의 자제였다.

시절이 수상하지만 그의 집안만큼은 시름없이 돌아가는 줄로만 알던 때.

모든 것이 신둥지었던가?

이제 이승과 저승의 저 지점이 그다지 멀게 느껴지지 않는 나이가 되고 보니 노인은 어릿어릿한 가운데서도 자꾸만 드는 생각 하나가 있었다.

그날, 문을 두드리는 소리가 있고 놀란 어머니가 아버지를 쳐다보았지만, 아버지는 들이닥친 일본 순사들의 모습에도 태연하기만 하셨다. 사실 김습의 어린 시절 기억으로는 일본인들이 종종 집을 드나들긴 했지만 그간 다른 집에 하는 것처럼 행패를 부린 적은 단 한 번도 없었다. 행여 건사하고 있는 아랫사람 하나의 멱

살이라도 잡을라 치면 아버지는 늘 동전 꾸러미를 내밀곤 했으니까.

해서 놋그릇이며 모든 살림이 그나마 그런대로 온전할 수가 있었는데, 하필 독립 자금을 대준 사실이 발각되었단다. 훗날 첫째 형과 둘째 형이 일본군으로 끌려가기 직전, 월담을 해 만주로 떠나 버리고서는 소식이 끊기는 바람에 결국 아무것도 모르던 자신이 이 집안에 혼자 남은 종주가 되고 말았다.

해방 이후, 신분제가 무너지고 한창 젊을 때는 자신 또한 남은 재산을 어찌해야 하는지 몰라 한동안 헤매기도 했다. 한 번은 그 어리던 날 자신을 모셨다던 늙은 시종이 찾아와 사람들 앞에서 큰절을 하며 도련님 소리를 해와 몹시 당황한 적도 있었으니, 참으로 격랑의 세월이었다.

모든 것을 내려놓고 도망가고만 싶던 시절이었으나, 이리 나이가 들고 보니 이제는 어떻게 해서든 집안을 다시금 일으켜 세우고 싶은데 자신의 허물이 커서 뜻대로 되지 않는 것만 같았다.

"왜 그러셔요, 대체? 말씀을 하셔요."

소씨 부인은 흐릿해진 지아비의 눈을 들여다보며 그의 정신을 돌려놓기 위해 자꾸만 말을 걸었다. 그러던 중 김습에게서 느릿하고도 처연한 목소리가 흘러나왔다.

"그때가…… 78년이었지?"

소씨 부인은 순간 소스라치게 놀라고 말았다.

가슴에 손을 얹고서 한차례 심호흡을 하는가 싶더니만, 지아비의 얼굴을 차마 들여다보지 못했다.

"그, 그런 것은 이제 그만 잊어버리셔요."

젊은 날 많이 헤매긴 했다지만 나이가 들면서 김습은 되도록 아흔아홉 칸 집의 옛 모습을 보존하려 최대한 노력했고, 손실된 공간들을 복구하려고 한옥 건축가들과도 잦은 교류를 하는 등 갖은 애를 썼다. 그러나 1978년 무렵 조상의 신주가 모셔진 사당 안의 위패가 도둑을 맞으면서 스스로 책임을 지고 종주 자리에서 물러나게 된 것이다. 그때 그가 느낀 허망함이란 너무도 커서 스스로 병을 다스려 왔다는 것이 무색하리만치 그는 왕왕 기운 없이 쓰러지곤 했다.

종종 곳간의 열쇠 따위가 도둑을 맞거나 해서 경찰이 드나들긴 했다지만 사당의 신주 안의 유물이 사라진 것은 너무도 중차대한 문제라서 이때만큼은 작은집 사람들마저 모두 모여 이 문제를 논의할 정도였다. 그리고 가옥이 버텨낸 세월의 무게를 조금이라도 알고 있는 사람이라면 누구라도 깊은 회의에 빠지고 마는, 그런 일이었다.

"다 부질없는 짓이어요. 이젠 그만 놓아버리셔요."

소씨 부인은 부러 모질어지기로 마음을 먹었다.

"그 옛날, 못질 하나 안 된 집인데, 언젠가는 벌레가 파먹고 삭고 낡아 바람에 죄 흩날려 버릴 집! 애써 지켜보겠다는 게 바보 같은 일이지요. 또 춥기는 좀 추워요? 유지비만 대체 얼마인지! 내 이 집에 시집와 종부라며 1년 열두 달, 허구한 날 제사며 이런저런 일로 손에 물 마를 날이 없던 걸 생각하면, 정말이지 여기로 이사왔을 때 춤이라도 추고 싶은 심정이었어요. 물론 지금도 제사야 있다지만, 솔직히는 나 죽으면……."

말을 하던 소씨 부인이 김습 노인의 눈썹이 미세하게 떨리는 것을 보고서는 부러 일이 바쁜 척 말을 돌렸다.

"에구! 내 정신 좀 봐! 애들 오기 전에 얼른 서둘러야 하는데!"

그러고는 그녀는 부러 환한 낯빛을 하고서 장독대로 성큼성큼 걸어갔다.

잠시 김습의 얼굴에 노기가 스쳤다 지나갔지만 그는 자신의 호인 심율, 즉 마음의 이치, 마음의 법리라는 뜻만큼이나 심기를 가라앉히고자 한차례 심호흡을 하고서 또다시 심연 안으로 빠져들었다.

사실 저 집은 조선 중기 당시 지어질 때에도 고심 끝에 터를 잡은 것으로 유명했고, 현재에도 가옥 안에 노비가 살던 집이 존재하는 곳으로는 우리나라에서 현존하기로 두 개밖에 남아 있지 않은 형태라 건축과 연구진들이 종종 찾아와 걸음하는, 진귀한 역사적 사료이기도 했다. 게다가 대부분 조선 중후기의 가옥 구조가 여성의 공간이 중문 너머 한정되어 있는 데 반해, 이곳의 가옥은 시어머니와 며느리의 공간들이 각각 개별적으로 존재한다는 점에서 그 특이성을 인정받곤 했다.

암탉이 울면 집안이 망한다는 소리는 이 집안에서는 통용되는 소리가 아니었던 것이다.

장독대의 뚜껑을 열어 속 안 깊숙이 장 색깔을 확인해 보던 소씨 부인은 아무래도 일손이 달리겠다고 판단했는지 집 안을 향해 외쳤다.

"공성댁! 공성댁! 내 생각이 짧았네. 단순히 장만 퍼 담을 게 아니야. 겨우내 담가놓은 김치들도 있으니 일손이 더 필요할 듯싶으이."

김습과는 달리 아들 내외를 기다리는 소씨 부인은 현재 몹시도 들떠 있었다. 그것이 눈에 확연히 보일 정도였는데, 그도 그럴 수밖에 없을 것이었다. 자궁에 혹이 있어 임신이 안 되던 차에 어렵사리 아들 하나를 얻고 자궁을 들어낸 뒤, 소씨 부인은 지아비인 김습을 향해 눈물을 쏟으며 다른 여인에게서 후사를 더 보라고 권했다. 그러나 김습은 그때 도리상 그럴 수 없으니 아들을 잘 키워 보자고 다짐하며 정말로 느지막이 얻은 아들 정을 애지중지 키웠다.

그러나 그렇게 얻은 3대 독자 아들은 우유부단하다가도 개념 없거나 철없는 행동을 일삼기 그지없었는데, 아비인 김습이 정신을 차리고 매를 들려 했을 때는 소씨 부인이 울며불며 매달리는 통에 정의 버릇을 고치는 것이 힘든 문제였다.

김습의 얼굴에 씁쓸함이 감돌고 있었다.

자신의 나이 팔순을 바라보는데 이제 아들은 막 서른이 넘었고 며느리는 제사는커녕 집안 행사에도 참여를 하지 않는 데다가 아들과는 벌써부터 티격나는 일들로 다툼이 일어나곤 하니.

일단은 모든 것을 정리하고 내려오지 않으면 재산 한 푼 주지 않겠노라 엄포를 놓은 상태였다.

"흐."

김습의 입에서 희미한 한숨과도 같은 괴이한 소리가 흘러나왔다. 그가 또다시 과거를 회상했다.

1945년 해방이 되던 날, 온 국민이 만세를 부르며 기뻐하던 그날, 대문을 활짝 열어놓고 아버지의 손을 잡고서 자신 역시 기쁨에 들떠 있는데 누가 보아도 행색이 남루한 자가 감히 말도 없이 솟을대문을 넘어서더니 천천히 갓을 벗기 시작했다.

그가 말하길, '이제 나라 잃은 슬픔을 벗었으니 낯을 들고 살 수 있겠구나' 했다.

그러고는 '몹시 시장하니 혹 자신에게 밥 한 그릇 내어줄 수 있겠냐'는 말에 김습의 아버지는 무슨 연유인지 그를 안사랑채 대청까지 모셔와 정성껏 상을 차려 내어준 뒤, 노잣돈까지 주었다. 돈을 받아 든 그자는 잠시 김습의 얼굴을 바라보다 마당의 말라 버린 우물을 물끄러미 들여다보는가 싶더니만, 이런 말을 했다.

"나라가 망하니 어찌 귀댁도 평안하길 바랐겠소. 하지만 도래하는 어느 날, 댁에 귀한 여인이 들어와 일이 술술 풀리니 다시금 우물에도 물이 고이고 또다시 부귀영화가 찾아올 것이오. 살다가도 앞일을 너무 걱정하지 마시오."

그때, 김습은 황급히 떠나려는 그자를 붙잡고서 얼른 그때가 어느 때냐고 물었다. 그러자 그자가 일러준 때가 다름 아닌…….

하얀 백발의 김습이 저도 모르게 스르르 웃으며 검버섯이 가득 낀 얼굴로 고개를 저으며 혼잣말을 했다.

"부질없는 기대였어. 그런 허풍 따위를 믿었다니."

사실 생각해 보면 그래서 때로 아들 정이를 몹시 모질게 때려놓고 한동안 너무도 미안해서 자책감에 잘 마시지 못하는 술을 엄청 마셨는지도 모를 일이었다. 그가 정에게 건 기대란 바로 그런 것이었다.

집안을 다시 일으켜 세워줄 것이란 기대감.

현재 우물은 위험하다는 명목하에 김습이 사람을 시켜 보이지 않도록 나무틀로 막아놓은 상태였다. 실상은 조상 앞에 면구스러워 저승 가기 전 낯을 가리는 마음으로 하늘을 담아내지 못하는 그것을 가려 버린 것이었지만.

그때, 감때사나운 소씨 부인의 목소리가 김습의 회한을 깨뜨려 놓았다.

"거참, 보기 싫습니다. 안에서 기다리시지요!"

한때는 곰상스럽기만 하던 안사람이었으나 외아들을 그리 대했으니 아내와의 사이라고 어디 평탄했겠는가. 세월은 종가를 이끌며 입 닫고 귀 닫으며 살아온 종부의 가슴속 생채기마저 딱딱하게 굳은 고목처럼 만들어 버렸다.

바깥양반을 염려해서이기도 했겠지만, 소씨 부인의 내찬 말에는 그런 까닭이 있었다. 그네가 붉은 김치 국물이 묻은 손을 하고서 그를 스쳐 갔다. 그러면서 뒤이어 말하길,

"이제 그만해요. 언제까지고 애들한테 강요할 순 없는 노릇이잖아요. 어디 여기 제사가 한두 번이에요? 한 달에도 족히 두세 번은 되는데, 그거 다 찾아서 내려오려면 생활이 불가능하다는 걸 당신이 더 잘 알잖아요. 이젠 우리 대에서 끝내자고요. 그리고 정이도 자기 하고 싶은 일이 있고, 다 생각이 있으니까……."

"그만허이소!"

그간 살아온 바로, 소씨 부인은 남편과 더 이상 대화를 이어 나간다면 여기서 사단이 나리란 것을 충분히 잘 알고 있었다. 해서 한숨만 폭폭 내쉰 채로 발길을 내돌렸다. 그녀에게 있어 단지 종갓집의 종주, 그리고 맏며느리의 책임감이란 자기 세대에서 끝내

야만 할 고난이었고, 더 이상 아들에게는 물려주고 싶지 않은 것이었다.

그저 아들 내외가 내려오고 있고, 어쩌면 오랫동안 이곳에서 머물지 모른다는 사실에 그녀는 온통 들떠 있는 상태였다. 그것이 비록 지아비 김습의 호령 때문이라 해도 그녀는 어렵사리 얻은 3대 독자 아들의 얼굴을 실컷 볼 수 있다는 사실이 마냥 좋기만 했다.

그렇기에 그녀가 진두지휘해서 지금 안에서는 여인들에 의해 그간 제사 노하우로 얻은 온갖 진귀한 음식들이 만들어지고 있었다. 손이 큰 종부답게 동리 사람들에게 나누어질 정도로 여낙낙한 분량이었다.

아직 그 사실을 모르는 산외면 사람들은 멀리 드넓게 펼쳐진 농장에서 한여름 땡볕 아래 하지감자를 캐며 오늘도 주거니 받거니 별거 아닌 이야기로 농사의 고단함을 잊고 있었다.

아낙 하나가 이마 위의 땀을 닦아내며 말을 이었다.

"이 동리가 참말 한우가 유명하긴 한가 벼. 또 이놈 콧구멍이 한우 냄새로 진동을 허네. 어느 돈 많은 놈이 또 한우 관광을 왔나? 정작 나고 자란 나는 만날 냄새만 실컷 맡고 소똥 치우느라 허리가 고부라지는데, 지기랄! 한우나 실컷 먹어봤으면."

그러자 옆에서 누군가 호미질을 하며 얼른 맞받아쳤다.

"자네 돈 있어?"

그 아무것도 아닌 말에도 아낙들은 까르르르 웃음보가 터져서 어쩔 줄을 몰라 했다.

그러고는 저들끼리 아무렇게나 노동요를 지어 부르는데, 그것이 참으로 맛깔나고 구성졌다.

"고추 당초 맵다 한들 돈보다야 더 맵더냐, 시집살이 맵다 한들 돈보다도 더 맵더냐, 사람 나고 돈 났지, 돈 났고 사람 났나!"

그때, 까만색 고급 세단 하나가 그들 곁을 스르르 스치자 모두의 시선이 절로 향하는데, 정자에서 부채질을 하던 노인네들까지도 범상치 않은 눈이 되어 차량을 바라보고 있었다.

이곳을 드나드는 외지인들을 보면 여러 부류가 있는데, 촬영 차량이나 관광 차량 같은 대형 버스가 대부분이었다. 전주서도 자가용을 가지고 있는 사람이 드물었기에 저리 까맣게 코팅까지 한 개인 차량이 들어오는 경우, 사실 산외면 사람들은 겉으로 내색하지 않아서 그렇지 곱지 않은 시선으로 보기 일쑤였다.

외지인들이 돈을 쓰고 간다지만 물을 흐리고 가는 경우도 많았기에 보통은 약간의 적대감을 가지고 있는 것이다.

"한우를 얼매나 처묵을라고 올 때부터 나는 요래 돈 있어요, 한다요? 참나, 겁나게 거시기 하구만."

강현댁의 말에 평소 제 서방보다도 한 성깔 하는 소동댁이 빤하다는 듯 한마디 보탰다.

"불륜이구만."

너머를 보며 분풀이하듯 호미질을 모지락스레 하던 묘성댁이 동조한답시고 말을 이어받았다가 놀라 눈을 크게 떴다.

"긍게. 참나, 거시기하구…… 응? 아구, 저게 누구여? 정이 도련님 아니여? 옆에는 사모님인가 벼."

"사, 사모님?"

"어어."

"그 왜 있잖여. 서울 미스코리아 출신인가 뭔가. 제사 때도 잘 안 나타나서 말씀 별로 없으신 심율 어르신도 진노했다던……"

"아아, 사모님은 무슨……. 아랫사람 대하길 엄청 상없이 한다더만. 근디 어쩐 일이래? 저리 배가 불러 가지고."

"그러게. 그나저나 서울 임산부들은 다 옷이 저려? 아구, 망측혀라."

"긍게, 원 저게 뭐여? 저 선글라스를 껴갖고 입술을 뻘겋게 헌 게, 화가 났는지 똥이 마란지 당최 알 수가 있나. 참으로 거시기하고만."

"시끄러! 하던 일이나 마저 하자고! 그나저나 저 집에 올해 범띠 애가 둘이 나게 생겼네."

"품! 이보게, 성 씨. 자네도 참! 저 집이 보통 집안이여? 원래가 광산 김가는 우리나라 4대 성씨라 했어. 나라 꼴이 말이 아닌 게 구휼 활동 벌인답시고 한약방을 차려놔서 그렇지, 본디는 뼈대 있는 양반 가문이지. 어디 그뿐이여? 이 동리 죄다 그 일가네 땅이어서 한때는 어디를 밟아도 광산 김가네 땅을 밟지 않고는 못 간다는 말이 있을 정도니. 해방 되고도 신정당이네 뭐네 정치자금 많이 뜯겼지만, 그러고도 저 집 재산이 얼마요? 전주고, 서울이고, 가진 부동산만 어마어마하디야. 근디 어디 근본도 모르는 떠돌이 백 씨에다가 비교를 해? 왜정 때도 왜놈들도 여 와서 저 집안을 함부로 못 했다고! 지금 백 씨네 마누라는 몸조리도 못 해갖고 골골거리고 누워 있고 그 애는 애비가 델꼬 댕기면서 폐지 주워 맥여 살린 게 시커멓게 비실비실헌디. 아, 제깟 게 붙여 먹을 땅이나 있어? 저기 사모님 뱃속 애기 도련님은 딱 봐도 곧 나자마자 은수저를 물고 태어날 위인이고만."

"아서! 지금이 무슨 조선 시대도 아니고! 그딴 소리 하덜덜 말어! 글고 성 씨, 자네 집안이 어려울 때 저 집안서 보리쌀 수없이 얻어먹었단 야그는 동리서 모르는 사람이 없응게 아부는 고만허세. 떠돌이 백 씨 같은 인간이 동네에 자꾸 드나드는 꼴도 좀 그렇지만은 자네 아부하는 꼴도 보기가 좀 그렇고만. 때가 어느 때라고! 천지가 개벽을 한 게 언젠디, 지금은 세상살이 다 제 맘먹기 나름이라고!"

"아, 그려도 저 집안이 좋은 집안인 것만큼은 맞는 사실이제. 사실 신분제가 풀렸다고 혔을 때 건넛마을 지주네 한두 집이 불탔어? 하도 마름들 쥐어짠게 심지어는 왜놈들이 더 낫담서 열이 받아서 옳다구나 하고 야밤에 불을 질러 버렸지, 그냥. 근디 저 집은 외려 사람들이 일제 때까지 붙어서 농사 더 짓게 해달라고 부탁을 했으니 참말 소작농들헌테 잘혔지. 가뭄 들면 소작료가 뭐여. 곳간 열쇠도 풀어버렸을 정도니, 뭐."

"아고! 모르겄다, 모르겄어! 중요한 것은 소 씨 부인께서 오늘도 이대로는 안 넘어가실 거라는 사실이제. 안 그려?"

"아, 그러고 보니 그러네. 오늘 괴기 한 접시라도 얻어먹는 거여?"

"어쩐지! 내 코는 개코여! 그려, 그렇구만! 그것이 정답일세!"

말 많은 농촌 사람들이 신나게 춤사위를 벌이다가 도로 호미질에 열중하기 시작하면서 한낮의 뜨거운 태양 볕은 다시금 그렇게 수건을 뒤집어쓴 사람들의 머리맡으로 쏟아져 내렸다.

그와는 대조적으로 까만 독일제 벤츠가 지어진 지 3년이 채 안 된 신가옥 앞에 떡하니 버티고 서 있는 모습은 어쩐지 마을의 고즈넉한 풍광과는 다소 동떨어진 모습이었다. 어찌 되었거나 거기에서 한참 캐리어를 끌어내리는 아들 내외를 제일 먼저 반긴 건 역시나 아들의 어미인 김습의 아내, 소씨 부인이었다.

"아고, 정이야. 아가!"

"어머니!"

아들인 정이 남자치곤 유독 순해 보이는 얼굴로 활짝 웃는 데 반해, 도도한 모습의 며느리는 부푼 배를 안고서 살짝 미소만을 지어 보일 뿐이었다. 그녀는 2층의 신가옥을 살며시 올려다본 후, 시골로 들어와 살게 된 것이 불만인 듯 영 마뜩찮은 얼굴을 해 보였다. 해서 그의 시어머니와 시아버지 앞에서조차 간단한 목례만을 했을 뿐, 단 한 마디 말도 꺼내지 않고 있었다. 그런 그녀를 툭툭 건드린 것은 그녀의 남편, 김정이었다.

"여보, 여보."

"네 심기가 불편하더냐?"

시아버지의 물음에 잠시 말이 없던 며느리는 억눌렀던 화를 간신히 참아내는 중이었다. 시아버지의 성정을 잘 알고는 있지만 설마 외아들인 자신의 남편을 정말로 모질게 내칠까 하는 심산이 은연중에 깔려 있던 탓에 그녀는 그나마 대범하게 행동을 할 수 있었다. 게다가 그녀의 복중에는 이 집의 대를 이어줄 장손이 들어 있지 않은가. 의사의 말에 따르면 분명 아들이라 했으니, 조금만 참으면 언제고 복된 날이 올 것이었다.

그녀가 고개를 치켜들었다.

"멀리서 오는데 뱃속에 아이가 있어서 그런지…… 그것이 좀 힘들었습니다."

김습의 눈이 차갑게 가라앉으며 평소부터 못마땅하게 여겨오던 며느리 혜미의 얼굴을 바라보았다.

'이 집안에 어느 날 여자가 잘 들어와 다시 부귀영화를 되돌려 놓는다 했던가? 내 보기에 너는 아니구나.'

김습이 휙 몸을 돌려 안으로 들어가 버렸다. 그런 그를 두고서 오히려 난감해한 것은 시어머니인 소씨 부인이었다.

"저 양반이 왜 저러신데……."

그때였다.

낮을 들고서 후원의 한창 자란 잡풀들을 모아 거름 더미 안으로 나르던 백호성을 마주친 김정이 누구냐는 듯 어머니를 향해 시선을 던졌다. 소씨 부인이 아무것도 아니라는 듯 말했다.

"너희 아버지 하는 일이라는 게 다 그렇지 뭐. 떠돌던 사람인데 갈 데 없다고 하니, 한쪽 집 내어주고 거둬 먹이면서 이 집안 일 돌보는 소일거리 맡기고 뭐 그런 정도지."

"아, 예."

그것이 김정과 백호성의 첫 만남이었다.

그때, 샛방의 협문 하나가 열리며 병세가 엿보이는 여자가 꼬질 꼬질해 보이는 아이를 안고서 힘겹게 백호성을 불렀다.

"여보, 애 좀 달래봐요. 도저히 울음을 안 그치는데……."

호성의 부인인 강은애는 순간 소씨 부인을 발견하고는 화들짝 놀라 얼른 고개를 숙였다. 여자라면 다들 주인집 집안일에 발 벗고 나서서 도움을 주게 마련인데 자신은 이렇듯 누워 있으니 그 것이 몹시도 빙충맞게 보일까 저어되어 마음에 한없이 걸렸던 것이다.

소씨 부인이 혀를 차며 말했다.

"원, 아직도 저러누. 저래 가지고 언제 사람 구실 하려고. 빨리 일어나야지!"

걱정인지 타박인지 모를 말을 들으며 백호성조차 죄인처럼 멀거니 서 있을 뿐이었다. 한동안 정적이 감돌다가 소씨 부인이 아들을 향해 돌아서더니 환히 웃으며 얼른 들어가자고 손짓을 해 보였다.

백호성이 그제야 김정이 이 집안의 도련님이라는 것을 알아보고 굉장히 깍듯하게 인사를 하자 김정은 그저 데면데면한 얼굴로 인사를 받을 뿐이었다.

그때, 갑작스레 안에서 특유의 카랑카랑한 목소리가 들려왔다.

"들어오지 않고들 뭐 하느냐!"

김습의 목소리에 소씨 부인이 잠시 인상을 찌푸리는가 싶더니, 며느리를 향해 조곤조곤 말을 했다.

"너희 아버지 성미가 저리 급하시다."

집 안에 있던 김습은 주방에 차려진 식탁을 한차례 둘러보더니 거실로 나와 다시 교자상으로 상을 차리라 말한 뒤, 신문을 들고서 꼿꼿한 양반 자세로 앉아 한복 안주머니에서 솔잎을 꺼내 늘 그렇듯 습관처럼 씹어 먹기 시작했다. 누구도 말을 붙이기 힘든 인상이었다.

아들 김정은 한동안 무릎을 꿇은 자세로 앉아 있었다. 오랜만에 맡아보는, 아버지 특유의 톡 쏘는 화한 솔잎 향이었다. 그는 그 냄새가 난다 싶으면 유독 손에 땀이 배면서 긴장을 하곤 했다. 그만큼 아버지는 그에게 엄격하면서도 벗어나고 싶은 존재였다. 지금도 그의 무릎 위에 얹은 손에는 땀이 흥건히 배어 있었다.

갑자기 김습이 그런 아들을 향해 툭 물음을 던졌다.

"네가 돈을 어디다 썼는지 관심 없다, 애비는."

그 말에 놀란 듯 김정도, 며느리도, 심지어는 소씨 부인, 그리고 주방의 일하는 사람들조차도 고개를 들어 그를 바라볼 정도였다.

"다만, 우리 집에서 아니 되는 게 몇 가지 있다. 첫째, 다른 사람의 돈을 가져다가 그 돈을 불리는 일. 둘째, 사람의 정신을 피폐하게 만드는 데 일조하는 일. 셋째, 사람이 먹는 음식에 불량한 것을 넣어 이윤을 남기는 일!"

그 말이 떨어지자 정의 얼굴에서 핏기가 가시기 시작했다.

곧바로 나서기 시작한 건 며느리 이혜미였다.

"아버님, 저희가 하는 일은 그저 평범한 사업이에요. 사람들 많이 오가는 대학가 같은 곳에서 가볍게 젊은이들이 놀 수 있는 장소를, 그것도 정부 허가 아래 운영하고 있다고요."

착!

혜미의 말을 자르며 신문이 날카롭게 펴지는 소리가 났다. 1986년, 9월에 있을 우루과이 라운드 타결을 앞두고 농민들이 연일 쌀 수입 반대를 외치는 시위를 한다는 제하의 기사였다. 김습이 이어 조금의 허용도 하지 않겠다는 듯 이어 말했다.

"지금 벌인 모든 일은 사람 시켜 접어라. 그리고 너희들은 예서 잠시 있어라. 그런 연후에 사업이 하고 싶다면 말리지 않으마. 대신 다른 일을 해라. 꼭 가풍을 잇지 않아도 좋다."

도저히 반박을 할 수 없는, 위엄 서린 말투였다.

그 무게에 짓눌려 정은 한숨을 쉴 뿐이었다. 며느리 혜미의 얼굴에도 불만이 가득하기는 마찬가지였다.

그녀가 말했다.

"아이는요? 여기서 태어나게 하고, 여기서 교육을 시키라는, 그 말씀이세요? 아버님?"

잠시 김습이 말이 없자 혜미가 그 틈새를 치고 들어왔다.

"저는 제 아이만큼은 최고로 키우고 싶어요. 요즘이 어떤 세상인지 아세요, 아버님? 아이들 유아원부터 경쟁이 장난이 아닌데, 이런 시골에 내려와 어떻게 애를 키워요? 이런 데 애들 유아원이 있기나 한가요? 조기교육이다 뭐다 해서 어릴 적부터 줄을 서서 영어 교육 시킬 계획, 저희도 다 잡아놓았는데 아버님 생각만 하시면 너무 섭섭합니다. 시대가 옛날하곤 달라요, 아버님. 애가 어떻게 되라고요?"

김습이 신문을 천천히 접더니 며느리 혜미를 바라보았다.

"내가 최대한 좋은 스승을 알아보마. 그리고 손자아이만큼은…… 나도 어쩔 수 없는 할애비인가 보다. 아이는 여서 낳되, 내 더는 간섭하려 들지 않으마."

그러나 혜미는 여전히 못마땅한지 붉어진 얼굴을 감추지 못했다.

김습이 한 치의 틈도 보이지 않는 그 갈강갈강한 얼굴에서 다소간 눈썹을 휘며 말을 이었다.

"내 뜻을 따라준다면 나 또한 너희 뜻을 따라주마."

김습의 조금은 누그러진 말투에 불현듯 무언가가 떠오른 혜미는 서서히 얼굴에 화색이 돌기 시작했다. 생각해 보니 그리 나쁜 제안이 아니었던 것이다.

몸 풀고 한창 힘 부칠 때 여기서 일 봐주는 아주머니 손에 아이 육아를 맡겼다가 어느 정도 크면 그때 다시 분가를 하면 되는 일이었다. 게다가 무엇보다도 그녀의 속내 깊숙한 곳에는 언젠가는 눈앞의 시아버지가 또다시 병상에 눕게 되지 않을까 하는, 그런 얍삽한 생각이 들어 있었다. 그렇게만 된다면……

"그래. 사내아이라 들었고, 예정일은 언제라고 했지?"

그제야 혜미가 남편 정을 보더니 밝게 웃었다. 남편 정이 혜미의 손을 꼭 쥐었다.

아들 정이 입을 열기도 전에 소씨 부인이 먼저 나섰다.

"여보, 제 말을 한 번 들어보셔요. 당신도 알다시피 예부터 범띠 해에 사내아이가 태어나면 좋다고 그런다잖아요. 근데 뱃속에 있는 이 아이가 태어나는 날이 글쎄, 해도 그렇지만 날도 그렇게 좋대요. 이 고장이 코스모스 만발하기로 유명하잖아요. 그즈음이라고 하는데 딱 그때가 추석 무렵이니 먹을 거 풍족하죠, 날씨 좋죠, 아, 그만큼 복 타고 나기가 어디 또 좀 좋아요?"

그 말을 들은 심율 김습은 그때만큼은 자신도 모르게 절로 이를 드러내고 웃을 수밖에 없었다.

그러고는 마음을 다해 삼신할미께 빌었다.

좋은 아이를 주시어 이 집안이 다시금 피어나게 해달라고, 간절히.

그렇게 한 계절이 갔다.

전라북도 정읍 산외면, 1986년 가을 어느 날은 정말로 유난히 코스모스가 만발했다. 하지만 기이하게도 사람들은 하늘을 쳐다보며 내천이 다 말라간다며, 혹 코스모스가 물을 다 마셔 버리는 것은 아니냐며 꽃은 마냥 예뻐 하늘거리는데 어디 가물어서 농사가 되겠냐며 푸념을 내뱉곤 할 때였다. 그러니 한창 수확철에 동리 사람들의 근심 걱정이 어찌 이루 다 말할 수 있겠는가.

이즈음 혜미는 산통을 시작하는데, 끊어질 것만 같은 허리 통증에 떠나가라 비명을 질러대며 패악을 부리는 통에 아무도 근처에 가지를 못했다. 사실 그녀는 오래전부터 친정에 있는 서울 종합병원에 입원하길 소원했는데 시아버지의 만류로 아는 의사를 전주에서 왕진토록 했던 것이다.

"나를 죽일 참이야? 어흐, 어흐. 빨리 사람 불러, 빨리!"

그때, 김습은 기이하게도 아흔아홉 칸 가옥, 그것도 여인들이 기거하던 안채 마당을 거닐고 있었다. 정확히는 지푸라기와 어렵사리 구해온 날다람쥐 가죽이 뒤덮인 산실 앞에서.

그러니까 이 가옥에는 한 가지 전통이 내려오고 있었는데, 여자들이 산달이 가까워 오면 이곳에 들어와 출산을 하고 또 그를 위한 산실까지 마련되어져 있던 것이다.

그가 혼잣말을 중얼거렸다.

"내가 어리석었어, 내가."

심율이 뒷짐을 진 채로 여인들이 기거하는 안채 깊숙이 마주한 드넓은 마당을 바라보았다. 빼곡하게 심어진 높다란 잣나무가 여인의 공간과 어울리지 않을 법했지만, 어찌 보면 이 집안 가풍과는 상통하는 면이 있기도 했다. 예부터 광산 김가의 여인들은 독립적이면서 각자의 주관이 뚜렷한 삶을 살아왔던 것이다.

한데 며느리의 산달이 가까워 오기 시작하면서 김습은 자꾸만 또다시 '이 집안에 여인이 잘 들어오면 집안이 흥하게 된다'는 그 말에 미련을 가지게 되었던 것이다. 결국 그의 고집으로 인해 며늘아이가 고생을 하게 된 것은 아닌가, 그는 난생처음 혜미에게 미안한 마음이 들었다.

그럼에도 비어 있는 산실을 바라보며 하얀 눈썹 아래 그 희미한 눈동자 사이로 옛 영화가 자꾸만 아른아른거리는 까닭은 무엇인고.

혜미는 시아버지인 심율의 뜻을 따라주지 않았다. 하여 양옥집에서 한 발자국도 나오려 들지를 않았고.

"어르신!"

난데없이 들려온 목소리에 추녀 아래 멍하니 서 있던 김습이 고개를 들었다. 평소 안사람을 극진히 따르던 공성댁이었다.

"형님께서 아무래도 안 되겠다며, 차를 타고 직접 전주로 가야 할 것 같다고 하시는데……."

심율 김습이 순간 평소 성정대로 버럭 화를 내었다.

"자발 맞게 굴지 마소!"

"하, 하지만……."

그에 김습은 그만 힘이 쭉 빠지는 것을 느끼며 사부자기 표석을 돌아 내려왔다.

"누굴 탓하겠나, 나의 불찰인 것을. 그리하게나."

그때였다.

공성댁이 하늘을 올려다보았고, 김습이 움푹 파인 뺨으로 손을 가져가 물기를 슥 닦아냈다.

"이것은……."

"비가 옵니다! 어르신, 비가 내려요!"

참으로 이상한 일이었다.

구름의 형상 하나 없이 쨍쨍한 하늘에서 갑자기 비가 내리다니.

"그렇게 가물더니만, 건들장마가 시작되려나 봅니다!"

담장 너머로 아니나 다를까, 농사일을 하던 산외면 사람들의 환호성이 들려왔다.

"비야!"

"비가 내린다!"

동시에 솟을대문 근처에서부터 한 사내의 외침이 이어졌다.

"어르신! 어르신!"

김습이 번쩍 몸을 돌렸다.

백호성이 순식간에 내린 비에 온몸이 젖은 채로 학학 숨을 몰아쉬며 아흔아홉 칸 가옥의 문턱을 넘어 바깥 행랑채를 지나 사랑채 너머 협문 안쪽으로 이어진 안채까지 한달음에 달려왔다. 그러고는 김습을 발견하자 자리에 멈춰 섰다.

호성에게 다음 말을 재촉하는 김습의 눈이 환하니 번연했다.

그토록 어려워하던 김습이었건만, 호성은 그때만큼은 젖은 옷가지 따위 아랑곳 않고 제 일인 양 활짝 웃으며 그를 마주했다.

"어르신, 사내아이랍니다."

멀리서 꽹과리 소리가 들려오고 있었다.

산외면 사람들이 가뭄 끝의 꽃비를 맞았다며 덩실덩실 논두렁을 밟으며 춤을 추고 있던 것이다.

"아아, 아아!"

여우볕에 햇무리가 드러났다. 심율 김습의 주름진 얼굴에 경이로움이 들어찼다.

"아이고, 이젠 나도 늙었나 보다. 왜 이리 눈물이 나나."

김습이 어린아이처럼 눈을 깜빡여 눈물을 밀어내더니 디딤돌을 밟고 내려섰다. 그때, 중심을 잃고 옆으로 몸이 기우니, 호성이 재빨리 다가와 일흔 노인을 부축했다.

"가자! 어서 가자!"

그러나 김습은 얼른 걸음을 재우치며 손자를 보기 위해 에움길을 마다않고 가는 것이었다.

2층의 양옥집에 이르자 마당 가는 벌써부터 사람들로 북적이고 있었다.

"아고, 어르신! 참말 경사네요!"

"사내아이랍니다!"

산외면 사람들의 인사를 받는 둥 마는 둥 문턱을 넘어서자 소씨 부인이 보였다.

그녀 역시 눈물을 감추지 못하고 있었다.

"왜 이제 오셨어요? 얼른 들어가 보셔요."

어느새 빗길을 헤치고 멀리서부터 당도한 의사가 마침 방에서 나오는 길이었다.

그리고 아들 정의 모습이 보였다.

그가 아버지 김습을 보더니, 울먹이며 얼른 안으로 들어가 핏덩이를 안아 들고 나왔다.

바르작거리며 뻣세게 울어대는 아이는 한눈에도 사내놈이 분명했다.

김습의 만면에 흡족한 기색이 완연했다. 그가 그의 품 안에서 조그만 얼굴이 붉어지도록 힘을 주는 아기를 흔들며 대차게 말했다.

"고놈, 참 실팍하구나!"

득의만만한 눈이 마을을 병풍처럼 두르고 있는 창하산으로 향했다.

"이리 좋은 날 경사가 겹치니 앞으로도 많은 사람들에게 좋은 일 많이 하고 살라는 의미에서 내 너의 이름자를 누구든 나무 아래 편히 쉬었다 가라, 쉴 휴(休) 자로 지어주마."

마을 어귀 어딘가에서 누군가가 외쳐 댔다.

"심율 어르신께서 손자를 보셨대!"

"아이고! 경사가 났구만!"

"거, 복을 불러오는 아이네그려!"

"아들인가, 딸인가?"

"범띠 해에 태어난 사내아이일세!"

"또다시 잔치가 열리겠구만!"

쩌렁쩌렁한 고함 소리가 마을 여기저기서 오갔다.

1986년 어느 가을, 가뭄 끝에 단비가 날리던 어느 날, 광산 김가 41대손 휴는 그렇게 사람들의 축복을 받으며 태어나게 되었다.

향목이는 저체중으로 태어난 데다 황달기도 심해 울며 보챌 힘도 없던 아이였다. 그런고로 이웃들조차 병원에 데려가 보라고 했지만, 돈도 없는 백 씨는 울며 겨자 먹기로 아이를 포기한 셈 쳤더랬다. 출생신고마저 미루었을 정도니, 부모가 먼저 아이의 생사를 하늘에 맡겨 버린 터였다.

그런 것을 어찌 아셨는지 어미젖도 못 먹는 어린것을 주인집 심율 김습이 약재를 써서 사실상 살려놓았고, 그런 뒤부터는 다행히 아이는 무탈하게 잘 자라주었다.

그러나 어째 산외면의 사람들은 이를 두고 다들 김습 어르신의 의술이 신통하다며 한마디씩 해댔고, 반면 타지에서 떠돌다 이곳에 정착한 백 씨에게는 아이 팔자 참 신통방통하다는 묘한 말로 그의 속을 긁어놓곤 했다.

반면 5~6개월이나 뒤늦게 태어난 주인집 사내아이 휴는 울음소리부터가 우렁차고 날 때부터 머리카락도 새카만 것이, 모두가 한 번씩 안으면 아이가 빙그레 웃는다며 어쩜 이리 예쁜 아이가 다 있냐며 입에 침이 마르도록 칭찬이 자자했는데, 자랄수록 귀여워서 사내아이인지 계집아이인지 구분이 안 갈 정도였다.

그래서 간혹 일하는 아낙들은 장난으로 머리 한쪽을 땋거나 치마를 입혀놓는 등 귀여운 여자아이처럼 꾸며놓아서 소씨 부인에게 사내아이를 두고 뭐 하는 짓이냐며 몹시 혼쭐이 나기도 했다. 그만큼 휴는 예쁘고 누구에게나 사랑받는 아이였던 것이다.

향목이와 휴, 이 두 아이의 첫 만남은 햇살이 반짝이는 어느 여름날 잔디밭이 금빛으로 물들던 저녁 오후, 아장아장 걷게 된 아이들이 밖에 나오면서부터 시작이 되었는데, 그때까지만 해도 소씨 부인이 향목이에 대해 가진 감정은 그리 나쁘지만은 않았다. 오히려 아직은 밖에 멀리 나가지 못하는 휴에게 함께 놀 수 있는 또래 아이가 있다는 것을 다행으로 여길 정도로 그녀는 셋방살이가 향목이의 존재를 그렇게나마 이용하고 싶어 했다.

하지만 휴의 엄마인 혜미는 달랐다.

"어머니, 저 아이하고 우리 휴하고 놀게 하면 안 될 것 같은데……. 기저귀를 언제 갈았는지 좀 축축해 보이는데, 저거 안 보이세요? 지금 한창 면역력이 약할 때라……."

"아고, 에미야. 너무 예민하게 굴지 마라. 보건소에서 나와서 다 예방접종했을 거다. 안 좋을라 치면 여기 잔디도 안 좋다 하더라."

"그래도……."

잔디밭에는 휴를 위한 각종 장난감들이 즐비했는데, 향목이로서는 난생처음 만나게 된 진기한 신세계일 수밖에 없었다.

"끼야!"

아이가 신이 나서 뛰어갔고, 덩달아 휴도 같은 물건을 향해 돌진했다. 그러나 두 아이 간에 아귀다툼이 벌어질라 치면 어김없이 일하는 척하던 백 씨가 슬금슬금 눈치를 보다가 얼른 다가와 딸아이를 바로 휴에게서 떼어놓고 다시 돌아가곤 하는 일을 반복했다.

결국 장난감을 진짜로 가지고 노는 것은 어김없이 휴였던 것이다.

"으아아앙!"

급기야 향목이가 바닥에 앉아 손바닥으로 잔디를 뽑으며 서럽게 우는데, 그때는 휴도 이유를 모르고, 울고 있는 향목이도 자신이 왜 우는지 이유를 몰랐다. 향목이로서는 그저 장난감을 마음껏 가지고 놀지 못하는 것이 자꾸만 짜증이 나고 분통 터지는 일이었다.

목청을 놓아 빽빽 울어대는데 머리털이 풍성해지라고 빡빡 깎아놓은 머리가 흡사 너무 못생긴 사내아이 같았고, 우느라 코를 질질 흘려 보기에도 참으로 흉했다.

백 씨로서는 참 마음이 좋질 않았지만 그 순간 그가 할 수 있는 일이라곤 아이를 향해 왜 우느냐고 윽박을 지르는 수밖에 없었다. 그 모습을 툇마루에 앉은 채로 향목의 엄마가 바라보고 있었다. 하얗게 뜬 얼굴은 향목을 낳을 때 산후 조리를 잘 하지 못한 결과가 고스란히 드러나 있었다.

그럼에도 그녀는 현재 둘째 아이를 임신 중에 있었다. 몸이 좋지 않아 살림에 아무런 보탬이 되질 못한다는 사실이 그저 그녀의 마음을 아프게 할 뿐이었다. 자식을 달래주고 싶어도 삶의 고단함에 치여 그녀는 그저 가만있는 것을 택한 터였다. 상대적으로 이성을 잃고 사나워져 버린 것은 그녀의 남편 백호성이었다.

"백향목! 뚝! 자꾸 울면 아빠가 맴매하는 수가 있어!"

그 순간, 어린 휴가 뒤를 돌아 그들을 쳐다봤다.

"끅. 끅."

주인집 사내아이의 눈에 간신히 울음을 참아내려 기를 쓰는 셋방살이 여자아이 향목이의 모습이 들어왔다. 아마도 그것이 처음부터 자연스럽게 각인된 두 사람의 관계가 아니었을까?

향목이가 이런 상하 관계를 또렷하게 인지하게 된 것은 아마도 5~6세 무렵일 것이었다.

그녀의 뇌리에 항상 박혀 있는 기억이 몇 가지 있다면, 정원 가득 쌓여 있던 동갑내기 사내아이인 휴의 장난감, 그리고 밭을 매러 가던 아주머니들이 어린 그녀를 향해 내뱉던 한마디, '에그, 네 에미는 너 낳고서 그 추운 겨울날 몸조리를 못 해서는 아직도 앓는다고 하던데' 라는 말.

그때, 향목이는 너무 어려 그런 말 따위가 잘 이해되질 않았다. 그저 주인집 아들의 장난감 한 번 만져 보고 자전거 한 번 타보는 게 소원이라면 소원인 나이였던 것이다.

그런 그녀에게 최대 난공불락이 바로 향목이를 향해 윽박을 질러대며 호랑이 같던 주인집 할머니, 소씨 부인의 시퍼런 두 눈이었다. 나중에 듣고 보니 셋방살이하던 집 딸 주제에 향목이가 부모님이 잠시 한눈을 파신 사이 엉금엉금 기어가 장난감을 가지고 놀겠다며 주인집 아들인 김휴와 실랑이를 벌이다가 얼굴에 핏방울을 맺히게 한 게 화근이 되어 그 이후로 할머니께서 광산 김씨 4대 독자 얼굴을 저래 놓았다며 노발대발했다는데, 그녀로서는 기억에 없는 일이다.

단지 이런 말들이 기억에 있을 뿐.

"가서 때려! 휴야! 네 거잖아!"

향목이는 갈수록 휴 앞에서 기가 죽어갔다.

그리고 그날은 어린 향목이에게 있어 참으로 서러운 날이었다.

남동생이 태어난 지 몇 개월이 지난 후였는데, 향목이와는 달리 그때는 젖이 돌아 남동생은 용케 엄마 젖을 먹을 수 있었다. 반대편에 누워 있던 향목이는 그것이 마냥 신기하고 엄마 품이 그리워서 살그머니 엄마 곁에 누워 나머지 젖가슴에 손을 얹었다가 입으로 빨아보는데, 순간 엄마의 매서운 손이 날아들었다.

찰싹!

"애기 먹을 거를 갖고 다 큰 애가!"

향목이는 그만 무안해져서는 스르르 일어나 장지문을 열고 밖으로 나갔다. 그때 당시 아버지는 이 마을에 적응을 하느라 손포가 적다면 어디고 달려가 막일을 해주곤 했는데, 그날도 새벽부터 나가신 참이었다. 향목이는 잔디밭을 거닐며 아빠가 절대로 주인집에 함부로 올라가선 안 된다는 당부의 말을 했던 것을 기억하며 슬그머니 2층 집을 올려다보았다.

영어로 된 노랫소리가 흘러나오는 것이, 휴는 분명 재미난 만화 영화를 보고 있을 것이었다.

마구 갈등이 생기는 순간이었다.

'에라, 모르겠다!'

갑자기 아버지의 당부는 잊히고 마냥 기분 좋은 생각만 향목이의 머릿속을 떠다녔다. 진귀한 장난감에 재수가 좋으면 과자도 먹을지 어찌 아는가.

"기무, 기무."

김휴라는 말이 채 발음이 되지 않는 향목이로서는 휴를 내내 그렇게 불러왔는데, 그럴 때면 휴는 짜증이 나는지 고개를 휙 돌려버리거나 어른들 틈 사이로 숨거나 제 장난감들을 숨기는 데 여념이 없었다.

아무튼 지금 향목이는 김휴의 장난감과 혹시나 모를 초콜릿이나 비스킷의 존재 여부가 궁금해 미칠 노릇이었다. 한 층, 한 층 올라갈수록 이 집 안 곳곳에 퍼져 나가는 특유의 한약 냄새가 향목이의 기분을 너무도 짜릿하게 했다. 왜냐하면, 어쩌면, 정말로 재수가 좋다면 이제 곧 김휴의 친척이란 사람이 독일에서 보내왔다는 장난감을 가지고 놀 수 있는 기회가 잠시 주어질지 모르기 때문이었다.

"기무, 기무."

"왜!"

휴는 계집아이같이 곱상한 얼굴을 하고서 밥을 먹다 말고 새카맣게 탄 시골아이 향목이를 노려보았다. 그의 할머니가 한마디 거드셨다.

"저거, 저거, 범띠 가시나 아니랄까 봐 저리 자발 맞나. 아휴, 아침나절부터 저 쪼그만 것 때문에 이게 뭐야? 응? 내 백 씨 오기만 해봐라. 어느 집 자식이 남의 집 아침 식사 시간에 드나들라고 가르치디? 응?"

고만 기가 팍 죽은 향목이는 주위를 두리번두리번하며 나무 계단을 밟고 도로 내려갈 채비를 했다.

그때, 휴가 그녀를 야박하게도 불러 세웠다.

"야! 여기 우리 집이야. 우리 엄마가 그러는데, 너넨 집도 없어서 우리 집에 얹혀산댔어."

향목이로서는 이해할 수 없는 말이었다. 그녀가 자기 집이 위치한 건너편을 조그만 손가락으로 가리키며 꼬물꼬물 말을 했다.

"아닌데. 저기에 우리 집 있는데."

"바보야! 저거 우리 집 거라니까! 그니까 우리가 너희한테 그냥 불쌍해서 살라고 준 거야!"

"어…… 어……."

5~6개월이나 먼지 태어났지만 이제는 발음도 그렇고, 발육 상태도 그렇고, 어딜 봐도 휴가 향목이보다 또렷이 앞서 있었다. 아무래도 영양이며 교육의 결과를 무시할 수는 없었으리라.

"휴야, 밥부터 먹어야지. 쟤는 신경 쓰지 마. 할미가 쫓아 보낼게."

"할머니, 얼른 쫓아내요!"

향목이는 소씨 부인이 나설 기미를 보이자 그만 기가 팍 죽어 고개를 푹 수그렸다.

그때, 어딘지 모르게 아무런 이유 없이 어린 향목이에게 위압감을 느끼게 만드는 존재감을 가진 이의 향내가 희미하게 떠돌았다. 화하고 톡 쏘는 솔잎 향. 이것은 필시 백발이 하얀 할아버지인데, 늘 표정 없는 얼굴로 잠깐 밖에 나와서 어딘가를 응시하다 말도 없이 안으로 돌아서곤 하던, 바로 그 이상한 사람의 냄새였다. 그가 말했다.

"휴야, 너 혼이 나고 싶구나! 말버릇이 그게 뭐니?"

난생처음 듣는 목소리였다.

향목이 두 눈을 크게 뜨는데, 늙은 호랑이 할미인 소씨 부인은 휴를 얼른 끌어안고서 머리를 쓰다듬기 시작했다. 휴는 당연하다는 듯 그녀의 품 안에서 향목을 계집아이처럼 째려보았다. 휴의 할머니가 백발의 할아버지를 향해 쏘아붙였다.

"정이 아버지, 당신 이러시면 또 애비랑 같이 못 살아요. 애비 서울서 내려온 지 얼마나 됐다고 벌써부터 이래요? 네? 이러지 말고 제발 당신 뜻대로 가풍 잇고 싶으면 인자는 고만 당신도 뜻 좀 꺾고 애들 눈치도 봐가면서 살아요. 어디 우리 휴가 보통 애예요? 고작 셋방살이 계집아이 앞에서 우리 애기 놀라게⋯⋯."

그녀의 말이 못마땅한 것 같으면서도 수긍을 할 수밖에 없는지 할아버지는 헛기침을 몇 번 하더니 향목이에게로 다시금 시선을 내렸다. 향목이는 다시금 긴장하기 시작했다. 그래서 저도 모르게 입술을 축이며 조그만 미간을 잔뜩 찌푸리고 있다는 것을 알지 못했다.

그녀가 알고 있는 눈앞의 할아버지는 사실상 늙은 호랑이 할머니보다 어쩌면 더 무시무시한 존재일지 몰랐다.

그는 말이 별로 없고, 꼬장꼬장한 자세로 앉아 한복 주머니에서 이상한 푸른 잎을 꺼내 그 맛없어 보이는 것을 내내 씹어 먹는, 이해할 수 없는 행동을 하곤 했던 것이다. 한 번은 누군가가 땀에 젖은 채로 혀를 빼물고 축 늘어져서 등에 업혀 왔는데, 그 자리에서 백발이 성성한 이 할아버지가 글쎄 기다란 철심 같은 것을 몸 안에 콕콕 쑤셔 넣는 것이 아닌가.

잔디밭에서 놀던 향목이는 그것을 보고서는 너무 놀라 눈을 잠시도 깜빡이지를 못했다. 그러고는 그날 밤 악몽을 꿀 정도로 공포에 떨었다. 그런 그가 자신을 향해 묻고 있었다.

"향목이, 밥 먹었나?"

향목이가 눈을 동그랗게 뜨고 그를 올려다만 보자, 소씨 부인이 휴를 끌어다가 앉히며 한마디를 보탰다.

"아이가 밥을 안 먹었다고 하면 차라리 뭣 좀 싸서 보내죠. 보니까 옷도 노랗고 얼굴도 안 씻은 것 같은데, 저 아이 저런 꼴을 하고 여기 들이면 안 돼요. 휴한테도 안 좋고……."

그때까지도 향목이는 할아버지의 두 눈에서 눈을 떼지 못하고 있었다. 사실 한약 냄새 너머로 아까부터 집에서와는 전혀 다른 아주 맛있는 냄새들이 올라오고 있긴 했다. 하지만 이젠 전혀 상관없는 문제가 되어버렸다.

갑자기 할아버지께서 주머니를 부스럭 뒤지시는가 싶더니 향목이를 향해 무언가를 꺼내시는데…….

"향목이, 곶감 먹을래?"

그녀의 눈앞에 검붉고도 동글동글한 이상한 것들이 몇 개 보였다. 난생처음 보는 물건들이었다. 놀란 향목이는 입을 가만 벌리며 저도 모르게 바지에 오줌을 지리고 말았다.

"아이고! 이를 어째!"

순간 소씨 부인의 품에서 갑자기 휴가 빠져나오는가 싶더니 별안간 향목이를 확 밀어버렸다.

우당탕탕탕탕탕!

사위가 희미했다. 향목이 가늘게 뜬 눈으로 연신 엄마를 불렀다.

"엄마, 엄마……."

그러자 머리맡에서 희미한 음성이 들려왔다. 엄마의 음성은 아니었다.

어렴풋이 실눈을 살짝 뜨자 하얀 천사가 보였다. 그가 말했다.

"선생님, 진맥 결과, 뇌의 혈류에 변화는 없어 보이네요. 무릎과 팔도 내전과 외전이 무리 없이 되는 걸로 보아 정형외과 쪽도 일단 문제는 없어 보이는데요?"

"으음, 뼈에 문제는 없을 거다. 다만, 계집아이 얼굴에 이리 생채기가 났으니 부모 마음이 어쩔는지."

"아이고, 아가 눈 떴네요. 아가, 괜찮아? 어?"

하얀 천사는 알고 보니 주사를 놓아주시는 보건소 의사 선생님이셨다. 그는 종종 이곳에 들러 백발 할아버지에게 인사하고 안으로 들어갈 때가 있었는데, 그런 그가 괜찮으냐며 묻고 있었다. 향목이가 멍하니 그를 바라보다가 천천히 고개를 끄덕였다.

가만 보니 희미한 향내가 어딘가에서부터 피어올라 오고 있었다. 의사 선생님이 웃으며 향목이를 향해 손가락을 흔들어 보였다.

"이거 보여? 보이면 고개 끄덕이고 숫자 한 번 말해볼래?"

"삼."

그러자 의사 선생님이 다시 머리통을 이리저리 매만지고 눈자위를 살짝 까서 본 뒤 안심하라는 듯 미소를 지어주었다. 어리지만 향목은 대충 느낌으로 알 수가 있어서 고개를 살며시 끄덕였다.

"뜨…… 뜨거워요."

향목이의 말에 양의가 김습을 쳐다보았고, 그에 김습이 얼른 핀셋을 들어 뜸자리를 재빨리 치운 뒤 나머지 침구 역시 방 안에 있던 회중시계를 확인하고는 모조리 빼내기 시작했다.

슬며시 눈치를 보던 향목이가 윗도리를 내리고서는 몸을 일으키자 김습이 웃으며 향목이의 자그만 손을 잡았다. 향목은 내내 자신이 뜨끈뜨끈한 어딘가에 누워 있었다는 것을 그제야 알았다.

향목이 슬그머니 할아버지에게서 손을 빼냈지만, 김습은 개의치 않고 향목이의 눈을 마주 보며 물어왔다.

"향목아, 혹 우리 향목이 갖고 싶은 거 있나? 응? 뭐 먹고 싶은 거나?"

그러자 옆의 보건소 선생님이 거들었다.

"그래, 이참에 말해봐."

향목이가 눈을 아래로 깔며 조그맣게 말했다.

"기무……."

"기무?"

김습이 알아듣지 못하고 보건소의 젊은 선생을 바라보자, 그는 향목의 말을 알아들은 듯 대신 답을 돌려주었다.

"예, 휴요."

"아, 그래. 내 휴를 혼내주마."

그러자 향목이가 고개를 저으며 힘없이 말했다.

"저 이제 기무 물건 다신 안 만질게요. 안녕히…… 계세요."

향목이가 아이 걸음치고는 빠르게 걸어갔고, 순간 벌떡 일어선 김습이 아이가 열기는 버거운 안방 문을 열어주며 향목이가 보다 잘 나갈 수 있도록 도왔다.

"향목아, 할애비가 휴 혼내줄 테니까 앞으로 여기 와서 놀아도 돼."

그 말을 하는데 정말 거실에는 거짓말처럼 휴가 커다란 자동차를 바닥에 끌며 놀고 있었다. 휴는 향목이의 여기저기 긁히고 거즈에 싸인 얼굴을 슬쩍 바라보는가 싶더니 평소처럼 무심히 고개를 획 돌려 버렸다.

김습 노인은 순간 화가 이만저만 난 것이 아니었다.

"김휴, 너 이놈! 향목이에게 얼른 미안하다고 사과하지 못해!"

그런데 휴의 고집도 만만치 않았다. 태연하게 자동차를 스르르 가지고 놀다가 갑자기 향목이 쪽을 향해 핑그르르 밀어버리는 것이 아닌가. 제 딴에는 그것이 사과의 방식이었다.

놀란 향목이가 오히려 자동차를 피해 한 발 물러났다. 휴는 향목이 쪽으로 그렇게 자동차를 넘긴 채 다른 장난감을 뒤적이며 눈길 한 번 주질 않았다.

김습 노인이 나섰다.

"향목아, 요 자동차 한 번 만져 봐라. 어여. 응?"

"아니에요. 엄마가 기다려요."

그러고는 향목이는 힘없이 꾸벅 고개를 숙인 뒤 스르르 주인집을 빠져나왔다. 그때만큼은 아무도 향목이를 붙잡지 못했다.

그런 연후의 일이었다. 그러니까 향목이가 휴에 의해 계단에서 구르고 난 이후부터의 일.

참으로 신기한 것은 그렇게도 휴의 장난감을 가지고 놀지 못해 애달아 하던 향목이의 태도가 완전히 돌변한 것이었다. 누가 가르쳐 준 것 같지도 않은데 아이는 그저 그다음 날 눈 뜨자마자 일어나 자기 집 셋방살이 근처에 난 잡풀 따위를 건드리며 한나절 시간을 보내는 것으로 놀이에 빠져 있었다.

누가 보아도 절대 뭔가 배배 꼬여서 하는 행동 같아 보이지는 않았고, 향목이는 진심으로 그 단순한 놀이 자체에서 즐거움을 느끼고 있는 듯 보였다.

행동반경도 극히 좁아 주인집이 잘 다듬어놓았다 싶은 곳—실은 자신의 아버지가 잘 가꾸어놓은 잔디밭—은 절대 예전처럼 활기차게 활보한다거나 휴가 가지고 노는 공을 덩달아 쫓아다니며 뛰어다니질 않았다.

마치 향목이를 보고 있노라면 이런 그림이 생각날 정도였다.

시끌시끌한 세상사 옆에 조그맣게 꾸린 세간과 그럼에도 불구하고 아무것도 모르고 잠이 든 아기의 모습 같은 그림이.

한참을 땅을 파서 잡풀의 뿌리부터 풀까지 이리저리 돌멩이로 으깨면서 소꿉놀이를 하다가 집에서 물을 퍼와 주르르 부어 약물이라고 만든 뒤 혼자 흐뭇해하며 까르르 웃는 날이 매일 반복되었는데, 더 이상한 것은 이것을 바라보는 휴의 태도가 자못 심상찮아졌다는 것이었다.

어제만 해도 향목이를 본 휴는 엄마인 혜미에게 이런 말을 했다.

"치. 엄마, 쟤 어제 바지에 오줌 쌌어. 바보야, 그지?"

그러자 혜미는 약간은 양심의 가책을 느끼는지 얼른 아들을 타일렀다.

"쉬이, 그런 말 하면 못써."

그러던 것이 이틀, 사흘……. 그렇게 시일이 지나자 어쩐 일인지 휴가 끙끙대며 집에서 있는 대로 장난감 바구니를 몽땅 바깥으로 가지고 나와 판을 벌이는 것이 아닌가. 엄마고 소씨 부인이고 말리다가 돕다가 난리도 아니었다. 휴는 소방차의 기계음을 요란하게도 내 목청껏 응급 환자를 찾아대고 비키라 소리도 지르며 혼자서 놀이에 빠진 것처럼 보였지만, 실상 진짜 놀이에 빠져 있는 것은 향목이었다.

그녀는 그날 아버지가 일할 때 쓰던 호미를 가지고 흙을 조금씩 파며 햇볕에 말려 색깔이 변하는 과정을 유심히 지켜보고 있었다. 간혹 안에서 엄마가 부르시면 얼른 달려가 심부름을 하다가 '내 동생 빨리 커라' 말하며 나오는 게 다였다.

그렇게 산외면의 또 하루가 지나갔고, 깊은 밤 별들이 반짝였다. 아이들은 오늘 하루 고단했던 놀이로 쌕쌕 숨을 쉬며 꿈속에서 내일 하루 또다시 신나게 놀게 될 놀이를 구상 중에 있었다.

그렇지만 이후에도 패턴은 또다시 같았다.

향목이는 절대로 셋방살이 너머를 벗어나려 하지 않았다. 그러던 어느 날, 우연히 처마 밑 그늘 아래 버섯을 발견한 향목은 눈이 동그래져 있었다. 너무도 신기한 나머지 그것을 들고 방방 뛰어대는데……

"엄마야!"

저도 모르게 향목이가 외마디 비명을 질렀다. 눈앞에 휴가 있던 것이다. 사납게 치켜뜬 눈이 심상찮은 게 또다시 그녀를 공격할 것만 같아 향목이의 눈이 불안하게 흔들리고 있었다.

휴가 한참을 향목이를 노려보는가 싶더니 씩씩대며 뒤를 돌아 엄마 쪽으로 걸어갔다. 가다가 갑자기 화가 안 풀리는지 주위를 두리번거리는가 싶더니만, 돌멩이를 찾아내 향목이를 향해 번쩍 던졌다.

"으악!"

"바보야! 바지에 오줌 싼 오줌싸개야!"

휴의 고래고래 고함지르는 소리가 귀청을 때려댔다.

놀랐는지 안에서는 동생 도준이가 으앙으앙 울음을 터뜨렸다. 그때였다.

가만 문이 열리는가 싶더니, 엄마의 얼굴이 보였다. 늘 아파서 누워 있거나 말을 걸면 짜증스레 답해 아빠조차 엄마를 귀찮게 하지 말라고 해서 늘 곁에 있어도 그립고 보고픈 엄마였는데, 그런 엄마가 향목이를 향해 팔을 뻗고 있는 것이 아닌가.

향목이 냅다 신발을 벗고 안으로 뛰어 들어갔다.

"엄마!"

"엄마가…… 미안해, 향목아."

향목이는 무엇이 미안하다는 것인지도 모른 채 그저 엄마 품에 안긴 것이 마냥 좋아 내내 엄마의 목을 끌어안고 있었다.

향목이가 무언가를 자각하게 된 것은 아마도 이때부터였는지 몰랐다.

다음 날, 또다시 혼자 놀고 있는 향목이에게 휴는 시비를 걸고 있었다. 어린이용 구동 자동차를 몰고서 향목이의 근처를 지날 때면 교묘하게 스치며 지나가곤 했던 것이다.

소씨 부인이 화들짝 놀라 일어난 적도 있었다. 정작 향목이는 죽이든 살리든 맘대로 해라, 이런 태도로 절대 피하려 들지를 않았다. 어쩌면 그게 더 휴의 심기를 건드렸는지 모르겠다.

나중에는 자동차에서 내린 휴가 옆에 두고 먹던 초콜릿을 들고서 향목이를 향해 걸어갔다.

향목이는 머리 위로 지는 그림자를 느꼈지만 가만 모른 척하고 있을 뿐이었다.

"야! 오줌싸개! 너 초콜릿 먹고 싶냐?"

향목이는 대답이 없었다.

"말해. 내가 줄 수도 있어."

향목이는 끝끝내 대답이 없었다.

그러자 집안일을 돕는 공성댁이 밖에 나와 소씨 부인과 차를 마시다 말고 그 모습을 보며 말하기를,

"저 계집애, 말할 줄 모르나?"

다분히 손자아이가 무안해질 것을 염려한 소씨 부인의 심기를 배려한 아부조의 말이었다.

그때였다. 어린 향목이가 벌떡 일어나 흙 묻은 손을 탈탈 털더니, 한 번도 그런 적이 없었는데 어른들 쪽을 향해 새침한 얼굴로 한 번 스윽 쳐다보더니 어린아이답지 않게 유유하게 몸을 돌려 안으로 걸어 들어갔다.

누군가가 숨넘어갈 듯 자지러지게 외쳐 댔다.

"어머, 어머, 저 계집애 보게? 누가 범띠 가스나 아니랄까 봐 성질머리하고는."

"아소, 성님. 천상 도련님하고 저 계집애하고 붙여놓으면 안 되겠고만."

소씨 부인이 팔짱을 낀 채로 자리에서 일어나 휴에게로 걸어가며 말했다.

"안 그래도 내 그럴 참이었네."

셋방살이 아이에게 귀한 손자아이가 무언의 면박을 당하는 모습에 소씨 부인의 심기 또한 좋지만은 않았던 것이다.

장마철이었다. 향목의 엄마는 병세가 꽤 호전된 데다 그네들의

딱한 사정을 봐준 면사무소에서 청소 일을 맡기면서 요사이는 향목네 내외가 모두 일을 나가고 없는 때가 많았다.

그래서 향목이가 동생 도준이를 돌봐야만 했는데, 다행히도 도준이는 많이 자라 말귀도 알아듣고 때로는 누나의 말벗도 되어주는 등 같이 있으면 쏠쏠한 재미까지 있었다. 늘 식사 때가 되면 향목이는 그 조그만 등에 동생 도준이를 업고서 바지런히 움직였는데 최선을 다해 이런저런 이야기에 살을 보태 거짓으로 재미난 동화도 들려줘 가며 엄마가 시키지도 않은 반찬까지 뚝딱 만들어서 도준이를 위한 밥상을 차려놓곤 했다.

"재미재미 잼잼, 재미재미 잼잼."

이제는 제법 커서 곤지곤지 잼잼은 재미가 없을 법한 놀이인데도 동생 도준이는 아직 친구가 없어서 그런지 누나의 어떤 장난에도 까르르 웃으며 순한 눈망울을 반짝이곤 했다.

다만 걱정이 있다면 기침이 잦았는데, 때로 아기가 이러다가 숨이 막히는 건 아닌가 싶을 때가 찾아오면 어린 향목이는 불안에 떨며 어서 빨리 엄마, 아빠가 와주길 바라고 또 바라는 것이었다.

"콜록, 콜록, 콜록."

한창 아기의 기침이 심하던 때 벌컥 장지문이 열리며 엄마가 들어오셨고, 대뜸 그녀는 향목을 향해 저녁 해놓았냐는 것부터 물으셨다. 일곱 살 조막만 한 손으로 향목은 부모님이 오시기 전 쌀을 씻어 밥솥에 안치는 일을 하곤 했던 것이다. 향목이는 얼른 고개를 끄덕이며 재빨리 대답했다.

"저녁은 다 해놓았는데요, 우리 도준이가 기침이……."

그러자 엄마가 지긋지긋하다는 듯 한숨을 푹 내쉬더니 바닥에 철퍼덕 주저앉아 연신 가슴을 치기 시작했다.

"답답하다, 답답해. 사는 게 답답해."

향목이는 엄마의 이런 모습이 마냥 무섭기도 하고 어린 도준이를 이대로 내버려 두면 안 될 것만 같아 혼자 초조해 발을 동동 구르는데, 그때 엄마가 나직이 이런 말씀을 하셨다.

"네 눈엔 저게 안 보이냐?"

엄마가 가리킨 곳을 보니 정말 그동안 왜 이상하다고 생각을 못 했는지 벽지에 곰팡이가 덕지덕지 피어오른 것이, 어린 향목이가 보기에도 이 집의 환경은 매우 열악해 보였다.

"이런 데서 사는데 애 건강이 좋을 수가 있나. 언제고 이 꼴을 면하나."

그런 말을 하고서 그녀는 옷도 갈아입지 않은 채로 이불을 뒤집어써 버렸다. 아이를 달래는 것은 고스란히 향목이의 몫이 되어버렸다.

그렇게 두 시간가량이 흐르자 밖은 몹시 어두워졌다. 게다가 새까만 하늘에 심상찮은 기운까지 걸려 우울함마저 더했고, 비가 엄청 쏟아져 아빠가 무사히 오실 수 있을지 그것 또한 걱정이 되기 시작했다.

벌컥.

그때, 향목의 아빠가 문을 열고 주르륵 우비에 온통 물을 뒤집어쓴 채로 문을 열고 들어섰다.

"어우, 무슨 비가 이리 내리나? 하늘에 정말 구멍이라도 뚫린 건지."

향목이 그런 아빠의 손을 잡고 다짜고짜 말했다.

"아빠, 우리 도준이 좀 보세요."

그때, 이미 도준이의 얼굴에는 잦은 기침으로 인해 열꽃이 핀 상태였고, 아이는 경기를 일으킬 듯 한 번씩 부르르 떨기까지 하고 있었다.

향목이가 서럽게 울기 시작했다.

"도준이 좀…… 아빠, 도준이 좀……."

순간, 가만 서서 상황을 바라보던 아빠가 갑자기 버럭 노성을 내질렀다.

"네가 에미야? 어? 이렇게 애를 죽일 참이냐고?"

그러자 이불을 뒤집어쓰고 있던 엄마가 벌떡 일어섰는데, 그녀 역시 얼굴에 눈물이 한 바가지인 상태였다.

"나라고 이러고 싶어서 이러고 있어요? 당신, 지금 읍내까지 나갈 차량이나 있냐고요? 만일에 애한테 터무니없는 약값이나 요구하고 매번 병원에 와라 어쩌라 그딴 요구하면 그거 다 들어줄 수 있냐고요? 그렇다고 한 번 신세를 졌는데 염치도 없이 또 도와달라고 주인집에 찾아가면, 그 집에서 우릴 어떻게 생각하겠어요? 온 동네 사람들이 우릴 외면했을 때 받아준 양반들이고, 향목이 쟤 낳을 때도 동네 사람들 얼마나 말이 많았어요? 외지 사람이 들어와서 시끄럽게 한다고! 약재 꾸준히 지어주신다는 거, 솔직히는 받고 싶은 맘 굴뚝같았지만 거절할 밖에요. 지금 눈치를 봐도 주인집 할머님은 우리 별로 안 좋아하시는데……. 나는 이제 차마 주인집 가서 도와달라 부탁은 못 하겠네요."

그러자 처음에는 그리도 기세등등해 보이던 향목의 아빠가 눈에 띄게 움츠러들며 말없이 자리에 앉아 한동안 가만히 있기만 했다.

"으으으응."

그러는 동안에도 아기의 경기 비슷한 소리는 멈출 줄을 몰랐다.

무슨 용기였을까?

"제, 제가 가볼게요. 제가 가서 사정해 보고 평생 은혜 갚겠다고, 잊지 않고 언제고 시키는 대로 다 하겠다고 얘기해 볼게요."

향목이 울며 얘기했다.

그녀의 아버지가 버럭 화를 냈다.

"아서!"

"으흐흐흑."

모두가 눈물바다였다.

어리지만 상황이 심각하다고 판단한 향목은 더 생각할 겨를도 없이 도준을 안고서 무작정 주인집을 향해 뛰기 시작했다.

"향목아! 향목아!"

뒤에서 아빠가 불러댔지만, 이미 향목의 귀에는 들리지 않는 저 너머의 소리였다. 무조건 동생 도준이를 살려야 했기에.

비에 잔뜩 젖은 채로 그녀가 2층 벨을 누른 뒤, 그것도 모자라 쾅쾅, 두드려 댔다.

일하는 도우미 아주머니께서 잠시 뒤 인터폰에 모습을 드러내 향목을 보더니 시큰둥한 얼굴로 물어왔다.

[무슨 일이냐, 이 밤중에?]

"할아버지! 할아버지 좀 만나게 해주세요! 제발요!"

향목이 얼른 재우쳐 말했다.

"제 동생이 아파요!"

[에구머니내!]

그 말과 함께 정말로 문이 번쩍 열렸고, 향목은 계단을 날쌔게 올라가 얼른 안으로 들어갔다. 그제야 자신이 신발도 신고 있지 않았음을 알았지만 향목이는 개의치 않았다.

거실에는 휴와 해외를 자주 오간다는 그의 아버지, 그리고 그의 어머니 혜미와 소씨 부인이 과일을 먹고 있었다. 그들은 무슨 일인가 싶은 표정으로 도준을 안고 있는 향목을 바라보았고, 뒤늦게 안방 문을 열고서 할아버지께서 나오셨다.

향목이가 다짜고짜 무릎을 꿇었다. 얼굴은 이미 빗물과 눈물로 범벅이 된 상태였다.

"할아버지, 제가 지금은 비록 드릴 것이 없습니다. 하지만 제 동생을 살려만 주신다면…… 꼭 나중에라도 그 은혜를 잊지 않고 있다가 시키는 무슨 일이든 제가 할 수 있는 범위에서 최선을 다해 반드시 은혜를 갚겠습니다. 그러니 제 동생을 살려주세요. 제 동생이…… 많이 아파요."

"엄마, 쟤 지금 구걸하는 거야?"

휴의 목소리였다. 상황의 심각성을 알았는지 그때는 혜미가 얼른 아들의 입을 틀어막았다.

"쉬이."

김습은 그사이 아기의 얼굴을 보며 생각에 잠겨 있다가 얼른 성큼성큼 향목이를 향해 다가갔다.

"그래, 일단은 네가 느끼고 보았던 바를 내게 있는 그대로 이야기해 주렴."

아이를 안방으로 데려가면서 김습은 문진을 시도했다. 향목이는 갑자기 꺼이꺼이 울면서도 오후 나절에 있던 이야기를 소상히 들려주었다. 원래 기침이 잦았지만 어머니의 말에 따르면 곰팡이가 잔뜩 핀 벽지 때문에 아이는 내내 시달리는 거라고.

안방으로 온 김습의 얼굴이 어두워졌다.

그가 잦은 기침으로 탈진해 버린 아기를 데려와 조그만 손목의 맥을 짚었다. 확실히 이것은 단순한 감기 증상만은 아니었다. 기관지나 호흡기에 문제가 있었다. 몇 번의 타진을 주자 어린것이지만 흉곽에서도 반응하는 곳이 전부 달랐다.

아무래도 그는 앞으로 이 아이가 잔병에 시달리며 살 것만 같아 벌써부터 마음이 편치가 않았다. 소아천식 같은 경우, 계절이 바뀌거나 꽃가루가 날리는 공간에 들어서기만 해도 호흡이 가빠질 때가 있고, 또 감기가 걸렸을 때 동시에 숨 쉬기가 어려워 다른 아이들보다 배로 고통을 호소하는 경우가 있었다.

"오랜 기간 약재를 먹으면 커서는 꼭 건강해질 것 같은데, 너희 부모가 받아줄지 모르겠구나."

혼잣말하듯 뇌까렸는데 향목이가 그 말을 알아듣고서 그만 우울해져서는 고개를 끄덕였다.

"저도 알아요. 아빠가 더 이상 주인집에 신세지면 안 된다고 아까 그랬거든요."

그에 김습은 잠시 생각에 잠긴 듯 보이다가 천천히 일어서서 가습기를 좀 더 아기 방향으로 틀어놓았다. 그새 아이는 신기하게도 기침을 멈춘 상태였다.

그는 죽통을 가져다가 침보다는 따뜻한 성질의 뜸을 선택해 아기의 몸에 조심스레 얹었다. 열꽃이 핀 상태지만 찬 성질의 침구를 선택하지 않은 이유는 아이의 체질적인 이유도 있고, 혹시 뜸 가루 같은 것에도 반응을 보이는 정도인지 그것을 알아내려 한 것이었다.

"도준아, 너 나으라고 이러는 거야. 움직이면 안 돼."

아기의 팔을 잡고 있는 향목의 눈에서 눈물이 주르르 흘렀다.

다행히 아기는 보채지 않았고, 뜸의 기운을 온전히 받아들인 뒤 김습이 달여 오라 주문한 약재까지 받아마셨다. 물론 약이 역했는지 그때에는 몇 번 울면서 뒤로 자지러졌지만, 끝내 그것을 다 마시고는 김습 할아버지가 휴의 것이 분명한 젤리까지 입안에 넣어 주자 금세 좋아서 헤벌쭉했다.

"오늘 밤은 너희들 여기서 자고, 내가 한 번 너희 부모를 만나봐야겠구나."

그렇게 김습이 돌아서는데, 순간 향목이는 김습이 정말로 생명의 은인처럼 느껴져 저도 모르게 바닥에 주저앉아 꾸벅 큰절까지 했다. 그렇게도 무섭게만 느껴지던 분이었는데, 이젠 아니었다.

그때, 재수 없는 휴의 목소리가 들려왔다.

"오냐."

향목이는 무시하기로 작정하고 얼른 잠에 빠진 도준에게로 몸을 돌려 환한 미소를 지으며 한참을 뚫어져라 바라만 보았다.

그때 비척비척거리며 다가오는 소리가 들려 뒤를 돌아보니, 휴가 곰 모양 젤리를 입안에 오물오물 넣어 먹으며 또다시 특유의 비웃는 미소를 머금고 있었다.

저대로 계속 오면 안 되는데…….

향목이가 벌떡 일어나 두 팔을 뻗었다.

"내 동생 건드리지 마! 건드리기만 해봐!"

그 기세에는 소씨 부인이나 어른들을 등에 업고 늘 기세등등하게 굴던 휴조차 놀라 뒤로 움찔한 정도였는데, 이내 정신을 차렸는지 사납게 입술을 비죽여 왔다. 그때, 휴의 할아버지인 김습이 안으로 들어오자 얄밉게도 녀석은 아무 일도 없다는 듯 혀를 쭉 내밀기만 했다.

김습이 휴의 머리를 잠시 쓰다듬는가 싶더니 인자하게 말했다.

"밤에 이런 거 너무 많이 먹으면 못쓰는데, 오늘은 이게 용한 녀석이 됐구나. 우리 휴도 많이 놀았으니 어여 가서 자거라."

휴가 돌아서며 할아버지가 안 보는 틈을 타 향목이에게 주먹을 휘두르는 시늉을 해 보였다. 향목이 심기가 불편해져 있는데 김습이 그런 향목이의 손목을 잡더니만, 한동안 빙그레 웃으며 쳐다보았다.

"기특한 것. 내가 늘그막에 정신이 없는 것인지 사람을 불러들여 놓고 이리 무심했다. 다 내 잘못이구나."

"아니에요, 할아버지. 그게 무슨 말씀이세요?"

"내일 돌아가면 너희 집 환경이 조금은 나아져 있을 테니 걱정 말고, 한 가지 더 당부를 하자면 엄마, 아빠가 일 나가고 없더라도 동생 약은 때 되면 꼭 네가 챙겨 먹여야 한다. 알았지? 약만 잘 먹으면 도준이가 중학생이 될 때 즈음엔 병은 싹 낫는단다. 그때부턴 기침 하나도 안 해. 이 할아버지 믿지?"

향목이가 정말로 신기한 듯 얼이 빠진 얼굴로 할아버지의 얼굴을 바라보다 갑자기 무언가가 생각난 듯 조그맣게 한숨을 쉬었다.

"왜 그러느냐?"

"아뇨. 내일 돌아가면 아마 엄마나 아빠가 저를 매우 혼내실 거예요."

"그건 걱정하지 말거라."

그 말에 향목이가 눈을 동그랗게 뜨고 할아버지를 바라보자, 김 습이 검버섯이 피어난 주글주글한 얼굴로 웃음을 만들어내며 말했다.

"내가 너희 부모에게 어찌 이리 똑똑한 딸을 두었느냐며 오히려 칭찬을 하고, 나는 나이만 먹었지 참으로 멍청했다며 미안하다고 사과를 하고 오는 길이다. 그간 무심히 말 못 할 속사정 끌어안고 사는 너희 부모님 생각해서라도 네가 열심히 살아주어야 한다. 응?"

향목이는 무언가에 홀린 듯 김습의 얼굴을 멍하니 바라보았다.

김습은 그런 향목의 머리를 슬슬 매만지며 이 아이가 환경에 굴하지 않고 잘 자라주었으면 하고 바랐다.

한여름 땡볕은 뜨거웠다. 늘 부지런히 움직이던 아버지 덕에 향목이네는 조그만 땅 몇 평이나마 구매할 수 있었는데, 사놓고 보니 문제는 자갈이며 쓰레기가 끝도 없이 나온다는 것이었다.

"뭘 알고 산 겨?"

"거가 사람들이 쓰레기 버리고 하던 매립지였어."

지나던 이들이 한마디씩 할 때마다 아버지는 현기증을 느끼는지 손으로 땀을 닦으며 원망스럽다는 듯 뜨겁게 내리쬐는 태양을 한차례 쳐다보곤 했다.

빠른 86년생이었기에 실상 초등학교 2학년에 재학해야 맞았지만 출생신고를 늦게 한 까닭에 향목이는 이제 막 학교에 들어갈 수 있었다. 그래서였을까? 또래보다 의젓하던지라 어린 향목은 곧잘 엄마, 아빠의 일을 돕곤 했다. 이날도 마찬가지였다.

어머니는 여전히 면사무소의 청소 일을 했고, 어린 도준이는 그늘 볕에 앉혀놓은 채였다. 갑자기 아버지가 곡괭이를 내팽개치더니 어딘가로 성큼성큼 사라졌다.

"아버지! 아버지!"

향목이는 아버지를 불러보았지만, 왠지 그의 늘어진 어깨에서 붙잡아서는 안 될 허무함을 느끼고는 어린 나이에도 가만 도준에게로 고개를 돌릴 뿐이었다.

"사람들 참 밉다. 알면서도 우리한테 한마디 말도 안 해주고."

그랬다. 이 동네 사람들은 아직도 외지를 떠돌다 이곳에 정착하고, 더더군다나 김습 어르신의 도움을 받은 것을 마치 무슨 술수라도 쓴 양 여기는 터라 향목이네에게 마음을 열지 않았던 것이다.

김습 어르신은 향목이가 도준이를 업고 달려가 도움을 요청한 이후로 집도 새로 고쳐 주시고, 연신 됐다고 거절하는 아버지를 얼러서 꼬박꼬박 약재며 먹을 것 따위를 챙겨주셨는데, 그 바람에 동리 사람들의 시선이 오히려 더 곱지 않게 된 것이었다.

자박, 자박, 자박.

혼자서 호미로 자갈을 캐내던 향목이가 고개를 드니 아버지의 손에 검은 비닐봉지가 들려 있었다. 자세히 보니 안주 하나 없이 소주만 세 병이었다.

술도 잘 못 하시는데 저걸 설마 다 드시려나?

걱정스레 바라보다 향목이는 가만 호미를 내려놓고 도준에게로 걸어갔다.

"아버지, 저 도준이 약 먹이고 올게요."

그러고는 도준이를 불끈 들어 터벅터벅 집으로 향했다.

"도준이, 너 너무 많이 컸다. 누나 진짜 힘들다."

"누나, 아빠 술 마셔?"

"쉬이. 얼른 가서 너 약 먹고 아빠 안줏거리 좀 챙겨 갖고 오자."

약 이야기가 나오자 도준이가 얼굴을 찡그리며 벌써부터 진저리를 쳐댔다. 김슴 어르신은 단순히 한약재뿐만 아니라 따로 도라지며 모과, 은행…… 하여간 기관지에 좋다는 것들을 우려서 도준에게 먹였는데, 이상하게도 도준이는 그 맛을 쓴맛보다도 더 역하게 생각해서 자꾸만 구역질을 해댔다.

향목이는 자기 작은 줄은 생각도 않고 도준이가 잘 안 자란다며 무조건 몸에 좋으니 먹이고 보자는 심산인지라 도준이 약을 거부하는 것은 단 한 차례도 허용치 않았다.

한참을 바지런히 걷는데 옆에서 멀리 새까만 무언가가 눈에 들어왔다. 자세히 보니 휴네가 여행에서 돌아온 모양이었다.

"에구, 한동안 마음이 편했는데 또 눈칫밥 먹게 생겼네."

어린아이답지 않은 소릴 늘어놓으며 향목이 한숨을 내쉬는데, 도준이는 박수를 치며 좋아했다. 휴는 해외로 나가기 전 창고에 가지고 놀던 장난감을 모조리 넣어놓았는데 이제 그것을 구경이

나마 할 수 있게 되었으니, 도준이로서는 그만큼 신나는 일이 없는 것이었다.

"도준아, 휴 형아 물건 절대로 만지면 안 돼. 누나가 만날 말하잖아. 그 물건 자꾸 만지면 우리 저 집에서 쫓겨날 수도 있어."

일부러 엄하게 없는 소리까지 한 번 해보았더니 도준이가 시무룩해했다.

"대신에 누나가 더 재미있게 놀아줄게. 응?"

"휴 형아 장난감이 최고로 재미있는데. 치."

"어쩔 수 없잖아. 휴 형아가 우리를 엄청 싫어하는데."

"우리를 왜 싫어해?"

그 물음에는 향목이도 대답을 해줄 수가 없었다.

이제 제법 자란 그들은 행동반경이 넓어져 산외면 이곳저곳을 돌아다니며 또래 친구들을 사귀었는데, 아이들 사이에서도 눈치란 것이 있어서 깡마르고 볼품없이 새까만 향목이를 향해 어른들이 업신여기듯 대하는 게 선연히 보이는 모양이었다.

거기다 휴 역시 소씨 부인에게서 배운 것인지, 향목이를 자기네 집에 얹혀사는 종놈 대하듯 하는 버릇이 있어서 아이들 사이에서도 향목이네는 그리 대접받는 편이 아니었다. 그러니까 인기가 많은 친구가 아니란 소리였다.

그때, 옆에서 밭을 매던 아주머니 한 분이 멀리 캐리어를 꺼내는 휴네 사람들을 보며 한마디를 했다.

"저 집 큰 도련님이 미국 아주 큰 도시에…… 뭐시라, 양방이랑 한방을 섞어서 뭔가를 건립한답시고 그렇게 비행기를 타고 댕긴다드만."

"사람은 다 똑같은가 벼. 그 머리 노랗고 눈 파란 사람들도 침 놓아주면 따봉! 한디야."

"여기보다 비싼 값에 부자들이 드나든다던데?"

"암튼 그 사업 야그에 김습 어르신이 처음으로 큰 도련님을 마음에 들어 했다잖여."

"그래서 그런가? 저 집은 시도 때도 없이 몇 개월이고 애 데리고 해외를 가대?"

그러자 누군가 목소리를 낮추어 비밀 이야기를 하듯 한마디를 했다.

"에그, 큰 도련님은 일 때문에 그런 것이고, 저기 저, 동네 사람들 인사도 안 받는 저 집 며느리 있잖여. 저 여자가 그렇게 사치가 심해서 하여간에 해외병이 도졌나, 한 번은 저기, 그 뭐여, 외국서 물건을 몽땅 사가지고 왔다가 걸려서는 아주 그냥 그 뱅기에서 망신을 옴팡 당했대."

향목이는 아주머니들을 지나치며 그래서 휴가 유치원도 그렇게 빠지고 몇 개월이고 안 보이는구나 싶었다.

그때마다 속으로 엄청 좋아했는데…….

지금 보니 동네 애들이 휴네 차량에 바글바글 들러붙어 있는 것이, 신기한 구경을 하는 것인지, 아니면 뭐라도 얻어먹으려 하는 것인지 하여간에 난리법석도 아니었다.

향목이는 마음을 단단히 먹고서 도준이의 손을 덥석 잡았다.

"도준아, 너 저기 휴네 형아 지나칠 때 뭐 신기한 거라도 보거나 해도 보여달라고 조르거나 고개 내밀거나 함부로 손 내밀거나, 하여간에 나쁘게 행동하면 안 돼. 절대로!"

"왜?!"

도준이는 벌써부터 심기가 상한 모양이었다. 아이가 버럭 소리를 지르는 게, 여간 보통내기로 나오는 것이 아니다.

"저거 다 남의 물건이야. 한 번 만져 봤자 소용없는 거라고. 우리 꼴만 우스워져. 응? 알았지?"

"치."

향목이는 부러 고개를 푹 숙이고서 빠르게 걷기 시작했다.

드디어 그들의 검은 세단이 나타났고, 다행히 아이들이 우르르 몰려 있어 도준이를 안은 향목이는 보일 듯 말 듯 주인집 아주머니인 혜미를 향해 꾸벅 허리를 숙인 채로 황급히 몸을 돌릴 수 있었다.

솔직히는 그들이 자신을 안 봤기를 바랐다.

한데 그때, 외국 화보집에서 튀어나왔을 법한 옷차림을 하고 있던 휴가 한마디 툭, 내던졌다.

"엄마, 확실히 여기가 촌이긴 촌이야. 어우, 저 촌년 봐."

명백히 향목이를 향한 것이 분명한 말투였다.

세상에, 촌년이라는 말을 어린아이가 서슴없이 하다니.

향목이 슬쩍 고개를 들어 휴를 쳐다보니 전혀 애답지 않게 머리 위에 선글라스를 얹은 채로 페트병의 물을 마시던 그가 뭘 보냐는 식의 뚱한 표정을 지어 보였다.

향목이는 부아가 치밀었지만, 그저 도준이를 안고서 황급히 지나칠 수밖에는 없었다.

얼른 자신의 셋방으로 들어간 향목이는 할아버지가 늘 알려준 대로 전자레인지를 이용하지 않고 도기에다가 정성껏 약을 달인 뒤, 호호 불어가며 도준에게 약을 먹였다. 간신히 약을 받아 마신 도준은 기진맥진 땀을 흘렸고, 매운맛, 쓴맛, 역한 맛을 다 느끼는지 울기 직전이었다.

향목이가 얼른 아껴두던 알사탕 하나를 꺼내 도준에게 내밀자 그제야 얼굴이 풀리며 방긋방긋해지는데, 향목이도 이때만큼은 숨이 다 넘어갈 지경이었다.

그만큼 도준에게 약을 먹이는 일은 고역이었다.

도준은 또 매번 알사탕의 존재를 물으며 약을 먹지 않을 때에도 아픈 시늉을 해가며 알사탕을 달라고 보채곤 했는데, 마음이 약해질 때가 한두 번이 아니었지만 그러다 보면 정작 필요할 때 사용하지 못하기 때문에 향목이는 마음을 모질게 먹어야만 했다.

사실 도준에게 마음껏 맛있는 것을 먹이지 못하는 게 향목이로서는 마음이 아플 때가 한두 번이 아니었다. 특히 명절 때면 다른 아이들은 용돈을 받아 우르르 먹을 것을 사 먹는데 친척이 없는 그들로서는 받은 돈이 없으니 물끄러미 그 모습을 지켜봐야만 할 때, 향목이는 도준이가 상처를 받을까 봐 일부러 그 모습을 보지 못하게 장지문을 닫아버리곤 했다.

"아고, 내 정신 좀 봐."

도준이의 땀을 식히고 자신의 땀도 좀 닦고 하다 보니 혼자서 술을 드시고 계실 아버지 생각을 깜빡한 것이었다.

얼른 부엌으로 간 향목이는 갓김치 조금을 소담히 담아내 날벌레들이 들러붙지 않도록 뚜껑으로 잘 덮은 뒤, 도준의 손을 붙잡고서 다시 빠른 걸음으로 문을 나섰다.

밖으로 나오니 동네 아이들이 방방 뛰고 난리도 아니었다. 가만 보니 영어로 쓰인 외국 초코바를 각자 하나씩 손에 쥐고서 혜미 아주머니와 휴를 향해 연신 고맙다고 외쳐 대며 괴성을 지르거나 요상한 춤을 춰대고 있었다.

향목이는 부러 고개를 숙인 채 멀찌감치 그곳을 비켜 지나려는데, 별안간 혜미 아주머니가 말을 걸어오셨다.

"향목이도 초코바 하나 줄까?"

"네? 아뇨, 저는……."

"왜?"

"밥 먹은 지 얼마 안 돼서요."

그 말에 초코바를 베어 먹던, 두 살 많은 동네 말썽꾸러기 기정 오빠가 큰 소리로 나서서 비웃듯 말했다.

"웃기시네. 먹고 싶어 죽겠으면서."

기정은 꼭 휴 앞에서는 눈치를 실실 보면서 남은 함부로 못살게 굴었다. 향목이는 아예 그쪽을 쳐다보지도 않았다. 그저 혜미 아주머니를 향해 다시 고개를 숙이려는데, 혜미 아주머니가 다시 물어왔다.

"그럼 도준이 하나 줄까?"

그때는 차마 향목이도 도준에게 먹지 마라, 하고 말릴 수가 없었다. 아랫입술을 문 채로 가만있는데, 웬걸, 도준이가 이렇게 대답했다.

"아뇨. 우리 누나가 저한테 방금 맛있는 거 줬거든요. 저도 필요 없어요."

그 순간, 향목이는 도준이가 왜 이리 예쁘고 기특한지.

인사를 하고 돌아선 뒤, 향목이는 어느 정도 걸었다 싶은 때에

도준에게만 들릴 정도로 살짝 물었다.

"도준아, 너 정말 저거 먹기 싫어서 안 먹은 거야?"

도준이 태평히 대답했다.

"응. 난 누나가 주는 알사탕이 세상에서 제일 맛있어. 지금 아껴서 잘 먹고 있어."

기분이 좋아진 향목이의 걸음도 빨라졌다.

그러나 그런 향목의 기분은 금세 가라앉고 말았으니.

밭이라고도 볼 수 없는, 자갈이 그득한 그들의 땅으로 가보니 아버지는 그사이 소주를 한 병 남짓이나 빈속으로 이미 비우신 상태였다. 얼굴이 벌겋게 달아오르신 게, 인사불성이 된 모습이셨고, 눈도 반쯤은 풀려 있는 모습이었다.

"아버지!"

향목이 얼른 나머지 소주병을 잡아채선 뒤로 감추었지만, 날아온 것은 놀랍게도 단 한 번도 그녀에게 매질을 한 적이 없던 아버지의 손바닥이었다.

찰싹!

"으아아아아앙!"

외려 눈물을 터뜨린 것은 도준이었다.

"누나 때리지 마요. 누나 왜 때려요."

향목이도 간신히 참으려던 눈물을 결국 참지 못하고 한 방울씩 떨어뜨렸다. 그러자 아버지가 그제야 제정신을 차린 듯 미안함에 향목이와 도준이를 안고서 소리 없는 눈물을 흘리기 시작했다.

한참을 그렇게 가족은 서로를 부둥켜안고 울었다.

해가 기울 무렵이 되어서야 그들은 다시 호미와 곡괭이를 손에 쥐었다. 남들은 저녁을 먹기 위해 집으로 향하는 시간, 어린 향목이는 손이 다 까지는 줄도 모르고 호미를 움켜쥐고 자갈들을 캐냈고, 술에서 덜 깬 아비는 어린것들 앞에서 아버지로서의 체통을 잃지 않으려 어지러운 가운데서도 간신히 곡괭이를 쥔 상태였다.

그것을 고작 여덟 살인 향목이는 알고 있었다.

"아버지, 먼저 들어가셔요. 엄마 오시기 전에 아버지가 밥 좀 해놓으면 안 될까요? 저 오늘 밥하기 싫은데……."

그래서 향목이는 그렇게 말을 돌려 했다.

도준이는 배가 고픈지 밥도 없이 갓김치를 맨손으로 덥석덥석 집어먹고 있었다.

백호성이 노을로 물들어가는 하늘을 한 번 쳐다보는가 싶더니, 곡괭이를 내려놓고서 도준에게로 걸어가 불끈 팔을 들어 올려 활짝 웃었다.

"아이구, 우리 아들 녀석 좀 보게! 입이 이게 뭐야? 응?"

그러고는 향목이를 향해 뒤돌아 말했다.

"가자, 향목아. 오늘만 날이냐? 내일 와서 또 하면 되는 거지. 어디 자갈 네놈들이 이기나 우리가 이기나 한 번 해보자!"

향목이 그제야 빙그레 미소를 지으며 호미를 내려놓았다.

세 사람이 집에 돌아왔을 때는 이미 어둑어둑해질 무렵이었다. 각 집 부엌간에서 흘러나온 구수한 밥 냄새가 시장기를 더했다.

향목이는 생각했다. 언젠가는 저들처럼 우리 가족도 평범하게 살게 될 날이 올 거라고.

1995년.

산외면은 가을이 되면 어느 고장보다도 코스모스가 만발했는데, 거기다 아직 오염되지 않은 동네인지라 하늘은 마냥 높고 푸르러 사람들은 왠지 모르게 한껏 그 정취에 취하곤 했다. 그뿐인가. 곧 추석이 다가오니 도시로 떠났던 자식들이 고향을 찾아 돌아올 테고, 그들 손에 그동안 수확한 곡식들을 안겨줄 기쁨에 부모들은 벌써부터 신이 나서 힘든 줄을 모른 채 허리 한 번 안 펴고 낫질을 하고 마당에 앉아 연신 깨를 털고 하는 것이었다.

그러면 동네는 어느새 참기름 짜는 냄새가 하나둘 퍼지기 시작했는데, 그 고소한 냄새는 예부터 내려온, 분명한 우리네 것이었다.

매앰, 매앰, 매앰.

아직은 더위가 완전히 물러나지 않은 어중간한 계절. 마을의 최고 연장자인 어르신들이 정자에 둘러앉아 모시옷을 입고서 부채질을 하고 있을 때였다. 그들은 멀리 황금물결 아래 일손을 멈추지 않고 일하는 아랫사람들의 모습을 물끄러미 응시하고 있었다.

그때, 희한한 광경 하나가 스치고 지나갔다.

부우우우웅.

시골마을에선 좀처럼 보기 힘든 바나나를 가득 실은 오토바이였다. 마을 어르신들의 고개가 일제히 그 오토바이가 향하는 곳으로 꺾였다. 놀랍게도 그것이 김습 어르신의 가옥에서 멈춰 서자 다들 입을 벌렸다.

"추석 전에 저 집에 제사 하나 있지? 거, 우루과이 라운든가 뭔가 해서 우리 젊은 애들도 데모한다고 도시로 나갔잖여. 농촌 망한다고. 근디 그때가 어느 때라고 빠나나여, 빠나나가?"

"아, 모르지. 시상이 변했다드만 요번 제사에는 빠나나가 올라 갈랑가?"

정말로 궁금한 것만 같은 물음이었다.

한편, 심율 김습의 정원에 도착한 이 동리 점방의 심부름꾼 총 각은 혜미에게서 돈을 건네받는 중이었다.

"저는 사실 오면서 설마설마했습니다. 장난이면 어쩌나 하고 요. 누가 이 시골에 저런 과일들을 몽땅 주문했나 싶어서 사장님 도 몇 번이나 확인을 하시더라고요. 근데 와, 전원주택에 사셨네 요."

"여기요."

혜미는 말을 섞기 싫다는 듯 돈을 건넨 뒤 과일들을 받아서 곧 장 뒤돌아섰다.

그런데 이게 웬일인가.

집 밖에 잘 나오지 않는 시아버지 김습이 매우 사나운 얼굴을 하고서 며느리 혜미를 바라보고 있는 것이 아닌가. 그의 옆에는 천연덕스러운 얼굴을 한 휴가 서 있었다.

혜미의 머리가 얼른 돌아가는 순간이었다.

"아, 아버님. 아이가 아무래도 외국에 나가서 한 번 맛을 보더 니, 그 맛이 생각나는지 자꾸만 보채더라고요. 생각나는 음식을 자꾸만 못 먹게 하는 것도 방도는 아니다 싶어서 주문하는 김에 좀 이것저것 시켰어요."

그러자 잠시 혜미의 얼굴을 노려보던 김습이 찬바람을 날리며 안으로 들어가 버렸다. 시아버지가 들어가고 나자 혜미의 얼굴에 화색이 돌았고, 그런 엄마를 보며 휴가 봉투 쪽으로 다가와 안을 살피기 시작했다.

그때였다. 밭에 새참을 가져다주고 빈 보자기를 들고 오던 향목이 혜미를 발견하고는 꾸벅 인사를 하고 휴와 눈이 마주쳤다. 휴가 잠시 무표정한 얼굴로 향목이를 바라보는가 싶더니, 평소처럼 휙 고개를 돌려 버렸다. 이제 3학년이 되었지만 휴는 여전히 향목 대하기를 소 닭 보듯 했던 것이다. 향목이도 고개를 돌린 채 집으로 걸어 들어갔다. 어서 들어가서 도준이의 끼니를 마저 챙겨줄 요량이었다.

그런데 오후가 되면서 마을의 놀이터라고 할 수 있는 아흔아홉 칸 집 앞의 연못가에 도준이가 놀러 가자고 떼를 쓰기 시작했다. 평소보다 더한 고집인지라 향목은 도준을 말릴 수가 없었다.

향목이 자라고 이곳의 마을 아이들과도 교류를 시작하면서 사실상 동리의 놀이터는 어느 순간부터 아흔아홉 칸 집이 되었는데, 이곳은 오밀조밀하면서도 외양간이며 행랑채 깊숙한 곳, 또 안채의 아궁이, 바깥채의 다락 천장까지 숨바꼭질하기에는 적합한 곳이기 때문이었다.

그뿐만이 아니었다. 너른 마당은 뜀박질을 하거나 말뚝박기를 하며 놀기에도 적합했고, 여름이면 근처에 도원천이 흘러 물에 발을 담그고 물장구질을 치는 아이들로 북적였다.

게다가 믿기지는 않지만, 사람이 파서 만들었다고 하는 연못은 물비린내에도 불구하고 동네 아이들이 모여 노는 것을 무척이나 좋아했다. 향목이도 도준이의 손을 잡고서 연못가로 가보니 그곳은 이미 산외면 아이들에 의해 거의 점령당하다시피 해 있었다.

사내아이들은 종종 물수제비를 뜨기도 했고, 계집아이들은 치마를 입었다 해도 연못 옆 아름드리 느티나무의 곧게 뻗은 갈래 위를 밟고서 가지 위에 앉아 선선히 불어오는 바람에 머리를 내맡기고 있는 것을 좋아했다.

그런데 휴가 바나나 몇 개를 들고서 이곳에 나타나면서부터 문제는 시작되었다.

대부분 저것을 먹어봤다면서 난리를 쳐대고, 맛있다고 아는 척을 하며 아우성을 쳐댔지만, 누군가는 먹고 싶어서 침을 꼴깍꼴깍 삼켜야 했으니. 그곳에 온 향목이 역시 바나나를 먹어본 적이 없었는데, 그만 그 향에 매료되어 실제로는 정말로 한입만 먹어보고 싶다는 생각이 간절해졌다. 하물며 어린 도준이는 어땠겠는가.

그런데 그때, 휴가 손을 번쩍 들더니 아이들을 한차례 쳐다보았다.

"한 줄로 서! 한입씩 줄게."

그 말이 끝나기가 무섭게 우르르 줄을 서는데, 정말로 산외면의 아이들이 이렇게 많았는가 싶을 정도로 줄은 길었다. 휴와 사이가 데면데면한 향목이는 어중간하게 서 있을 수밖에 없었다. 그 모습에 도준이가 향목이의 등을 마구 때리며 울음을 터뜨렸고, 무안해진 향목이는 얼굴을 붉힌 채로 휴의 눈치를 보며 한 발자국 슬그머니 줄 쪽으로 향했다.

그 모습에 휴가 피식 웃는 것을 보았는데, 그때 향목이가 느낀 창피함이란.

그런데 향목이만 거북이처럼 느린 것은 아니었다. 마을에는 향목이보다 한 살 많은, 실상은 같은 학년인 정길이란 아이가 있었는데, 가벼운 소아마비를 앓은 탓에 다리와 안면 장애가 조금 있었다. 그 별거 아닌 장애에도 아이들은 정길이가 몹시 둔하고 느리게 행동하는 탓에 답답함을 느끼고는 결국에는 함께 어울려 놀지를 않으려 했고, 정길이는 매번 혼자가 되곤 했다.

결국 줄의 마지막은 정길이와 도준의 손을 잡고 선 향목이, 그 두 사람이 어정쩡하게 남게 되었다.

마음 같아서는 도준이를 데리고 그냥 떠나고 싶었지만, 이번에 바나나 맛을 안 보여준다면 그 원성이 엄청날 것 같아 향목이는 울며 겨자 먹는 심정으로 서 있을 수밖에 없었다.

줄이 점차 짧아질수록 네가 많이 베어 먹었네, 아니다, 네가 더 많이 베어 먹었네, 아웅다웅 다투는 소리들이 들려왔다.

그리고 마침내 그들의 차례가 다가왔다.

향목의 얼굴은 말할 수 없이 붉어져 있었다. 휴가 그런 향목이를 보며 노골적으로 피식 비웃었다.

그 와중에도 슬쩍 보니, 먼저 먹어야 많이 먹을 것 같아서 향목이는 얼른 도준이의 입을 바나나에 가져다 댔다. 그러자 도준이는 미안하게도 정말 욕심껏 베어 먹었다.

도준이는 처음 맛본 바나나 맛에 반했는지 황홀한 표정으로 오물오물 내내 씹고 있었다. 그제야 향목이는 미안함에 정길이를 슬쩍 쳐다보았는데, 정길이는 얼마 남지 않은 바나나의 양에 조금은 실망한 표정이었다.

바닥에는 이미 다른 아이들이 까먹고 남은 껍질들이 한가득인지라 더 까먹을 바나나도 없었다.

휴가 얼른 아무나 먹으라는 식으로 재촉하듯 손을 내밀었다.

향목이가 정길이를 바라보며 말했다.

"너 먹어. 난 별로."

기어들어 가는 목소리였다.

그러자 정길이가 입을 바나나 쪽으로 가져가 베어 먹었는데, 조금 뒤 아이들의 반응이 심상치가 않았다.

"으엑, 저거 뭐냐? 저거 고춧가루 아냐? 어우, 드러."

정길의 이 사이에 끼었던 고춧가루가 바나나에 묻은 것이었다. 사실 향목이는 바나나를 먹지 않으려는 심산이었다.

아이들의 말이 이어졌다.

"야, 저걸 어떻게 먹냐? 버려라. 거지도 못 먹겠다."

평소 정길이 마음에 담아두고 늘 해바라기하고 있는 원주가 대놓고 그렇게 말을 하자 정길의 얼굴이 빨갛게 물들기 시작했다.

그때, 향목이가 황급히 나섰다.

"내, 내가 먹을게."

그러자 모두가 놀란 듯 입을 벌렸다.

"히!"

사실 향목이는 정말로 먹기가 싫었다. 바나나에 묻은 고춧가루가 선명히 보일 정도였던 것이다. 하지만 동생 도준이 바나나를 많이 베어 먹은 데다 이제와 자신이 먹지 않겠다고 손사래를 친다면 정길이가 난감할 것 같았다.

일부러 향목이는 그 부분에 입을 가져가서 아무 생각 없는 것처럼 살짝 베어서 먹은 뒤 생각도 하지 않고 꿀꺽 삼켜 버렸다.

그런데 갑자기 휴가 큰 소리로 웃기 시작하더니, 뭐가 그렇게 웃긴지 바닥에 주저앉아 웃음을 그치질 못했다.

아이들도 그 모습이 조금 특이한지 가만 바라보다가 나중에야 동조하듯 어색하게 웃기 시작했다. 그러고는 누군가가 노래를 부르듯 이런 말을 뱉어냈다.

"야! 정길이랑 향목이랑 방금 뽀뽀한 거 맞지?"

"헉! 그럼 정길이 각시는 향목이야?"

"얼레리 꼴레리, 얼레리 꼴레리. 정길이 각시는 향목이래요, 향목이래요."

휴가 눈물을 닦으며 일어서더니 둘을 손가락으로 가리키며 말했다.

"오예! 최정길! 백향목! 영원한 사랑 축하드려요!"

정길이도 향목이도 얼굴이 벌게져서 가만 서 있는데 도준이가 손을 놓아달라고 난리를 쳐댔다.

"누나, 내려줘. 누나!"

향목이 얼른 도준이의 손을 놓고서 주먹을 쥔 채로 아이들을 노려볼 때였다. 머쓱해진 정길이 뒤를 돌았다가 비명을 질러댔다.

"야! 야! 백향목!"

번쩍 고개를 돌리니, 도준이 보기에도 탐스런 붉은빛이 물든 자리공의 열매를 입에 넣고 있는 것이 아닌가.

시골 아이들 중에 아는 이는 알았다, 저 조그만 포도를 연상시키는 자리공이 보기에는 먹음직스러워 보이지만 잘못 먹으면 정신을 놓을 수 있다는 것을.

어른들은 '에비! 저거 잘못 먹으면 디져'라며 길을 지나다가도 아이들의 눈이 자리공의 열매로 향할라 치면 손을 탁 쳐내곤 했으니.

향목이 얼른 도준의 입에 손을 넣어 자리공 열매를 빼냈다.

"누······ 나······."

그사이, 도준은 벌써 혀에 마비가 오는지 눈을 가풀막지게 홉뜨고 있었다.

아무런 생각을 할 수가 없었다. 향목은 세 살 아래 도준을 불끈 엎고서 엎어질 듯 뛰기 시작했다.

마을 아이들의 행렬이 이어졌다.

무심한 눈으로 느릿느릿 그 광경을 보면서 걷는 이는 이 마을의 유지 4대 독자인 휴뿐이었다. 그러나 그도 사태가 몹시 궁금한지라 눈이 왕방울처럼 커다래져 있었다. 아까까지만 해도 바나나 하나로 왕 행세를 하며 즐겁게 놀았는데, 어째 도준이 저리된 것이 자신의 책임인 것만 같기도 해 휴는 사실 마음에 조바심이 일었다.

조금 늦게야 아이들을 따라 집으로 향하니, 마당에는 할아버지가 나와 분주하게 도준을 살피고 있었다.

"자네, 쌀뜨물하고 감초 달인 물 조께 가져오게!"

"할아버지, 제 동생 어떤 거예요?"

향목이 자꾸만 묻는데도, 김습은 아무런 말이 없었다.

이윽고 소씨 부인이 쌀뜨물 먼저 대령하자 김습은 아이의 입을 벌려 거푸 그것을 부었다가 씻어내었다. 그제야 도준이 눈을 깜빡깜빡 뜨자 아이들의 눈이 서로를 쳐다보며 신기한 듯 반짝였다.

"감초 달인 물은 왜 안 가져오는 거예요?"

김습의 성화에 소씨 부인은 마뜩찮은 표정이 되어 후다닥 도기를 가져왔다.

"원, 마을의 모든 대소사에 다 관여를 하시니."

그 순간, 향목은 소씨 부인이 사무치게 미워져 아랫입술을 꾹 깨물고는 흐르는 눈물을 야무지게 닦아냈다.

김습이 나지막하게 말했다.

"니 신경 쓰지 말거라."

어찌 아셨을까? 향목이 고개를 숙인 채로 동생에게 시선을 두는데, 감초 달인 물을 거의 다 마시다시피 한 도준이 그제야 켁켁, 소리를 내었다.

"누나……."

동생과 눈이 마주친 순간, 향목은 목에서부터 왈칵 울음이 터져 나와 도준을 끌어안고 엉엉 울음을 터뜨렸다.

마당 가에는 이미 모여선 아이들과 어른들로 북적이고 있었다.

그리고 그 너머 담장에는 무심한 눈으로 쳐다는 보지만 차마 자리를 뜨지 못하고 있는 휴가 있었다.

그날의 일은 그렇게 마무리가 되는가 싶었다. 물론 그때까지만 해도 바나나가 얼마나 이 동리 아이들의 마음에 거센 변화를 몰고 왔는지는 알지 못했다.

한편, 어른들은 모였다 하면 비밀스럽게 하는 말들이 있었는데, 86년 휴네가 들어와 살면서 마을에 조금씩 이상한 변화가 생겼다는 것이었다. 가령 휴네 엄마라는 여자, 그러니까 혜미 아주머니를 욕하는 소리가 대부분이었는데, 그 아주머니가 어른들의 인사를 받지 않는다거나 제사에 참여하지 않는다거나 혹은 마을의 물을 흐려놓는다는 것이었다.

개중에는 분통을 터뜨리며 마을회관에 모여 이 문제를 김습 어르신께 이야기해서 바로잡아야 한다는 사람도 있었다. 화려한 옷차림이며 서울에 있는 자신의 친구들을 불러들이는 것, 마을 풍토를 자꾸만 변화시키는 것이 여러모로 애들 교육상 좋지 않다는 것이었다.

향목이는 그것 중 하나가 다름 아닌 바나나라고 생각했다. 지금 향목이는 산외 구멍가게 앞에서 도준이를 안고 내내 서 있는 중이었다. 자신은 생각나지 않는 맛이지만 도준이의 말에 따르면 천국에서 따봉을 외치는 맛이라니, 진짜 맛있긴 맛있는 모양이었다.

심지어는 짜장면과 둘 사이에서 한동안 고민하다가 바나나를 선택하기까지 했으니.

사실 산외 구멍가게에는 물건이 몇 개 없었다. 군것질 거리라 봐야 새우 맛이 나는 과자하고 초코 맛이 나는 파이, 할머니들이 체했을 때 먹는 소다가 전부였다. 그런데 어느 날부터 아저씨가 바나나 한 다발을 지붕 아래 대롱대롱 매달아놓기 시작한 것이다.

휴네 엄마는 저것을 몽땅 사갈 때가 많았고 간혹 아이들이 찾아와 하나만 사가면 안 되냐고 묻기도 했지만, 부엉이셈인 아저씨는 계산하는 게 귀찮다며 하나씩은 팔지 않으려 했다. 그래서 아이들은 하나 사 먹을 돈이 있어도 시무룩하게 돌아갈 때가 많았다.

향목이는 만일에 마을회관에 모여 건의를 한다면 반드시 그 문제를 짚고 넘어가야 한다고 생각했다.

그때, 먼지 낀 허름한 유리창 너머로 내내 향목이를 바라보고 있던 주인아저씨가 드르륵 문을 열고 나오더니, 손을 내저었다.

"훠이, 훠이. 얌마, 너 때문에 손님 떨어지겠다."

향목이는 아저씨의 말을 무시한 채 이참에 용기를 내보았다.

"아저씨, 바나나 한 개만 팔지 않으시겠어요? 딱 한 개만요."

그녀가 손가락 하나를 내밀어 보였다.

그러자 아저씨가 말하시길,

"허이구, 네가 하나 사 먹을 돈이나 있냐?"

이러시며 도로 문을 닫아버리셨다.

잠깐 동안 얼이 빠져 있던 향목이는 그 말의 의미를 한참 고민하다가 결국 뜻을 알아내지 못하고 울먹거리는 도준이를 달래 발걸음을 돌려야만 했다.

"누나가 집에 가서 오늘은 알사탕 세 개 줄게."

"치. 그깟 알사탕."

"아후."

바나나의 맛을 알아버린 도준이는 어느 날부터 알사탕을 우습게 알기 시작했다. 향목이로서는 도준이가 커갈수록 동생을 다루는 게 점차 어려운 일이라는 걸 실감할 수밖에 없었다. 더구나 부유한 집 너머에 살며 그네들의 행동거지를 보며 산다는 것은 어린 아이에게는 곤욕스러운 일일 수밖에 없었다. 빨리 무언가를 포기하지 않는다면야.

덩달아 힘이 빠져 버린 향목이 터덜터덜 집으로 향하는데, 무언가 와자지껄 시끄러웠다. 고개를 드니 한눈에도 눈이 휘둥그레질 법한 차량들이 즐비하게 휴네 집 앞에 서 있는 게 보였다. 날씬하고 예쁘게 차려입은 아주머니들과 어떤 아저씨 한 분이 있었는데, 그 주변을 에워싸며 구경하는 동네 아이들이 마치 거지 떼처럼 보일 정도였다.

휴의 엄마가 휴의 손을 잡고서 환히 웃으며 말했다.

"야, 나 진짜 심심해 죽을 것 같아. 그러지 말고 방 있으니까 자고 가."

그러자 소씨 부인이 뒤에서 웃으며 말했다.

"그러세요. 여기 풍경도 구경하시고 두 분은 곧 약혼하신다면서요? 그날 우리 며느리가 못 간다니, 여기서 놀다들 가세요."

그때였다.

2층에서 드르륵 하고 창문이 닫히는 소리가 들리는데, 누가 봐도 그 말에 못마땅해하는 김슬 할아버지의 행동이었다.

한순간 서울에서 왔다던 손님들이며 소씨 부인, 혜미 아주머니 모두 할 말을 잃고 어색해지는데, 이내 혜미 아주머니가 조용한 목소리로 손짓을 해가며 살며시 말을 건넸다.

"야, 다른 데로 일단 흩어져 있어. 응? 내가 조금 있다가 전화할게. 저녁은 같이 먹어야지."

정말로 한 아저씨는 엄청 큰 무전기를 들고 있었는데, 아마도 혜미 아주머니는 그것을 전화기로 착각한 모양이었다. 그러자 그녀의 친구들이 서로 눈치를 보는가 싶더니만 고개를 끄덕이며 다들 휴를 향해 귀 끝까지 걸린 웃음을 지어 보이더니 지갑에서 눈알이 튀어나올 만한 액수의 돈을 척척 꺼내 주는 것이 아닌가.

구경하던 아이들도 모두 놀라 여기저기서 자지러지는 소리가 들려왔다.

"호호호호."

그 소리에 어떤 아주머니는 웃기까지 하셨다.

"이모, 감사합니다, 해야지."

혜미 아주머니의 행동으로 봐서는 휴네한테는 이런 일이 익숙한 일인가 보다 싶었다. 향목이는 그만 저 돈이면 바나나가 몇 다 발인가 싶어 절로 어깨가 축 늘어졌다. 아마도 몇 트럭은 살 수 있 을지도 몰랐다.

소씨 부인만이 그저 그들을 향해 이렇게 말을 했을 뿐.

"아이고, 아직 어린 애한테 무슨 돈을 이렇게나 많이."

그럼에도 그녀 또한 그리 적극적으로 말리지는 않았다. 결국 휴 는 엄청난 돈다발을 들고서 이모며 삼촌이라 불리는 사람들에게 인사하고는 안으로 사라졌고, 서울에서 왔다는 손님들은 뚜껑이 열린 차 안으로 몸을 넣어 차를 몰고 사라졌다.

향목이는 날리는 먼지 사이로 행여 천 원짜리 한 장이라도 떨어 지지 않나 저도 모르게 살폈지만, 그런 일은 일어나지 않았다.

"오늘은 나도 알사탕 하나 먹어야겠다."

저도 모르게 혼잣말을 하며 향목이가 집으로 향할 때였다.

아이들이 향목이를 놀리는데, 평소보다 어쩐지 더 심술궂었다. 조그만 돌멩이를 들어 아이들은 자신들보다 처지가 못 하다고 생 각하는 향목이에게 까닭 없이 던졌다.

"야! 정길이 각시! 정길이 각시다! 공격해라! 정길이랑 뽀뽀했대 요!"

소씨 부인이 안으로 들어가려다 말고 아이들의 말에 힐끔 향목 이를 바라보는가 싶었지만 이내 관심 없다는 듯 몸을 돌렸고, 향 목이는 날아오는 돌을 피해 얼른 안으로 들어갔다. 아마도 아이들 은 휴가 가진 엄청난 돈다발에 상대적으로 시샘을 느껴 되레 자신 을 향해 분풀이를 해대는 것이리라.

"찌질이들."

향목이는 그렇게 말하고는 얼른 안으로 들어가 문을 잠갔다. 그러고는 홧김에 도준에게는 늘 비밀로 하던 알사탕 유리병을 천장 구석 사이에서 꺼내었다.

"뭐야? 거기 있던 거야?"

"다른 데 다시 숨길 거야."

"치."

그렇게 마주 앉은 남매는 알사탕을 네 개 꺼내 향목이 하나, 도준이 세 개, 이렇게 분배해 나누어 먹었다. 나란히 알사탕을 입에 물고서 천장을 바라보고 누웠는데, 어쩐지 향목이는 도준에게 줄 때마다 그렇게도 자신도 하나 먹고 싶던 알사탕이 맛있게 느껴지지 않고 그저 맹맹하게만 느껴져 갑자기 코끝이 시큰해져 버렸다.

그것을 동생에게 들킬까 무서워 다른 쪽으로 돌아누웠더니, 도준이 물었다.

"누나, 자?"

"아니."

"누나, 자면 안 돼. 누나 학교 가면 나 얼마나 심심한 줄 알아? 하루 종일 누나 올 때까지 저기 마루에서 기다린단 말이야. 주인집 할머니가 무서워서 휴 형아 장난감도 못 만지고 나는 마냥 누나가 와서 얼른 나랑 놀아주기만을 기다리는데, 누나가 학교 갔다 와서 피곤하다고 자버리면 나는 너무 슬퍼."

그 말에 향목이는 저도 모르게 참았던 눈물이 도르륵 흘러내렸다. 차마 그런 생각까지는 하지 못했다. 다른 아이들은 차량이 면 까지 들어와 읍내에 있는 유치원에 다니고, 휴의 경우에는 일일교사가 직접 방문해 지도를 받는 식인데, 도준이는 홀로 마루에 앉아 자신을 내내 기다렸을 줄이야.

최대한 태연함을 가장해 향목이 말했다.

"누나 안 자. 이제부터 너하고 놀 건데, 음…… 보물찾기 장소로 어디가 좋을지 생각하고 있었어. 그러니까 잠깐만 시간을 줘."

"정말? 그랬구나. 알았어."

밝아진 도준의 목소리에 향목은 울면서 웃었다.

어느 정도 눈물샘이 진정됐다 싶은 때, 향목은 슥 소매로 얼굴을 닦고서 아무렇지 않은 척 도준을 향해 돌아서서 환히 웃었다.

"보물찾기 하러 갑시다!"

도준도 한껏 들떠서 벌떡 일어서서 뛰기 시작했다.

"보물찾기! 보물찾기!"

그들은 방을 잽싸게 뛰어나와 마루를 밟고 신발을 신은 뒤 정원을 나오며 신나게 외쳐 댔다.

"보물찾기! 보물찾기!"

향목이와 도준이가 말하는 보물찾기란 별다른 게 아니었다. 사실 보물찾기란 향목이의 아이디어였는데, 동네 아이들이 간혹 향목이네를 무시해서 놀이에 끼워주지 않는다는 사실을 도준이가 이해하지 못하게 하려고 향목이는 자기들만의 특별한 놀이라며 보물찾기를 하자고 도준이에게 제안한 것이다.

그것은 들로 산으로 다니며 빈병이나 폐품을 줍는 것이었는데, 그것을 주워다가 고물상의 깐깐한 할머니에게 가져다주면 몇십 원씩 받을 수 있었다. 그게 바로 도준이가 먹는 알사탕의 비밀이었던 것이다. 부지런히 보물찾기를 하게 되면 꽤 쏠쏠한 금액이 나와서 때로는 그걸로 도준이 원하는 딱지도 사줄 수 있었으니,

도준이도 보물찾기를 꽤 좋아했다.

그날 그들이 목표로 정한 곳은 조금 으슥한 곳으로, 산이라고 보기는 애매한 곳에 위치한 폐가였다. 주변에는 애초부터 아무도 살지 않은 듯, 집 모양의 형태는 그 폐가 달랑 하나인 곳이었다.

다른 산 밑이 요맘때 구절초며 코스모스로 뒤덮여 전혀 무섭지가 않았다면, 이곳은 키 큰 소나무들이 그늘지게 연달아 줄을 선 데다 중간에 주인 없는 무덤도 간혹 보여 아이들은 평소 무섭다고 근처에도 가지 않는 곳이기도 했다. 하지만 남매는 둘이 있기에 용감하지 않은가. 게다가 정말로 그 근처만 돌아서 폐가를 들여다보면 보물이 마구 쏟아져 나올 것만 같은 기분이 들었다.

"저기 가볼까?"

"응, 누나. 얼른."

그때였다.

뒤에서 누군가 뛰어오는 소리가 들리는가 싶더니, 그들을 가로질러 휴가 폐가를 향해 먼저 뛰어가는 것이 아닌가. 갑자기 뒤돌아선 그가 마치 불만 있냐는 표정으로 두 남매를 쳐다보았다.

도준이는 휴를 향해 씩씩거렸지만, 향목이가 얼른 도준이를 타이르듯 팔을 연신 쓸었다. 휴가 특유의 비웃는 표정으로 살금살금 폐가를 향해 가더니만 안을 들여다보았다.

한참을 안을 들여다보던 휴가 뒤를 돌더니 뭔가 이해할 수 없다는 표정이 되어 고개를 갸우뚱하기 시작했다. 그러자 도준이 물었다.

"왜 그래, 형아?"

그러자 휴가 손가락으로 조용히 하라는 표시를 해 보인 뒤, 웬

일로 두 사람을 자기 쪽으로 와보라는 시늉까지 하는 게 아닌가.

향목이는 가지 말자고 도준이를 향해 고개를 저었지만, 도준이가 칭얼거리다 못해 울기 직전이 되자 어쩔 수 없이 휴 쪽을 향해 걸음을 옮겼다. 그러고는 휴가 들여다보고 있는 장지문의 구멍 사이를 들여다보았다.

안에서는 아까 그 서울에서 내려온 한 아주머니와 아저씨가 이상한 자세로 싸움을 벌이고 있는 모습이 보였다.

"헉, 헉."

둘은 누워서 싸우고 있었는데 아저씨의 벗겨진 엉덩이가 긴장으로 뭉쳐진 것만 같았고, 아주머니는 숨이 막히는지 자꾸만 아저씨의 등을 긁어대는데 뭔가 애가 타는 몸짓이었다.

향목이는 왠지 느낌이 좋지 않아서 도준의 눈을 가렸다. 그러고는 말했다.

"도준아, 우리는 그냥 가자."

그때였다.

휴가 문을 벌컥 열더니 큰 소리로 물었다.

"이모, 뭐 해?"

놀란 두 남녀가 황급히 일어서는데 휴의 눈에 털이 무성한 성기가 보였다. 여자가 얼른 매무새를 가다듬은 데 반해 당황한 남자는 휴를 보고서 멍청히 서 있을 뿐이었다. 그런 남자를 여자가 콕콕 찔렀고, 그때까지 휴는 아저씨의 길쭉한 성기를 유심히 보고 있었다. 그러고는 물었다.

"아저씨는 고추가 바나나야?"

당황한 남자가 얼른 바지를 올리며 말을 얼버무렸다.

"어, 어?"

휴가 연신 물음을 날렸다.

"그러니까, 아저씨가 이모를 화가 나서 그 고추 바나나로 찌른 거냐고?"

그러자 이모가 손을 내저으며 말했다.

"어, 아니야. 이거언, 이건! 병원 놀이야, 병원 놀이. 이모가 아야 해서 아저씨가 호 해준 거야."

휴가 잠시 생각에 잠긴 듯 바닥을 응시하다가 알았다는 듯 조그맣게 말했다.

"아, 그런 거구나."

그러고는 사라진 향목이를 발견하고는 급하게 몸을 돌렸다. 뒤에서 다급하게 이모라는 여자가 휴를 향해 말했다.

"휴야! 엄마한테 말하면 안 돼!"

그러나 휴는 아무런 말이 없었다. 그사이 향목이는 도준이의 손을 잡고 도깨비라도 본 듯 부리나케 뛰어가고 있었다.

사실 향목이는 기분이 묘했다. 보지 말아야 할 것을 본 것만 같아 얼른 고개를 돌리는 순간, 동생이 떠올랐다. 두 손으로 황급히 도준이의 눈을 가리는데, 아이는 얼어붙은 듯 두 어른의 벌거벗은 중심 부위를 뻥한 표정으로 바라보고 있었다. 역시나 도준에게도 그 광경은 충격이고 이상함으로 다가왔던 것이다.

눈을 떼지 못하는 도준을 억지로 잡아끌고서 향목이는 있는 힘껏 뛰었다. 조금 있으면 마을 어귀가 보일 터였고, 잘 다져진 콘크리트 바닥이 드러나면 경운기를 몰고 가는 아저씨, 아주머니들, 할아버지 할머니들, 동네 또래 아이들이 보일 것이었다.

그런데 채 그곳을 벗어나기도 전에 뒤에서 휴가 향목이를 따라와 불렀다.

"야! 백향목!"

향목이는 순간 멈칫했지만, 여전히 뛰는 걸 멈추지 않았다.

"너! 바나나 먹고 싶지 않아? 내가 사줄까?"

그 말에는 도준이가 놀랐는지 향목이의 손을 잡고 가다가 돌부리에 걸려 그만 철퍼덕 넘어지고 말았다. 향목이가 얼른 바닥에 손을 짚고서 도준이를 살폈다.

"도준아, 괜찮아? 어?"

도준이가 그렁그렁한 눈물이 맺힌 얼굴로 일어나 눈물을 슥 닦으며 그 와중에도 향목이를 향해 이렇게 말했다.

"누나, 바나나."

향목이의 얼굴이 절로 찌푸려지며 입술에서 한숨이 새어 나왔다.

"하아."

사실 저 사악한 휴의 말을 믿으면 안 되는 건데…….

도준아! 언제쯤 휴란 아이의 본성을 파악할래?

향목이가 살며시 도준에게 다가가 나직이 말했다.

"도준아, 저거 거짓말이야. 우리 놀리려고 하는 말이야."

그런데 어떻게 알아들었는지 뒤에서 용케 휴가 다가오며 큰 소리로 말했다.

"거짓말 아닌데. 나 돈 많아. 원하면 한 다발, 아니, 두 다발? 그 정도도 사줄 수 있어."

그쯤 되자 도준이의 생떼는 난리도 아니었다. 그곳이 사람이 지나지 않는 소나무 아래 그늘진 자리라 도준이가 주저앉아 다리를 마구 패대기치는 통에 향목이는 도준이를 통제할 수가 없게 되었다.

그저 그녀가 할 수 있는 일이라곤 도준이에게 손도 대지 못하고 동생의 이름을 부르는 것뿐이었다.

"도준아, 도준아."

그러자 도준이는 이번에는 다리를 왔다 갔다 굽히다 못해 바닥을 떼구루루 구르며 소나무에서 소나무 사이로 온몸을 이리저리 굴려댔다.

"도준아, 생각해 봐. 휴 형아가 왜 우리한테 바나나를 사주겠어? 응?"

그때였다. 태연한 휴의 말이 들려왔다.

"그야 우리는 비록 적이지만, 지금은 같이 놀이를 할 거거든."

도준이의 울음이 뚝 그치는 순간이었다.

향목이도 어리둥절해져서 휴를 살며시 쳐다보았다. 5~6개월 일찍 나고도 이젠 휴가 더 큰 터라 조금 고개를 올려 얼굴을 들여다보는데, 휴가 잠시 생각에 잠겨 있다가 이렇게 말을 하는 게 아닌가.

"아까 말이야, 그 놀이! 그거 굉장히 재미있어 보이지 않았어? 솔직히 왜 저 비밀스러운 곳에서 몰래 어른들만 했겠어? 얼마나 재미있으면! 그건 바로! 어른들의 병원 놀이였던 거야! 아이들은 못 하게 하는, 몰래 하는 어른들의 병원 놀이!"

순간, 향목이는 마음에 혼란이 왔다.

무얼 어떻게 한단 말인가.

"나, 나는 잘 모르겠는데……."

그러자 휴가 태연히 말했다.

"모른다고? 너 일단 나 따라와 봐."

"아니, 아니. 나는 싫어."

향목이가 붙잡힌 손목을 떼내려 하자 휴가 말했다.

"어, 너 그럼 바나나는 없는 거다?"

그러자 또 도준이가 난리였다.

결국 진퇴양난에 빠진 향목이는 울며 겨자 먹기로 휴의 손에 이끌려 조금 으슥한 곳으로 향하게 되었다.

그러고는 민망하게도 휴가 바지 버클을 풀어 아래로 내리는 것을 보면서 자신도 모르게 사시나무 떨듯 떨기 시작했다.

"도준아, 도준아, 누나랑 같이 있어야 돼. 응? 도준아."

향목이가 도준이를 꼭 끌어안았다. 그러고는 두 눈마저 꼭 감았다.

그런데 휴 역시 마지막 순간에 어쩐지 부끄러움을 느끼는 듯 멈칫하며 얼굴을 붉혔다.

"이거는 내 꼬추 보여주는 게 아니라 병원 놀이야! 병원 놀이! 어른들이 하는 병원 놀이라고 아까 아저씨가 그랬어! 그러니까 나는 하나도 안 창피해."

향목이가 눈을 떴을 때는, 아까 그 아저씨의 것과는 비교도 안 되는, 하얗고 아주 조그만 아기 고추가 달랑 모습을 드러내고 있었다. 순간, 어쩐지 마음이 놓이는 게, 향목이는 그저 그런가 보다 싶기도 했다.

"정말…… 병원 놀이인가?"

그러자 휴가 고개를 끄덕였다.

"응. 난 여기가 아픈 거야. 그러니까 네가 호 해주고 약 발라주고 하는 거지."

향목이가 망설이며 휴의 얼굴을 들여다보자, 휴가 해맑은 얼굴로 뭘 망설이냐는 듯 향목의 얼굴을 들여다보고 있었다.

"원래 병원 가면 의사 선생님들이 커튼을 치거든. 몰래 자기들만 보려고. 다 그런 법이야. 그래서 우리도 이렇게 몰래 해야 돼."

가만 생각해 보니 그런 것 같기도 했다.

도준이 자꾸만 아래서 보채기까지 하니, 향목이는 슬금슬금 저도 모르게 손을 가져다 대기에 이르렀다. 하지만 중요한 순간에 매번 손을 거두고 말았다.

그러자 휴가 발을 콱 짓이기며 화를 냈다.

"야! 너 바나나 안 먹고 싶어?"

이번에는 도준이까지 성질을 냈다.

"누나! 누나 땜에 이게 뭐야? 해 떨어지겠다!"

결국 눈을 질끈 감은 향목이 손을 아무 곳이나 더듬더듬 찾아갔고, 조금 길쭉하다 싶은 곳을 살짝 매만졌다. 따뜻하다 싶기에 아무래도 제대로 만졌나 싶어 조금 더 더듬은 뒤 향목이가 무언가를 말하려고 눈을 뜨는데, 휴가 간지러운지 계속 키득거리며 웃음을 터뜨렸다.

"크크크큭."

평소 그렇게도 잘난 척에 귀공자처럼 굴던 아이가 방정맞게도 흰자위가 위로 올라간 게 흡사 뭐에 감전이라도 된 양 부르르 몸을 떨기까지 했다.

향목이가 얼른 손을 뗐다.

"왜 그래, 휴야?"

휴가 숨넘어가게 웃느라 얼굴이 붉어진 채로 말했다.

"아, 아, 그게, 어…… 방금 내가 한 거는 아픈 사람, 그니까 환자 연기야. 네가 다시 간호사 연기를 해봐."

"또?"

"아, 얼른."

아무래도 휴는 병원 놀이에 재미를 들린 모양이었다. 하지만 향목이는 그다지 재미있는 놀이는 아니라고 생각했다.

어찌 되었거나 향목이는 딱히 이상할 것은 없어 다시금 손을 뻗어 휴의 고추를 더듬더듬 만지기 시작했다. 그럴 때마다 휴는 간지럽다며 키득키득 웃었는데, 그걸 바라보며 도준이 역시 뭐가 그렇게 웃긴지 둘은 서로 얼굴을 마주 보며 웃고 난리도 아니었다. 평소의 휴와 도준의 관계라면 상상도 할 수 없는 일이었다. 어쩐지 향목이도 웃음이 나와 쿡쿡거리다가 놀이가 그만 지겨워져 이렇게 말할 무렵이었다.

"이제 그만하자."

향목이가 정말로 더 이상은 놀이가 싫어 손을 떼려는데, 휴가 향목의 손목을 잡으며 말했다.

"인제 약! 약 발라줘."

"아구, 지친다. 그럼 진짜 이것만 하고 병원 놀이 끝내자!"

휴도 동의한다는 듯 고개를 끄덕였다. 도준이는 여전히 옆에서 눈을 빛내며 병원 놀이를 바라보고 있었다.

이제 무언가 두렵다기보다 지친다는 생각에 향목이는 빨리 끝내고 싶어 이번에는 무릎까지 꿇고서 세심한 연기에 들어갔다. 휴의 중요 부위에 약을 바르는 연기를 정말로 실감나게 했던 것이다.

한데 그때였다.

"에구머니나!"

소씨 부인의 커다란 음성이 들려온 것은 그 순간이었다.

사단이 났다.

간혹 마을에서 돼지를 잡을 때면 매질하며 도축장으로 이동시키는 경우가 있는데, 마치 그와 비슷한 모양새가 되어 향목이는 집까지 걷고 있었다.

짝! 짝!

"아무리 나이가 어리다손 치더라도 그렇지, 은혜를 원수로 갚아? 네 이년! 이래서 머리 검은 짐승은 거두는 게 아니라더만."

소씨 부인의 손길은 매섭기 그지없다. 그녀의 손길을 사정없이 감당하는 열 살 향목이의 얼굴에서는 벌써 벌겋게 부어오른 것도 모자라 코피가 줄줄 흐르고 있었다.

뒤에서는 김 씨네 어린 도련님이 말도 없이 사라진 것을 찾기 위해 함께 나섰다가 이 광경을 목격하게 된 두 아낙이 소씨 부인의 장단을 맞춰가며 향목이를 포수가 사냥감을 모는 마냥 인정사정을 두지 않고 계속해서 쪼아대고 있었다.

"어디 범띠 가스나 아니랄까 봐 벌써부터 끼를 부려? 계집애가 팔자 속은 어쩌질 못하는구만."

"지 나이가 고작 몇이여? 시상에나, 망측혀라."

그때, 뒤에서는 도준이가 하염없이 울며 외쳐 댔다.

"우리 누나 때리지 마요! 우리 누나 잘못 없어요. 정말이에요."

그러자 어린 도준이에게도 시퍼런 서슬이 날아들었다.

"가만 안 있어? 이것을 그냥!"

아직 조리 있게 설명을 못 하는 나이의 도준인지라 어른들의 위엄에 놀란 그저 눈물만 쏟을 뿐, 휴가 했던 제안과 향목이의 망설임 따위는 논리적으로 설명해 내지 못하고 있었다.

마을 어귀를 지나는 내내 사람들이 얌전하고 정숙한 부인인 줄로만 알았던 소씨 부인이 어린아이를 매섭게 후려치는 모습에 이게 무슨 일인가 싶어 눈을 휘둥그레 뜨고서 다들 입도 다물지 못하고 쳐다볼 뿐이었다.

필시 심상찮은 일이라는 것만을 직감한 채 다들 어안이 벙벙해져서 뒤에 따라오는 아낙들을 향해 눈으로 물을 뿐이었다.

아낙들이 그들을 향해 나중에 설명해 주마, 하는 시늉을 소씨 부인 몰래 보내며 가슴을 탕탕 쳤다.

뒤에서는 휴가 벌게진 얼굴에 축 늘어진 어깨를 한 채로 졸래졸래 따라오고 있었다.

"아이고, 내 이 일을 어찌할꼬! 영감님께 이 망측스런 일을 어찌다 설명을 한단 말인가!"

소씨 부인이 한탄조로 말을 하자, 이번엔 아낙 한 명이 나섰다.

"형님, 너무 걱정 마셔요. 이참에 어르신께서도 사람 잘못 들이시면 어찌 되는지를 느끼시겠지요. 그나저나 도련님 충격 안 받으셨는지 그것이 걱정입니다."

그 말에 소씨 부인은 더 열불이 나는지 가슴을 탕탕 후려치기 시작했다.

매를 맞으며 가는 향목이는 혼이 반쯤 나가 있었고, 얼굴은 퉁퉁 부어 사물이 희미하게 보일 정도였다.

그리고 집에 당도했을 때, 소씨 부인은 다짜고짜 셋방살이 문간방부터 열어젖힌 후 세간을 있는 대로 엎어버린 후, 그래도 분이 안 풀리는지 한참을 씩씩거리다가 밖으로 나와 일하는 사람 하나를 불러다가 말했다.

"여보게! 지금 당장 백 씨하고 그 마누라 얼른 이리로 오라 하게!"

"네?"

"잔말 말고 당장 이리로 오라 해!"

그 서슬 퍼런 기운에 젊은이가 꾸벅 절을 하고 밖으로 황급히 달려 나가자 뒤늦게 김습이 소란스런 소리를 인지하고 밖으로 나왔다. 자신의 지아비를 발견한 소씨 부인은 바닥에 철퍼덕 주저앉았다.

"아이고, 이게 무슨 변고입니까?"

그러나 김습의 얼굴은 넋이 나가 있는 열 살 아이 향목이에게로 향해 있었다.

"아이 꼴이 저게 뭔가?"

그러자 소씨 부인이 마치 칼을 갈 듯 향목이를 노려보는가 싶더니, 손가락으로 가리키며 말했다.

"저 아이가 우리 휴에게 무슨 일을 저질렀는지 영감님께서도 아신다면 기함을 하실 겁니다."

그러자 김습의 미간도 미세하게 찌푸려졌다.

아낙 한 명이 눈치를 보다가 김습에게로 쪼르르 다가가 귓가에 무언가를 설명했다.

그러자 김습의 얼굴이 심하게 찌푸려지기 시작하다가 더 이상은 듣기 싫다는 듯 손을 들어 말을 멈추게 했다.

소씨 부인의 곡소리가 다시금 들려오기 시작했다. 그동안 휴는 벌게진 얼굴로 멍청하게 서 있을 뿐이었고, 도준이는 향목이를 끌어안고서 울고, 향목이는 맞아서 퉁퉁 부은 얼굴로 정신이 나간 모양새를 하고 있었다.

그때, 밖에서 기척이 들려오는가 싶더니 향목의 아버지가 먼저 안으로 당도했다.

소씨 부인이 벌떡 일어났다.

"어! 자네, 잘 왔네! 그래, 원수를 은혜로 갚은 놈의 면상 한 번 보세!"

영문을 모르는 백호성으로서는 사방을 둘러보며 이해를 하려는 듯 연신 누군가에게 설명을 요구하는 눈빛을 보내고 있었다.

김습이 나직이 말했다.

"자네는 빠른 시일 내로 집을 다시 알아보게. 혹여 부족하면 내 돈은 마련해 줌세."

"영감님, 그게 할 소립니까?"

소씨 부인이 악을 질렀지만, 김습은 태연하기만 했다.

백호성이 의아한 듯 자신을 향해 적의를 품고서 바라보고 있는 사람들을 향해 물었다.

"무슨 일이 있는지요? 제가 무슨 잘못을……."

이번에도 나선 것은 아낙 중 하나였다.

"자네 딸이 김 씨 어르신의 작은 도련님을 해쳤다면?"

"네? 그게 무슨?"

그녀가 갑자기 향목이에게 다가가 머리를 세게 밀더니만 심한 욕설을 던졌다.

"화냥년 같으니라고!"

순간적으로 화가 뻗친 백호성은 아낙의 어깨를 번쩍 밀어젖히며 외쳤다.

"이게 무슨 짓입니까, 애한테!"

그러고는 백호성은 안 되겠다 싶었는지 향목이의 얼굴을 한참을 살피다가 도준이에게로 시선을 내려 물었다.

"도준아, 아빠한테 말해봐. 응?"

"어, 그니까……."

그때였다.

휴가 나서며 말했다.

"아저씨 딸이 저를 꾀어서 저기 산으로 데려가서 제 바지를 벗겼고요, 그리고 여기를 자꾸 만졌어요."

정원에 온통 정적이 감돌았다. 향목이는 아무런 말이 없었다. 백호성은 잠시 눈을 껌뻑껌뻑 떴다가 이해가 안 되는 듯 한참 딸의 얼굴을 들여다보더니만 어딘가로 걸어가기 시작했다. 그가 구석에서 가지고 나온 것은 놀랍게도 곡괭이였다.

소씨 부인조차 놀라 기함했다.

"백향목! 말해! 너 진짜야? 어?"

퍽!

하지만 향목이는 말을 하지 않았다. 열 살 여자아이가 감당하기는 힘든 나무 자루의 엄청난 힘이 연신 향목이를 향해 날아들었다.

"아빠가 말하라고 했지? 진짜냐고? 어?"

퍽!

하지만 향목이는 끝내 말을 하지 않았고, 결국 그 자리에서 기절을 하고 말았다.

김습 어르신만큼은 그 광경을 말릴 법했지만, 그는 그저 물끄러미 그 광경을 지켜만 보고 있었다.

그가 나직이 말했다.

"아이를 데려오게. 상처를 살펴보아야겠네."

그때만큼은 소씨 부인조차 설마 애가 죽은 것은 아닌가 싶어 아무런 말도 하지 못했다.

그러나 백호성은 냉정했다.

"아닙니다. 내다 버릴 겁니다."

그리고는 정말로 향목이를 안고서 밖으로 나가 바닥에다가 아무렇게나 털썩 내려놓아 버렸다. 도준이는 그저 엉엉, 울기만 할 뿐이었다.

김습이 하늘을 보곤 다시 고개를 내려 말했다.

"옛 선조들 말씀이 하나 그른 것이 없구만. 남녀칠세부동석이라 하더니. 휴, 너는 오늘부터 이 할애비와 한방을 써야 한다. 끝나는 시일은 할애비가 정하마."

휴는 벌게진 얼굴로 멍하니 서 있을 뿐이었다.

백호성은 자식의 잘못을 대신하겠다며 무릎을 꿇고 김습 어르신 앞에서 빌었다. 그러더니 돈은 받지 않겠다고 말했고, 뒤늦게 찾아온 향목의 엄마, 은애 역시 옆에 무릎을 꿇고서 눈물을 흘렸다.

소씨 부인은 기가 찬 듯 둘을 노려보았고, 뒤늦게 친구들과 함께 놀다가 이 소식을 듣고 달려온 혜미는 안절부절못하며 휴를 아무래도 소아 정신과에 진료시켜 보아야겠다는 둥 두 사람을 당장 쫓아내라며 격앙된 모습을 보였다.

"자네들 뜻이 그러하다면 내 그 뜻을 받아들임세. 하나 아이들 마음에 남는 생채기는 어찌할 셈인가? 또 도준이 약재는 어쩔 테고?"

그 물음에 소씨 부인이 날카롭게 끼어들었다.

"영감님, 그걸 질문이라고 하세요?"

"아이 걱정을 해주셔서 감사합니다. 그간도 감사했고요. 앞으로는 저희가 알아서 잘 키워보도록 하겠습니다."

그러자 갑자기 김슙이 버럭 소리를 질렀다.

"이보게, 백호성! 자네, 내 가만 지켜보며 생각보다 사람이 성실하고 똑똑하다고 나름 생각하고 있었네만, 그 생각이 틀렸는가 보네. 죄는 미워하되 사람은 미워하지 말랬다고, 어린아이가 저지른 일을 가지고 이렇듯 어른들이 나서서 또 다른 아이에게까지 피해를 주는 것은 무슨 오기인가? 자네를 이 집에서 내보내는 것은 더 이상 보아서는 안 될 관계가 되어서 그런 것일 뿐이고, 약재는 내 사람 시켜 때 되면 보낼 터이니, 그것마저 거부하면 내 무슨 수를 써서라도 자네를 이 고장에서 쫓아내겠네."

그 말에 백호성이 가만 고개를 끄덕였다. 그의 눈에서는 눈물이 흐르고 있었다.

"자네 뜻이 그러하다면 그만 가보게나."

그 말이 떨어지기가 무섭게 은애가 벌떡 일어나 밖으로 달려 나갔고, 딸아이 향목이를 부르는 애끓는 어미의 목소리가 미어지도록 들려왔다.

"향목아, 향목아. 정신 좀 차려봐라, 향목아."

어미를 따라 나온 도준이가 무어라 웅얼대며 울었다.

은애가 도준이를 안으며 따라 우는데 도준이가 어미의 귓가에 대고 울며 이렇게 말하고 있었다.

"엄마, 나 이제 바나나 안 먹어. 바나나 안 먹어."

그 후 보잘것없는 살림은 단 몇 시간 만에 꾸려졌고, 백호성은 무슨 호기인지 그 야밤에 꾸벅 인사를 하고서 김습의 집을 나와 버렸다. 사실 그날 향목이는 정신을 놓은지라 무슨 일이 있었는지 몰랐고, 도준이 역시 최대한 엄마, 아빠가 감싸 안고서 잠을 재워 아침에는 가볍게 목이 쉬어 있을 뿐이었다.

다음 날에도 향목이는 시름시름 앓았다. 하지만 백호성은 단호했다.

"저년, 병원에 데려가기만 해봐! 그 꼴 내 눈에 들어오기만 하면 당신 이 집에서 쫓겨날 줄 알아! 어디서 못된 걸 배워 가지고! 평생 병신이 되어 산다고 해도 난 개의치 않아!"

그 정도로 백호성의 분노는 극심했는데, 그것은 나이는 어리지만 그간 향목이가 보여준 행동으로 인해 아비인 그가 그만큼 첫째 딸아이에게 건 기대가 몹시 컸다는 것을 보여주는 것이기도 했다. 희망이라곤 없는 살림살이에서 자식이 유일한 희망인데, 그것을 일시에 무너뜨렸으니 얼마나 화가 치밀었겠는가.

동네에는 이미 소문이 파다했다. 범띠 가스나의 팔자는 기생년 팔자라는 말부터 시작해서 열 살 아이를 두고 요물이라고들 말하기도 했고, 심지어 김습 어르신 집에 우환이 끼었다는 말도 돌았다. 동네 여인들은 자기 자식한테는 절대 향목이와 어울리지 말라고 신신당부를 하곤 했다.

안 그래도 외지에서 떠돌다 이곳에 정착한 그들을 바라보던 시선이 더 싸늘해진 것이다.

백호성은 정자에서 남의 도움 따위 전혀 받지 않고 이를 악문 채 이틀 밤을 머물다가 간신히 살 집을 마련할 수 있었다.

그 집은 소아마비 아들을 둔 정길네 집으로, 정길네는 돼지를 꽤 길러서 농가 소득이 좀 있는 집이었다. 하지만 장남인 아들이 소아마비인 탓에 부모 얼굴엔 근심이 낄 수밖에 없었고 악착같이 돈을 모아 훗날을 대비하려는 습성이 있었다.

해서 백호성에게 2층의 굉장히 허름하고 비좁은 집을 내놓으면서도 터무니없는 가격을 부를 정도로 백호성의 상황을 이용하는 치밀함마저 보였다.

"어떻게 이 좁은 평수에, 그것도 조리대며 씻을 수 있는 공간 하나 없는 곳에 그런 가격이 나옵니까? 말도 안 됩니다."

"아, 필요 없으면 나가요! 우리도 놀리는 공간 아니라니까요!"

딱 봐도 쓸모없는 물건을 그득그득 쌓아놓은, 먼지가 풀풀 날리는 창고였음에도 그녀는 뻔뻔하기 그지없었다.

백호성은 울며 겨자 먹기로 그 돈을 차차 갚기로 했는데, 그러자 그녀의 말이 더 가관이었다.

"이자는 얼마로 할 테요?"

"이, 이자요?"

"응. 우리가 당신네 같은 사람을 뭘 믿고 덥석 집을 줘요? 원래 가 돈 없는 사람들이 사채 쓰잖아. 몰라요? 그래서 이자율 비싼 거? 우리는 뭐 사채고 그렇게까지 말 나올 수준까지는 안 갈게. 그래도 알아서들 주기는 해야 돼."

며칠을 밖에서 보낸 터라 몹시 힘들었던 은애가 백호성을 콕콕 찔러댔고, 결국 백호성은 마지못해 계약서에 사인을 했다.

하지만 어른들의 고난으로 끝나는 것만이 아니었다. 소씨 부인 의 눈칫밥은 잊힐 정도로 이 집은 대놓고 불러다가 일을 시키는 데, 돼지 분뇨를 치우라는 둥, 사료를 나누어주라는 둥, 그러면서 도 창고집이 갈라져 비가 새는 것은 개보수도 안 해주는 뻔뻔한 사람들이었다.

그뿐인가.

"향목아, 정길이 가방 좀 들어라!"

"향목아, 정길이 숙제 좀 해놓아라!"

"향목아, 올 때 정길이 짐 들고 아줌마가 찾아오란 거, 거기 가 서 그거 찾아가지고 와!"

아이들, 그중에서도 느리고 둔해서 친구가 없던 정길이에게 정 길의 엄마는 향목이를 마치 정길의 노비처럼 만들어 버린 것이었 다.

이런 지경이었으니 사실상 동네 사람들은 두 아이가 느릿느릿 지나가면 언젠가부터 이런 말을 하곤 했다.

"정길이 각시 향목이 가네."

그러면 정길이마저 펄쩍 뛰며 엄청 난색을 표하곤 했다.

"누가 이런 애하고……."

그만큼 향목이의 평판은 동네에서 형편이 없었던 것이다.

그러나 시간이 갈수록 둘은 늘 함께였기에 마치 이 마을에서 공식적으로 인정해 버린 커플처럼 되어버리고 말았다.

"그나저나 정길이 각시 향목이는 언제 큰대? 성례를 올리긴 올린 거여?"

그 말을 못 알아듣고 향목이는 또 어른들을 향해 배시시 웃으며 인사를 꾸벅 하곤 했다. 그러면 그녀 뒤로 으레 들려오는 말이 있었다.

"생긴 건 순하디순하게 생겨 갖고. 아따, 저것이 범띠 가스나라서 요물이람서?"

'제가 그런 것이 아니에요, 아주머니.'

향목은 매번 동리 어른들을 향해 눈으로 그렇게 말을 하곤 했다. 그러나 그 일의 의미가 무엇인지를 알게 된 이후, 오히려 입을 닫게 된 것은 향목이 그녀였으니. 향목의 의젓하고 단아한 성격은 그 일에 있어 예외가 없었다. 오히려 조가비처럼 입을 다물어 그 시간을 지나갔다.

그렇게 6년이 지나, 어느덧 향목이는 중학교 3학년의 나이가 되었다.

그날은 학교를 파하고 집으로 향하던 길이었다.

향목은 정길의 짐을 들고서 가느라 여전히 다른 아이들의 하교

보다 느렸다. 그녀는 아무런 생각 없이 가을빛을 담고 있는 창하산을 물끄러미 바라보았다.

지네혈이라 하여 지네산이라고도 불렸는데, 그 아래 아흔아홉 칸 고택이 있었다. 그리고 조금 건너 도원천이 흘렀고.

"물이 마르는가 싶더니만, 올해는 조금 수량이 많아 보여."

백로를 보며 향목이 정길의 가방을 고쳐 멨다.

정길은 말이 없었다. 고개를 돌리니 무언가 골똘히 사로잡힌 듯 생각이 깊어 보였다.

향목은 그런 그를 내버려 두고자 가만 눈앞에 펼쳐진 풍경을 감상할 따름이었다. 어릴 적부터 보아온 곳이지만, 이제 아이들은 어쩐지 예전만큼 함께 모여 노는 일에 적극적이지 않았다.

그만 기분이 씁쓸해졌다. 기실, 산외면에 위치한 중학교에 다니는 그들과 달리 전주에서 학교를 다니고 있는 휴라는 아이의 부재가 가져온 상실의 느낌을 모두가 느끼고 있었고, 어른으로 가는 길목 앞에서 모두는 선명히 여자와 남자라는 것을 자각하고 있던 것이다. 어른들은 벌써부터 동리에 소문이 날까 저어되어 여자아이들에게 몸 간수 잘하라는 말로써 성교육을 대신하곤 했다.

사춘기 소년, 소녀들은 해서 어쩐지 이전만큼 활발히 어울려 놀지를 못했다.

"향목아, 있잖아."

향목이 번쩍 눈을 떴다.

정길의 얼굴은 이상하게도 붉어져 있었다.

"나 부탁이 있어, 향목아."

"무슨……."

"나 고등학교, 여기서 다녀. 읍내까지 못 나가."

향목의 눈동자가 파삭 흔들리며 정길을 살폈다. 아마도 몸이 불편해 정읍에 있는 학교에 진학하지 않기로 결정했나 보다, 그런 생각을 하는데, 정길에게서 뜻밖의 말이 들려왔다.

"그래서 말인데, 너에게 부탁이 있어."

그때였다.

부르릉.

먼지를 날리며 검은 차량이 그들 곁을 스쳤다. 휴를 태운 김습 할아버지 네의 자가용이었다.

"콜록, 콜록."

"괜찮아, 정길아?"

정길이 붉어진 얼굴로 고개를 끄덕이면서도 향목의 시선을 제대로 마주하지 못하고 있었다. 그런 그를 쳐다보는 향목의 눈동자가 의아함으로 반짝였다.

"몸이 불편하지만 않았다면 어쩌면 나도 읍내에 있는 고등학교로 갔을 테고, 그렇게만 된다면 너와 더 가까이 지낼 수 있었을 텐데……."

그렇게 말을 하며 정길은 눈가에 눈물을 그렁그렁 매달고 있었다.

향목은 그저 가만히 그의 보폭에 맞춰 걸었다. 그들 곁으로 도원천을 가로지르는 냇물 소리가 졸졸 따라붙고 있었다.

"나도 건강하게 자랐다면, 그랬다면 얼마나 좋았을까?"

그의 간절한 마음이 너무도 아리게 다가왔다. 무슨 말을 건네야 할지 몰라 향목은 아무런 말도 건네지 못했다. 정길의 말은 도원천의 내를 따라 이어지고 있었다.

"고등학교 가서도, 우리 서로 챙기고 꼭 우정 변치 말자."

정길이 살며시 향목의 손을 잡아왔다. 그러나 놀란 마음에 향목이 가만 입을 벌리기도 전에 그녀의 눈동자가 다른 놀람으로 더욱 커다래졌다.

멀리 마당 가에 휴가 보였던 것이다. 정길이의 집, 그리고 그 집에서 셋방을 사는 향목의 집까지 가려면 휴의 집을 지나 도원천을 가로지르는 다리를 건너야만 했기에 그를 마주하게 되는 것은 시간문제였다.

"김휴다."

정길의 나지막한 목소리가 들려왔다.

그가 가벼운 옷차림으로 마당 가를 거닐고 있었다.

바나나 사건이 있고 휴의 집에서 쫓겨난 이후로 향목은 줄곧 휴를 피해 다녔다. 마치 그녀가 죄를 지은 것처럼.

"이쪽을 쳐다보는데?"

그때부터 향목은 가슴이 두근거리기 시작했다. 슬며시 고개를 들자 큰 키의 휴가 주머니에 손을 넣고서 무표정한 얼굴로 정말 이쪽을 쳐다보고 있었다. 그리고 그 너머로 파라솔 아래 음식을 내어주는 소씨 부인이 보였다. 그녀가 고개를 들었다가 향목이와 눈이 마주치자 싸늘한 낯빛으로 변하는데, 그것을 본 순간부터 향목의 기분은 점차 참담해지고 있었다.

"정길아, 이거."

"어?"

"내가 네 부탁 꼭 들어줄 테니까, 오늘만, 오늘만 너 먼저 가면 안 될까?"

정길에게 그의 짐을 떠안기듯 내민 뒤, 향목은 뒤를 돌았다. 풍성한 치마가 바람결에 꽃봉오리를 만들었다 사그라졌다. 머리칼을 대충 넘긴 향목이 긴장한 기색을 채 감추지 못하고서 무작정 걸음을 옮기기 시작했다.

잰걸음으로 그날의 기억을 멀찌감치 밀어내기 위해.

아무렇게나 모서리가 나오면 꺾고, 또 돌다 보니 나온 곳은 아이러니하게도 이 마을의 장승백이처럼 떡하니 버티고 선 300년 고택이었다.

향목이 아련한 눈이 되어 솟을대문 옆의 감나무를 멍하니 쳐다보았다.

눈앞에 보이는 곳인데도 되돌릴 수 없는 시간의 기억마저 담긴 곳이어서인지 향목은 마냥 감실감실한 느낌이었다.

가만 눈을 감았다 떴다.

솟을대문 옆에 장승처럼 지키고 선 커다란 감나무, 뒤란과 이어지는 협문 옆으로 난 고샅길로는 이미 코스모스가 만개해 운치를 더했다.

그러고 있자니 시간은 과거로 흘렀다.

여덟 살 향목이 거북이 문양의 빗장걸이를 살며시 열어 바깥 행랑채 사이로 숨는다. 누군가는 헛간에 놓인 옛 풍구, 뒤주, 홀태, 작두 따위를 이리저리 오가며 '잡는다! 다 숨었어?' 하며 부르기를 반복한다.

그때 도준이 '누나, 오줌 마려워!' 한다. 어린 향목이는 다급한 마음에 얼른 외양간으로 난 길 사이에 도준이를 데려가 볼일을 보게 한 뒤, 크게 외친다.

"다시 숨을게!"

그러고는 후다닥 섬돌을 밟고 올라가 최대한 나무 바닥 소리가 나지 않도록 대청을 걸어가 다락 천장의 문을 연다.

정신없이 안을 살필 겨를도 없이 복층 구조로 된 다락으로 기어 올라가면 어둠이 순식간에 내려앉는다. 이윽고 빗살창의 한지 틈새로 연한 빛이 흘러 들어오면 향목은 마치 엄마 품처럼 아늑함을 느낀다. 그렇게 한시름을 놓는데, 문이 열린다.

"넌 여기서 나가!"

휴의 목소리는 엄했다.

"잡는다! 다 숨었지?"

술래가 본격적으로 움직일 모양새를 취하자 향목은 사정하는 눈빛이 되어 휴를 바라본다. 휴가 노려보는데, 순간 대청에서 끼익 소리가 난다. 다급해진 휴가 얼른 향목을 구석으로 밀어 넣고서 안으로 들어온다.

"흡."

휴가 향목을 내리누른다.

"너 조용히 해라."

코끝에 퍼지는 휴의 비누 향. 늘 그 아이의 옆을 스칠 때면 맡을 수 있는 그 세련된 냄새.

끼익, 끼익.

"여긴 아무도 없나?"

어느새 소리는 사라지고 없다.

향목은 휴가 일어나 주길 기다린다. 휴의 몸체에 눌린 향목이 살그머니 휴의 얼굴을 살핀다. 두 사람의 눈이 마주친다.

알 수 없는 눈빛에 향목이 꼴깍 침을 삼킨다.

갑자기 휴가 몸을 일으키는가 싶더니, 평소답지 않게 주저주저 하다가 드르륵 문을 열고 나간다.

밀려든 공기에 향목이 숨을 내쉰다.

고개를 돌리면 어느덧 소년이 된 휴의 뒷모습이 가느다란 실눈 사이로 보인다.

향목이 고개를 저었다.

"그때가 언젠데?"

그러고는 정말로 솟을대문의 문턱을 넘어 아흔아홉 칸 가옥 안 으로 한 발 들이밀었다.

"생각하기도 싫어."

그녀의 입가에 씁쓸한 기억이 매달렸다.

향목은 바깥 행랑채부터 헛간, 바깥 사랑채, 안채, 뒤의 사당, 뒤란, 그 너머의 협문까지도 천천히 거닐다 마지막으로 다시금 사 랑채로 돌아왔다.

대청에 앉아 300년의 세월을 이겨낸 나뭇결을 손으로 훑을 때 였다.

"백향목, 나와. 얘기 좀 하자."

오랜만에 듣게 된 휴의 목소리는 소년의 태가 줄줄 묻어났다. 마냥 맑은 미성이 아닌, 저음에 가까운, 남자의 느낌이었던 것이 다.

향목이 순간 벌떡 일어났다. 솟을대문을 넘은 바깥 행랑채에서는 사랑채가 보이지 않았지만, 만일에 저 중간 문턱까지 넘어선다면 그녀는 대번에 휴와 마주치는 꼴이 될 터였다.

"백향목, 거기 있다는 거 알아."

그러더니 곧장 발걸음 소리가 이어졌다.

저벅, 저벅, 저벅.

향목의 걸음이 날래졌다. 그녀가 신발을 손에 들고서 대청을 스치듯 밟았다. 그러고는 다락 천장의 문을 열고, 어릴 적에는 제법 빠르게 오르던 그곳을 미간을 모은 채로 안간힘을 써서 오른 뒤 문을 닫았다. 마음이 바쁘니 손이 자꾸만 미끄러진 것이었다.

두근두근.

한데 기이하게도 바깥이 너무도 조용했다.

'가, 제발. 가라고, 김휴!'

무릎을 끌어 모은 채로 향목은 두 눈을 질끈 감았다.

그리고 다음 일이 순식간에 벌어졌다.

드르륵.

향목의 두 눈동자가 놀람으로 커다래졌다.

휴의 차가운 눈동자가 그대로 그녀를 곧게 응시하고 있던 것이다. 소년, 소녀의 시선이 허공에서 뒤엉켰다.

"비, 비켜."

향목이 떨리는 목소리를 감추지 못한 채 휴의 어깨 즈음을 쳐다보았다. 가까이서 보니 훌쩍 큰 키가 손을 뻗으면 천장까지 닿을 듯 휴는 성장해 있었다.

향목은 다락에 올라가 있었지만 지척에 그의 눈동자가 있었고,

그것은 향목에게 또 다른 두려움으로 다가왔다.

더구나 침묵을 유지한 채 오롯이 그녀만을 응시하고 있는 휴의 시선으로 인해 향목은 또다시 무슨 사단이 날까, 가슴이 뛰었다.

"언제까지 거기 그러고 있을 건데?"

향목은 아랫입술을 질끈 깨물었다. 아픔보다도 무서움에 어깨가 떨렸다.

그녀는 자신보다 한참 어른처럼 보이는 휴의 널따란 어깨를 번쩍 밀어버린 후, 바닥으로 후다닥 내려섰다.

그러고는 정신없이 문지방을 넘어 대청까지 나온 뒤 섬돌을 밟았다. 쏟아지는 눈물을 감추려고 신발도 신지 않은 채로 후다닥 디딤돌을 뛰었다.

"백향목!"

등 뒤에서 그녀의 이름을 커다랗게 부르는 목소리가 이어졌다. 이제 막 익어가는 감나무의 감을 쪼아대던 까치가 푸드덕 하늘로 날아올랐다.

향목의 가느다란 발목도 못지않게 빨라졌다.

휴의 양옥집을 지나 도원천을 가로지르는 다리에 이르렀을 무렵, 향목은 어깨를 늘어뜨렸다.

터덕터덕 집까지 돌아오는 길에 마음이 비참했다.

"정길이 각시, 왜 이리 축 처졌어?"

"향목이는 언제 클라나? 인자 고등학교 가면 교복도 입을 판인디, 많이 먹고 키도 크고 혀야 아, 정길이랑 성례도 올리지."

정자에 앉아 소담스레 이야기를 나누던 어른들이 여전한 농을 걸어오셨다. 그러나 향목은 가벼운 미소만 던질 뿐, 제대로 인사도 하지 못했다.

끼익.

정길의 집을 지나 밖으로 난 계단을 오르면 이제 그녀가 살고 있는 셋방이 드러날 터였다. 철문을 열고 정길네 마당 가를 지날 때였다. 분명한 정길 어머니의 목소리였다.

안방에서 큰 소리로 전화를 붙잡고 목청을 높인 채 잔뜩 흥분한 목소리였다.

"아, 글쎄, 김씁, 그 노인네 있잖여. 양반입네 어쩌네, 그 점잔을 빼더니 이제 동리에서 고개 못 들게 생겼잖아. 시방 그 여편네 안 보인다 싶더니만, 이혼했다잖여. 그래, 아들 미국서 오면 앵간히 찌그락짜그락하더니만, 결국 그 집 며느리랑 이혼해서 서울로 가버렸당게. 그런 마당에 자기가 무슨 낯으로 여기 유지인 양 행세를 하겠냐고. 그리고 예부터 여자가 잘못 들어오면 집에 재수가 없다더만, 딱 그 여자 얘기지 뭐요. 뭐? 아, 뭔 소리여? 내가 신이 나서 떠들긴 뭘. 난 걱정돼서 하는 소린디."

향목의 눈동자에 흐릿한 의아함이 번져 나갔다. 아까 마주했던 휴의 흔들리는 눈동자가 왜 그 순간 그녀의 뇌리를 잠식했던 걸까?

가을 저녁, 유독 높아만 보이는 하늘에 귤빛이 번지고 있었다.

한 달이 지났다. 휴가 떠난다는 소식은 꽤 이르게 들려왔다.

그러고 나자 신기하게도 마을 전체가 정말로 고요하고, 심지어 썰렁함마저 감돌았다. 한동안 또래 아이들은 맥없이 마을의 오래된 느티나무를 올라타고서 마치 저 너머 어딘가에 휴가 보일 듯이 굴곤 했다. 하지만 시간이 지나도 아무런 일도 일어나지 않았다.

한가하고 고요한, 아무런 일도 일어나지 않는 평범한 농촌 마을, 그 자체.

산외면 사람들은 오랜만에 그 진실을 마주하고 있던 것이다.

휴가 미국으로 떠난다는 말에 정길이와 도준이는 구경 나가자고 자꾸만 보챘지만, 향목이는 싫다며 절대 나가지 않겠다고 버텼다. 그리고 끝까지 수학책에서 고개를 돌리지 않았다. 그래서 녀석이 어떤 모습을 하고서 떠났는지 향목이는 알지 못했다.

그저 속으로 이렇게 생각했을 뿐이다.

재수 없는 녀석!

제사가 있든, 할아버지의 부름이 있든, 영원히 오지 마라! 영원히!

사각, 사각, 사각.

문제를 풀고 있는데 아버지의 목소리보다도 더 무서운 정길이 어머니의 목소리가 아래층에서 들려왔다.

"야! 향목아! 내려와서 돼지 밥 좀 줘라! 때 되면 딱딱 맞춰 줘야지!"

"네! 지금 내려가요!"

향목이가 후다닥 밖으로 내려갔다. 향목이가 내려가자 아주머니도 휴가 떠나는 모습을 구경하러 가는지 그새를 못 참으시고 점퍼를 여미며 대문 밖으로 뛰듯이 나가셨다.

끙끙대며 삽을 들고서 돼지 사료를 냄새나는 우리에다가 철퍽철퍽, 주니 좋다고 난리들이었다.

"먹어라. 많이 먹어라. 많이 먹고 새끼 낳아서 아주머니 부자 만

들어 드려라."

아주머니가 저렇게 돼지 한 마리에도 집착을 보이는 건 다 정길이의 다리가 아프기 때문일 것이다. 문득 정길이 자신에게 고등학교에 올라가서도 서로를 챙기자던 말이 떠올랐다.

"에휴, 다 했다."

허리를 툭툭 치면서 우리 밖으로 나온 뒤 삽을 내려놓으려고 보니, 손톱 아래가 시커먼 것이, 감자를 캐느라 쪼그리고 한나절을 있던 게 생각났다. 문득 미국이란 곳은 어떤 곳일까, 이곳에서 펼쳐지는 내 학창 시절은 어떤 모습일까, 그런 궁금증이 들었다.

하지만 향목이는 이내 잊어버리려는 듯 고개를 탈탈 털었다. 그러고는 담장 너머를 바라보며 한 번도 해보지 못한 말을 난생처음 꺼내보았다.

"그거 아니? 나는 너를 정말로 싫어했어."

2. 산외면의 코스모스는 여전히 한들한들한데

때로 짧으면 짧고 길면 길게도 느껴지는 게 시간이 아니던가.

4년이 지났다. 정말로 훌쩍. 휴의 나이 열아홉이었다. 만으로 하면 열여덟일 것이었다.

인천공항에는 백발이 성성하다 못해 눈썹까지 허옇게 변해 버린 한 노인이 지팡이를 간신히 짚은 채 초라하게 앉아 있었다. 분명 입고 있는 감색 두루마기는 최고급 원단으로 맞춘 것인데도 노인은 어딘지 모르게 볼품이 없어 보였고, 검버섯이 낀 얼굴에 대비되는 노랗게 뜬 피부는 병색이 완연한 듯도 보였다. 그것은 무언가 허망하고도 삶을 놓아버린 것만 같은 모습이기도 했다.

이제는 흰머리가 제법 많아진 소씨 부인이 옆에서 지아비를 툭툭 치며 눈물을 훔치다 말고 말했다.

"왔네요, 저기. 애들 왔어요."

그 말에 힘없이 앉아 있던 노인이 고개를 들었다. 그러고는 한 동안 아들과 뒤에 선 장성한 손자를 바라보았다. 노인의 눈에서 세월을 가로지르는 눈물이 흐르고 있었다.

아들보다도 기실 그의 눈은 183㎝에 육박하는 신장을 가진 손자에게로 향해 있었다. 이미 청년의 형상을 한 그는 바닥을 바라본 채로 약간은 불량스럽게 걸어오고 있었다.

갑자기 무릎을 짚고 일어선 심율 김습이 아들에게로 걸어가 사정없이 지팡이를 휘둘렀다.

"네 이놈! 이놈이! 이놈이!"

그는 손자에 대한 극렬한 분노를 그렇게 아들을 향해 풀고 있는 중이었다.

"네놈을 문중에서 파버릴 테다! 너 같은 놈한테 내가 아들이라고 그동안 무슨 짓을 했는지!"

오가던 사람들이 모두가 그들을 쳐다보았고, 휴는 그들의 시선 따윈 신경 쓰지 않는다는 듯 표정 없는 눈동자로 바닥을 응시하고 있을 뿐이었다.

정작 소씨 부인은 아들의 얼굴이 맞아서 부어오르는 것보다도 손자의 안위가 걱정되는지 그저 휴의 얼굴만을 바라보며 자꾸만 쓰다듬으려고 했다. 그 손길을 휴는 내내 피할 뿐이었다.

"휴야. 아이고, 휴야."

소씨 부인의 음성은 애달팠다.

그러나 품에 끼고 키우다시피 했던 손자는 4년 만에 마주한 자리에서 옛 기억 따위 잃어버린 것처럼 무표정하게 서 있을 뿐이었다.

그에 김습이 안사람에게로 버럭 지청구를 놓았다. 일부러 그런 것이었다.

"이! 이! 무어라? 공부를 잘해서 이놈아가 한국엘 안 들어온다고? 아이고, 참으로 내가 멍청하고 멍청했다! 고만 조상님께 누를 끼쳤어!"

그러자 소씨 부인이 어쩔 줄을 몰라 하며 고개를 숙인 채로 죄인처럼 말했다.

"그만하시죠. 사람도 많아요."

소씨 부인도 아들과 며느리의 불화를 겪고, 근 4년 애지중지하던 손자를 보지 못하는 동안 세월의 풍파를 맞은 듯 어느 때보다도 늙어 있었다. 목소리에는 기운이 하나도 없고 마음은 한없이 여려진 듯 연신 옷고름으로 눈물을 찍어내기 바빴다.

김습이 아들에게서 살며시 고개를 돌려 훌쩍 자란 손자 녀석의 모습을 눈에 담았다가 이내 외면하듯 얼굴을 돌려 버렸다. 그렇게 그는 손자에 대한 기대를 내려놓는 중이었다.

그간 단 한 번도 손자가 한국엘 들어오지 않자 이를 이상하게 여긴 김습은 사실 미국에 갈 채비를 몇 번이고 했다. 그때마다 아들과 안사람은 공부 잘하는 아이, 향수병 나게 흔들어놓지 말라거나 지금 대학 입학에 중요한 국제 시험을 준비 중에 있다거나 시험 기간이라는 말로 매번 그를 속여왔던 것이다.

아무래도 이상하다 싶던 김습이 친척을 시켜 알아본 결과, 휴는 정학과 퇴학을 반복하다가 심지어 법원까지 가서 그곳에서 사회봉사 명령을 받을 정도로 문제아로 찍혀 중학교 졸업도 제대로 이수하지 못한 상태였다.

소씨 부인으로서는 그런 와중에 한국에 들어오게 되면 집안 체면도 그렇거니와 바깥양반이 진노할 것이 분명할 테니, 내내 그것을 무마하고 무마한다는 것이 사태가 이 지경까지 이른 것이었다.

소씨 부인이 휴를 감싸기 위해 눈물 젖은 목소리로 말했다.

"어린 나이에 에미 없이 먼 타국에서 얼마나 외로웠을고."

그때였다.

"그만하소!"

듣기 싫다는 듯 김습이 소씨 부인을 향해 버럭 소리를 질렀다.

한데 그 순간, 이 모든 상황이 짜증 난다는 듯 미간을 잔뜩 구긴 휴가 어딘가로 걸어가서 주머니를 뒤져 담배 한 개비를 물었다가 갑자기 담뱃갑을 구겨 바닥에 팍 내팽개쳤다.

"어우 씨!"

소씨 부인은 물론이거니와 김습의 입이 벌어졌다. 아들 김정은 자리가 불편한지 연신 헛기침을 했다.

4년 만에 마주한 손자의 모습에서 버릇은 없을망정 그나마 그 옛날 귀엽던 모습은 있었는데 이렇듯 불량기가 넘치는 청년으로 변해 버리다니, 그만 가슴이 철렁하고 놀란 김습은 순간적으로 지팡이를 꽉 쥐어야만 했다.

"영감님, 영감님."

모두가 놀라 김습을 잡았다.

김정이 천장을 바라보며 후, 하고 한숨을 내쉬었다.

김습이 연신 숨을 고르다가 입을 열었다.

"그래, 미국 사람들은 저 아이의 문제가 뭐라더냐?"

가만 서 있던 김정이 입을 열었다.

"미국에서는 친구 간의 가벼운 싸움도 크게 생각을 해서……."

김습이 아들의 말을 끊었다.

"본론만 말해라. 사람 시켜 알아보기 전에."

"처음에는 단순 싸움이었고요, 그런데 그건 제가 봤을 때 인종 차별적인 문제가 있어서 분명 억울한 부분이 있었습니다. 그래서 인지 정학을 받은 후에 휴가 정말 억울해했어요. 학교 측에서도 휴한테 장문의 에세이 작성에 혹독한 튜터를 붙였는데, 그게 엄청 난 스트레스인 데다 또 심하게 요구할 건 다 요구해 놓고 나중에 서 과한 처벌을 내렸고요. 휴가 학교에 어떻게 적응을 할 수 있었 겠어요? 그다음부터는 뭐…… 패싸움에 몇 차례 연루가 되었고, 퇴학 처분을 맞았어요. 그 상황에서 약간의 술을 마신 것이 경미 한 접촉 사고로 이어졌고요."

김습의 눈동자가 아들에게서 떠나 손자에게로 향했다. 4년 전 의 그 조그만 녀석이 아닌, 훌쩍 커버린 녀석은 이 상황이 몹시 마 음에 안 드는지 건들건들 걷고 있었는데, 남자 냄새를 풀풀 풍기 는 것이 어째 꼭 돌아가신 김습, 자신의 아버지가 떠오르고 말았 으니 이 무슨 조화인가.

딱 체구가 그러했다. 김습은 손자를 만나게 되었다는 안도감에 주책없게도 주름진 눈가 사이로 눈물이 번지는 것을 느꼈다.

"됐다, 됐어. 이제 됐으니 그만 가자."

그러고는 그는 몸을 돌렸다.

한동안은 김씨 문중이 자신의 과오로 인해 모조리 망했다고 생 각해 그 자괴감에 이루 말할 수 없는 허무함에 시달리곤 했지만, 남은 자식새끼들을 보니 그는 이만하면 됐다는 생각이 들어 지팡이를 잡은 손에 절로 힘이 주어지는 것이었다.

그리고 정말로 그만하면 됐다는 안도감이 그의 가슴 안을 따스하게 메우고 있었다.

혈육이란 참으로 설명할 수 없는 기이한 것임을.

김습은 묵묵히 자신 몫의 사골국을 먹고 있는 것처럼 보였지만 실은 눈앞의 손자인 휴가 김치찌개를 바닥내다시피 하며 우걱우걱 밥을 퍼먹는 것을 슬며시 지켜보고 있었다. 소씨 부인도 그제야 마치 잃어버린 귀한 물건을 찾은 양 흐뭇한 얼굴로 가만 손자의 얼굴을 들여다보고 있었다.

"아고, 아가, 체한다. 꼭꼭 씹어 먹어라."

소씨 부인이 손자의 등을 쓸며 말했다. 그러자 김습이 무심히 지나듯 한마디를 했다.

"거, 밥 먹을 때는 내버려 두소."

말도 없이 고봉밥을 뚝딱 두 그릇째 휴가 그렇게 해치워 버리는데, 문이 열리더니 일하는 한 씨가 들어오더니만 소씨 부인을 향해 자랑스레 말했다.

"하이구, 성님. 말도 마시오. 바깥에 웬 사람들이 떼거지마냥 우르르르 몰려 있어서 내가 시방 뭔 구경났냐고 물 한바가지를 쫙 찌끄르고 오는 길인게. 아따, 저 껌정 차를 보고서는 대번에 어떻게 알았는지 휴 볼라고 할튼 몰려들었는디……."

"자네, 그만하게. 어찌 사람이 그리 헤퍼?"

소씨 부인은 속도 모르고 끊임없이 말을 잇는 한 씨를 괜히 타박하고 보았다.

그런데 이게 웬일인가.

밥을 다 먹은 휴가 벌떡 일어서더니 당당히 밖으로 나가는 게 아닌가. 심율 김습마저 손자의 태도에 국물을 뜨다 말고 고개를 들어 바깥을 응시했다.

문을 열고 나간 휴는 사람들을 휘 한 바퀴 둘러보더니만 아무렇지 않게 담배를 꺼내 물고는 주머니에 손을 넣은 채로 흡연을 시작했다.

소씨 부인이 미간을 찌푸리며 한숨을 내쉬자, 김습이 아무렇지 않다는 듯 말했다.

"됐다."

한편, 바깥에 모인 산외면 사람들은 휴를 보며 신기한 눈초리로 수군거렸는데, 어딜 가나 그렇듯이 어르신들의 목소리가 유독 컸다.

"어이고, 미제 물이 좋기는 좋은가 배. 자가 시방 진짜 김습 어르신 그 손자 녀석 맞지? 그…… 몇 살이제?"

그러자 담배를 태우고 있던 휴가 고개를 돌리더니 태연히 씩 웃으며 대답을 해왔다.

"한국 나이로 열여덟 됐습니다. 어르신, 그간 건강하셨지요?"

그 말에 반색하며 이제 막 환갑을 넘었을 법한 최 씨가 정원까지 달려와 휴의 손을 두 손으로 맞잡고는 안부를 물어가며 유독 반가운 척을 했다.

"잘 있었는가? 완전 총각이 되았구만. 어? 이거 장가가야 되겠네."

"네. 이쁜 색시 있으면 소개 좀 시켜주십시오."

안에서 손자의 이런 모습을 지켜보는 김습의 표정은 당최 알 수가 없는 것이었다. 지난 4년간 손자에게 무슨 일이 있었는지 그는 가만 가늠하는 눈치였다. 그리고 앞으로 저리 커버린 녀석을 어찌 감당하고 또 다룰지 생각에 잠긴 모습이었다.

사실 그는 옆의 아들 녀석을 오히려 불량기가 비치는 손자보다도 믿지를 못했다. 내동 지켜봐 왔지만 결정적일 때 아들은 매번 뒷걸음질을 쳐 결정을 못 했으며, 한 번도 제대로 된 일이란 것을 해본 적이 없었다.

반면, 저 녀석이라면…….

"거, 미국은 밥 대신 스떼끼를 먹지?"

"스떼끼요? 아아, 스테이크요?"

"어어, 그 스테이크."

옛날에는 남에게 배타적이고 제 잘난 맛에 살던 녀석이 오히려 저런 방식으로 사람들과 섞여들 줄이야. 무엇이 더 좋다고 봐야 하는지는 모르겠지만, 분명 녀석은 천양지차로 변해 있었다.

"말도 마십시오. 김치 생각이 어찌나 나던지, 제가 언제 한 번 어르신 댁에도 들러서 소주에 김치, 어떻습니까?"

유리 너머 손자의 손짓을 지켜보며 소씨 부인은 가슴을 치고 난리도 아니었다.

"아유, 저거, 저걸 어째? 우리 휴."

그런 사정을 모르는 바깥에서는 휴의 너스레에 기분이 한껏 좋아진 최 씨가 호탕하게 웃고 있었다.

"아이고, 그거 좋지."

노인이라고 해봐야 이제 갓 60대였지만 농촌의 햇볕에 까맣게 그을린지라 더욱 늙어 보이는 그는 주름진 얼굴 아래 소주 생각이 정말로 간절한지 침을 꼴깍 삼키며 휴의 나이를 잊은 듯 눈을 반짝였다.

"아, 저는 그럼 이만 들어가 보겠습니다."

능글맞게 웃으며 휴가 돌아서자 어르신들은 심지어 이상한 타이밍에서 박수까지 치기 시작했다.

안에서는 그런 휴를 바라보며 김정이 아버지에게 건넬 말을 고르고 있었다.

"아버지, 제가 저 녀석 꼭 제대로 교육을 시켜놓겠습니다. 앞으로 휴더러 동네 사람들하고 웬만하면 말 섞지 말고 행동할 때도 어르신, 어르신 하면서 저런 식으로……."

"너, 짐 싸서 도로 미국 가라."

난데없이 들려온 김습의 말이었다.

놀란 소씨 부인이 깜짝 놀라 돌아보니 김습이 태연한 얼굴로 아들 김정을 쳐다보며 뒤이어 말했다.

"네가 제대로 저 아일 교육시킬 요량이었다면 지난 4년간 미국서 데리고 있으면서 그거 못 했겠나? 미국에 갈 때도 아들 교육보다 이 집서 돈 가져갈 생각에 바삐 떠난 그 속내를 누가 모를 줄 알았더냐? 매달 달란 대로 보내준 내역서 한 번 요구한 적 없다만, 나도 대충은 학비가 어느 정도 드는지 알고 있었다. 나머지 돈들은 다 어쨌느냐? 게다가 너! 이곳 사람들을 우습게 아는 것은 나를 우습게 아는 것이나 진배없다. 그러니 산외면이 싫으면 네가 떠나면 될 것이 아니냐! 어차피 너도 이곳이 싫고, 나도 더는 네게 원하는 바가 없으니."

김정은 당황해서 벌게진 얼굴이 되었다.

"아, 아버지."

그때만큼은 소씨 부인도 김습을 향해 나무라듯 언성을 높일 수밖에 없었다.

"여보!"

그러다가 뒤에서 누군가의 기척을 느끼고는 불현듯 그것이 손자임을 깨달은 소씨 부인이 한 가지 묘안을 떠올리고는 김습을 향해 말했다.

"어차피 우리 휴, 크게 키우려면 다시 미국 가서……"

그때였다.

"안 되오!"

"싫어요."

김습과 휴, 둘에게서 동시에 흘러나온 대답이었다. 소씨 부인은 물론이거니와, 김정도 놀라서 두 눈을 동그랗게 뜨는데, 휴가 머리를 긁적이더니 피식 웃었다.

"아, 아버지, 죄송합니다. 미안. 근데요…… 아버지도 미국에 계실 때 나 없이 잘살았고, 나도 그랬고. 거기 있을 때를 생각해보면 나는 사실 여기를 떠날 때 내 고향은 이런 촌구석이 아니라고 생각했는데 나중에 머릿속을 떠다니는 건 호주 어느 해변가도 아니고, 유럽의 어느 길거리도 아니고, 홍콩의 어느 음식점도 아니었고, 그렇다고 서울도, 전주도 아니고, 그니까…… 그나마 여기더라고. 생각나는 게, 여기였어. 저, 여기 있겠습니다."

그 순간, 소씨 부인은 눈물을 참기 위해 뒤돌아섰고, 김습 역시 어금니를 꽉 깨물고 간신히 눈물을 참아냈다.

휴만이 태평히 웃으며 한 씨 아주머니를 향해 물었다.

"제 방 어디예요?"

"에그, 내 정신 좀 봐."

한 씨를 따라 위로 향하는 휴를 보며 김습은 당분간 편안히 내버려 두어야겠다고 생각했다. 해서 혹여 잘못하는 일이 있더라도 참는 연습을 하자고 미리부터 마음에 되새기는 것이었다.

김정은 짐을 쌌다.

그때만큼은 소씨 부인도 아들을 말리지 않았다. 늘 사람들의 이목을 신경 쓰던 소씨 부인이지만, 그때만큼은 지아비인 김습의 뜻을 이해하고 그대로 한 번 따라보기로 단단히 마음을 먹은 상태였다.

그리고 정말로 그날 이후부터 휴의 산외면 혹은 정읍 유람기는 시작되었다. 그것도 매우 자유로운, 마치 그 옛날 김삿갓과 같은 풍류객처럼.

재미있는 것은 슬리퍼부터 시작해서 선글라스까지, 걸치고 있는 모든 것은 명품인데 폼은 건들건들 완전한 건달이 따로 없다는 것이었다. 거기다 드나드는 곳도 동네 허름한 단골 통닭집, 먹는 것도 당연히 동네 허름한 단골 통닭집의 생맥주.

때로 기분이 날 때면 빨간색 페라리를 몰고서 정읍 시내로 나가 그 비싼 차가 긁히든 말든 신경도 쓰지 않고 아무 데나 주차를 한 뒤 촌구석의 성인 나이트클럽에 들러 야시시한 언니들과 부비부비 춤을 추다가 언니들에게 과일 안주를 쏴주어 환심을 산 뒤, 룸으로 들어가 진한 스킨십을 하는 게 다였다.

물론 같이 어울리는 사람들은 어릴 적 산외면 아이들이었는데,

지금은 어딜 가나 있을 법한 동네 백수건달로, 실상은 휴보다 두서너 살이 많은 형들이었다. 물론 지금은 친구를 먹은 사이였지만.

그들이 주로 뭉치는 행동반경은 그리 크게 넓지도 않았다.

서울이냐? No!

전주냐? No!

아까도 말했지만, 산외면의 허름한 단골 통닭집과 정읍의 가장 잘 나가는 성인 나이트클럽, 거기가 다녔던 것이다.

처음에는 전단지를 나누어 주던 호객꾼이 페라리와 명품으로 도배된 김휴의 모습을 보고 현란한 혀를 한순간 놀리지 못하고 멈춰 버릴 정도였는데, 하도 자주 가다 보니 그들은 어느새 정읍 시내의 명물이 되어 있었다.

차에서 내려 무지하게 화사한 조명을 받으며 춤을 추다 보면 언젠가부터는 언니들한테도 너무 많은 입질이 오는 탓에 휴는 몸이 피곤할 정도라 때로는 나이 지긋하신 언니들과 차라리 블루스 타임을 노릴 정도로 그는 완전 인기 폭발이었다.

그는 정말로 자유를 만끽하고 있는 것처럼 보였다.

그즈음, 김휴의 실상에 관한 소문은 어느 정도 산외면에 소문이 난 상태였다. 미국 생활에 실패하고 돌아왔다는 것은 벌써 그의 행실에서도 여실히 드러나는 것이었고.

모두가 김습 어르신의 태연한 태도를 더 의아해하며 그저 광산 김가네도 글렀다며, 김습 어르신 말년이 안됐다는 말들을 하곤 했다.

하지만 정작 김휴를 보면 환하다 못해 해맑게 웃으며 '어르신,

어르신' 하거나 때로는 새참 자리에 끼어들어 덥석 술 한 잔을 받는 모습에 모두가 신기해하면서도 놀라워했다. 다들 그 모습이 그다지 싫지만은 않아 보인 것 같았다. 오히려 약간은 흐뭇해하는 것 같은 분위기마저 감돌았으니.

어두워지기 전, 술을 마시지 않는 날이면 휴는 방에서 만화책을 쌓아놓고 읽거나 잠을 퍼질러 자곤 했는데, 그도 아니면 꼭 동네 양아치마냥 배를 긁적이며 밖에 나와 정자에 철퍼덕 주저앉아 덜덜덜덜 지나가는 경운기를 보다가 벌떡 일어나 '어르신' 하며 인사를 건네곤 했다.

그렇게 있다 보니 늘 보다시피 하는 멤버인 원주와 기정이, 병희까지 모이게 되었다. 원주는 어릴 적에 이 동네에서 예쁘장하기로 소문이 난 아이였는데, 이장 딸이라 그런지, 촌 동네 여자아이 치고는 부모님이 읍내에서 파마도 시켜주고 발육 상태도 좋아서 남자아이들에게 인기가 많았다. 하지만 휴는 거들떠보지도 않아 원주는 늘 애를 태웠다. 그러던 것이 4년이 지나 만나게 되니 지금은 또 상황이 달랐다.

기정과 병희가 눈꼴시다는 듯 서로를 바라보며 새우 과자를 입 안에 밀어 넣으며 쩝쩝 소리를 냈다. 그러는 동안 원주는 새우 과자 하나를 집어 애교스럽게 휴를 향해 아, 소리를 내며 눈웃음을 치곤 했다.

휴도 원주를 향해 눈웃음을 치며 아, 하고 입을 벌리는 모습이, 하여간에 가관이었다.

원주가 갑자기 휴의 가슴팍을 딱 때리더니 영문 모르게 눈을 흘기기 시작했다.

"왜 옛날에 그렇게 날 무시한 거야? 그때 나 좋아해서 그랬지? 그런 거였지? 일부러?"

"아, 들켰나?"

휴의 능청에 속은 원주가 팔짱을 끼더니 도도한 척 머리를 꼬며 말했다.

"하여간에 남자들이란. 지금이라도 오빠가 변해서 나는 좋다."

그 말에 기정이 대뜸 끼어들었다.

"야! 말은 바로 해라. 네가 85고 휴가 86이야. 어떻게 오빠 소리가 나오냐? 하여간에 여자들이란."

그러자 휴가 눈을 동그랗게 뜨고서 원주를 바라보았다.

"어? 학교는?"

그 말에 원주가 정말 몰랐냐는 듯 쳐다보다가 이내 당황한 듯 얼굴을 붉혔다. 그 모습에 기정과 병희가 웃겨 죽겠다는 듯 정자 바닥을 치며 자지러졌다.

"야! 원주, 얘, 알아주는 여걸이야! 완전 일진이라서 퇴학 먹었잖아."

그러자 휴가 여자 흉내를 내며 입에 손을 얹고서 말했다.

"어머, 무섭다, 언니야."

모두들 자지러지게 한바탕 웃어댔다. 그러고 나자 원주도 부끄러움이 사라지고 개운해진 듯 휴를 향해 물었다.

"근데 휴야는 왜 미국에서 그렇게 된 거야?"

"음, 뭐, 좀 얘기하면 긴데……."

모두가 관심 간다는 듯 그때만큼은 진지한 얼굴이 되어 있었다. 동네 사람들 모두가 궁금해하지만 차마 휴 앞에서 묻지 못하는 물음이었던 것이다.

휴가 손을 털더니 느릿하게 입을 열었다.

"나만 보면 만날 이런저런 욕을 하는 놈이 있었어. 뭐, 무시하려고 노력하니까 무시하게 되더라고. 근데! 내가 딱 한 가지 참을 수 없는 욕이 있었어. 그게 뭐냐면 땅콩이라는 건데……."

원주가 끼어들었다.

"땅콩? 그게 욕이야?"

휴가 갑자기 눈을 깜빡이더니 손가락으로 자신의 아랫도리를 가리키며 말을 이었다.

"뭐, 땅콩도 뜻이 여러 개야. 근데 그 녀석이 만날 내 거시기를 가리키면서 땅콩, 땅콩, 이러는 거야. 그래서 내가 선생들 안 볼 때 발차기로 턱을 날렸는데, 정말로 턱이 돌아간 거야. 난 내가 안 그랬다고 딱 잡아뗐지. 어쨌든 녀석은 실려 갔어."

모두가 웃겨서 죽으려고 하는데 휴만 침착하게 마저 말을 이었다.

"하여간에 많이 싸웠어. 나 건드리면 많이 때렸고."

그때였다. 멀리서 먼지가 날리는가 싶더니 마을버스 한 대가 칙 소리를 내며 정차했고, 교복을 입은 학생들이 차례로 내리기 시작했다.

"어? 저기 도준이다!"

휴가 물었다. 기정과 병희의 반응이 사뭇 이상해 휴는 새우 과자를 입에 넣으며 가느다랗게 실눈을 떴다.

"도준이? 왜? 쟤가 좀 특별해?"

그러자 병희가 도준에게서 시선을 떼지 못한 채로 말했다.

"도준이가…… 향목이 동생이지?"

어딘지 모르게 어색함이 잔뜩 묻어나는 목소리였다.

순간, 맥주병에 따개를 가져다 대려던 휴의 손이 멈칫했다.

"향…… 목이?"

"어, 백향목. 너…… 생각 안 나?"

딱!

휴는 아무런 말 없이 맥주병의 뚜껑을 땄다.

원주가 혀를 빼물며 새침한 소리를 흘렸다.

"치, 뭐야? 다들 백향목한테 관심 있기라도 해?"

휴가 그런 원주를 잠시 바라보았다가 푸시시 웃었다.

그러고는 말했다.

"그 촌스런 진짜 땅콩은 잘 있나 모르겠네."

그러자 기정이 얼굴을 굳히더니 잠시 무슨 말을 할지 골랐다. 그러더니만 연신 새우 과자를 몇 개 집어먹다가 입을 열었다.

"야, 휴야, 너 오늘 너희 집 제사잖아. 아마 그 향목이가…… 음식 해주러 너희 집에 갈 거야. 웬만하면 누나라고 그래. 같은 해에 태어났어도 걔가 빠른 86이잖아."

"뭘 또 그렇게까지 해야 돼?"

휴는 어릴 적 기정이 향목을 함부로 대하던 것을 떠올리며 슬쩍 눈동자를 돌려 그를 바라보았다.

"근데, 기정이 너 말이야, 많이 변했다? 백향목 얕잡아보고 깔보던 게 너 아니었냐?"

기정이 머쓱한 듯 발로 바닥을 슥슥 문질렀다.

"아니, 뭐……."

휴는 기정의 대답을 기다리지도 않은 채 고개를 들어 도준을 향해 외치기 시작했다.

"얀마! 도준아! 나 휴 형아야! 일로 와봐!"

그러자 도준이 길을 가다 말고 멈칫하더니 그대로 얼음이 된 듯 서 있다가 꾸벅 인사한 뒤, 슬그머니 옆으로 피해서 길을 가기 시작했다. 아무래도 동네의 물이 안 좋은 사람들이 죄 모여 있으니 겁을 낸 모양이었다.

휴가 말했다.

"어고? 저 녀석 봐라?"

병희가 받아쳤다.

"야, 저 남매가 완전 모범생들이야. 누나는 중학교 연합고사 끝났을 때 전주 어딘가에서 데려가려고 선생이 직접 집에 찾아왔잖아. 근데 부모가 이거저거 고민하는 거를 향목이가 그냥 알아서 거절했다더라. 그래서 정읍에서 학교 다니잖아. 근데 정읍 그 학교에서도 지금까지 한 번도 1등을 놓친 적이 없다고 소문이 자자하던데?"

휴는 잠시 산외면 출신이 정읍에 가서까지 이름을 냈다는 게 이들한테는 신기한 모양이라는 생각이 들어 절로 웃음이 나와 피식 웃어버렸다.

그 모습에 기정이 더욱 흥분해서 말을 이었다.

"야! 너 미국 가 있을 때 여성 3인조 댄스 그룹이 완전 대한민국을 휩쓸었어. 근데 가들 노래에 이런 구절이 있어. 코잡녀 걸."

휴가 과자를 먹다 말고 일어서서 물었다.

"코잡녀 걸?"

"어. 우리 동네 머스마들이 완전 애네한테 환장을 했는디 죄다 뭔 소린지 알아듣지를 못해 가지고 요것이 서울말인가, 아니면 영어인가를 두고 내기를 했지. 그래서 우리 동네에서 가장 똑똑하다는 향목이한테 가서 물었더니 대번에 스펠링까지 쓰주드만."

병희가 옆에서 거들었다.

"나는 네 여자니까. 뭐 그런 뜻? 긍게 가는 리스닝이 됐던 거지. 미국 가도 되겠드라니까."

휴는 부러 웃음을 꾹 참고서 심각한 얼굴을 유지한 채로 고개를 끄덕였다. 새삼 이 동네가 상당한 촌구석이라는 생각이 밀려드는 순간이었다.

원주가 말을 받았다.

"치. 우리 엄마 말이, 정읍에서 뛰고 날아봤자 전주 그 잘난 학교 가면 잘 간 거래. 서울 쪽이나 의대 쪽은 꿈도 못 꾼대. 요새 의대 엄청 센 거 다들 알지?"

그러자 병희가 말을 이었다.

"야, 전주는 거기, 왜 있잖아. 한의대. 거기가 제일 세잖아."

"그렇지. 거기가 의대보다 더 세지."

원주가 고개를 끄덕이며 말을 했다.

"내가 알기로 향목이는 자연계인가 뭔간데, 잘 가봤자 암것도 아닐걸? 개네 집이 뭐 붙여 먹을 땅이 있어, 돈이 있어? 대학 등록금도 엄청 비싸다드만."

그러자 기정이 그건 아니라는 듯 반박하고 나섰다.

"야, 왜! 장학금이라는 게 있잖아. 그리고 꼭 의대가 대수냐? 백의의 천사 있잖아. 그 예쁜 유니폼 입고, 간호사도 요새 전문직이

람서 공부 잘해야 된다든데."

원주가 끝까지 지지 않겠다는 듯 재반박에 들어갔다.

"제깟 게 어디 한번 해보라 그래. 흥, 또 모르지. 정길이랑 죽고 못 사니 돼지 농장 며느리로 들어앉을지."

맥주를 들이켜던 휴가 슬며시 눈동자를 이동해 원주를 바라보았다. 캔을 내려놓으며 그가 의아한 표정으로 물었다.

"걔네 진짜 사귀어?"

그에 병희가 나섰다.

"아니야. 그냥 예전에 정길이가 애 쫓아다녔잖아. 뭐, 지금은 아니니까 괜히 심술 나서 그러는고만. 안 그러냐, 김원주?"

휴가 웃겨 죽겠다는 듯 결국에는 원주의 머리를 슬슬 쓰다듬자, 원주가 영문도 모른 채 표정을 살짝 바꾸더니 애교스럽게 코를 찡긋거렸다.

"나 이뻐?"

"구여워 죽겠어."

병희가 말했다.

"야, 이러다 둘이 살림 차리겠다."

원주가 진짜 기대하는 눈빛이 되어 휴를 바라보자 기정이 코웃음을 쳤다.

그러든지 말든지 정작 본인은 관심 없다는 듯 휴가 물었다.

"야, 근데 왜 백향목이 우리 집 제사에 오냐?"

"아, 그게, 오늘이 금요일이잖아. 그리고 제사가 끼면 걔가 와서 음식을 하는데, 어른들이 그러시더라고. 걔가 음식을 하면 완전 끝내주게 한다나? 뭐, 마음에 쏙 들게 뭐든 차려놓는대. 그래서 사람 쓰는 것보다 개를 불러서 재료 주고 늦게까지 음식 만들게 한다고 그러더라고."

휴가 담배를 꺼내 불을 붙이며 다시 물었다.

"그럼 걔는 뭐 돈 받나?"

"아니, 그런 건 아닌 것 같더라. 품삯같이 제사 음식 받아 가는 거지, 뭐."

"아아."

휴가 고개를 끄덕였다. 한편으로는 요즘 세상도 그렇게 어려운 집이 다 있나 싶은 생각도 스쳤지만, 그야말로 한순간의 스침일 뿐.

그러고는 휴가 몸이 찌뿌듯하다는 듯 기지개를 켜며 일어섰다.

"아유, 오늘 처음 맞는 제사네. 아무래도 늦게까지 못 잘 것 같은데, 난 가서 자련다. 너네 가라."

그러자 기정이가 황급히 뒤에다 대고 말했다.

"야! 혹시라도 새벽에라도 술 한잔하고 싶으면 연락해라."

"오빠, 나두."

휴가 피식 웃으며 원주를 향해 말했다.

"언니야, 나두."

그러고 나서 휴는 들어가서 이른 점심을 먹은 뒤 곧장 침대로 들어가 이불을 뒤집어쓰고 잠에 빠져들었다.

한참을 그렇게 자고 있자니 할머니인 소씨 부인이 들어와 몸을 흔들기 시작했다.

"휴야, 휴야, 어르신들 오셨어. 얼른 일어나서 옷부터 갈아입어. 응? 아니면 씻을래?"

휴가 기지개를 켜며 목을 이리저리 돌린 뒤 헝클어진 머리를 한 채로 할머니를 향해 물었다.

"씻어야 하나?"

"안 되겠다, 너. 얼른 씻고 할미가 너 처음이라 제복 불편할 거라고 둘러댔으니 그냥 네 거 정장 입어. 응? 이제 우리도 차차 바꿔 나가야지."

그렇게 휴가 준비를 마치고 부랴부랴 아흔아홉 칸 집을 향해 갔을 때는 오후 5시였다. 작은집 사람들까지 대부분 모였지만, 그네들은 4년 만에, 게다가 이 자리에서까지 뒤늦게 나타난 종손인 휴의 존재를 부러 못 본 척 배려해 주고 있었다.

아직은 이른 시각이었기에 어린 휴로서는 어르신들이 하는 일가의 이야기를 그저 경청하면 되는 것이었다. 하지만 엄연히 종손이고 항렬의 위치가 있었기에 그의 자리는 어른들과 꽤 근접해 있었다.

조금씩 시간이 지나자 답답함이 밀려들었다. 그가 열린 문틈 사이로 고개를 돌릴 때였다.

순간, 휴는 자신의 눈을 의심하고 눈을 한차례 깜빡였다.

마치……

마치 산외면에 피어 있는 코스모스 같은 여자아이가 하얀 팔을 걷어붙인 채로 부엌간을 향해 걸어가고 있던 것이다.

그때, 뒤에서 누군가가 그녀를 불러 세웠다.

"향목아."

그녀가 뒤돌아서며 말했다.

"네, 말씀하세요."

목소리마저 청아해 푸르른 하늘 아래 정말로 한들한들 춤을 추는 산외면의 코스모스만 같은 느낌이었다.

광산 김가 역시 파가 단파는 아니었는데, 김습의 집안은 양가공파에 해당되었다. 일단은 족보를 새로이 정리하는 문제가 화두로 던져졌고, 다른 파와의 협의하에 전자화시키는 방안까지 논의가 되자 이를 어떻게 전달할지, 어떤 예를 갖추어 전하는 것이 현명한지에 대한 문제들이 오갔다.

그러는 동안 여인들은 살며시 안으로 들어와 간단한 먹을거리며 집안 대대로 담근 종갓집 술을 내왔다. 그러면 어른들은 맛을 음미하며 그저 살짝 고개를 끄덕일 뿐이었는데, 아직까지 미성년자인 휴에게 김습이 술을 따라주는데도 다들 아무런 말이 없었다. 친척들 모두 휴가 미국 생활에 실패하고 돌아왔다는 것을 알고 있지만 침묵하는 것으로 그 문제를 넘어갔고, 그렇게 휴를 집안의 종손으로 인정하는 절차를 묵묵히 밟고 있던 것이다.

"너, 이놈아. 넌 꼭 크니까 돌아가신 너희 할아버님 닮았다."

누군가가 그리 말했고, 휴의 눈썹이 잠깐 추켜올라 갔다. 김습이 꼿꼿한 자세로 앉아 아무런 말 없이 커다란 체구의 손자를 바라보았다.

그때, 누군가가 박수를 치더니 손목시계를 들여다보았다.

"제사 전에 잠깐 밖에 나가서 볼일들 좀 보시고 안채로 이동하십시다. 매번 느끼지만, 이제는 12시까지 기다리다 제사를 지내는 집이 대한민국에 또 몇 집이나 될는지 궁금합니다. 아마 제사도 안 지낼걸요?"

그러자 항렬은 조금 낮지만 나이가 지긋한 백발의 어르신이 버럭 소리를 지르며 화를 냈다.

"에헴! 당숙! 그런 소릴랑 마십시오!"

고개를 수그리는 젊은 당숙의 모습을 통해 모두가 이 집안에 떠돌고 있는 옛 유물의 무게감을 여실히 느끼고 있었다.

휴 역시 약간은 지루한 발걸음으로 고개를 숙여 머리를 낮은 문틀에 찧지 않도록 조심하며 마루를 밟고서 와글와글 몰린 신발들 사이를 밟고 내려왔다. 오래 앉아 있은 탓에 뻣뻣해진 다리를 탈탈 털어낸 뒤 일어서다 낮은 문틀을 보고 고개를 숙여 마루로 내려왔다. 순간 향목이의 하얀 얼굴이 보였다.

저도 모르게 고개를 꺾어 그녀가 하는 양을 바라보는데, 채반 가득 무언가를 들고서 보자기를 덮은 채 힘이 드는지 아랫입술을 베어 무는 모습이 시선을 사로잡았다. 가녀린 목선이 어찌나 여성스러운지 휴는 자신이 향목을 그렇게 빤히 쳐다보았는지도 몰랐다.

"뭐 하냐?"

또래 친척 하나가 물어오자 휴가 고개를 돌리며 건들건들 대답했다.

"알아서 뭐 하게?"

원래도 싫어하던 녀석이었는데 제까짓 게 공부를 잘해 명문대에 갈 성적이라며 종알거리는 꼴이 어찌나 우습던지.

휴는 부러 신발을 찾아 신고 아무렇지 않다는 듯 당당하게 주머니에 손을 넣은 채로 사랑채의 문턱을 지나 여인들의 구역인 안채 문턱을 넘었다. 그러고는 부엌간 쪽으로 설렁설렁 걸어가 담배에 불을 붙였다.

아무것도 모르는 소씨 부인만이 그저 종손이 다른 사람 눈에 책 잡힐까 애가 타 그의 뒤를 얼른 쫓아오며 속닥거리셨다.

"할아버지만 너 이러는 거 모른 척하시지, 다른 분들은 너 술 마시는 것까지는 이해해도 담배는 이해 못 할 수도 있어. 조심 좀 해라. 게다가 할미가 몇 번 말해? 차 처분하라고. 미국서야 운전했다지만 여기서 너 잘못되기라도 하면⋯⋯."

"아이, 할머니."

약간은 애교 섞인 목소리로, 또 약간은 짜증이 난다는 투로 말을 하자 소씨 부인은 그만 누그러지고 말았다. 그다음 이어진 그녀의 잔소리는 제사에 관한 것이었다.

"사실 너, 지난 4년간 아무것도 못 봤잖아."

그녀가 장성한 손자의 정장 재킷을 꼼꼼히 매만져 주며 말을 이었다.

"이젠 이 집안을 이끌어가는 것도 배워야지. 오늘은 저기, 제사 지내는 순서랑 예법, 대충 음식 놓는 법이라도 익혀. 사실 아까 할아버지께서 너 잘 때 깨워서 지방 쓰는 법 가르쳐 준다는 걸 내가 말렸다."

그러자 휴의 넉살이 또 시작됐다.

"아고, 아고. 고만 좀 하쇼, 할머니. 손자 귀 따가워서 오늘 나 귀신 되겠어."

"아구구, 이놈 자식이 할미 앞에서 못 하는 소리가 없어."

소씨 부인은 눈을 흘기면서도 손자의 재롱 비슷한 소리가 싫지는 않았는지 돌아서는데 슬며시 웃음기가 서려 있었다.

그녀가 가고 난 뒤, 휴는 담배를 태우며 슬쩍슬쩍 부엌 안을 들여다보았다.

"향목아! 어, 이것 좀 받아라."

"예."

탁탁탁탁탁탁!

"향목아! 너 저기 가서 얼른 뚜껑 열어. 김 넘친다."

"예."

"향목아! 이거, 여기에다가 보기 좋게 꽂는 거 알지? 어, 뭐, 너야 한두 번 해본 거 아니니까."

"예."

"향목아."

"저 지금 이거 아직……."

"아직도야?"

"얼른 할게요."

향목은 앞치마에 붉은 손을 닦고서는 다짜고짜 그녀의 입 앞으로 내밀어진 숟가락 위의 국물을 화들짝 놀라며 들이켰다.

"어때? 싱겁지?"

"식으면 적당할 것 같아요."

"그래? 뒷말 나오면 네 책임이다."

그에 향목이가 고개를 숙이는데, 동그란 이마가 참으로 예뻤다.

그녀가 귀 뒤로 차갑게 언 손을 가져가 머리칼을 넘긴 뒤 도로 쪼그리고 앉는데, 아무것도 아닌 그 모습이 어찌나 조그맣고도 새침한 듯 보이는지 휴는 자기도 모르게 담뱃재를 털며 바보같이 흐흐흐 웃음을 흘렸다.

그녀가 꼬치에 전을 꽂고서 채반에 대충 놓는데, 언뜻 보아도 상당히 정갈하고 소담한 솜씨였다.

휴는 두 번째 담배를 빼내 불을 붙였다.

그러고는 그녀를 다시 바라보았다.

다른 아주머니들은 모두가 좋은 상석 자리를 맡아서 편하게 일하는데 그녀는 맨바닥에 쪼그리고 앉아서 일회용 가스레인지에 전을 붙이고 있었다. 한데 정말 뭘 해도 꼭 자기 생긴 것마냥 동글동글 작고 예쁜 데다 화룡정점으로 살짝 얹는 붉은 채며 빛깔의 조화까지 오묘하게 예뻐서 만들어놓으면 얄밉게도 어른들이 슬쩍 와서 보고는 잘했다며 두툼한 한 손으로 날름 와서 집어먹어 버리곤 했다.

그래도 한마디 말 없이 향목이는 기름을 두르고 연신 반죽을 숟가락 하나만으로 살며시 둘러 보기 좋은 모양을 용케 잡아낸 뒤 먹기에도 아까운 모양새들을 연신 만들어냈다.

생각보다도 걸음이 먼저였다. 휴의 손가락에서 담배가 퉁 튕겨져 나갔고, 그가 성큼성큼 부엌간으로 향했다.

끼익.

그가 나무 문의 턱을 밟아 넘은 뒤, 넉살 좋게 큰 소리로 말했다.

"아고, 배고프다."

그러고는 주변을 둘러보는 척하다가 우연찮게 발견한 듯 향목이가 간신히 만들어놓은 예쁜 화전이며 감자전이며 보기 좋은 빛깔의 전들을 향해 손을 뻗어 앉은 뒤, 하나씩 집어 호호 불어가며 먹기 시작했다.

지척에서 향목이가 얼이 빠져서 쳐다보는 게 곁눈으로 보였다. 휴는 부러 향목이를 신경도 쓰지 않는 척 전부 먹어 치울 기세로 덤벼들었다.

그런데 이게 웬일인가.

아주머니들이 갑자기 반색을 하며 하나둘씩 모여들더니 점차 향목이가 슬금슬금 뒷걸음질치기 시작했고, 휴를 둘러싼 것은 이제 다른 여인네들이었다.

"아고, 많이 먹어, 많이."

"배고팠나 보다."

"이렇게 크니까 보통 먹어서는 안 될 것 같아. 더 먹어라. 응?"

개중에 30대로 보이는 아주머니는 살살 눈웃음마저 치고 있었다.

"근데 휴는 참 잘생겼다."

사실 휴는 이제 입맛이 뚝 떨어지고 없었다.

"아, 예."

그저 형식적으로 웃으며 내내 향목이의 동향을 살피고 있는데, 향목이는 완전히 시무룩해진 얼굴로 완전히 사라지고 없는 빈 프라이팬을 멍하니 바라만 보고 있었다.

그제야 휴는 조금은 무안해지기도 하고 향목이와 대화를 나누어보고 싶기도 해서 잠시 입안의 남은 전을 씹으며 아무렇지 않은 척 다른 아주머니를 향해 물었다.

"근데 뒤에 쟤는……."

그러자 아주머니가 얼른 이렇게 대답했다.

"어, 야! 너 그러고만 있으면 어떻게 해! 가서 나물이라도 무쳐야지! 가만있으면 떡이 나와, 밥이 나와!"

향목이가 그제야 정신이 든 듯 아주머니를 보더니 까만 눈동자를 깜빡 움직이며 고개를 끄덕였다. 그러고는 벌떡 일어나 다른 조리 기구를 향해 가버렸다.

휴는 날씬한 그녀의 뒤태를 또다시 멍하니 쳐다봐야만 했다.

그런 휴를 향해 아주머니 한 분이 말을 걸어왔다.

"뭐 더 줄까? 마실 거? 수정과? 식혜?"

"아뇨."

대답은 그렇게 하면서도 그의 눈은 향목이의 태를 훔치고 있었다.

'언제 컸냐? 그렇게 째깐해서 삐쩍 골았던 애가. 너 한 170㎝ 되니? 아니, 그 정도는 못 될까? 미스코리아 나가도 될 것 같은데?'

그때였다.

"휴야! 휴야!"

소씨 부인의 음성이 들려오자 휴보다 더 놀란 것은 아주머니들이었다. 번개같이 일어나서 그들은 화다닥 마치 처음부터 일을 하고 있던 양 아무 곳이나 가서 집히는 대로 무엇이고 들고서 갑자기 콧노래를 불러 젖혔다.

한데 휴에게는 어째 그 모습이 우습게 다가오질 않고 그저 씁쓸할 뿐이었다.

그때까지 묵묵히 제 할 일만을 한 채로 자신에게는 눈길 한 번 안 주는 향목이를 연신 바라보던 휴가 느릿하게 일어나 고개를 돌려 문밖의 할머니를 바라보았다.

소씨 부인이 손짓하며 얼른 나오라고 말했다.

"뭐 하니, 거기서? 사람들이 뭐라 해."

"배고파서."

그 말에 소씨 부인은 또 자신이 되레 미안해하셨다.

"할미가 차마 그 생각을 못 했네. 어여 나와. 다 되어간다고 옷 갈아입으시는데, 할아버지가 유독 너 찾으신다."

소씨 부인은 제사를 이끄는 제주인 지아비 김습이 왜 손자인 휴의 도움을 받아 제복을 입으려 하는지, 휴가 그것을 이해해 주었으면 하는 마음으로 할아버지가 계신 방을 향해 성큼성큼 걸어가는 널찍한 손자의 등을 바라보았다.

늦은 시각까지 제사가 이어졌지만 휴는 밤 체질이 되어서 그런지 시간을 보내는 것이 전혀 어렵지 않았다. 어릴 때는 꼭 엄마 품에서 잠이 들다가 깨어나 보면 양옥집의 침대에 누워 있곤 했는데, 지금 그는 어른들과 함께 안채의 너른 대청마루에 앉아 이런저런 이야기를 듣고 있었다.

정말로 자정에 제사가 치러질 모양인지, 어른들은 묵묵히 시간을 기다리며 서로 이야기를 주고받고 있었는데, 음식을 나르는 소씨 부인이 자꾸만 방을 나가지 못하고 서성거리는 것이, 손자인 휴가 행여 친척들에게 안 좋은 소리라도 들을까 좌불안석인 모양이었다.

그러나 정작 휴는 여기 돌아올 때, 아니, 훨씬 그 이전 미국에 있을 때부터 무언가 마음을 내려놓아 버려서 그런지 아무런 느낌이 없었다.

"그러니까 휴가…… 초등학교를 졸업하고……."

모두가 말이 없었다.

다들 휴가 미국에서 중학교 퇴학 경력을 가지고 있으며 학력 문제를 매듭짓지 못하고 이만큼 나이를 먹어버렸다는 사실을 약간은 얼떨떨해하는 눈치였다.

소씨 부인이 갑자기 치맛자락을 휙 돌리더니만 난데없이 술을 대접하겠다고 나섰다.

"생각해 보니 저기 6년 전에 복분자주 담가놓은 게 있네요. 그거 한 번 잡숴들 봐요."

여자가 남자들의 공간에서 언성을 높인 데다 제사 전에 간단한 음복도 아니고 대놓고 작부처럼 술이라니, 김습이 노해서 나섰다.

"당신, 나가 있게나."

휴로서는 자신으로 인해 빚어진 문제인지라 그저 아무 소리 없이 머리를 긁적이는데 초조함을 느껴야 마땅한 자리이건만, 이상하게도 휴는 조금은 들떠 있었다. 이 와중에도 그는 내내 아까 부엌간에서 보았던 향목이 생각뿐이었던 것이다.

170cm인지 살짝 못 되는 신장인지 그런 것들 하며, 가까이서 봐도 정말 그렇게 뼈대가 가느다란 건지, 뭐 그런 것들.

얼굴이 갑자기 자세히 생각이 안 나고 까만 눈동자가 어른어른거려 그저 정신이 없고 자꾸만 밖에 한번 나가보고 싶기만 했다.

실상 여자들은 이 시각 제사상을 차리느라 분주했으니.

"저 화장실 좀 갔다 오겠습니다."

결국 휴가 핑계를 대고 일어섰다.

모두가 그런 휴를 보며 그가 자리가 불편해서 일어선 줄로만 알았고, 문 앞을 떠나지 못하고 있던 소씨 부인은 휴가 나오자 그저 애가 타는지 자꾸만 휴의 얼굴을 매만지며 노골적인 애정을 드러냈다.

"내 새끼, 아고, 내 새끼. 얼마나 속이 상했을꼬. 어? 할미가 가서 단단히 일러줄까? 그런 이야기들랑 하지 말라고? 어?"

휴는 답답함에 넥타이를 조금 느슨하게 한 뒤, 할머니의 손을 끌어내리며 말했다.

"할머니, 내가 애도 아니고……."

그때였다.

부엌간에서 커다란 나무 쟁반에 음식들을 얹은 향목이가 문턱을 밟고서 얌전히 나와 안채의 섬돌 근처에는 가지도 못하고 멀찌감치 서자 김씨 일가 쪽 여자들이 그것을 받아다가 위로 올려 제사상에 놓았다.

순간, 휴는 향목이가 왜 그리 안되어 보이는 것인지.

그렇게 음식들이 다 날라질 때까지 말없이 있던 그녀가 뒤돌아 다시 부엌간을 향해 가버리자 휴는 몇 시간 동안 어른어른하던 그 얼굴이 생각했던 것보다 비현실적으로 예쁘다는 생각이 들었다.

"허."

저도 모르게 헛웃음이 나올 만큼.

"왜 그래? 어? 휴야."

이를 오해한 소씨 부인이 자꾸만 물음을 던져 왔고, 휴는 다시 부엌간을 가지 못한다는 사실에 눈을 굴리다가 결국 포기를 하고는 할머니의 손을 자신으로부터 떼어놓은 뒤 아쉬운 걸음을 돌려 도로 안채로 들어갔다.

휴가 안으로 들어서자 어른들이 약속이나 한 듯 여기저기서 헛기침을 시작했다.

"휴, 너 여기 앉아보아라."

할아버지의 말씀에 휴가 그때만큼은 깍듯하게 예의를 차려 빈자리에 앉았다.

김습이 말을 이었다.

"네가 기억할는지 모르겠다만, 흘러가듯 내 어린 너에게 해준 이야기가 있었지. 할아버지가 어렸을 때 형님이 두 분 계셨고 남동생이 하나가 있었는데, 할아버지의 아버지, 그러니까 너의 증조부께서 당시에 우리들이 전쟁에 차출되는 것을 어떻게 해서든 막으려 했다. 그러다 보니 왜군에게 막대한 지원금을 대줘가며 명부에서 우리들 이름을 빼냈지만, 한편으로 죄책감이란 게 있어서 독립 자금을 따로 마련해 비밀리에 활동을 하셨던 거야. 왜놈들이 들이닥쳤을 때, 마치 이제는 그 이중생활이 끝나서 다행이라는 듯 당신께서는 그저 묵묵히 상황을 받아들이셨고. 신분제가 없어진 그때에도 시종들의 온갖 시중을 받으며 그저 곱게만 자란 우리들이지만 형님들은 금세 상황을 이해했고 전쟁에 차출되기 전, 만주로 떠나 소식이 끊겨 버린 거지. 나만큼은 가문을 지켜야 했기에 혼자 남았고, 동생이 일본군의 이름으로 전쟁에 끌려가 주검으로 돌아왔다. 우리는 늘 이를 부끄럽게 여겼지."

방 안이 고요했다. 늦봄의 찌르라기 소리만이 열린 문틈 사이로 들려올 뿐이었다.

휴는 다른 가옥과는 달리 마당 곳곳에 있는 낮고 아름다운 연도며, 여전히 예쁘게 자라고 있는 꽃나무들, 한구석의 정원들, 나무로 지어진, 결 고운 가옥의 이 풍광들 속에 그러한 사연이 있다는 것이 조금은 생경하기만 했다.

김습이 말을 이었다.

"들자 하니 네 학력으로는 사회 복무 요원 정도로밖에는 활동할 수 없다 하는데, 할애비는 그런 것은 원하지 않는다. 나는 다른 것은 몰라도 네가 어떻게 해서든 군대만큼은 제대로 복무해서 나라에 빚을 갚기를 바라고 있다."

모두가 휴의 반응을 주시하고 있었다. 그저 재산이나 물려받고 인생 편안히 살려고 하는 생각을 가진 것인지, 모두가 궁금해하는 눈치였던 것이다.

그때, 휴가 고개를 끄덕이며 정말로 아무런 느낌이 묻어나지 않는 말투로 느릿하게 대답했다.

"예, 그렇게 하겠습니다."

김습이 이해해 주어 고맙다는 듯 휴의 무르팍을 가볍게 문지른 뒤, 이어 말했다.

"시기는 네가 알아서 정하고, 준비 역시 네가 알아서 해라. 나머지 뒷바라지는 내가 하마."

그런 뒤 김습은 아들인 정과 가까이 지내는 조카에게로 고개를 돌렸다. 팔짱을 낀 채로 묵묵히 듣고 있던 석은 졸음이 몰려오는지 눈을 깜빡이고 있다가 불시에 날아든 질문에 화들짝 놀란 눈치를 감추지 못했다.

"석이 너는 정이에게 전해라. 지금 벌인 사업이다 뭐다 다 접으라고."

"예. 예?"

고름을 고쳐 매던 김습이 말했다.

"이 집안의 가업을 잇는 일은 차라리 다른 이를 알아볼까 한다. 아니, 그게 낫겠구나."

갑작스런 통고에 그 파장이 꽤나 컸던지라 안채에 있던 모든 이들이 일순 얼음이 되었다.

그때, 아무것도 모르는 소씨 부인이 문간방 너머에서 언질을 주었다.

"준비 다 끝났는데……."

그 부름을 받고 자리에서 일어나 문지방을 넘는 제주 김습만이 오로지 태연할 뿐이었다.

휴는 친척들의 당황하는 표정을 바라보며 새삼 어릴 적에는 할아버지에 대해 생각지 못했는데 꽤나 엄한 성정의 분이라는 것을 깨닫는 중이었다. 갑자기 미국으로 떠난 자신의 아버지에게 더욱 죄송해지는 순간이었다.

자식 교육을 망친 것이 사업을 할 자격 또한 없어 보인다고 판단하신 것은 아닌가 싶어 휴는 처음으로 씁쓸해졌다.

미국에서 아버지가 문을 모조리 닫아놓고 말 좀 들으라며 사정없이 때리면 그는 처음 맞아본 매에 엄청나게 반항했는데, 커서는 오히려 아버지를 벽으로 밀어붙일 정도로 힘도 세지고 사나워져 어느 날부터는 아버지도 그에게 손을 대지 못했다.

상념에 빠져 제사를 지내기 위해 문지방을 넘어서서 마루를 밟고 섬돌을 내려와 신을 신는데, 문득 바람결에 하늘거리는 치마가 그의 시선을 사로잡았다.

정말 예쁘긴 예쁘네.

가만 보니 또래 친척 남자아이들도 그녀 앞에서 얼쩡거리며 장난을 치거나 멱살잡이를 하는 등 사내 냄새를 풀풀 풍기고 있었다.

분명 바깥 공기는 싸늘한데 갑자기 저도 모르게 몸에서 열기가 피어오르는 게, 하나로 질끈 묶은 머리에 가느다란 몸매, 나풀거리는 치맛자락, 그리고 고개 숙인 여자아이의 앙다문 입매가 이리도 남자를 흥분시키는 것인 줄은 난생처음 알았다.

볼까지 순간 소름이 돋았다가 사라질 정도라, 그때만큼은 넉살좋은 그도 부러 슬쩍 먼 데를 쳐다보며 흥분을 감추려 노력할 수밖에 없었다.

원래도 제사의 본식을 모르는 데다 상태가 이렇다 보니, 그는 남들이 절을 하면 절을 하고 누군가 어르신이 나서서 뭔가를 외면 그런가 보다 하고 한참을 지루하게 서 있다가 종이 따위를 태우면 또 그런가 보다 하고 있었다.

그녀 앞에서 얼쩡대던 또래 남자애들은 이제는 다행히 각자의 자리로 돌아가 얌전히 제사에 참석하고 있었지만, 휴의 경우 여전히 곁눈으로 향목이를 눈에 담고 있었다. 웬일인지 그녀는 여태 가질 않고 아까보다도 더 구석에 위치한 축대의 돌계단 한쪽에 웅크리고 앉아 추운지 팔을 끌어안고 있었다.

'아, 진짜 왜 이래?'

아랫배까지 울렁거리는 흥분감에 휴는 고개를 숙이며 일부러 다리를 이리저리 바꿔가며 섰다. 자신이 이태 여자에게 이리 관심이 있기는 했던가, 잠시 그런 생각마저 들었다.

솔직히는 저러고 있으니 정말 조상님 은덕이고 뭐고 어디 데리고 가서 와락 끌어안고 싶은 생각이 굴뚝같았다.

그가 다시 슬쩍 고개를 들어 향목을 바라보았다.

그녀가 추위를 못 참겠는지 한쪽 눈을 찡긋거리며 아랫입술을 깨무는 모습이 보였다. 기다란 치마가 살랑거리고 있었다. 무릎 아래 살며시 드러난 발목이 가늘어 보였다.

'아, 진짜 백향목, 쟤 왜 저래?'

휴는 서서 나른한 흥분감이 퍼지는 것을 잠시 음미하다가 스스로 그것을 이겨내려 앞을 노려보기를 몇 차례나 반복해야만 했다.

'근데 쟤는 왜 우리 집 애도 아닌데 계속 저러고 있지? 혹시 내가 미국에서 돌아왔다는 소식을 듣고 일부러 저기서 나랑 마주치려고⋯⋯. 하기야 모두가 나한테 잘 보이려고 안달인데.'

이런저런 생각이 스쳤다.

'그럼 지금 저것도 연기?'

갑자기 피식 휴의 입에서 웃음이 나왔다. 약간 흥분이 가라앉긴 했지만, 뭐, 그도 그다지 싫지는 않았다.

'와, 백여시가 다 됐네.'

그런 생각을 할 무렵, 제사가 끝이 났다.

그때까지 자신을 좋다며 쫓아다닌 여자들은 있었어도 제대로 된 이성 교제를 해본 적이 없던 김휴는 생각만 해도 절로 흐뭇해지는 기분에 입이 벌어지는 것을 참지 못했다.

더 이상 어른들의 시선도 신경이 쓰이지 않고 향목과 어떻게 즐길까, 뭐, 그런 생각이 머릿속에 꽉 차 느긋하게 담배 한 대를 꺼내 무는데, 이게 웬일인가.

집안의 안주인들이 나서기 시작했다. 바지런히 제사상의 음식을 치우더니만 안으로 들어가란다.

얼이 빠져 일단 다 태우지 못한 담배를 끄고는 아쉬움에 향목을
바라보는데, 향목은 그사이 자신 쪽은 쳐다보지도 않고 음식을 나
르고 있었다.

"안 들어가고 뭐 해? 휴, 제삿밥 먹어야지."

휴가 되물었다.

"네?"

"어, 다 같이 모여서 남은 음식 먹는 게 전통이니까, 그냥 생각
없어도 한술 떠."

"아아. 저기, 저 담배 한 대만 태우고요."

얼른 기지를 발휘해 그렇게 아주머니에게 말한 뒤, 휴는 슬금슬
금 부엌이 들여다보이는 정원으로 걸어갔다.

김씨 일가가 아닌, 일하는 아주머니들이 무어라 욕을 하며 허리
를 탁탁 때리기 시작했다.

"아니, 우리가 이 집 귀신 되냐고? 아유, 빨리 좀 끝내주면 좀
좋아?"

"에그, 이번 달 월급에서 그래도 그만큼 채워주잖아."

그런데 누군가 향목이를 슬쩍 바라보더니 이런 말을 하는 것이
아닌가.

"향목이는 그나저나 서운해서 어째? 진짜로 음식이면 되겠어?"

그러자 향목이가 고개를 끄덕이는 모습이 보였다.

한데 향목이를 위하는 척했던 아주머니들의 모습이 얼마나 위
선적인지, 각자의 채반 중 그녀에게 건넨 것은 제일 작은 채반이
었다.

"자, 이건 향목이네. 이거는 성님, 이건 자네, 이거가 우리."

가만 보니 부서지고 질 안 좋은 음식은 온통 향목의 차지였다.

순간, 휴는 정말이지 미국에서 자신을 향해 인종차별 섞인 비웃음을 흘리던 어떤 녀석의 얼굴을 보았을 때 처음 느꼈던 감정이 그대로 떠오르며 화가 치밀어 올라 그만 부엌간으로 들어갈 뻔했다.

그때, 소씨 부인이 휴의 정신을 깨워놓았다.

"휴야, 너 뭐 해?"

"예?"

"얼른 오질 않고 뭐 해?"

휴는 저도 모르게 나직이 욕설을 내뱉은 뒤, 담배를 아무렇게나 버리고는 사랑채를 향해 걸어갔다. 뒤에서 소씨 부인이 한숨을 쉬며 여기저기 버려진 담배꽁초를 줍다가 그저 손자가 안타까운지 가슴을 슬슬 쓸기 시작했다.

사랑채로 들어가자 놋그릇의 풍성한 고봉밥에다 옆에는 소고기국까지 보였다. 미국에서 돌아온 이후로 소고기라면 치를 떠는지라 휴는 그것을 멀찌감치 밀어놓고는 홧김에 나물을 한 움큼 집어 입안에 넣고 우걱우걱 씹는데 누군가 물어왔다.

"휴야, 너 국은 왜 안 먹어? 여기 소고기 질이 좋아서 외부에서도 일부러 찾아와서 먹는데."

서울에 사는 친척 누군가가 말했다.

휴는 반복되는 질문과 이어지는 절차에 이래저래 짜증이 치밀어 숟가락을 내려놓고는 벌떡 일어났다.

"저 잠깐 나갔다 오겠습니다."

모두가 그런 휴를 멀뚱히 고개를 들어 올려다보았다.

그러거나 말거나 휴의 머릿속에는 온통 향목에 관한 생각뿐이었다.

섬돌의 구두를 밟고 내려온 휴는 황급히 부엌간으로 가보았으나 이미 부엌간은 비어 있는 상태였다. 그러니까 그녀는 지금 이 새벽 시간까지 일을 해주고 그 구박을 받아가며 고작 음식 조금 얻어 가려고 추위에 떨고 그 고생을 한 것이었다.

"젠장."

넥타이를 확 잡아당겨 한숨을 크게 쉬고도 분이 안 풀려 그는 한숨인지 괴성인지 모를 소리를 허공에 대고 질러댔다.

"어후! 어후!"

그렇게 아흔아홉 칸 집의 문턱을 연신 넘어 대문까지 뛰어간 뒤, 마지막 솟을대문까지 넘어서 휴는 시골의 새벽 밤을 향목이를 찾아 달리기 시작했다. 늦봄인 데다 재킷을 걸친 자신은 따스했지만, 티셔츠 한 장만 입은 그녀로서는 오랜 시간을 기다리는 일이 지치고 힘들었을 것이다.

"하아."

다행이었다.

수없이 많은 사람들에 의해 밟히고 밟혀 풀이 나지 않는 샛길로 그녀가 채반을 옆에 끼고서 빠른 걸음으로 걷고 있었다.

그 뒷모습을 본 순간부터 휴는 다시금 제정신으로 돌아오기 시작했다.

"흠!"

그러고는 풀어놓은 넥타이를 도로 고쳐 매고 재킷도 다시 가지런히 점검한 뒤 소리 나지 않게 빠르게 걷다가 주머니에서 휴대폰을 꺼내 들었다.

"Ya, I've been calling you every one day from here. Of course."

미국에 친구라고는 단 한 명도 없었으면서 마치 한국에 온 이래 친구와 헤어진 게 몹시 아쉬운 양 그는 영어로 그렇게 말을 했다.

역시나 그의 예감대로 조용한 밤길을 걷던 향목이 스륵 뒤를 돌았다. 옆으로 나 있는 풀숲 어딘가에서 늦봄에 활동하는 풀벌레들이 여기저기로 펄쩍펄쩍 뛰는 것이 미세하게 보였다. 향목의 치마가 마치 산외면의 코스모스처럼 하늘거렸고, 휴는 영어로 무어라 말한 뒤 휴대폰을 끄며 그녀의 허리가 몹시 가느다랗다고 생각했다.

그가 조심스럽게 일부러 눈썹을 치켜뜨고서 그녀를 향해 걸어갔다. 그러자 향목이 길을 비켜주려는 듯 옆으로 비켜섰다.

'그게 아니야, 백향목. 잘못 짚었어.'

그가 향목의 뜻대로 그냥 지나치려다가 갑자기 정면으로 마주서자 채반을 들고 서 있던 향목이 어, 하고는 주춤 물러섰다.

휴가 얼른 향목의 손목을 잡아 바로 해주며 잠시 그녀의 얼굴을 내려다보았다.

'정말 예쁘다.'

고개를 숙인 채로 그의 턱 즈음을 바라보고 있던 그녀가 이상했는지 슬쩍 시선을 올려 그를 바라보았고, 예의 그 강아지 같은 까만 눈동자가 그와 마주쳤다. 휴는 여자를 만지지 않아도 성적인 설렘이 흐를 수 있다는 것을 깨달아 버렸다.

"흠, 제가 미국에서 온 지 얼마 안 되어 동네 분들 성함을 익히는 중인데, 누구신지……."

"아, 예. 저는, 저기……."

향목이 잠시 입술을 찌푸렸다가 미간을 찌푸리는데, 어쩐지 이 상황이 싫고 빨리 벗어나고 싶은 기색이 역력해 보였다.

그녀는 손가락을 뻗어 정길네 집을 가리키더니 말을 이었다.

"저는 저기 윗집에 살아요. 그럼."

그러고는 황급히 몸을 돌리는데, 당황함과 황당함을 동시에 느낀 휴가 얼른 뒤쫓아 그녀 앞에 섰다.

"저기요, 이름이 뭐냐고요? 그러니까."

"아, 예. 백향…… 목이요."

잠시 향목의 얼굴을 바라보며 얼마만큼 연기를 해야 하는지 가늠하던 휴는 너무 멀리 갔다가는 그녀와 말을 섞을 기회란 게 아예 사라져 버릴 것이란 걸 직감적으로 느꼈다.

"아아, 백향목! 그 우리 할아버지가 이름 지어주고 했던 그……."

향목이 고개를 끄덕이며 애매하게 존대도 반말도 아니게 웅얼웅얼 말했다.

"으."

"아, 나 휴야, 김휴! 야, 너 진짜 오랜만이다. 어쩜 그렇게 하나도 안 변했냐? 이야, 악수나 한 번 하자."

그 말에 놀란 향목이 까만 눈동자를 깜빡깜빡하더니, 놀란 입을 벌렸다가 채반 사이로 어렵사리 손을 뻗어 그의 손을 잡았다.

여자치고는 쭉 뻗은 키에 비해 손은 또 날렵한 게, 그의 기분을 상큼하게 했다.

그가 잠시 그녀의 손을 잡고서 그렇게 흔들흔들 악수를 하며 한참을 향목의 얼굴을 물끄러미 내려다보는데, 향목은 악수가 조금 길어진다 싶었는지 살짝 힘을 줘 빼내려 하고 있었다.

길은 휴에 의해 막혀 있는 상황.

휴는 향목이를 떠나보내고 싶지 않은 마음에 턱에 손가락을 짚고서 그녀의 얼굴을 뜯어보다가 고개를 절레절레 저었다.

"넌 참 예전이나 지금이나 뾰족해 가지고 눈알이 땡그란 거는 똑같다. 그…… 동생 도준이 한 번 봤는데."

"아아."

"언제 내가 한 번……."

"저기, 지금 시간이 너무 늦고 부모님이 걱정하셔서 빨리 가봐야 할 것 같은데……."

주저거리며 내내 대화에 집중을 못 하던 향목이 그리 말하자, 휴는 어쩔 수 없이 느릿하게 길을 비켜줘야만 했다. 휴가 정말로 아쉬워서 느려 터지게 움직이는 것에 반해 향목이 재빨리 그사이를 비켜나 뛰듯이 지나치며 나직이 말했다.

"죄송합니다."

그러고는 양 갈래 풀숲 사이로, 정말 코스모스처럼 사뿐이 치맛자락을 살랑거리며 어둠 속으로 사라져 버렸다.

돌아오는 길에 갑자기 저도 모를 화가 뻗쳐 휴는 휴대폰을 다시 꺼내 들었다. 그러고는 기정에게 전화를 걸었다.

"야! 10분, 아니, 5분 내로 안 뛰어나오면 아무것도 없어."

그 말만 남긴 채 전화를 끊어버리자 정말로 논둑길을 걸어 대로 변 느티나무 아래까지 녀석은 멀리서 속옷이 다 보이도록 바지춤을 채 잠그지도 않고 다다다다 달려오고 있었다.

"야! 오면서 병희한테 연락하느라고 죽을 뻔했다."

숨을 헉헉 몰아쉬던 기정은 신이 나는지 만면에 웃음이 한가득 이었다.

"혹시나 해서 머리에 왁스 바르고 잤거든. 야, 오늘은 어디 가냐? 우리 정읍 또 나가는 거냐? 나이트?"

"정읍은 됐고……."

어쩐지 휴는 생전 느껴보지 못한 난처함 비슷한 부끄러움을 느끼며 주머니에 손을 넣고서 발로 바닥을 슬슬 문지르다가 기정의 얼굴을 똑바로 쳐다봤다.

'그래, 이놈도 향목이한테 반했고, 병희 놈도 그렇고. 뭐 다 그런 거였군.'

일단 향목이에 관해 하나라도 더 알고 싶어 본능적으로 녀석들을 소환했는데, 막상 서두를 꺼내려니 휴는 상당히 이것이 자신과는 어울리지 않는다는 것을 느꼈다.

미국에 있으면서 사고를 몰고 다니던 그였고, 여자들과도 곧잘 어울렸지만 한 번도 누군가와 제대로 된 교제를 해본 적이 없고 여자와 사귀는 일에 관심이 없던 그였다. 딱히 숫기가 없다거나 여자들한테 인기가 없는 타입은 아니었지만, 남자들과 어울려 노는 게 더 좋았던 것이다. 성욕이 생기면 그 나이 또래의 남자아이들답게 야한 동영상을 보며 해결하면 그만이었고.

물론 여자 측에서 애교스럽게 호감을 보여 오면 차에 태우고서 밖으로 데이트를 하러 나갈 줄 아는 나름의 센스는 갖추고 있었지만.

그의 볼은 여전히 열기가 돌고 있었다.

'근데 백향목, 걔는 어째 백인보다 더 뽀얀 게, 그런 여자애는 처음 본 것 같네.'

게다가 낯가리고 경계심 많은 여자애는 솔직히 외국 생활을 하며 바보처럼 취급을 했는데 향목이에게서 느껴지는 느낌이란……. 이런 건 난생처음이었다.

마지막엔 어땠는가. 한동안 자기의 관심을 끌려고 하는 줄로만 알았더니, 나중에는 비켜달라는 말을 애써 하며 황급히 뛰어가던 그 모습이란.

내 얼굴이나 제대로 좀 쳐다볼 것이지. 동양 남자가 최고로 인기 없는 미국에서도 지나가면 나름 한 번씩 쳐다봐 주던 얼굴인데.

옆을 보니 기정은 이미 나이트클럽행을 스스로 확정지었는지 손거울을 꺼내 들고서 얼굴 이곳저곳을 보며 유분지로 기름을 닦아내고 있었다.

"야! 야! 야!"

"어, 있잖아, 그 정읍 물 나이트가 우리 때문에 수익이 어마어마해지니까 그 옆의 사장님이 열이 받아서 어떻게 알았는지 나한테 연락을 해온 거야. 그래서 거기 와주면 그냥 쌔끈한 언니들로……."

그때였다.

병희가 멀리서 헉헉거리며 뛰어오는데, 아, 글쎄, 원주까지 데리고 오느라 속도가 더딘 게 말이 아니었다. 왜 이리 늦나 했더니 원주의 차림새가 가관이었다. 붙임머리에다가 화장을 광속으로 했다지만 할 건 또 다 한 듯 보였고, 킬힐에 짧은 치마, 그걸 신고 걸음도 또각또각 걷질 못하고 또이또이 걸으니 어디 속력이 나겠는가.

문제는 옆에서 보조를 맞춰 걷는 병희는 어디 성인병 환자처럼 헉헉대는 게 가관이었다.

"아이 씨!"

휴의 반응에 기정이 놀라서 슬슬 손거울을 치운 뒤, 그의 눈치를 보기 시작했다.

"야, 휴야, 너 왜 그래? 보니까 너도 놀고 싶어서 차리고 나온 거 아냐? 딱 보니까 요 광택. 요거 이태리제 아니냐? 구두도 그렇고."

휴가 자신의 정장 결을 매만지는 기정의 손길을 탁 쳐내며 담배를 찾아 불을 붙였다.

정말 저 3인방 앞에서 무슨 정신을 가지고 향목에 관한 이야길 꺼낸단 말인가.

원주가 헉헉대며 오더니 말했다.

"어빠, 물 나이트? 고고씽?"

"언니, 됐고요. 그냥 각자 집에나들 가세요."

그렇게 말하고는 확 몸을 꺾어 돌아서려는데 뭐가 그렇게 아쉬운 건지.

한참을 멈춰 서서 허리에 손을 얹은 채로 서 있던 휴는 돌계단에 쪼그리고 앉아 추위에 떨던 향목이가 떠올라 저도 모르게 순간적으로 뒤돌아섰다.

"야! 너희 나더러 한우 한 번 사달라고 조른 적 있지?"

3. 아이에서 소년으로, 소년에서 남자로

"야, 주인아저씨 저 고기 내려치는 칼로 혹시 일 벌이시는 거 아니냐?"

"뭐, 이 시각에 외지 사람들 쫓아 보내듯 했는데 우리가 들이닥쳤으니 화가 나실 만도 하겠지."

병희와 기정의 말에 원주가 휴를 슬쩍 보더니 말했다.

"그래도 휴 오빠를 보더니만 아저씨 태도가 조금은 누그러지는 것 같지 않았어?"

"긍게. 있는 집 자식은 초졸이라도 다르구만."

생각 없이 말을 내뱉었다가 저 스스로 화들짝 놀란 기정은 부랴부랴 입을 막고는 휴를 쳐다보는데, 담배를 태우는 휴는 아무런 생각이 없는 모양이었다.

그래도 기정은 안심을 못 하고 한마디를 더 보탰다.

"야, 나도 솔직히 쌈마이 중학교 간신히 나왔다. 나도 자퇴 당할 뻔했어."

그러자 원주가 비웃듯 말을 이었다.

"치, 휴 오빠하고 오빠는 차원이 다르지. 학교에서 기르는 돼지 막사에 들어가서 돼지 똥구멍에다가…… 뭐지? 그 불꽃 나오는 거 쑤셔 넣고 셀카 찍었다가 동물 단체에서 항의 들어오고 학교가 발칵 뒤집어졌잖아."

병희가 말을 이었다.

"저 새끼, 완전 또라이였지."

휴가 머리를 긁적였다.

'야, 김휴. 너 어쩌다가 지금 이러고 있냐? 어? 네 인생 왜 이 모양이냐고.'

휴의 기분은 어쩐지 계속해서 가라앉고 있었다. 고향으로 돌아온 이래 늘 태평하게 자유를 만끽하고 있었는데, 갑자기 어떤 현실을 목도해 버린 기분이었다.

그것도 모르고 기정이 젓가락으로 기름장을 휘휘 젓더니만 아저씨를 향해 넉살 좋게 말했다.

"아저씨, 너무 성질 내지 마셔요! 우리가 오늘 매상, 그거 완전 뽑아드릴 텡게."

원주가 옆에서 버릇처럼 치를 남발했다.

"치, 그게 뭐 오빠 돈인가?"

휴가 힘없이 테이블에 손을 내리며 말했다.

"아니다. 먹어, 먹어."

"야, 근데 넌 참 신기하게도 꼭 저 통닭집은 가도 여기 널린 한우 집은 왜 그렇게 안 온 거냐? 우리 한동안은 뒷말 많았다. 네가 먹는 거 가지고 치사하게 우리 길들이는 거 아니냐고."

휴가 그제야 피식 웃으며 에라 모르겠다는 식으로 머리를 벅벅 긁어대기 시작했다.

"미국서 어떤 음식이고 집어오면 처음에는 표현을 잘 못 하니까 그냥 먹었어. 근데 어떤 음식이든 잘게 썬 소고기가 얹어져 있거나 햄버거에는 두툼하게 패티 형태로 항상 소고기가 있더라고. 이상하게 들리겠지만, 거기는 스테이크도 학교 메뉴에 종종 나와. 거기다가 어떤 녀석들은 근육 키운다고 날계란에 생고기를 넣어 먹기도 하고. 질리더라고. 상대적으로 치킨은 안 그런데. 한국 음식 생각나면서부터는 이상하게 소고기를 통째로 구워 먹는 음식 같은 건 정말 싫어졌고."

그때였다. 아저씨가 보기 좋게 썰린 소고기를 접시에 담아 가지고 나오자 신이 난 삼인방이 소리를 지르며 좋아했다.

아저씨가 슬쩍 휴를 보더니만 조심스레 물어왔다.

"거, 김습 어르신 손자분 아니십니까?"

그러자 휴가 얼른 자세를 바로 하며 대답했다.

"말씀 놓으십시오. 예, 제가 할아버지 손자 되는 김휴입니다."

"아아."

한동안 휴의 얼굴을 물끄러미 바라보던 아저씨가 뒷말을 이었다.

"잘생겼네요."

그 말에 휴가 웃자 옆에서 조인선이네 정우선이네 소리 듣는다고 부추기고 난리도 아니었다.

"근데 오늘 듣기로 제사가 있다고 나는 알고 있는데, 어째 이 집에 왔을까?"

아저씨는 애매하게 반말로 마무리를 지었다.

휴가 죄송하다는 표정으로 고개를 살짝 숙이며 대답했다.

"아저씨, 혹여 피곤하시면 안에 들어가서 주무세요. 가게는 저희가 잠시 지키겠습니다. 그리고 저희 빨리 일어날 거예요. 아는 사이니 믿고 맡겨도 무방하실 듯한데."

"아니, 난 그런 말 듣자고 물은 건 아니었는데……. 그래요, 뭐, 놀다 가요."

그러고는 아저씨는 정말로 가게와 연결된 집 안으로 들어가 문을 드르륵 닫았다.

기정이 고기를 흡입하다시피 하며 물었다.

"너, 진짜로 빨리 갈 거야? 어?"

휴는 더 이상은 물러날 곳도 없고 해서 괜히 목 언저리를 주무르다가 슬쩍 말을 꺼냈다.

"그…… 낮에 너희가 말한 애 있잖아."

"어? 누구?"

다들 고기 삼매경에 빠져 정신이 없어 보였다. 휴만이 물을 들이켜며 목이 타는 것을 조금씩 잠재우고 있었다.

"그, 마을버스에서 어떤 애 내리니까 네가 나더러 걔네 누나가 우리 집에 와서 일할 거라면서 보면 누나라 하라고……."

그러자 고기를 먹던 남자들의 태도가 미묘하게 변화하는 게 본능적으로 휴에게도 느껴졌다.

"어, 향목이?"

"향목이가 왜?"

마치 향목이에 대해 우리는 잘 알고 있는데 넌 외부에서 와서 친해지기 곤란할 거라는 뉘앙스가 깔려 있는 것만 같아 휴는 살짝 심기가 상하고 있었다.

휴가 부러 태연히 거짓을 읊었다.

"아니, 내가 배가 고파서 부엌간에 들어가서 전 몇 개를 집어 먹었더니, 그게 좀 싫었는지 표정이 대번에 달라지대? 난 줄 알고 그랬을까, 모르고 그랬을까? 나 좀 황당함을 느껴서."

그러자 원주가 나섰다.

"오빠, 그거 내가 대답해 줄게. 걔 그거 분명히 알고 그런 거야. 오빠가 미국에서 돌아왔고 약간 싫은 척 튕겨야 남자들이 오히려 끌려온다는 것을 본능적으로 캐치한 거지. 걔가 누구야? 범띠 가스나 아니야?"

그러자 남자들이 또 말을 얼버무리며 괜한 방어에 나섰다.

"아니, 근데 향목이가 뭐 또 그렇게 이상하게 행동을 했나?"

"오히려 되게 조용한데……."

그러자 원주가 언성을 높였다.

"그게 다 내숭 100단의 머리 구조야! 착한 척해서 어른들한테 이쁨 받는 것도 자기네 집이 왜 곤란한지 다 알아서 행동하는 거고. 사실은 걔네가 여기 살던 사람들이 아니었잖아. 이제야 정착했다는 거를 아니까 그 부모가 오죽 자식들한테 엄하게 했겠어? 그리고 말 들어보니까, 그 주인집 아줌마 정길네 있잖아. 나 좋아했던 정길이."

"야, 정길이는 지금 누가 봐도 향목이를 좋아하지."

병희의 말에 원주는 심기가 상한다는 듯 젓가락으로 병희의 손 등을 탁, 때렸다.

"시끄러. 나한테 차이고 나서 그 계집애한테 간 거니까."

"뭐, 아무튼 정길네 아줌마가 그렇게 악착같다고 하잖아. 세 들어 사는 향목이네한테 돼지우리 청소까지 시키고 온갖 허드렛일에다가 글쎄 그 집 줄 때도 처음에 돈 없어서 쩔쩔맸던 걸 비싼 이자 물려 가지고 들어오려면 들어오고 나가려면 나가라는 식이었는데, 향목이네가 그때 갈 데가 없어 가지고 결국 들어갔다고 하잖아. 뭐, 이자 내기도 급급했으니까 이건 뭐 부모고 애들이고 노예근성이 몸에 아주 쩐 거지."

병희가 어쩐지 미간을 찌푸리며 못마땅한 듯 원주를 향해 말했다.

"야, 너 좀 말이 심하다?"

"왜? 사실이잖아. 안 그래? 안 쫓겨나려고 최대한 행동 조심하는 거."

잠시 침묵이 감돌았다.

기정이도 이젠 고기 생각이 사라졌는지 젓가락을 내려놓고 생각에 잠겨 있다가 말을 이었다.

"그래도 뭐, 남매간에 우애도 좋고 부모님도 착실하신 것 같더만. 솔직히 휴가 여기 있어서 말하기 뭐하지만, 다 옛날 일이니까 꺼내자면, 어릴 때야 멋모르고 그럴 수 있는 거 아니냐?"

그 말에 병희가 실눈을 뜨고 물었다.

"뭔 소리야?"

"흠, 아, 그 왜, 향목이가 휴…… 아니다."

"으하하하하하!"

원주가 입을 벌린 채 커다랗게 웃음을 터뜨렸다.

그러자 안에서 주인아저씨 내외가 흠흠, 하며 헛기침을 하시는 것이, 약간은 못마땅한 내색을 그리 비추시는 것 같았다.

병희가 기정의 허벅지를 툭, 때리며 말했다.

"너는 인마!"

그러고는 얼굴을 들어 휴를 바라보는데, 병희가 얼른 화제를 돌렸다.

"야, 근데 정길이 생각하면 좀 짠하기도 하고 웃기기도 하고 그렇지 않냐?"

내내 말이 없던 휴가 고개를 돌려 병희를 바라보았다.

"옛날에는 솔직히 정길이도 향목이를 조금은 부려먹듯 대하거나 애들 앞에서 자기 위신 과시하려고 일부러 무시하려는 태도 같은 게 있었잖아. 근데 요즘에는 눈에서 하트가 뿅뿅 나오는 게, 그 근처 사는 내 동생 친구 말 들어보니까 지네 엄마, 아빠 몰래 걔네 집 연장 죽어라고 갈아다가 올려놔 주고, 맛있는 거 있으면 살짝 갖다 놓고 별의별 짓 다 한다더라. 향목이가 정읍 기숙사에서 오는 날이라도 되면 완전 애가 다리를 계속 절면서 문 앞에서 서성이는데, 한 번은 멀리 내다보려고 감나무 위로 올라갔다가 떨어져서…… ㅋㅎㅎㅎㅎㅎ."

그다음부터 병희는 말을 잇지 못했다.

그런데 놀라운 것은 기정의 말이었다.

"야, 그래도 향목이가 진짜 대단하지 않냐? 항상 정길이한테는 예외로 웃어주잖아. 우리 같은 애들이야 향목이 근처도 못 가는데, 향목이가 상대하는 사람 보면 대체로 뭐 약간 모자라거나 순하거나, 어르신들, 자기 동생, 뭐, 이런 게 다니까 우리로서는 이건 뭐 말이나 한 번 걸고 싶어도 못 거는 거지."

병희가 다시 말을 이었다.

"그럴 만도 하겠다. 내 아는 누군가가 그러더라. 한 번은 정읍 가는 버스가 엄청 미어터졌대. 근데 겨울이라 향목이가 간신히 버스에서 내려 학교에 도착한 다음에 코트를 벗는데 글쎄 주머니에서 쪽지가 우수수 떨어져 내리는 게, 여기저기서 같이 탄 다른 학교 남학생들이 걔 코트 주머니에다가 쪽지를 하나씩 넣었던 거야. 어떤 애는 학교 앞에 찾아와 울기도 하고 그랬다던데, 향목이가 되게 정중하게 미안해하면서 돌려보내서 거절당하고도 오히려 향목이 보고 싶다는 소리를 달고 사는 놈도 있다더라."

지금까지의 이야기가 마음에 들지 않는지 원주는 아까부터 겉절이를 휘휘 저으며 알아듣지 못할 말을 뭐라 중얼거리고 있었다. 그러더니만 목소리를 높여 한마디를 했다.

"모르지, 뭐. 지금 젊은 사람들은 의외로 '정길이 각시 향목이', 이러는 사람 없는데도 정작 어르신들이 멋모르고 향목이한테 '정길이 각시 향목이', 이러면 또 바보같이 걔는 네, 하고 대답하면서 웃더라. 가만 보면 향목이 걔도 정길이가 싫지만은 않은가 봐. 어찌 알아? 한집에 붙어살면서 정분났는지. 둘 사이에 무슨 일이 있는지는 아무도 모른다고. 걔가 범띠 가스나잖아."

원주의 말에 기정이 젓가락을 던지며 말을 이었다.

"야, 원주야! 너는 아무 데나 범띠 가스나 소릴 붙여가면서 향목이 깎아 먹는 데다 써먹냐? 어?"

"치, 그래도 뭐, 휴네 할머님은 그 향목이 데려다가 일은 시켜먹어도 늘 인사 한 번 제대로 안 받아주는 것 같던데?"

그 말에 휴가 물을 마시다 말고 눈썹을 추켜올리며 고개를 돌려 원주를 바라보았다.

원주가 입술을 뾰족이 내밀었다가 천장을 새초롬한 얼굴로 힐긋 보더니만 갑자기 싱긋 웃음을 날렸다.

"뭐, 모르는 사람도 없지 않아? 시간 지났지만 너무 유명해서. 난 솔직히 정읍 바보들이 그걸 알고 그러는지 궁금하더라고. 휴 오빠네 할머니는 아무튼 향목이 일 잘한다고 소문나서 그렇지. 그 것도 직접 안 부르시고, 우리 엄마 말로는 다른 사람 시켜서 불러 다가 일 시킨다더라. 평소에는 사람 취급도 별로 안 하시지, 아 마?"

모두가 그 옛날, 동네를 떠들썩하게 만든 그 사건을 기억하고 있는 모양이었다. 향목이와 휴가 얽힌 그 사건. 파장이 심해 향목이는 정신을 놓을 정도로 얻어맞고 살고 있던 집에서도 쫓겨난 데다 동네 사람들의 손가락질을 견뎌내야만 했지.

심지어 몇 년이 지나도 향목이네 집을 보면 어른들은 아이들에게 조심하라며 그 사건을 상기시키곤 했다.

자박자박, 자갈밭을 걸어오는 구둣발 소리에 소씨 부인이 재깍 반응을 보였다. 새카만 어둠으로 그저 한쪽 어깨에 재킷을 걸친 사내의 음영 정도만 보였지만, 소씨 부인은 그것이 응당 손자 김 휴임을 알아보았다.

지아비 김습은 친척들이 각자의 안식처를 향해 늦은 걸음을 옮길 때까지도 나타나지 않는 휴에 대해 가타부타 아무런 말이 없었다. 시골의 밤은 도시와는 달리 어둡기가 한정 없어, 소씨 부인은 휴가 혹여 논 어딘가 허방에라도 빠진 것이 아니냐며 발을 동동 구르는데, 오히려 그런 지어미와 달리 그저 뒷짐을 가만 진 채 묵묵히 친척들을 배웅하고서는 양옥집으로 향해 버려 더욱 소씨 부인의 애간장을 타게 만들었던 것이다.

이러지도 저러지도 못하고 있던 소씨 부인은 망연자실하게 있다가 결국 양옥집의 문밖에 서서 손자인 김휴를 기다리는 것을 택한 터였다.

비틀비틀 걷는 손자 녀석을 보자 갑자기 소씨 부인은 걱정했던 것이 싹 사라지며 전혀 다른 감정이 물밀듯 밀려왔다. 알싸한 안타까움이 가슴의 한 공간을 메운 것이다.

"술 마셨어?"

"아뇨. 그다지."

한데 어째 손자 녀석의 반응이 차갑게만 느껴졌다.

"어디 갔다 왔어?"

덩달아 소씨 부인의 목소리가 조금 움츠러들며 휴를 살피는 시선도 조심스러워졌다.

"피곤하니 올라가서 쉬겠습니다."

미국에서 돌아온 이래, 평소 반말을 섞어가며 할머니에게 애교스럽게 굴던 손자 녀석이 갑자기 매우 예의 바르다 못해 정중한 존대어로 나오자 소씨 부인은 당황스럽기 그지없었다.

"그, 그래."

하지만 그저 2층 자신의 방으로 향하는 휴의 뒷모습을 멀거니 지켜볼 밖에.

휴는 노곤한 것인지, 처음 지켜본 제사가 힘들었던 것인지 한쪽에 걸친 재킷을 풀어 다른 팔에 옮겨 잡는데, 그 모습이 매우 지쳐 보였다. 미국에서 돌아온 이래 난생처음 보는 고단한 손자의 모습이었다. 소씨 부인은 휴가 2층으로 사라지고 난 이후에도 한참을 자리에 서서 한숨을 내쉴 수밖에 없었다.

한편, 방에 들어와 옷도 갈아입지 않고 침대에 털썩 누운 휴는 두 손으로 얼굴을 비비며 생각에 잠겼다. 조그만 샛길, 앞을 막아서서 아무렇지 않게 반가운 척하던 자신을 상대로 종국에는 곤란함을 드러내고 만 그 얼굴이 떠오르자 저도 모르게 목울대를 타고 갑자기 절망 어린 한숨이 새어 나왔다.

"으아."

머리가 마구 복잡해졌다. 아니, 가슴이 복잡한 것인지도.

'향목이가 어릴 적 그 일을 아직 기억하고 있을까?'

솔직히 자신은 미국 생활이 워낙에 좋지 않은 데다가 한국으로 돌아가면 패배자 소리를 들을 것이 빤했고, 나중에는 나쁜 부류의 친구들과 어울리기 시작하면서 향목이를 떠올린 적이 없었다.

그저 산외면이 간혹 생각났고 김치 같은 음식이 몹시 간절해지면 비슷한 음식을 찾아 이것저것 섞어서 정체불명의 음식을 술과 함께 먹다가 잠들고 일어나곤 했다. 그럴 때면 이런 게 향수병이구나 생각했을 뿐.

아니다. 향목이를 떠올릴 때가 한동안은 있었다.

그에게 있어 그건 향목이를 떠올린 것이라기보다 어떤 사건을 떠올리는 것이었다. 사실 한동안 그 일은 휴에게도 죄의식이 수반

된 트라우마였다. 자신으로 인해 한 아이가 죄를 뒤집어썼고, 눈 앞에서 어른들에게 몹시 두들겨 맞는 것을 지켜보며 자신은 그런 꼴을 면하기 위해 뭐가 잘못되었는지 명확하게 알지도 못한 채 향목에게 모조리 죄를 전가시켜 버린 것이었다.

그리고 나자 정말로 향목이가 한동안은 자신의 눈에도 더러운 아이처럼 보인 것이 사실이었다. 하지만 철이 들고 자신 또한 미국에서 누군가에게 무시를 당하는 경험을 하고, 또 몽정을 하게 되면서 비로소 그 일에 왜 어른들이 그런 반응을 보인 것인지 깨달았을 무렵에는 더 이상 떠올리고 싶지 않은 일이 되어버렸다.

이상한 일이지만, 나중에 그 떠올리고 싶지 않은 일이 오히려 더 크고 나니 아무렇지 않은 일로 받아들여지며 정신적 자극제가 되어 나타나기 시작했다. 하나 예쁠 것 없는, 그저 지저분한 느낌 의 소녀인데 자신의 성기를 만지며 말간 눈동자에 불안함을 가득 새기는 모습은 때로 새로운 성적인 판타지로 그의 꿈에 나타나곤 했다. 하지만 정말이지, 자라나는 과정에서 겪는 몽정, 그 이상도 그 이하도 아니었다.

사실 그 일이 처음 있고 난 이후, 할아버지와 함께 한동안 방을 썼지만 당시는 왜 그래야 하는 것인지 알 수 없었고, 미국에 가서 성을 알고 몽정을 했을 때에야 그 의미를 비로소 알게 된 것인 셈 이었다. 게다가 새로운 환경에 휩쓸려 살다 보니 어느덧 죄의식에 서 벗어나 그 일은 그저 성이 주는 쾌감으로 변질되어 버렸고.

그런데 이제 와 생각해 보니, 그때 자신이 단순히 짧은 죄의식 에 시달렸다면, 휴, 그로 인해 동네 사람들의 손가락질을 받아야 했던 향목이는 이 일이 정말로 가슴에 남을 큰 사건이었을 텐데…….

향목이는 자신을 어떤 느낌으로 생각하고 있을까?

"후, 미치겠다."

시간이 한참 흘러 상대의 입장에서 그 사건을 떠올리게 되자 정말 미안함을 넘어 비참함까지 느껴져 미치겠는데, 더 미치겠는 건…… 정말 오랜만에 만난 그 여자애가 진짜 미치게 예뻐서 미치겠다는 것이었다.

그래서 비참함과 동시에 그녀가 자신의 미국 생활에 대한 소식을 들었을까 하는 이런저런 생각들이 밀려오고, 그리고…… 그리고…… 무엇보다도…… 지금 이 순간, 그 어여쁜 얼굴과 가녀린 자태 때문에 아랫도리가 사실 몹시 후끈거린다는 것도.

"아, 나 진짜 미치겠네."

휴가 벌떡 일어나 앉았다. 바지는 이미 불편할 정도로 꽉 조이고 있었다. 하지만 평소처럼 어릴 적 그 사건을 생각하며 자위를 하고 싶은 마음은 전혀 없었다.

"아후."

그가 도로 침대에 벌러덩 드러누웠다.

창가에 노란 보름달이 손에 잡힐 듯 보였고, 미국과는 전혀 다른 한국에 드디어 왔다는 생각에 안도감이 새삼 스몄다. 그는 한동안 고개를 흔들며 머리 위로 스치는 웃풍을 가만 느끼며 정신을 깨우려 노력했다. 그러고는 천천히 다시 침대에 누웠다.

그의 손가락이 침대 시트를 톡톡 두들기다가 멈칫멈칫하기를 여러 번. 결국 포기한 듯 천천히 바지춤으로 향했다. 그의 머릿속을 떠다니는 영상은 이제 돌계단에 앉아 추워서 한쪽 눈을 찡긋하던, 그리고 가녀린 팔을 문지르던 그 여자아이였다. 기다림에 지쳤는지 아랫입술을 깨물자 붉은 입술의 핏기가 순간적으로 가셨고, 그녀의 치마가 봄바람에 살랑이자 가녀린 발목이 드러나며 물씬 아련한 봄 내음 같은 것이 밀려들었고⋯⋯ 이봐, 고개 좀 들어서 얼굴 좀 보여줘.

향목아.

그의 손가락이 어쩐지 차마 평소처럼 빠르게 움직이질 못하고 느릿느릿 자신의 것을 매만지고 있었다.

그러면서 망설임 끝에 어둠 속에서도 헛기침을 하다가 한 자락 아쉬움에 그는 정말로 소리를 가만 내어보았다.

"흠흠, 햐, 향목아⋯⋯."

새벽빛이 창가에 아른아른거렸다. 차라리 반가워서 휴는 이제 그만 살았다 싶은 지경이었다. 선잠을 자다 못해 거의 깨어 있다시피 했으니까.

머릿속에서 별의별 생각이 다 오가는 가운데, 한 가지 분명한 사실은 미국에서 자신이 어떤 일을 겪었는지 그런 것 따위는 감쪽같이 속인 채로 깜짝 컴백한 것처럼 그녀 앞에 나타나 마치 우연처럼 연애를 하게 되는 것이었다.

내후년 정도 어쩌면 그녀는 고등학교를 졸업하고 이곳 어디 면사무소 같은 곳에서 경리 정도로 일을 하게 될지도 모를 일이었고, 딱 생각을 해보아도 이미지가 정말 딱 그런 이미지였다.

그런 그녀를 잘 빠진 자신의 자동차로 일이 끝나면 데리러 갔다가 저녁을 먹고 운이 좋으면 몸을 빼는 그녀를 조금 얼러서 어쩌면 끝까지 가볼지도 모를 일이었다. 여자와, 아니, 정숙해 보이는 여자와 사귀어본 적은 없지만 빤히 그림이 그려지는 게, 남녀 사이의 연애란 게 본디 그런 것이 아니겠는가.

아무리 계집애가 얌전을 떨어도 죽고 못 살게 붙어 있으면 딱 답이 나오지, 뭐.

쟤네 잤을 거야. 잤을 거야, 잤을 거야……. 암만 잤지.

사실 시골 사람들의 입방아라는 게 또 워낙에 무서워서 입을 열었다 하면 끝도 없이 조잘거리는 게 그네들의 특성이었는데, 그것이 조금 걸리고 머리가 아프다 뿐, 그런 것까지 걱정해 가며 사는 것은 김휴의 스타일이 아니었다.

일단 저지르고 보자는 게 그가 내린 어젯밤 고민의 결론이었다.

한 가지 걸리는 게 있다면 그녀가 고3에 기숙사 생활을 하고 있다는 것?

일단은 그 시기를 기다려야 한다는 것이었다.

"하아."

처음에는 향목이한테 미안하다 못해 여자애 때문에 마음이 아리다는 것을 처음 느껴보고는 한동안 가슴 언저리에 손까지 얹고서 가만 숨을 고르고 있을 정도였는데, 어느 정도 진정이 된 후 사고회로가 정상적으로 돌아가니 차라리 잘됐다 싶었다.

그동안의 경험으로 미루어 여자들이란 같이 있다 보면 징글징글하게 싸우게 되고 정이 뚝 떨어지게 되는 순간이 있는데, 향목이한테만큼은 뭐, 그때 생각해서 성질 좀 죽이고 요구 사항 있으면 마음에 안 들어도 대충 들어주는 방향으로 가자, 그리고 절대 화가 나도 개차반처럼 욕하고 물건 같은 거 발로 걷어차거나 하지는 말자, 그런 생각을 했으니, 이 정도면 그때 일, 정말 많이 미안해한 거다.

그거 알아야 한다, 백향목!

그 정도로 생각을 정리하고 나자 날이 밝아왔다. 기분이 어느 정도 풀리고 산외면에 돌아온 새로운 목표가 생긴 것 같아 더더욱 신이 나는 김휴였다.

목표는 정해졌고, 움직이기만 하면 되는데…….

사실 그가 진짜 미국의 상류 계급층만 다닌다는 명문 학교를 다닌 기간은 매우 짧았다. 미국에서는 초등학생도 본래 정학이 잦기는 하지만 휴는 당시 말이 통하지 않아, 자신의 상황을 제대로 설명할 수 없는 매우 억울한 상황이었고, 자신이 겪은 인종차별적인 내용을 어떻게 해서든 논리적으로 설명하고 싶었지만 그 감정적인 부분을 논리의 영역으로, 게다가 영어를 통해 끌어낸다는 것은 한계가 있었다.

장문의 에세이와 학교에서 제출하라는 모든 것들을 다 동원해서 제출했지만 날아온 것은 빨간 줄이 좍좍 그어진 종이들과 엄중한 정학 처분, 그리고 엄격한 생활지도 교사 격인 튜터가 늘 따라붙어 그를 감시하다시피 하는 생활의 반복이었다. 문화의 차이일 뿐인데도 계속 지적을 당하자 휴는 미치기 일보 직전이었고, 급기야 있는 대로 화를 내었다가 학교에서 미치광이로 낙인찍혀 그가 지나갈 때마다 아이들은 늘 피식피식 비웃었다.

결국 또 다른 폭력 건으로 퇴학 조치를 받은 후 휴는 이름도 괴상한, 아스팔트도 깔리지 않은 시골 마을의 학교로 전학을 가게 되었다. 그때 이미 그는 아버지와도 사이가 멀어져 있었다.

아버지가 전 학교에서 교장과의 면담을 웃으면서 마치고 호텔로 자신을 데리고 온 후, 창문까지 모조리 걸어 잠그고 한참 성장기인 자신을 몹시 때린 일은 그에게 커다란 상처가 되었고, 그날 이후 자신은 아버지에 대한 증오심 때문에 한동안 얼굴에서 표정 자체를 지워 버린 적도 있었으니까.

어머니의 경우, 연락이 닿지 않는 때가 많았다. 이해가 안 되는 것은 아니었다. 아버지와 이혼한 마당에 휴를 살뜰히 보살피러 미국에 온다는 것은 어불성설이었으니까.

그날은 미국에서 가장 대중적인 커피숍에 앉아 아버지를 하염없이 기다리며 커피를 시켰는데, 시골인지라 커피값이 무지 쌌다. 1불에 커피 한 잔을 시키고 앉아 있자니 왜 이리 스스로가 처량 맞게 느껴지던지. 문득 인기척이 느껴져 살며시 고개를 돌리니 파트타이머 주제에 공짜라며 베이글 샌드위치를 건네는 것이 아닌가. 그때 처음 느낀 그 어색한 따스함에 그는 미국 사람들은 정작 잘 사지도 않는 그 회사 로고가 큼지막하게 박힌 텀블러를 하나 산 기억이 있었다.

그 후 시골 학교에서도 적응을 못 하고 뛰쳐나온 휴는 미국 보스턴으로 홀로 이주했는데, 이유는 아이비리그로 유명한 그 동네가 살짝 다른 골목으로 들어가 보면 혼자 사는 거주민들이 꽤 많고 그 때문에 싼값에 집도 장만할 수 있다는 점이었다.

그러니까 부모 도움 없이 홀로 살아갈 수 있었던 것이다. 아마도 자신의 명문 사립 학비는 아버지가 꿀꺽하지 않으셨을까, 그리고 지금 그 사실을 할아버지나 할머니도 알고 있지 않을까, 휴는 생각했다.

그때는 아무튼 겨울이 되면 너무도 추웠는데, 때로 난방비도 떨어져서 집주인의 독촉을 받고 또 받고 하다가 눈물을 머금고 아끼던 물건도 헐값에 팔기도 하고 그랬던 기억이 있다.

그런 그가 지금 한국인이 일반적으로 생각하는, 솔직히는 자신도 정확히 정의 내리기 힘든 뉴요커처럼, 아니, 프레피(모범생)처럼 변신하려 하고 있었다.

물론 보스턴과 뉴욕과의 거리는 버스를 타고 가도 충분할 만큼 가까웠지만, 그의 주 생활 무대는 보스턴의 뒷골목이었다.

그런 그가 깔끔한 명품 면바지에다가 질 좋은 옥스퍼드 화, 살짝 푸른 기가 도는 셔츠를 걸친 뒤, 대신 소매를 몇 단 접어 올리고 그 위에 베이지 색 니트의 소매를 끼워서 위로 걸친 채 거울을 바라보았다.

그러고는 머리를 최대한 단정하게 뿌리까지 빗질하고, 향수는…… 향수는 안 돼. 스킨 향을 좀 진하게 내기 위해 곳곳에 뿌리고 주머니에 손을 넣은 채로 이리저리 자신의 모습을 체크했다.

물론 손에는 커피 로고가 큼지막하게 박힌 텀블러를 들고서.

"아이, 이 텀블러? 이거, 이거 좀 이상하다. 차라리 일회용 컵이면 괜찮은데……. 아이, 이거 계집애 같잖아. 이거 빼."

그가 거울로 유심히 자신의 얼굴을 들여다보며 혼잣말을 되뇌었다.

"이 정도면 뉴요커처럼 봐주려나?"

그러나 그의 기억 속 뉴욕은 당시 유행이라며 머리를 안 빗고 거지같이 산발을 한 동양인 친구들이 백화점 특별 세일 기간이라며 그를 데리고 더러운 버스로 이동하던 공간이었다.

그때, 순간적으로 떠오른 생각에 휴가 황급히 창문 곁으로 다가가 드르륵 문을 열었다. 빨간색 페라리의 세차 여부가 궁금했던 것이다. 이곳에 온 이래 늘 신경도 쓰지 않고 어딜 가도 긁히든 말든 아무 데나 주차를 해버려서 주위 사람들이 오히려 걱정해 줄 정도였는데, 이제는 아니었다.

"아, 차가 좀 깨끗해야 하는데……."

그러니까 그는 지금 그 가까운 거리를, 게다가 진흙탕이 질퍽할지 모를 거리를 페라리를 끌고 이동할 생각이었던 것이다.

멀리서 보니 그런대로 봐줄 만한 것도 같았다.

그때였다.

똑똑똑.

"예."

"휴, 일어났니? 일어났으면 내려와서……."

문을 열고 들어온 소씨 부인이 한껏 차려입은 휴를 보고서는 입을 멍하니 벌렸다. 방 안에는 스킨 냄새가 진동을 하고 있었다.

"에취, 에취. 어디…… 에취, 가니?"

"아, 저기…… 잠깐 볼일 보러……."

무어라 둘러댈까 고민하던 휴는 잠시 할머니의 얼굴을 들여다보다가 그만 하고 싶은 말이 사라져 입을 뚝 다물어 버렸다.

"내려가서 밥 먹을게요."

또다시 흐르는 손자의 냉기에 소씨 부인은 이제는 어안이 벙벙한 기색이었다.

아침을 먹으러 1층으로 향하자 벌써 한 상이 차려져 있었다.

김습이 안방에서 나와 여전히 말끔한 모습으로 맨 마지막에 자리에 앉자 식사가 시작되었다.

"휴, 너는 어젯밤에 그렇게 나가서 왜 들어오질 않았느냐?"

휴가 안 그래도 식욕이 없어 깨작깨작 먹던 밥의 숟가락을 내려 놓고는 마치 혼날 각오를 한 듯 대답을 이어 나갔다.

"제사보다도 다른 생각이 머릿속에 있어서 그것 좀 해결하느라고 친구들 만나서 술 한잔했습니다."

"알았다."

한데 김습의 대답이 딱 거기서 끊겼고, 정말로 그는 더 이상은 휴에게 이유를 묻지 않았다.

휴는 어딘지 모르게 답답함을 느끼며 다시금 숟가락을 드는데 소씨 부인이 연신 자신 쪽으로 반찬을 날라다 주는 모습이 눈에 들어왔다. 어제 제사를 지낸 덕에 음식이 조금은 더 풍성해져 있었다. 노란 빛깔에 앙증맞은 쑥 잎을 살짝 고명으로 얹은 전은 모양새만 보아도 이제 누구 솜씨인지 알 것 같았다. 그것으로 손을 뻗어 가만히 들여다보고 있자니, 화도 나고 애도 닳고 해서 함부로 먹지도 못하고 밥그릇 위에 살며시 얹어놓았다.

소씨 부인은 아까부터 밥을 제대로 먹지 못하더니만 전 하나를 물끄러미 바라보고만 있는 손자가 딱해 보여 행여 제 아비 걱정을 하나 싶어서 안타까운 마음에 엉덩이를 토닥였다.

"어여 먹어."

그때, 휴가 고개를 들어 소씨 부인을 바라보더니 표정 없는 얼굴로 그녀를 불렀다.

"할머니."

소씨 부인은 심상찮음을 느끼고서 손자인 휴의 얼굴을 들여다 보았다.

아이에서 소년으로, 소년에서 남자로 183

"제사 때 사람 불러 음식 만들게 하면 품삯으로 그냥 음식만 주나요?"

그러자 소씨 부인의 표정이 한순간에 풀어지며 별걸 다 묻는다는 듯 웃더니 말을 이었다.

"요즘 세상이 어떤 세상인데, 내 그 정도 물정도 모를까 봐서? 어째 우리 손자가 음식 싸가는 모양새를 봤나 보네그려. 그것만 줘가지고 어디 일한다고 사람들이 올 것 같아? 할미가 다 뒤에서 알게 모르게 금전적인 걸루다가 챙겨주니까 사람들이 따르고 오는 거지."

"일하는 사람 전부 다 돈 줘요?"

그 물음에 소씨 부인이 잠시 손자의 얼굴을 들여다보더니 멈칫했다.

"어, 어? 그, 그렇지."

김습 어르신의 표정이 심상찮게 변했다. 실상 그는 밥을 먹는 척했지만 두 사람의 대화에 귀를 기울이고 있었다. 안살림 일은 전혀 모르고 있었으니, 휴가 무슨 연유로 저리 나오는지 그로서는 알 길이 없었다.

휴는 끈질겼다.

"보니까 나이 어린 학생도 있는 것 같던데, 그런 경우는 얼마나…… 줘요?"

그에 소씨 부인이 잠시 지아비인 김습을 바라보다가 당황한 듯 다시 손자인 휴를 바라보았다.

"아니, 그건……."

이제는 김습도 관심이 간다는 듯 지어미인 소씨 부인을 바라보고 있었다.

소씨 부인이 갑자기 화가 난 듯 표정이 대번에 바뀌었고, 특유의 언성이 높아진 음성으로 말을 이었다.

"네가 말하는 그 아이가 누군 줄 알면 너도 깜짝 놀랄 것이다. 내 사실 지나다가도 그 아일 마주치면 아직도 인사를 안 받을 정도로 분하니까. 머리 검은 짐승은 거두는 게 아니라던 옛말이 딱 맞지. 어린것이 철딱서니 없는 것도 모자라, 팔자대로 인생 풀려던 것인지 하필 너를 상대로 어디서 그런 짓을……."

"할머니, 그러시면 데려다가 일은 왜 시키십니까?"

휴의 말에 이상함을 느낄 법도 하건만, 소씨 부인은 너무도 화가 났는지 대번에 대꾸를 해왔다.

"옛날에는 부엌간 찬모라 해서 솜씨깨나 부리는 여종들이 음식 만지고 그랬어. 그 아이가 솜씨 하나는 기찬 것 같아서 내가 데려다가 좀 썼다. 그렇다 해도 그 집에 우리가 해준 걸 생각하면 어찌나 약이 오르는지, 그 집한테는 그 정도면 됐다 싶어. 어린것이 입은 번지르르, 불러주셔서 감사하다느니 뭐라느니……. 이 동리에서 쫓아내지 않은 걸 다행으로 알아야지."

그때, 김습이 나섰다.

"그러면 지금껏 그 아이를 놉으로 데려다가 쓰고서는 그 값을 음식으로 대신했단 말이오?"

소씨 부인이 점점 더 날카롭게 대꾸했다.

"이 문제만큼은 저의 소관이니 관여치 마시지요."

드르륵.

휴가 자리에서 벌떡 일어났고, 놀란 소씨 부인이 멍하니 입을 벌렸다. 그러나 휴는 이미 자리를 박차고 문을 향해 걸어가고 있었다.

그런 손자를 보며 황급히 소씨 부인이 나섰다.

"휴야! 휴야! 어디 가니? 어?"

당황한 기색이 역력한 지어미와는 달리 다시 숟가락을 드는 김습의 표정은 당최 알 수가 없는 것이었다.

밖으로 나온 휴는 너무도 화가 난 나머지 자갈밭에 주차되어 있는 페라리로 걸어가 상태를 확인하지도 않고 그대로 올라탔다. 그러니까 차를 깨끗하게 세차한 뒤 향목이가 사는 곳까지 운전해서 간다는, 사전에 계획했던 두 가지 중 단 한 가지만을 실천에 옮긴 것이다.

하지만 이내 휴는 포장도 되어 있지 않은 흙길을 덜커덩 달리며 그제야 차가 얼마나 지저분한지 그것에 생각이 미쳤다.

'뭐, 이제 와 어쩔 수 없는 노릇이지.'

걸어가면 제법 걸리는 거리일지 모르나, 차로 간다고 하면 누구나 비웃을 법한 거리를 그는 지금 운전을 해서 가는 중이었다. 그것도 비포장도로 위를 달리며 그는 연신 쿵쿵, 위아래로 오르락내리락하는 움직임을 반복하며 가고 있었다.

신경질이 날 법한 상황임에도 그는 꼿꼿이 룸미러로 잘 빗어 넘긴 머리를 한 차례 더 확인한 뒤, 화가 나서 그냥 나오는 바람에 양치를 못 한 것이 몹시 마음에 걸려 연신 치아 상태를 확인하다가 병희 녀석이 놓고 간 구강청정제를 발견하고는 그것을 들고서 입안에 뿌려댔다.

치익, 치익.

너무 화한 향이 돌지 않도록, 또 세심히 혓바닥까지 놀려가며 신경을 쓰자 어느덧 향목이네 집, 정확히는 정길이네 집이 나왔다. 그는 대문 앞에 차를 주차하고 떨리는 가슴을 안은 채로 철문을 통통, 두드렸다.

'와, 김휴, 네 인생에 참 별걸 다 해본다.'

"누구시오?"

정길이의 어머니라 추정되는 여자의 목소리가 들려왔다. 김휴는 잠시 헛기침을 한차례 한 뒤 어색함을 최대한 감추려 노력하며 입을 열었다.

"예. 저는 저 위에 사는 김휴라고……."

그 말에 아주머니가 기름진 손에 전을 들고서 입안을 쩝쩝 정리하더니만 황급히 슬리퍼를 신고 마루에서 뛰어 나왔다.

"아이고, 이게 누구야? 휴가 우리 집에 인사를 다 왔네?"

그러면서 문을 철커덩 열어주는데, 딱 보아하니 어제 휴네 제사를 도운 품삯으로 향목이가 얻어간 전이었다.

순간, 김휴는 도대체 이 마을의 생리가 어떻게 돌아가는 건지, 짜증이 치솟았다.

"정길이가 생각이 났나 보네. 암만 그러지. 한 살 많아도 왜 우리 정길이랑 잘 놀았잖아. 내가 얼른 정길이 불러올게."

없는 소리를 해대고는 뒤로 번쩍 돌아서는 아주머니의 뒤에다 대고 휴가 조금 버릇없다 싶을 정도의 톤으로 말했다.

"아뇨. 윗집 향목이 보러 왔습니다."

그에 아주머니가 움찔하더니, 뒤돌아 슬쩍 휴의 눈치를 보다가 갑자기 고개를 치켜들고는 소리를 지르기 시작했다.

"향목아! 백향목! 자냐?"

"예, 아주머니."

문이 열리는 소리에 휴의 가슴은 그때 사실상 최고치를 향해 뛰고 있었다.

계단에서 내려오는 향목이의 모습이 언뜻 보이는데, 이번에는 무릎 아래로 살짝 내려온 치마가 경쾌한 듯 가볍고 상큼했다. 하얗고 매끈한 다리를 더 많이 볼 수 있어 기쁘다 싶을 무렵, 별안간 휴의 안색이 조금 시들해졌다.

살이 제법 붙은 정길이가 절뚝거리며 함께 계단을 내려오고 있었는데, 그런 그를 배려하기 위함인지 향목이는 내려가다 말고 한 번씩 위를 쳐다보느라 정작 누가 자신을 찾아왔는지는 쳐다볼 생각도 하지 않고 있었다.

아주머니가 그 모습을 보더니만 대뜸 버럭 소리를 질렀다.

"향목아! 너 오랜만에 집에 왔으면 부모님을 돕거나 뭐라도 해야지, 그새를 못 참고 정길이를 꾀어 내서 데리고 있던 거야? 난 또 정길이가 방에 있으려니 했더니."

그 말에 향목이의 표정이 대번에 어두워졌다.

정길이가 자신의 엄마를 향해 항변하듯 말했다.

"엄마, 내가 올라간 거야. 향목이 공부하고 있는데 잠깐만 시간 좀 내달라고 내가 그런 거라고! 그리고 엄마도 전 냄새 난다고 막 올라가고 그랬잖아!"

"시끄러! 녀석아!"

그러면서 뒤돌아 조그만 소리로 나직이 말을 하길,

"누가 범띠 가스나 아니랄까 봐, 하여간에 사내 꼬이는 것 좀 봐. 우리 정길이는 턱도 없지, 암."

그 말은 사실상 휴에게 고스란히 들리는 말이었는데 아주머니는 마치 혼잣말을 한 것처럼 능청스레 고개를 들더니 그를 향해 만면에 환한 웃음을 다시 지어 보였다.

"들어와, 들어와."

"됐습니다."

휴가 딱 잘라 말했다.

한데 그때, 그의 시야에 떨떠름한 표정의 향목이 눈에 들어왔다. 가만 보니 그녀는 살며시 고개를 숙인 채로 아주머니의 눈치를 보며 내려오다가 자신을 찾아온 이가 휴라는 것을 알았는지 당황한 기색으로 갑자기 정길이를 돌아보고 있었다. 정길이는 표정 없는 얼굴로 어쩐 일일까 생각하듯 인사도 않은 채 휴를 저 너머에서 바라만 보고 있었다.

갑자기 휴는 알 수 없는 질투심에 휩싸였다. 저 하얗고 조그만 얼굴에 난처함이 퍼져 나가며 대문을 향해 걸어오는 걸음이 느릿해질수록 약간은 화까지 나서 마음으로는 손을 뻗어 확 향목이의 손목을 잡아채 버리고만 싶었다.

그것을 꾹 참고서 휴는 저도 모르게 거만한 투가 되어 향목이를 바라보게 되었다. 향목이가 대문 사이로 조금 거리를 두고 떨어져서 그의 얼굴을 쳐다보지도 않은 채로 물었다.

"무슨 일인지……."

"채반 돌려받으러 왔어."

말투가 냉랭했다.

그제야 향목이는 당황한 듯 살짝 입을 벌렸다.

뒤에서 아주머니가 고소하다는 듯 이렇게 말을 했다.

"아유, 부지런도 해라. 게다가 이제는 총각이 다 됐는데 그런 심부름도 해주네. 세상에나, 저 잘생긴 것 봐."

"자, 잠깐만요."

향목이는 놀랍게도 휴에게 존대어로 말을 마친 뒤, 황급히 2층으로 올라간 것도 아닌, 아주머니가 앉아 있던 마루로 가 어떻게 말을 건넬까 아랫입술을 깨물고 고심을 하다가 결국 결심한 듯 정길의 어머니를 향해 몸을 돌렸다.

"아주머니, 저 채반 좀 얼른 씻어 가지고 올 테니, 음식 담을 다른 그릇 좀 주시면……."

휴의 미간이 사납게 찌푸려지는 순간이었다.

아주머니가 슬쩍 눈동자를 굴려 휴 쪽을 쳐다보았다가 얼른 마루로 다가와 향목의 팔목을 꼬집는 게 보이자, 휴는 입으로 바람을 내뱉어 앞머리를 후, 하고 불었다. 그렇게 후다닥 주방으로 들어간 아주머니는 접시 위에 음식을 대충 쓸어 담았는지 빈 채반을 향목에게 넘겨주었고, 자꾸만 휴를 향해 앉았다 가라며 과일 주랴, 마실 것 주랴, 묻기 시작했다.

휴가 관심이 없다는 듯 대답도 않고 서 있자 아주머니는 상당히 무안해했다. 옆에서는 정길이 녀석이 얼굴을 붉히며 눈을 부라리는 것이 언뜻 보였다.

그동안 향목이는 구석에 있는 수돗가에서 채반을 깔끔하게 씻었다. 꼼꼼하게 사이사이의 음식물 찌꺼기나 기름진 구석까지 확인한 향목이는 얼른 물기를 탈탈 털며 일어섰다. 아침에 막 피어오른 햇무리 아래 눈을 질끈 감은 그 모습에 순간 휴는 탁 맥이 풀려 버리고 말았다.

그런 것도 모르고 그를 향해 얼른 뛰어와 채반을 건네며 향목이 말했다.

"제가 가져다 드렸어야 했는데…… 잘 먹었습니다."

뉴욕에서 있지도 않은 일을 언급하거나 반갑게 인사하며 친구처럼 다가가려던 멘트는 어느새 새카맣게 사라지고 없었다.

선이 굵은 현대적인 미인은 아니지만 맑고 고운 느낌의 수려한 분위기에 매료되어 한순간 그의 혼을 나가게 만든 그녀가 자신의 얼굴은 쳐다보지도 않고 끝까지 존대어로 대하는 게 너무도 서운하고 화가 나, 그는 갑자기 뒷주머니에서 지갑을 꺼내 들었다.

"그동안 우리 집에 와서 일 제법 해줬다고 들었어. 뭐, 고맙기도 하고, 인사치레로 주는 거야. 사양하지 말고 받아."

그러고는 그는 숫자를 세보지도 않고 만 원권 지폐를 뭉텅이로 빼내 향목이에게 건넸다.

그러자 향목이가 몸매만큼이나 섬세한 손을 들어 아니라며 손사래를 쳤다.

휴가 향목의 손목을 덥석 잡은 뒤, 손에다가 다짜고짜 지폐 뭉텅이를 쥐어준 뒤 말했다.

"괜찮아. 받으라니까."

그러고는 휙 뒤돌아 자신의 승용차로 걸어간 뒤, 향목에게서 가져온 채반을 옆 좌석에 아무렇게나 던져 넣었다.

차에 오른 그는 시동을 걸어 굳이 그럴 필요도 없는데 부르릉 소리를 내며 비포장도로를 퍽이나 빠른 속도로 튀어 나갔다.

운전을 하며 룸미러로 슬쩍 보니, 대문 밖에 나와 물끄러미 손 안에 든 지폐를 내려다보고 있는 향목이의 모습이 희미하게 보였다.

"아유, 쌩!"

휴의 입에서 나지막한 욕설이 흘러나왔다.

그 일이 있고 난 이후, 휴는 곧바로 주방에다 채반을 내팽개치듯 던져 놓고는 제 방으로 올라와 후회에 잠겼다. 하지만 이내 차분히 생각을 정리해 보니 향목이에게서 무언가 분명 반응이 올 것도 같고, 어쩌면 이것을 계기로 소위 말하는 밀고 당기기 같은 것이 시작되는 것은 아닌가 싶은 생각에 입매가 슬며시 올라가기까지 했다.

그러자 금세 기분이 좋아져 방 안을 서성이며 또다시 이러저러한 상황극에 몰두하기 시작하는데…… 아니나 다를까, 아래층에서 일하는 아주머니의 부름이 들려왔다.

"휴 총각! 휴 총각! 저기, 누가 좀 찾아왔네."

아주머니의 목소리가 분명 심상찮게 들리는 것으로 미루어 향목이가 틀림없었다. 그는 부러 콧노래까지 흥얼거리며 옷장의 옷을 휙휙 넘기다 마음에 드는 것들을 침대에 하나씩 얹고서는 고민까지 하는 여유로움을 보였다.

평범한 듯 고급스럽게 니트 카디건 하나를 휙 낚아챈 그는 그에 어울릴 법한 아이템들을 잔뜩 매치하고는 줄줄 흘러내리는 청바지들은 한동안 입지도 말자고 아예 다짐까지 해버렸다. 그렇게 잔뜩 시간을 끌다가 아래로 유유히 걸어 내려왔는데 놀랍게도 유리문 너머로 보이는 이는 향목이의 동생, 도준이었다.

표정 없는 얼굴이었지만 분명 짙은 눈썹에는 약간의 반항기가 서려 있었다.

휴는 급격히 번지는 실망감과 함께 또 다른 한편으로는 새롭게 올라오는 저 남매에 대한 궁금증에 호기심이 번지기 시작했다.

하얗고 뽀얀 향목의 피부와는 대조적으로 남동생인 도준은 조금은 가무잡잡한 피부였는데, 저대로 잘만 큰다면 여자들깨나 울릴 정도로 미소년이었다. 그럼에도 향목이가 어딘지 모르게 모두의 시선을 끌 만한 청순한 느낌이라면 동생 도준은 분명 잘생기긴 했지만 촌아이의 느낌을 약간은 가지고 있었다.

중3이라 했던가?

'새끼, 어금니 깨문 것 봐.'

휴가 주머니에 반쯤 손을 넣고서 아무렇지 않게 문을 연 뒤, 한 차례 도준을 훑었다.

"누군지……."

그러자 약간의 전라도 사투리가 밴 말투로 도준이 시선을 피한 채 하얀 봉투를 내밀었다.

"저희 누나한테 이걸 주셨다는데, 누나가 돌려주라고 해서 왔어요. 한 장도 빼먹지 않았으니, 그건 분명할 겁니다. 그럼 안녕히 계세요."

그러고는 도준이는 휙 돌아 잔디밭을 성큼성큼 걸어 나갔다.

"야! 얀마!"

휴가 도준을 불러 세웠다.

"밥 먹고 가!"

그러자 이상하게도 도준의 눈에 적의가 순간 실렸다가 사그라졌다.

"저희 집에도 밥 있습니다."

휴는 한쪽 눈썹을 치켜뜨고 혓바닥으로 입안을 이리저리 굴리며 도준의 뒷모습을 바라보다 다시 말을 이었다.

"너희 누나는 뭐 하고 동생한테 이런 심부름을 시키냐? 어? 뭐, 이 집에 찾아올 배짱이 없어?"

그 순간, 도준의 주먹이 꽉 움켜쥐는 모습이 선연히 눈에 들어왔다. 중3짜리 소년인 도준이 씩씩거리며 분노를 간신히 삭이는 모습이란 꽤나 귀여운 구석이 있었다.

"우리 누나, 학교 갔어요. 됐어요?"

그러고는 곧장 뒤돌아 가버리는데, 그때만큼은 휴가 한 방 얻어맞은 것만 같은 기분이었다.

'토요일이니까 적어도 일요일 오후에 학교로 가야 하는 게 정상 아닌가?'

계획대로라면 학교로 향하는 그녀를 우연인 척 만나, 일에 대해 오해가 있었다며 사과를 하려던 게 원래의 진짜 계획이었는데……. 아아.

그 이후, 한동안 휴는 산외면에서 향목의 모습을 볼 수가 없었다.

'학교에서 뭐 하느라 애를 안 보내줘?'

강아지풀 하나를 뽑아 입에 물고서 괜스레 향목의 집 근처를 배회하던 것도 서서히 이골이 날 무렵, 그는 점차 향목의 존재를 잊고 다시금 일상으로 돌아가고 있었다. 그렇게 가슴 뛰던 첫 만남,

그리고 꽃불처럼 타오르던 상상들이 사그라지며 마치 덜 마른 희나리에 불을 그을 때처럼 희미해져 버린 것이었다.

휴는 다시금 동리의 할 일 없는 백수 또래들을 이끌고 정읍 시내를 배회하며 시간을 보냈고, 밤이면 거나하게 술을 마시고 잠에 빠지곤 했다.

물론 향목이의 생각이 나지 않은 것은 아니었다. 그러나 어째 휴는 모든 것이 시큰둥하게 다가오듯 그녀의 존재 또한 그렇게 되어버렸다는 것을 깨닫고 있었다.

하루는 정길이 정읍에서 돌아오는 길에 이렇게 물은 적이 있었다.

"휴야, 가만 보면 너는 오는 여자 마다않고 가는 여자 안 붙잡던데, 딱히 누굴 사귀는 것도 아니고, 그렇다고 이쁜 지집아랑 뭐를 해볼라고 하는 것도 아니고, 대체 왜 그런 거냐?"

그때, 휴는 운전대에 손을 얹고 피식 웃는 것으로 답을 대신했다.

병희가 기다렸다는 듯 이어 물었다.

"맞아. 솔직히 우리끼리 했던 얘기가 있는데, 아, 너 말이여, 되게 신나게 노는 것처럼 보이는디 또 되게 재미없어 하는 것처럼 보일 때가 한두 번이 아녀. 그래서 말인디, 너 그 미국서 왔응게 게이란 말 알 거 아녀."

그때, 휴는 크게 박장대소했더랬다.

"내가 그렇게 보여?"
"아니, 뭐, 네가 그렇다기보다는…… 뭐랄까, 그다지 지집아한
티 관심이 없는 것 같아서."

차창 너머로 스치는 바람을 느끼며 휴는 나직이 그 바람에게 혼
잣말하듯 말했다.

"글쎄다. 그냥 모든 게 다 조금씩 심심한 느낌이랄까?"

당시 휴의 머릿속에 떠오른 사람은 향목이었다. 그리고 순간 그
는 느낀 것이었다.
'아, 일시적인 거였나 보다.'
그가 밤하늘을 향해 난데없이 큰 소리로 외쳤다.
"으아! 재미없다! 재미없어!"
후덥지근했던 5월의 어느 날이었다.

산외면에 여름이 찾아왔다. 바지런히 일을 하는 농부들의 이마
위로 흐르는 땀방울을 보고 있노라면 유독 이곳에 찾아온 여름은
왠지 더 이른 것만 같았다. 포장이 되어 있지 않은 길 사이로 경운
기가 지나가면 흙먼지가 자욱이 날리며 뜨거운 아지랑이가 피어
오르는데, 뙤약볕의 그 메마른 뜨거움이란 보고만 있어도 현기증
을 불러일으켰다. 그렇게 계절은 또 흘러가고 있었다.

본래 시골 사는 아이들은 방학이면 부모님 일손을 도와야만 했고, 해서 학교에서도 이 기간만큼은 아이들을 일찍 귀가시키곤 했는데, 이상하게도 향목이의 모습은 유독 보이지가 않았다.

그저 정길이네 집으로 우편배달부 아저씨가 자전거를 몰고 향하면 사람들은 으레 이렇게 말을 하는 것이었다.

"참말 동생은 끔찍이도 여기네. 옛날부터 지 엄마 대신 애기가 애기를 업어 키우다시피 하드니만, 하루가 안 빠지고 편지를 보내니. 뭐, 요새는 꼼뿌터다 뭐다 해서 저런 편지는 안 쓴다던데, 근디 지 동생만 그 손전화기 사주고 지집아는 또 그냥 다닌디야. 그러고는 만날 저리 편지를 써서 보내니."

"그나저나 저래 집에도 안 오고 학교서 공부를 한다고 가가 뭐라도 된디야? 여기서 해봤자 그게 그거 아닌 거 아녀?"

"히, 긍게. 백 씨도 말이 없이 사람이 성실하긴 한디 좀 아둔한가 벼. 아무리 한때 전주에서까지 사람이 찾아와 딸 공부 잘한다며 이래저래 꼬드기고 갔다지만, 여서 딸자식 공부시켜 어따 써먹겠다고."

"하이구, 그건 그렇고, 어쩐디야? 정길이 속만 타겠네. 각시 얼굴도 못 보고."

그 말에 어른들이 자지러지게 웃음보를 터뜨렸다.

아이스크림을 빼물고서 어르신들 건너건너 느티나무 그늘에 앉아 우편배달부 아저씨의 모습을 멀찌감치 바라보고 있던 휴는 그 말에 미세하게 미간을 찌푸렸다.

한 아주머니가 말을 이었다.

"근디 행여라도 정길이 엄마 앞에설랑은 그런 소리 말어. 지난번에 해동이 엄마가 계에서 그런 이야기를 꺼냈다가 언감생심 누굴 갖다 붙이냐고, 그런 집안하고 우리 집안하고 비할 데가 어디 있냐면서 펄쩍펄쩍 뛰는데, 하이고, 여편네 참말 무섭대."

"그럼서도 그 집 여편네 가만 하는 꼬락서닐 보면 애들이고 뭣이고, 이건 뭐, 지 집 놈 부리듯이 데려다 일 시켜먹으니. 백 씨도 차라리 딸자식 학교에 있으라고 할 만혀. 속이 오죽 상했겄냐고. 근디 그 여편네가 백 씨가 김습 어르신 댁에서 쫓겨나 갈 데가 없을 적에 고것을 노리고서는 이자 놀음을 해먹응게로 참말 말도 못 허지."

"지금은 세월도 지나고 마을 사람들도 백 씨네를 어느 정도는 외지인처럼 대하들 않고 사람이 참 뭐랄까, 알맹이가 있고 자식들도 예의가 바른 것이 어른들한테도 잘하고 헌게 인자는 뒷말이 없잖여. 근디 한때는 좀 시끄럽던 때도 있었지."

"그랬지. 참, 그 집도 생각해 보면 고생도 징글징글허게 많이 혔어."

"그래도 아직도 목에 가다구리 잡고 상대를 안 해주는 집도 있대."

휴의 아이스크림이 어느새 형체를 잃고 흐물흐물 녹아 바닥으로 툭툭 떨어져 내리고 있었다. 그가 그것을 바닥에 툭 버려 버리고는 끈적끈적한 손을 그대로 어정쩡하게 든 채로 슬리퍼를 끌고서 어딘가로 향했다.

풀숲을 헤치고 개량 가옥이며 수백 년 된 나무들, 논이며 밭을 지나 다리를 건너 그가 결국 당도한 곳은 놀랍게도 정길이네 집이었다. 환한 대낮, 그의 손이 덥석 우편함으로 들어가는가 싶더니,

획획 우편물들을 넘기기 시작했다.

그러고는 목표물을 찾은 듯, 하나를 구겨 가지고는 주머니에 넣은 채로 나머지는 다시 우편함에 넣고서 유유자적하게 집으로 돌아왔다.

그리고 그는 혼자만의 공간에서 그녀의 이야기를 펼쳤다.

한데…… 세상에나.

겉을 만졌을 때부터가 심상치 않다 싶었는데…… 아니나 다를까, 두툼한 편지지 세 장에 빼곡하게 쓰인 문체는 간결함의 결정체였다.

아니, 사실 편지지랄 것도 없이, 끝에 조그맣게 꽃 모양의 낙인이 살짝 찍힌 노트를 칼로 곱게 그은 종이 세 장으로, 그러니까 일반 편지지보다도 그 양이 엄청났다. 그녀는 늘 이런 식으로 비용도 아껴가면서 동생에게 편지를 보내나 보다 싶은 생각이 들었다.

내용은 부모님 말씀 잘 들으라는 이야기, 몸 관리 잘하라는 이야기, 휴대폰비 아껴 쓰라는 이야기, 돈이 부족하지는 않으냐는 이야기, 학교에서는 잘 지내냐는 이야기, 온통 동생에 대한 물음과 걱정으로 점철된, 지극히 평범한 이야기들이었다.

그러나 완성된 편지 하나를 읽고 나니 어째 가슴 한구석이 먹먹한 게, 그는 왠지 이 편지에서 향목이의 반복되어 인에 박인 인내를 보고 있는 것만 같아 저도 모르게 한숨이 흘러나왔다.

침대에 가만 누운 채로 여성스런 문체를 물끄러미 들여다보다가 그가 보낸 4년의 시간을 이 아이는 어떻게 보냈을지, 그래서 어떻게 이런 숙녀가 되어버린 것인지 가만히 상상해 보았다.

처음에는 편지를 몰래 훔쳐보면서 향목의 일상사를 캐내야겠다는 생각이었는데, 도저히 그녀가 동생을 생각하는 마음을 그냥 넘어가 버리면 안 될 것만 같아 그는 다시 편지지를 접어 봉투 안에 넣었다. 그러고는 이슥해질 무렵, 정길이네 우편함에 그것을 넣어놓은 뒤 뜻 모를 한숨을 또 내쉬다가, 산외면에 뜬 유난히 샛노란 달을 보며 그렇게 아쉬운 발걸음을 돌려야만 했다.

그러나 그의 도둑질은 여기서 한 번으로 그치질 않았으니.

우편배달부 아저씨가 자전거를 몰고 오는 시각은 제법 정확했고, 향목이는 동생에게 매일 편지를 썼으며, 그는 향목이의 일상을 매일 읽고는 밤이 늦어지면 우편함에 꽂아놓곤 하는 것이었다. 그러니까 그가 먼저 그녀를 접한 뒤, 동생 도준은 아침이 되어서야 누나의 흔적을 읽게 되는 셈이었다.

내용은 항상 그렇듯이 너무도 똑같고 너무도 평범한 데다 늘 그 자리를 맴도는, 그런 구구절절한 당부의 말이었다. 그것을 읽어 내려가던 어느 날, 휴는 침대에서 한참을 큰 소리로 웃다가 바닥에 쿵, 하고 떨어진 뒤로 멍하니 일어나지를 못했다.

눈을 깜빡깜빡거리며 대체 무슨 감정인지 모를 통증이 심장 부근부터 퍼져 나가는 것을 느끼며 그는 그대로 가만 그것이 진정되기를 기다렸던 것 같다.

만나고 싶고, 보고 싶어서 죽을 것 같은 마음보다도 생각하면 가슴이 아릿한 그런 감정에 휴는 한 번씩 향목의 집을 쳐다보며 호흡을 가만 골라야만 했다.

그러던 것이 지나고 근래는 추석이 다가온다는 사실에 그렇게도 기분이 좋을 수가 없었으니. 실컷 보고 가능하면 말도 걸고 이딴 저딴 상황극 따위 필요 없이 조금 싫어하는 내색을 보여도 추파도 던져 보고 그러다가 못내 싫어하는 그 아이를 학교까지 데려다주는, 그런 일을 하고만 싶었다. 일단은 그의 부모님이 자신이라는 사람 자체를 싫어하지는 않을 테고, 뭐, 사춘기 도준이 녀석이야 누나만 어르고 달래면 만사 오케이니까.

그러니까 그는 막연하게나마 이 말 많은 촌 동네에서 향목이를 상대로 무언가를 하고만 싶었다. 그것이 정확히 무언지 본인조차 알 수는 없었지만.

코스모스가 산외면에 만발했다.

"아구야, 살살이꽃이 만발한 게 올 한 해도 처녀 총각 마음이 싱숭생숭하겠네."

나이 든 어르신들은 코스모스를 순우리말로 살살이꽃이라 불렀는데, 바람이 불 때마다 살랑살랑 춤을 춘다 하여 살살이꽃이라 했다. 서양 사람들은 아마도 꽃잎의 모양을 보고서 우주의 모양새, 코스모스라 이름 하지 않았을까? 간결하고도 완벽한 아름다움의 결정체.

그리고 그 길가에 흐드러지게 피어난 코스모스 길을 따라 유난히 힘겹게 자전거를 탄 우편배달부는 추석 5일 전, 이름 모를 누군가의 안부를 부지런히 전해주기 위해 안간힘을 다해 페달을 밟고 있었다. 그의 해진 가방은 미어터질 듯 부풀어 있었다.

그리고 또한 휴의 가슴 역시 이제는 그 가방의 해진 결처럼 너덜너덜한 지경이었다.

얼굴을 못 본 지 4개월. 동네에서 떠도는 그 아이의 품행만 듣고도 밤에 잠을 못 이루고 뒤척뒤척거렸으니, 어르신들 말씀대로 코스모스 만발한 이때, 어여쁜 처녀 하나가 한창때인 총각 마음에 제대로 불을 지펴 버린 것이었다.

한참 시무룩해져 있을 때는 한숨을 쉬며 만사가 귀찮은 듯 얼굴을 찡그리고서 아무리 누군가가 불러도 나가지를 않다가, 또 갑자기 기분이 좋아지면 원주와도 거리낌 없이 어깨동무를 한다거나 스스럼없이 포옹을 해 어르신들은 오메메메, 하며 입을 벌리기도 하셨다.

"둘이 연애 걸었어? 누가 걸었어, 시방?"

원주가 손가락을 배배 꼬며 '할머니는' 하고 부끄럼을 타면 휴는 푸하하하, 웃으며 '우리 잘 어울려요?' 하고 묻곤 했다.

그러면 할머님들은 입맛을 쩝쩝 다시다가 달달하게 탄 설탕 덩어리 커피 사발을 들고서 한 잔 쭉 들이켜신 후, 이해가 안 간다는 듯 말씀하곤 하셨다.

"시상사 모를 일이여. 긍게 시방 야가 야 각시여? 아서! 각자 따로들 알아봐!"

그러면 원주는 펄쩍펄쩍 뛰곤 했다.

하여간에 휴의 기분 변화는 이렇듯 널뛰기를 하며 오락가락했고, 추석이 다가왔을 때에야 다소 진정이 되어가고 있었다.

왜냐하면 그렇게도 기다리던 우편배달부 아저씨가 영차영차 페달을 밟고서 그의 앞으로 다가오고 있었으니까.

환한 대낮에 남의 집 앞에 당당하게 서 있는 휴를 보고는 우편배달부 아저씨가 의아한 듯 말했다.

"거가 왜 서 있어요? 총각은 저 집 도련님 아니시든가?"

다분히 데면데면한 말투였다.

"여기 우편물 중에 제 거나 진배없는 거 하나 있어요."

"그게 뭔 소리래?"

"그런 거 있어요."

우편배달부는 평소라면 꼼꼼히 따졌을 문제를 너무도 바쁜 나머지 이마 위의 땀을 슥 닦고서 바빠 죽겠다는 듯 자전거에 얼른 올라탔고, 휴는 정말로 아무렇지 않게 우편함에 손을 넣었다. 그러고는 언제나 그녀의 편지봉투로 쓰이는, 직접 만든 연보랏빛 종이를 꺼내 들었다. 평소보다 두툼해서 휴의 가슴은 더 심하게 가슴이 뛰었다.

그는 트레이닝복 주머니에 그것을 넣고서 휘파람까지 분 채 집으로 슬렁슬렁 걸어 들어간 후, 곧장 2층으로 올라가 잠시 눈을 감았다가 툭, 은박 스티커를 떼어냈다.

순간, 그 가느다랗고 약간은 갈색빛이 돌기도 하는 것 같은 머릿결이 우수수 떨어져 내리는 것 같은 환영이 그의 머릿속에 펼쳐지며 종종 그러하듯 이 젊은 총각은 가슴에 이는 설렘에 주체를 못 하는 것이었다.

가만 눈을 감아 난처한 듯 싫다며 고개를 젓다가 휴의 꼬임에 빠져 고사리 같은 손을 그의 덜 자란 중심에 감아 조물조물거렸을 때. 한때는 죄스러워 상상을 멈추었던 일이 요즘은 다시금 새롭게 피어나고 있었다.

고3. 다 자란 그녀는 하얀 얼굴에 강아지 같은 까만 눈동자로 난처한 듯 그 앞에서 시선을 피한 모습을 보인 게 다였지만, 어릴 적 그때를 떠올려 생각하면 급속도로 흥분이 되어 그의 바지춤이 시도 때도 없이 부풀어 오르는 것이었다.

때로는 밥을 먹다가도 그 상상에 빠져들어 맛도 모르고 후끈한 열기를 즐기고, 때로는 동네의 할 일 없는 녀석들과 거닐다가도 그 생각에 아랫도리가 확 부풀어 버려 걸음이 이상해지니, 그의 나이 열여덟, 한창때라고는 해도 제대로 병이 도진 것이었다.

그가 빙긋이 웃으며 나직이 혼잣말을 뇌까렸다.

"야이 가시내야, 이 동네 노인네들 종종 하는 말로 바꿔 말하면 넌 그때 나하고 이미 가시버시 맺어진 거나 다름없는 거야. 이게 어디서 딴 남자한테 살랑살랑 눈웃음을 치고 그런 모자란 놈 각시타령에도 배시시 웃고 자빠졌어?"

휴는 제대로 배우지는 못했지만 이제는 남녀칠세부동석이란 말이 진정 어떤 의미인지, 프로이드의 정신 분석학에서 왜 아동의 성적 호기심 내지는 아동의 성에 대해 다루는지 이해가 되었다.

그가 조심조심 평소보다도 두툼한 편지지를 살짝 꺼내 들었다.

"어라?"

그런데 다른 때와 다르게 편지지가 조금 더 고급스러워 보이는 것이, 필시 돈을 들여 장만한 것이었다.

"귀여워 죽겠네."

여기 와 몇 번 말을 섞은 적도 없는 향목이인데도 그는 마치 그녀를 속속들이 꿰고 있는 것만 같은 기분이 들면서 야릇한 상상으로 눈가가 뜨거워지려는 것을 애써 참았다. 일단은 편지를 마저 읽어야 했기에.

한데 오늘은 특별한 것이 더 있었다.

코팅이 된 단풍잎은 계절이 이른 탓인지 색깔이 애매했다.

아니나 다를까, 읽어보니 벤치에 앉아 책을 읽다가 모양이 예뻐서 주웠다는데, 말려두었다가 학교 앞 복사 집에서 코팅을 해서 동봉한다는 내용이었다. 여고생의 감수성이 물씬 풍겨져 그는 가슴이 간질간질한 느낌이었다.

그리고 읽어 내려간 편지의 내용들.

평소처럼 평범할 내용들이지만 휴는 그날도 가슴이 뛰는 것을 주체하지 못하고 읽어 나갔다.

정말로 처음엔 평소처럼 평범했다. 새 학기가 들어서니 문제지 값과 참고서 값이 필요하겠지만, 누나가 이런저런 입상 경력으로 받은 문화상품권들이 있으니 그것을 주겠다는 이야기.

필요하면 용돈도 그것으로 대체하면 안 되겠냐는 조심스러운 물음.

휴는 오르가즘인지 안타까움인지 모를 기이한 숨소리를 허공에 몇 차례 뱉어내며 잠시 숨을 골라야만 했다.

그러고는 다시 편지지를 들어 읽어 내려가는데…… 그의 입가에서는 서서히 미소가 사라지고 없었다.

수능이 끝날 때까지는 집에 돌아오지 못한다는 내용.

하지만 추석에 너를 위해 맛있는 것이라도 꼭 사주고 싶으니 오는 일요일 오후, 누나가 있는 학교 앞으로 와달라는 내용이었다. 그때 상품권까지 전달해 주겠다는 이야기가 마저 적혀 있었다.

휴는 정신이 몽롱할 정도로 허망해서 온몸에 힘이 쭉 빠져나가는 경험을 난생처음 하고 있었다.

눈을 가만 떴다가도 그것조차 힘이 들어 도로 내리감아야 할 정도였다.

향목아, 나, 너 보고 싶어. 하루 종일 하는 일 없이 네 생각하는데, 너는 내 생각 안 나? 나 안 보고 싶어?

미간을 좁힌 채로 그는 편지지를 품에 안고서 가만 침대에 누워 가슴께로 퍼져 나가는 아릿한 감정을 힘겹게 눌러 담고 있었다.

여학교 앞에 주차되어 있는 빨간 외제차가 온통 시선을 끌었는지 일요일이 아니었다면 대놓고 구경하는 사람까지 있을 뻔했다. 고요한 여학교, 아마도 기숙사에 남은 몇몇 모범생들은 추석도 거른 채 특화학습 중인 모양이었다. 개중에 어떤 아이들은 가끔씩 나와 산책을 하거나 인근의 음식점에서 군것질을 하고 있었는데, 역시나 아닌 척 그를 몰래몰래 쳐다보는 눈길이 느껴졌다.

휴는 그중 지나던 학생들에게 말해 자신의 존재는 알리지 않은 채로 향목이를 불러달라고 부탁한 터였다.

학생 셋은 향목이라는 이름을 듣자마자 그를 한차례 훑더니 아이스크림을 연신 핥으며 의외라는 듯 여학생 특유의 까르륵 터지는 웃음소리를 내며 불편할 텐데도 굳이 세 명이서 팔짱을 꼭 낀 채로 학교 안으로 걸어 들어갔다.

슬리퍼를 신고서 아무렇게나 오가는 다른 학생들과는 달리 잠시 후, 검은 세일러 교복을 입은 그녀가 구두까지 잘 맞춰 신은 채로 한 손에 무언가를 들고 뛰어오고 있었다.

그 모습은 왜 또 그렇게 어리고 앳되어 보이는 것인지, 찰랑거리는 머리가 다 자란 여자가 아닌, 아무것도 모르는 꿈결 같은 소녀의 모습만 같아서 문득 그는 그녀를 상대로 음란한 상상을 했던 것에 스스로가 놀랄 정도였다. 교복을 입은 향목이는 마냥 순수해 보였다.

정문까지 뛰어오다가 문득 빨간 차량이 그제야 눈에 들어왔는지 잠시 고개를 들었다가 그를 발견하고는 슬금슬금 고개를 숙여 옆으로 피하는 모습까지, 휴는 고스란히 시야에 담았다. 가만 보니, 그녀는 그가 다른 여학생을 만나러 온 줄로만 알았는지 자신의 존재를 들키지 않기 위해 애쓰는 기색이 역력했다.

가까이서 보니, 테가 없는 안경에 뽀얀 피부가 볼을 잡고 확 늘어뜨려 주고 싶을 만큼 풋풋하고 싱그러워 보였다.

할 말을 않고 가만있자니, 그녀는 정말 그를 멀찌감치 지나쳐 정문 밖을 벗어나 버렸다. 그러더니 두리번거리며 주변을 살피기 시작했다. 필시 동생을 찾는 몸짓임이 분명했다.

"인사는 하고 살자, 백향목."

그 말에 정말이지 화들짝 놀란 것처럼 향목이 고개를 돌리는데, 눈동자에 생경하고 낯선 빛이 가득해 그는 차라리 그 앞에서 시무룩한 표정을 종종 보이곤 하던 꼬마 백향목을 다시 마주하고 싶은 심정이었다.

향목이 가볍게 목례를 했다. 어떻게 하나 보고 있자니 그녀는 무표정한 얼굴을 돌리기 무섭게 봉투 하나를 들고서 여기저기를 바라보다가 그를 무시한 채로 근처 공중전화 부스까지 걸어가 버렸다.

그 모습을 물끄러미 바라보며 담배 한 대를 태우고 있자니, 놀라는 표정, 이해가 안 간다는 표정, 고개를 갸우뚱하는 표정, 걱정 어린 표정, 실망하는 표정, 모든 표정들이 조그만 얼굴 안에 펼쳐지는 게 보였다. 마치 비가 갠 창하산에 걸린 무지개마냥 너무도 아기자기하게 예뻤다.

부스 안을 나온 그녀는 어깨를 늘어뜨린 채로 하늘을 한 번 올려다보았다가 느릿느릿 학교 안으로 다시 들어가는데, 그 모습은 왜 또 그리 안아주고 싶게 가여운지.

그가 그녀의 뒷모습을 보고서는 물었다.

"야! 뭐 문제 있냐?"

그녀가 고개도 돌리지 않은 채로 상념에 사로잡혀 대답했다.

"아뇨."

그러고는 제 갈 길을 가는데, 결국 휴가 졌다는 듯 스르르 웃음을 지어 보였다.

"넌 추석인데 집에도 안 가냐?"

그녀에게서는 대답이 없었다.

"저번에 기분 상했으면 미안해. 한국 방식을 몰랐어."

거짓이지만 일단은 그녀의 기분을 풀어주고 싶었다.

그런데 그게 먹힌 것인지 정말로 향목이의 걸음이 우뚝 멈추는가 싶더니, 잠시 고민에 잠긴 듯 봉투를 만지작거리다가 그를 향해 난처한 얼굴로 걸어와 슬그머니 그의 얼굴을 올려다보았다.

그때 그의 마음속으로 퍼지는 그 쾌감과 설렘이란, 그 어떤 스포츠에서 골을 넣었을 때보다도 짜릿한 것이었다.

"왜? 뭐, 할 말 있어?"

"저, 죄송한데 이것 좀, 최정길 씨 댁, 그러니까 최연상님 댁 위층에 살고 있는 제 동생 백도준에게 전해주실 수 있는지요?"

휴가 눈동자만 아래로 내려 그것을 물끄러미 바라보며 물었다.

"그게 뭔데?"

"아……."

끝내 그녀는 말을 하지 않았다. 휴는 이렇게 낯가림이 심한 여자는 또 처음 본다 싶으면서도 기묘하게도 재미있다는 생각에 괜스레 한 번 쿡쿡 건드려 보고 싶어졌다.

"뭐, 돈이라도 돼?"

"아, 돈은 아니고 상품권인데……."

"으음."

그가 고개를 천천히 끄덕였다.

그녀가 뒤를 돌아 학교를 한 번 쳐다보았다가 구두코를 한 번 내려다보았다가 하는 것으로 보아 얼른 이 시간을 피하고 싶어 하는 기색이 역력했다.

'있지, 미안한데, 나는 너 오랜만에 봐서 좋아 죽겠어.'

"전해줄게."

그러자 향목이가 고개를 번쩍 들어 올렸다. 그가 얼른 말을 이었다.

"대신에…… 지금 내가 만나기로 한 사람이 약속을 펑크 냈어. 그래서 말인데, 내가 배가 좀 고프거든? 같이 밥 좀 먹어주라."

"네?"

향목은 정말 난처한 듯 연신 고개를 젓는데, 그 모습이 정말로 떼쓰는 아이 같아 보여 그는 그만 뺨을 부여잡고 잠시 가벼운 장난기를 실어 혼을 내주고 싶은 기분마저 느꼈다.

"싫음 말든가. 나도 여기까지 굳이 나왔는데 허탕 치고 배까지 곯고 돌아가는 건 좀 그렇거든."

"가, 갈게요."

결국 그녀는 그를 따라 밖으로 나왔다. 학교 분식점을 벗어나자 갑자기 향목이 그의 셔츠 자락을 잡아왔다.

"어디 가세요?"

휴는 그것이 또 어질어질하게 기분이 좋았지만 내심 무심한 척하얀 손을 내려다보았다. 그러자 그녀가 스르르 손을 내리는데, 그가 말을 이었다.

"일부러 여기까지 나왔는데 나더러 여고생들이랑 섞여서 저기서서 떡볶이에 순대 먹으라고?"

향목이 곤란한 듯 아랫입술을 깨물었다.

"따라와. 너더러 돈 내라고 안 할 테니. 여기 다 거기서 거기니까 조금만 걷다 보면 번화가 나오잖아. 거기 가서 먹자."

어느덧 희미하게 푸르스름한 기운이 깔리자 향목이가 종종걸음으로 그의 곁으로 오더니 말을 이었다.

"저, 너무 늦으면 안 돼요."

"아까 내가 경비 아저씨한테 물어보니까 주말에는 부모님 오시기도 해서 11시까지 문 열어놓는다고 하던데?"

그 말에 향목이 허를 찔린 듯 아랫입술을 깨물었다.

"야, 너 내가 배고프다고 설마 널 잡아먹겠냐? 되게 깐깐하게 변했네, 백향목."

향목은 말 대신 표정으로 종종 기분 상태를 보여주곤 했는데 지금 이 상황이 마음에 안 드는지 두 눈을 질끈 감았다가 뜨는 게,

언제 사귀게 되면 꼭 저 표정 한 번만, 아니, 몇 번이고 내 앞에서 보여달라고 해야겠다고 그는 마음속으로 생각할 정도였다.

그런데 번화가로 들어서면서 갑자기 그를 알아본 사람들이 말을 걸어온다는 게 문제였다.

"어? 오빠, 그때 왜 그냥 그렇게 간 거야? 난 전화번호라도 교환하려고 했지. 여기서 만났네."

그의 팔짱을 끼며 말을 걸어오는 아가씨가 있었는데, 휴는 당최 기억이 안 날뿐더러 향목이 앞이라 엄청 당황했다.

향목이 옆에서 가만 귀를 기울여 듣고 있다는 게 느껴질 정도였다.

그가 말없이 아가씨의 팔을 빼내자 나직한 욕설이 뒤에서 들려왔고, 조금 더 걸어가자 놀랍게도 나이트 호객꾼이 그를 알아보고서 얼른 90도로 인사를 해왔다.

"아유, 요새는 왜 발길이 뜸하세요? 저기보다 우리가 물 좋은 아가씨 많다니까요. 형님 오시면 완전 쭉쭉빵빵으로 대기시켜 놓으니까 언제든 오기만 하십쇼."

휴는 진짜로 그때만큼은 빨리 이곳을 벗어나고만 싶은 기분이었다.

뒤에서는 불나방 오빠라는 소리가 연신 들려오고 있었다. 아마도 그의 차를 일컬어 불나방이라는 별명이 붙여졌거나, 밤에 불나방처럼 논다는 표현인 것 같았다.

상대적으로 향목이 부끄러웠는지 그와 조금 거리를 벌려 걷는데, 갑자기 그는 특유의 오기 같은 게 발동해 뒤로 걸어가 그녀의 어깨에 손을 척 하고 올렸다.

"동생, 같이 가자."

향목의 까만 눈동자가 커다래졌다.

그렇게 그가 그녀를 데려간 곳은 전국 어디고 있을 법한 프랜차이즈 패밀리 레스토랑이었는데, 그나마 이곳이 여기서는 제법 괜찮은 데이트 장소라 여겨졌기 때문이다.

메뉴판을 보고 고심하는 것처럼 보이던 향목은 어이가 없게도 가장 싼 감자튀김을 시킨 뒤 소심하게 메뉴판을 접어서 또 한 차례 그를 울렁거리게 만들어놓더니만, 그가 메뉴판을 다시 꺼내 이것저것 음식을 모조리 시켜놓았는데도 깨작깨작 샐러드나 집어먹고 걱정스러운 얼굴로 밤 풍경을 연신 살펴서 급기야 살살 그의 아랫도리를 지펴놓고 말았다.

"그동안 어떻게 지냈어?"

"어?"

그 물음에 상념에서 깨어난 듯 향목이 그를 쳐다보았다. 휴는 다른 여자들이 그의 얼굴을 바라볼 때 종종 관심을 끌려 하는 어떤 묘한 기색 같은 것이 전혀 드러나지 않는 향목의 담백한 얼굴을 오롯이 시선에 담는 중이었다.

그녀가 갑자기 생각이 난 듯 엉뚱한 대답을 꺼내기 시작했다.

"아, 그냥 뭐…… 지난번에 제 동생 시켜서 돈 돌려보냈는데 잘 받았는지……."

"어어, 그건 내가 아무래도 미국에서 지내다 보니까 한국식 문화를 잘 몰라서 그렇게 줬는데, 기분 나빴으면 미안해."

그러자 처음으로 향목이 살며시 웃으며 대답했다.

"아니에요. 액수가 너무 많았고, 돈 때문에 하는 일도 아니라서."

"돈 때문이 아니면 뭐 때문에 하는데?"

휴의 물음에 잠시 향목이 경계하는 표정이 되어 그를 바라보는데, 대답을 해야 할지 말아야 할지 망설이는 표정이 역력한지라 휴는 이 아가씨의 빗장을 모조리 해제해 버리고 싶은 욕구를 느끼기 시작했다. 거기다 입술 한쪽에는 소스를 살짝 묻히고 있는데 그걸 본인은 아는지 모르는지.

향목은 계속되는 침묵을 결국 이기지 못하고 대답을 강요받는 수준에 이르자 담담히 말을 꺼내놓기 시작했다.

"그냥, 그쪽 할아버지가 저희한테 잘해주시고, 또, 음……."

"그쪽?"

휴는 아까부터 정정해 줄까 말까 고심하던 것을 이참에 바로잡아 주어야겠다고 마음먹었다. 그녀가 존대를 하는 것이 어쩐지 기분이 좋을 때도 있었지만, 순간 그쪽이라는 표현을 들으니, 이건 아니다 싶었던 것이다.

그가 살며시 웃었지만 분명 눈동자에는 날카로운 기운이 스며 있었다. 그것을 읽은 향목이 순간 움찔했다. 휴가 이어 말했다.

"말 놔. 안 그러면 나한테 관심 있다고 생각하는 수가 있어."

그에 향목의 눈에 크게 뜨였다가 서서히 수긍하듯 눈꺼풀이 깜빡였다. 그녀가 어색하게 반말로 그제야 말을 이었다.

"할아버지께서 무료로 약재를 보내주신 일도 그렇고, 나는 기억에 없지만, 우리 부모님이 외지를 떠돌 때 여기에 정착하도록 도와주신 분도 너희 할아버지시고…… 어르신들 말씀에 나 태어날 때 목숨 값을 그분께 빚졌다고도 하고……."

거기까지 말을 하고 향목이는 잠시 고개를 숙이고는 웃음을 보였다. 순간, 그 모습이 너무나도 예뻐 보였다.

"내가 팔자가 드셀 거라고들 하는데, 그렇게 살지 말라고 이름자도 지어주시고…… 어느 날 와서 일 한 번 해보라니 나로서는 빚도 조금 갚는 느낌이고, 또 음식도 얻어먹으니 좋은 거지, 뭐. 돈까지 바란다면 그건 나한테는 정말 해당 사항이 없는 이야기야."

휴는 아무리 머리를 굴려도 할 말을 찾을 수가 없어 잠시 포크를 쥐고서 수북이 쌓인 음식들만을 바라볼 뿐이었다.

"다 먹은 것 같은데…… 음식이 너무 아깝긴 하지만, 사실 나, 들어가 봐야 해서."

휴는 아쉬움이 서서히 움트는 것을 느꼈다. 하지만 교복을 입은 학생은 이 시각 음식점에서 보이질 않았고, 또 그녀를 데리고 있을 명분이란 게 사실상 없었다.

다행히도 차가 주차된 곳까지 걸어간다는 명목하에 그녀의 학교까지 휴는 함께 걸어올 수 있었다. 물론 향목이 조금 곁을 두고 떨어져 걸으려 했지만.

그렇게 걸으며 휴는 행여나 그녀가 자신의 미국 생활에 대해 궁금해해 주길, 또 한편으로는 묻지 말아주기를 바랐는데, 그녀는 아무런 말이 없었다.

그저 그렇게 밤길을 걷다가 학교 정문에 이르러 그녀가 그를 향해 돌아서더니 말을 이었다.

"그럼, 그거 잘 부탁해."

그러고는 또다시 어울리지 않게 그를 향해 꾸벅 인사를 한 뒤, 뒤도 돌아보지 않고 걸음을 옮겼다.

휴는 보닛에 기대어 향목의 뒷모습을 바라보다가 차에 올랐다. 시동을 걸다 문득 버릇처럼 그녀의 은색 스티커를 툭 떼어 안을 들여다보는데, 5천 원권부터 시작해서 1만 원권짜리들이 수북이 들어 있는 문화상품권의 양이 모두 합치면 23만 원어치나 되었다.

"하."

어쩐지 은색 스티커를 도로 붙여놓는 손길이 조심스러워졌다. 마치 향목의 마음을 읽기라도 하려는 듯 잠시 편지 봉투 위에 손을 얹었다가 그는 살며시 옆자리에 그것을 내려놓고는 시동을 걸었다.

산외면으로 들어오는 길목. 그는 사춘기 꼬맹이를 상대할 준비를 하고 있었다. 자신에게 적의를 명백히 보이고는 있으나, 뭐, 어찌 되었든 간에 향목이가 끔찍이 아끼는 동생이니 그도 잘해줄 용의가 있었다.

차를 세우고 문을 열고 나가니, 갑자기 위층에서 후다닥 문이 열렸다. 그러더니만 아래를 빠끔히 바라보는 시선 하나가 느껴졌다. 있었다. 황급히 내려와 문을 연 것은 다름 아닌 도준이었다.

"누나한테 전화받았어요. 근데요, 나 속일 생각 마요. 그동안 내내 편지가 조금 이상하다고 생각하고 있었는데, 이번에 저 대신에 나간 게 형이죠? 그죠? 경고하는데, 우리 꼭 옛날 같지만은 않으니까 함부로 대하지 마요. 나도 다 컸고, 그냥 누나 얼굴에 먹칠하기 싫어서 가만있는 거지, 그 일을 내가 기억 못 하는 줄 알아요? 미국서도 거지같이 생활해서 학력도 완전 바닥이라면서 어딜 감히? 여기 와서는 원주 누나랑 사귀고 있잖아요. 읍내 나가서 나쁜 형들이랑 실컷 놀러 다니는 것도 이미 소문 좍 났고, 나이도 안 되면서 비싼 차 몰고 다니는 것도 좋게 보는 사람들만 그렇지, 전혀 안 그런 사람도 많거든요? 미국서 사람 패고 다녔다는 것도 소문 다 났어요. 건달 깡패 주제에 돈만 많으면 다야? 우리 누나 건들기만 해봐요. 형이랑 어울릴 그런 부류 절대 아니니까."

씹어뱉듯 말을 잇는 녀석은 얼마나 흥분을 했는지 주먹까지 부들부들 떨고 있었다. 고개를 숙인 채로 녀석이 어디까지 말을 하나 가만 듣고 있던 휴는 얼굴을 들어 어떻게 이 사춘기 아이를 다루나 생각하는데, 그때 창문 너머 정길이가 적의에 가득 찬 눈으로 그를 바라보고 있는 게 보였다.

휴가 차 안으로 손을 뻗어 상품권이 담긴 편지봉투를 도준에게 내밀며 말했다.

"오랜만에 누나 바람 쐬어주고 오는 길이야. 처음에는 어색해하더니만, 이제는 서로 반말하고 그렇게 됐다, 뭐. 편지 봤던 건 미안하고, 딴 게 아니고, 걔가 왜 이유도 없이 우리 집 제사에 와서 일을 해주고 가나, 뭐, 바라는 거 있나, 이상한 생각이 들어서……."

"바라는 거 없어요!"

도준이 버럭 화를 냈다.

휴도 순간 하필이면 둘러댄다는 게 또 오해를 사게 생겼구나 싶어 속이 좋질 않았다.

"어찌 됐든 앞으론 안 그럴게. 그런 의미에서 우리 앞으로는 동네에서 마주치면 서로 친하게……."

도준이 말을 채 듣기도 전에 쾅, 하고 문을 닫고 들어가 버렸다.

머쓱해진 휴의 손만 허공에 머물다가 스르르 아래로 내려왔고, 그는 다시 차를 몰고 집으로 돌아와야만 했다.

사실 그때까지만 해도 휴는 하늘에 걸린 달이 마냥 자신을 향해 웃고 있는 것처럼 보일 만큼 가슴이 부풀어 있었다.

"흐흐, 향목아. 아아, 향목아. 졸업만 해라. 빨리 졸업만."

오늘 가까이서 한 번 만나보고 휴는 혼자서 또 그렇게 멀리까지 나가 버린 것이었다.

그러나 얼마 가지 않아 그는 또다시 향목이 궁금해져 미칠 지경이 되었으니.

그도 그럴 것이, 우체부 아저씨는 더 이상 그녀에게서 편지를 전해주지 않았던 것이다. 물론 이때껏 그에게로 향한 소식은 아니었지만, 편지가 뚝 끊겨 버리자 휴는 허전함에 밥맛까지 잃어버릴 정도였다.

그녀를 닮은 코스모스는 산외면에 만발해 점차로 색깔을 짙게 물들여 가는데, 보고 싶은 이의 모습은커녕 소식조차 알 길이 없으니 휴는 간혹 넋을 놓고 언덕 너머를 쳐다보곤 했다.

"야, 너 왜 말이 없냐?"

기정과 병희가 물어왔지만 휴는 들끓는 연정으로 온몸에 열기가 돌아 만사가 귀찮기만 했다. 오후 무렵, 마을버스가 먼지를 풀풀 날리고 떠나면 그 사이로 향목의 느낌을 아련히 머금은 도준이가 나타났지만, 녀석은 여전히 싸늘하기만 했다.

"도준아."

덩달아 그를 부르는 휴의 목소리도 힘을 잃었다. 물론 도준이 그의 부름에 반응한 적은 단 한 차례도 없었고.

휴와 곧잘 어울리는, 자칭 산외면의 자유로운 영혼 삼인방은 서로 눈짓하며 그런 휴의 상태를 몰래 훔쳐보기 바빴다.

그의 마음을 제일 먼저 알아챈 것은 그중 눈치가 제법 있는 병희였다.

"곧 수능 있지, 아마?"

평상 위에 엉덩이를 슬그머니 얹으며 그는 지나가듯 운을 떼었다. 그럼에도 아니나 다를까, 휴의 고개가 번쩍 들렸다.

"읍내 학교 다니는 애들 정신없드라고."

그 말을 들은 뒤, 집으로 돌아온 휴는 내리 3일을 제대로 잠도 자지 못하고 밥도 먹질 못했다. 향목에 대한 감정이 이토록 깊은 줄 몰랐다가 어느 날 멍하니 넋을 뺀 자신의 거울 속 모습을 보게 된 휴가 불현듯 정신을 차리고서 움직였다.

더 이상 그녀를 배려해 참을 수만은 없었다. 인생을 결정지을지 모른다는 중요한 시험이 있다고는 하지만, 못 보면 죽을 것 같고 기다리면 애가 타 미칠 것 같았다. 지금은 그때처럼 향목에게 잘 보이기 위해 할 말을 연습한다거나, 좋은 옷을 고른다거나 할 정신도 없었다.

그대로 차를 타고 정읍으로 나가 그는 그때처럼 도준의 이름을 댔다.

차에서 내린 그가 주머니에 손을 넣은 채로 서성일 무렵, 기숙사로 보이는 건물에서 경쾌한 발걸음 소리가 들려왔다. 고개를 돌리니, 멀리서 향목이가 카디건을 여미며 뛰어오고 있었다.

경비 아저씨에게 꾸벅 인사를 하던 그녀가 고개를 돌리다가 문득 그를 발견하고는 자리에 우뚝 멈춰 서기까지, 휴는 숨도 쉬질 못했다.

중학교 다닐 적, 어머니는 밖으로 나돌고 어쩌다 아버지가 집으로 돌아오면 할아버지, 할머니의 눈을 피해 계속 신경전을 벌이던 그 시절이 별안간 스치고 간 것은 왜일까?

늦가을 바람에 노랗게 변한 은행나무 잎들이 바닥에 수북한데, 그도 모자라 바람결은 연신 나무에게서 잎들을 떨어뜨리고 지나갔다.

휴는 그 무렵 미국으로 떠나야만 했다.

어머니와 아버지의 이별 앞에 꿈도 희망도 가지기 전, 등 떠밀리듯 그렇게.

4년이 훌쩍 지나 눈에 담기에도 아까운 그녀가 지금 그 앞에 서 있었다. 멈칫 굳어서는 더 이상 다가오길 거부한 채로.

그 모습이 마치 중학교 2학년, 그를 피해 달아났던 향목이를 떠올리게 했다.

그 시절, 너는 어쩌다 마주칠 수 있는 아이가 되어버렸고, 나는 이상하게도 왜 그때 갈증이 나는 것처럼 너와 마주치는 순간들을 기다리곤 했던 걸까?

아흔아홉 칸 고택의 다락 천장에 숨은 너를 마주한 순간, 내가 하려던 말은…….

"향목아! 백향목!"

어쩐지 마음이 아파와 미간을 모은 채로 휴가 소리쳤다.

그와 그녀 사이에는 커다란 학교의 철문이 놓여 있었다.

향목이 한동안 무표정한 얼굴로 철문 너머의 휴를 바라보더니만 휙 몸을 돌렸다. 순간, 휴의 몸이 생각할 겨를도 없이 움직였다.

그가 문을 밀고서 안으로 재빨리 걸어 들어간 것이다. 놀란 여학생들이 힐끔힐끔 쳐다보았고, 경비실에서 중년의 남자가 나왔다.

"거, 누구요?"

그가 휴를 막아 세웠다. 휴가 경비 아저씨를 밀치며 향목이를 불렀다.

"향목아!"

딱히 무슨 말을 해야 할까, 그런 생각 따위는 없었다. 단순히 시험 잘 보라는 말만 전해주어도 좋다는 생각뿐이었다.

뒤돌아 뛰어가던 그녀가 서서히 자리에서 멈춰 섰다. 그에 경비 아저씨가 의아한 눈이 되어 휴와 향목을 번갈아 쳐다보다 향목을 향해 외쳤다.

"향목 학생! 아는 사람이야?"

향목이 스르르 고개를 돌리더니, 경비 아저씨만을 쳐다본 채로 말했다.

"아뇨, 아저씨."

그러고는 잠시 휴에게 서늘한 시선을 던졌다가 몸을 돌려 기숙사로 향했다.

"아아, 향목아!"

향목이 건물로 사라져 버리자 허탈한 마음에 휴는 털썩 철문에 기댈 수밖에 없었다.

왜 향목이 화가 난 것인지, 휴는 그 이유를 잘 알고 있었다. 사실 우체부 아저씨가 그녀의 편지를 전해주지 않을 때부터 그는 향목과 도준 사이에 오갔을 말을 짐작하고 있었다. 그리고 충분히 향목이 화가 났을 거라고도 예상했다. 그러나 처음에는 무슨 자신감인지 그리 신경 쓰이지 않았던 일이 점차로 그를 시름시름 앓게 만들었으니.

향목의 화는 단단한 것이었다.

그날 저녁, 자갈밭에 차를 주차시켜 놓고는 차 키를 뽑아 문을 열고 내린 뒤, 그는 순간 저도 모르게 차를 있는 힘껏 발로 걷어차고, 그것도 모자라 주먹으로 내려치기를 반복했다.

"헉. 헉."

헝클어진 머리를 넘기며 숨을 고르는 순간, 휴는 장난처럼 시작된 이 감정의 실체를 선연히 느낄 수 있었다.

그래. 그때 정길이 녀석이랑 붙어 다니는 너를 나는 정말로 못 견뎌했다는 걸.

이제야 분명해지는 감정들이었다.

한창 예쁘게 피어나는 향목이를 보며 그 아이와 마주치려고 학교에서 돌아오면 일부러 마당 가를 돌아다녔다는 사실을.

마치 이 동리의 모든 것이 다 제 것인 줄로만 알던 그 시절, 소년은 소녀가 다른 소년과 함께 다니며 수줍은 미소를 보이는 것을 참아내지 못한 것이다.

"향목아, 아아, 향목아."

그날은 굳이 수능을 치르지 않는 사람이라도 귀를 한 번 쫑긋 세우고는 TV나 라디오를 듣게 되는 날이었다. 아침 지각의 해프

닝부터 시작해, 시간대별로 짤막하게나마 시험 과목을 소개하는 뉴스가 연일 보도되곤 했다. 그러면 이미 수험생이었거나 수험생을 두었던 부모들은 과거를 회상하며 바깥에 불어오는 유독 시린 바람을 보았다.

수험생이 아닌 사람들도 앞으로 겪게 될 일을 예상하며 한숨을 한 번 내쉬곤 했다.

시골 동네, 산외면은 어떤 풍경이었을까?

이상하게도 수능 날은 급격하게 추워진다는 말이 맞기라도 한 듯, 그날은 산외면에 들어온 붕어빵 기계에서도 불티나게 붕어빵이 구워져 나갔다. 그 붕어빵을 입에 문 기정, 병희, 원주가 한 손에 휴 몫의 종이 봉지를 들고서 붉은 벽돌이 운치를 더하는 양옥집으로 향하는데, 그 시각 휴는 뒤란의 대밭에 서서 바람결에 대가 우는 소리를 듣고 있었다.

사각, 사각, 사각.

그 모습은 2층에 있는 김습 내외의 눈에도 고스란히 비쳤다.

왠지 소슬한 느낌이 드는 풍광에다 늘 밝기만 하던 손자가 가라앉은 모습에 그들이 느끼는 심정이란 것도 참으로 복잡다단할 수밖에는 없었다.

"애가 아무래도 시험 날이 되니까 저러는 모양인데, 아휴, 내 새끼, 가여워서 어쩌누? 내 이런 날이 올 줄은 모르고 그냥 우리 새끼 속 볶는 거를 당신 눈치 보는 거라고, 난 또 그렇게만 생각을 했지 뭡니까? 안 되겠어요. 저녁상 신경 써서 차리고 애한테 용돈이라도 듬뿍 얹어줘서 기분 전환이라도 하게 해줘야지."

소씨 부인의 설레발에 김습은 평소처럼 지청구를 놓지 않고 호

두알을 자그락거리며 안방으로 들어가 버렸다. 엄한 성정의 그라도 떨어져 있다가 이제 막 품의 자식이 된 손자의 일에는 가리사니가 제대로 잡히지 않은 것이다.

한편, 휴는 생각에 잠겨 대밭을 거닐다가 다른 이의 발자국 소리에 몸을 돌렸다.

기정이 입에 붕어빵을 한가득 문 채로 심상찮은 기운의 휴를 바라보고 있었다. 눈치 없는 원주만이 나설 뿐이었다.

"혹시 수능 놓친 게 그렇게 열 받아?"

"야, 너 고만 좀 해라잉? 휴 앞에서 표준말 쓰려고 하는 거 다 티 난당게."

"뭐어? 나 원래 표준말 잘 쓰거든?"

티격태격하는 병희와 원주를 놔두고서 휴는 살며시 웃음을 머금은 채로 뒤란을 돌아 나왔다.

거기다 대고 기정이 본론을 꺼냈다.

"야, 오늘 날도 날인 만큼 읍내 나가면 완전 재미있을 거야. 나가자!"

"미안한데, 오늘은 좀 곤란하겠다. 니들 그냥 가줬으면 하는데……"

그에 늘 한데 뭉치던 기정과 병희, 원주가 금세 시무룩해져 입을 다물었다. 그러고는 행여 휴의 뜻이 변하지 않을까 싶어 자갈밭을 빠르게 밟고 나가 휴 옆에 서는데, 휴는 여전히 입을 다문 채였다.

심상찮은 기운에 먼저 나선 것은 병희였다.

"가자. 응? 야, 가장게."

"그, 그려."

눈가에 어렴풋이 미안함을 매달고서 그네들에게 미소를 건네는 휴는 분명 속이 좋질 않아 보였다.

그가 그들을 배웅하며 산외면을 병풍처럼 두르고 있는 산 너머에 걸린 석양을 물끄러미 바라보았다. 시선을 조금 비끼자 마당 가에 걸린 모과나무의 모과가 어느덧 노랗게 익어 있었다.

어릴 적에는 모르던 것들.

이 고장은 유실수도 많아 가을이면 먹을거리가 풍성했다. 나뭇가지 끝에 매달린 그 열매를 예전에는 왜 아름답다고, 소중한 것이라고 생각하지 못했을까?

그때였다.

순간, 휴의 눈이 가늘어졌다.

밖에서 들려온 기정의 목소리가 유난히 컸다.

"아저씨, 그럼 향목이는 내렸어요?"

"향목이? 아, 내렸지. 저기, 한옥집 앞에서 내려달라고 하더니만 그리로 들어가는 것 같던디, 왜?"

기정의 웃음소리가 들렸다.

"흐흐흐, 가는 가만 보면 천상 여자여. 내가 가, 담장 너머로 한옥집 산책하는 거 몇 번 훔쳐봤거든."

"으이그, 선녀 목욕하는 거 봤더냐? 자랑이다!"

그러고는 병희가 재차 정읍서 한달음에 달려왔을 버스를 향해 외쳤다.

"그럼 시험 잘 봤대요?"

"아, 시방 그걸 내가 알어? 바빠 죽겠는디 아그들도 참."

버스가 시동을 걸자 원주의 강샘 어린 목소리가 곧장 이어졌다.

"시험 죽 쒔고만. 긍게 거 가서 질질 짜고 있지."

휴의 걸음이 빨라졌다.

"어, 휴야?"

"앗싸! 밖에 나가 놀기로 한 거야? 우리 읍내 나가는 거야?"

팔짱을 껴오는 원주를 물리고서 휴는 나지막이 말했다.

"니들 여기 있어. 따라오지 마."

무언가 결심을 한 듯 단단해 보이는 옆모습이 사뭇 이전 모습과 달라 기정과 병희, 원주는 차마 휴를 불러 세우지도 못했다. 그저 빠르게 사라지는 휴의 모습을 보며 어리벙벙한 표정을 지을 밖에 는.

아흔아홉 칸 고택으로 들어서면 커다란 인공 연못이 먼저 사람을 맞았다. 돌담을 수놓은 물이끼 하며 사계절마다 변하는 물푸레나무들의 잎사귀 색깔들이 고유의 운치를 더하는 곳이었다.

이제는 청년의 문 앞에 선 산외면 젊은이들, 어린 시절에는 이 옆에 난 커다란 고목나무와 그루터기 앞에 걸터앉아서 수다를 떨기도 하고, 나뭇가지에 매달려 원숭이처럼 묘기를 뽐내기도 했었다.

휴의 심장이 갈변을 시작한 그 잎사귀들을 보자 심하게 요동치기 시작했다.

그는 곧장 연못을 돌았다. 옛 노비들이 기거하던 호지집이 보였다. 초가지붕에 아슬아슬 걸려 기우는 해가 반짝 빛났다. 맞은편 솟을대문 앞을 지키고 선 감나무에서는 감이 그득하게 열려 바닥에 수북이 떨어져 있었다.

으깨진 감들이 신발에 묻는 것도 아랑곳 않고 휴는 열린 대문의 빗장걸이를 보고서는 잠시간 숨을 골랐을 뿐, 그다음부터는 걸음을 옮기는 데 주저하지 않았다.

문턱을 넘고 바깥 행랑채를 지나 사랑채로 향하는 협문을 넘자 소담히 땅에 박힌 디딤돌이 보였다. 그리고 마치 시간이 정지한 그림처럼 그 돌들을 따라 한 소녀가, 아니, 여인이 있었다.

향목이는 대청에 앉아 나무 기둥에 기댄 채로 눈을 감고 있었는데, 조금은 지친 듯, 한시름 놓은 듯 입가에 미소를 머금고서 눈을 감고 있었다. 옆에는 CD플레이어를 놓은 채로 이어폰을 끼고서 무언가를 듣고 있었다.

그렇게 향목이는 자신만의 세상 속에서 오롯이 숨 쉬고 있었다.

휴의 걸음이 그제야 느려졌다.

그녀에게로 향하는 길.

저벅, 저벅, 저벅.

향목의 앞에 섰지만 그녀는 사람의 존재를 눈치채지 못하고 있었다. 이 시간이 너무도 아쉽고 마냥 아까워 휴는 허리를 숙여 여인과 소녀, 그 중간 즈음에 놓인 향목의 말간 얼굴을 물끄러미 바라보았다.

그때 낮은 토담 너머로 노랗게 변한 은행나무 잎이 날아와 발아래로 떨어져 내렸다.

비현실적인 시간의 감각을 느끼며 휴가 가만 입을 열었다.

"향목아, 뭐 듣니?"

그러나 향목은 여전히 미소를 머금은 채로 혼자만의 세계에 빠져 있을 뿐이었다.

휴가 빙그레 웃었다.

투명한 피부, 붉고 윤기 나는 입술, 동그란 이마, 예쁘게 뻗은 콧대, 내리감은 속눈썹. 그 모든 것이 동양화에 나오는 선녀의 모습처럼 청아하고 예뻐서 그만 휴는 손을 뻗을 수밖에 없었다.

긴 손가락이 향목의 선 고운 볼을 살며시 쥐었고, 그의 얼굴이 비스듬히 내려와 조그마한 입술을 머금었다.

향목의 눈이 번쩍 뜨였다.

그러나 휴는 그때 이미 그녀의 가녀린 목을 잡고서 놓아주질 않고 있었다.

그때부터 시간은 오롯이 휴에 의해 가고 있었으니.

향목이 자신에게 닥친 일을 파악한 순간, 있는 힘껏 눈앞의 휴를 밀어냈지만, 남자의 힘이란 게 녹록지가 않았다. 휴는 아쉬움에 그녀의 날갯죽지를 받치고서 입술을 연신 맞추었다.

그가 안타까움 속에서 서서히 몸을 물렸을 때에는 눈물을 그렁그렁 매단 채로 그를 죽일 듯 노려보는 향목이 있었다.

그녀가 휙 가방을 집더니만 그를 지나치려 했다. 휴는 재빠르게 향목의 손목을 잡았다.

"백향목."

휴는 어른의 문턱 앞에서 급격히 찾아든 사랑에 맥을 못 추는 자신을 느꼈다.

네가 날 밀어내면 나는 마냥 밀려나야만 하는 걸까?

얼마만큼 다가서고, 또 얼마만큼 물러나야 하는지 그로서는 갈피를 잡을 수가 없었다. 그것만큼은 호기로운 성격의 그조차 풀지 못하는 문제였다.

그저 이 순간, 향목을 놓아주기 싫어 어린아이처럼 힘으로 그녀를 붙잡고 있을 밖에.

"놓아."

낮지만 화가 잔뜩 난 목소리였다.

"흠, 향목아."

휴가 목을 가다듬은 뒤, 무어라 할 말을 찾기 위해 고개를 돌려 그녀를 바라보았다. 그렁그렁 눈물을 머금고서도 끝내 울지 않으려고 입술을 깨문 향목의 모습에 그는 아무런 말도 잇지를 못했다.

"놔!"

향목이 팔을 한차례 크게 휘둘렀다.

어쩌면 그가 그녀를 놓아주고 싶지 않은 마음을 그대로 실현했다면 향목과 있는 시간은 더 길어졌을지 모를 일이었다. 그러나 그는 스르르 손에서 힘을 빼줄 수밖에 없었다.

그렇지 않으면 향목을 잃어버릴 것만 같은 불안감이 그를 급습했기에.

향목이 뛰어 나갔다.

이내 협문 너머로 사라져 버렸다.

휴는 우두커니 서서 옆으로 이어진 꽃 담장과 한 몸이 되어버린 향나무에 초점 없는 시선을 두고 있었다.

기실 휴의 눈에는 부드러운 잿빛의 카디건과 검은 교복 치마, 에나멜 구두가 여전히 선연했다. 그는 몸을 돌려 그녀가 두고 간 CD 플레이어를 바라보았다. 가만 그것을 집어 이어폰을 귀로 가져가자 마치 그녀의 온기인 듯 따뜻한 CD 플레이어에서는 지나간

팝송 한 자락을 들려주고 있었다.

When I saw you at the first time
I didn't know
we would fall in love
that my life would change forever
now I realized that you are so special to me
처음 널 만났을 때
나는 알지 못했어.
우리가 사랑에 빠지리라는 걸.
내 인생이 영원히 바뀌리라는 걸.
이제야 네가 내게 특별하다는 걸 깨달았어.

주홍빛으로 물든 하늘이 어느덧 보랏빛으로 변해가고 있었다. 산외면의 산어귀에 걸린 해도 그 마지막을 다하고 있는 것이었다.

휴는 그렇게 아이에서 소년으로, 소년에서 어른으로, 성숙의 문을 넘어 처음 만나게 된 것이 향목이라는 존재임을 뚜렷이 느끼고 있었다.

아니, 어쩌면 그 기간 내내 줄곧 함께였는지도 모를.

12월은 휴에게 있어서 증조모의 제사가 있는 날이었다. 그러니까 소씨 부인한테는 돌아가신 시어머니의 기일인 셈이었다.

"휴, 말도 마라. 왜 시조에도 있잖니. 시집살이 개집살이라고. 말도 못 허게 무서웠지, 암. 하기사 지금 생각해 보면 그 냥반이 참으로 여장부란 생각이 드는구나. 이 많은 살림 다 거두고 그때는 또 부리는 사람이 좀 많아? 그거 다 관리하려면 허리가 고부라지고 손이 마를 날이 없는 게 종부의 삶이었으니. 들어온 며느리가 쉬이 아들도 낳지 못하고 있는 모습에 오죽 또 애는 타셨겠어? 매서웠던 데는 다 이유가 있지."

그녀는 제사 음식을 장만하다 말고 무릎을 짚은 채로 의자에 앉아 돌림노래처럼 했던 이야기를 또다시 꺼냈다.

이제는 빛바랜 사진첩 고이 간직한 한 장의 사진처럼 추억이 되어버린 일을.

"성님, 저도 시방 생각이 나누만유. 참말 무섭기가 북풍한설 같았응게. 눈매가 요로코롬 서릿발같이 생기셔서는 아랫사람들 쳐다만 봐도 혼을 내는 것만 같아 지도 몇 번을 그분 앞에서 떨었응게."

공성댁의 말에 소씨 부인이 조금은 열없이 웃어 보였다.

"뒤에서 눈물 훔치면서 욕도 많이 했지. 아, 돌아가실 때는 어땠어? 이 추운 날, 끝까정 아랫사람들 못 괴롭혀서 안달이 나셨다며 욕에 욕을 해댔으니. 지금 이리 따순 집에서 음식 장만하고 제상 준비하는 시절이 오니, 그것도 다 옛일이고 추억이고만."

부인네들은 그렇게 소담스런 이야기로 돌아가신 조상의 기일을 기리는 일을 힘들이지 않고 부드럽게 넘어가는 것이었다.

그때, 안방에서 나온 김습이 서재에서 먹과 붓을 챙겨 안으로 들어가니, 소씨 부인은 문득 아들 김정이 떠올랐다.

'정이가 있었더라면 지방 쓰는 일을 이쯤 해서 그 아이에게 맡겼으련만.'

이런저런 일로 노여움을 산 데다 본인도 가타부타 말없이 미국행을 택해 버린 뒤로 간간이 연락은 했지만, 아들의 모습을 볼 수는 없었다. 문득 며느리와 헤어지고 난 이후, 소씨 부인 자신도 퍽 힘들었지만 아들의 고충은 더했으리란 생각이 들었다.

그러자 생각은 자연스럽게 손자에게로 이어졌다.

"아고, 내 정신 좀 봐. 거, 갈비 다 재웠으면 대충 간 봐서 불에 올리게."

눈빛만 봐도 이제는 죽이 척척 맞는 공성댁이 싱긋 웃으며 말했다.

"휴한테 맥이실라고요?"

"어, 부엌이 이리 어지러우니, 내 상 차려서 위로 아예 올려보내야겠어."

"그렇게나요?"

"아, 그럼 이 난잡한 곳에서, 그것도 여인들만 죄 있는 델 불러다가 밥을 맥여? 아니 될 소리!"

늘 이 집안이 변해야 한다며 입버릇처럼 말하며 바깥양반 하는 일에 이제는 제법 통바리를 놓던 소씨 부인도 어쩔 수 없는 옛사람이었던 것이다.

상이 얼추 차려지자 소씨 부인이 2층으로 올라갔다.

한데 방 앞에서부터 콧노래 소리가 들려왔다.

"아가, 밥상 차려놨는데, 지금 들일까?"

살뜰하게도 휴를 챙기는 소씨 부인이었다.

번쩍 문이 열리는데, 소씨 부인은 순간 깜짝 놀랐다. 휴의 만면에 웃음기가 가득한 것이, 그녀의 얼굴에도 절로 화색이 돌게 만들었던 것이다.

"할머니, 할머니."

휴가 소씨 부인의 팔을 잡고 부랴부랴 안으로 들이며 물었다.

"이번 제사에는 내가 앞에서 참여 좀 하고 그러면 안 될까?"

뜻밖의 말에 소씨 부인의 얼굴에 의아함이 퍼져 나가다가, 이내 눈물까지 매달며 기뻐 소리를 질렀다.

"아구, 내 새끼가, 내 새끼가 이리 속이 깊어!"

키가 훌쩍 큰 휴의 얼굴이며 어깨를 이리저리 쓰다듬던 소씨 부인이 경황이 없다는 듯 이리저리 두리번거리다 말했다.

"내 이럴 게 아니지. 암, 그럼사 너도 제복을 입혀야 하는데, 안 되겠다. 느이 아버지 거라도 내 찾아보마. 그리고 할아버지께 말해서⋯⋯."

"저기, 할머니."

휴가 그녀의 말을 끊었다. 소씨 부인이 휴를 올려다보자, 휴가 할머니의 시선을 스리슬쩍 피하며 말했다.

"제복이라면, 그⋯⋯ 노란⋯⋯."

휴가 주저했다.

"왜? 광목 입기에는 날씨가 너무 추운가?"

그에 손자의 입에서 날랜 대답이 흘러나왔다.

"으응, 그렇지. 그리고 나는 아무리 생각해도 정장이 잘 어울리잖아, 할머니? 내가 키도 좀 크고 모델 같으니까."

휴는 할머니를 향해 애교 서린 윙크를 해 보였다. 그때까지만 해도 소씨 부인은 손자가 이상하다는 생각 따월 하지 못하고 마냥 적극적으로 나오는 모습에 그저 기뻐서 맞장구를 쳐줄 뿐이었다.

한데…….

"내 얼른 밥상 올리마."

소씨 부인이 뒤돌아 나가려 하자 휴가 얼른 다시 그녀의 소매를 붙잡아왔다.

"할머니, 저기……."

"어, 왜?"

음식을 하느라 바깥을 오가며 감기 기운이 있던 소씨 부인은 코를 훔치며 손자를 바라보았다.

"이번 제사에는 일 도우러 사람들 많이 오나?"

"어, 그건 왜? 할미 힘들까 봐?"

"아니, 저기, 농번기도 아니고 하니까 동네 사람들 불러다가 일 맡기고 삯 주는 건 어떤가 싶고, 나는 뭐……."

소씨 부인이 잠시 눈을 깜빡이다가 이내 만면에 웃음을 띠었다.

"느이 할아버지 아시면 얼마나 기뻐하실꼬. 우리 손자가 이리 속이 깊으니."

그러고는 몸을 돌리려는데, 연신 붙잡아오는 휴의 손길이 이제는 이상하기만 했다.

"그, 백향목…… 저번에 보니까 아주머니들이 걔가 솜씨가 그렇게 좋다던데, 걔도 부, 불러."

제사라면 지긋지긋해하고 자신의 대에서 이 모든 허례허식을 끝내야 한다던 소씨 부인이 손자 휴의 변화에 기뻐하던 것도 잠시였다. 떨떠름한 감정이 찾아와 어째 소태를 씹은 것만 같았다.

휴는 면도를 하지 않은 까칠한 얼굴을 슬슬 매만지며 시선을 피하다가 이내 할머니를 바라보며 씩 웃었다.

"왜, 외지에서 왔던 애 있잖아. 그 애네 집도 좀 곤란하니까, 이럴 때 도와주면 좀 좋냐고."

소씨 부인은 잠시 말이 없었다. 마치 손자가 그간 자신의 허물을 꾸짖는 것만 같기도 하고, 마음에 들지 않는 계집아이에게 손자를 뺏기는, 묘한 기분마저 든 까닭이었다.

그러나 그토록 애지중지하는 손자가 애교까지 섞어가며 하는 부탁에는 차마 거절의 운조차 뗄 수가 없었다.

"그, 그러려무나."

소씨 부인이 상을 올려주고 다시 내려왔다. 그러면서 고개가 절로 갸웃해졌다.

아직 제대로 알지도 못하는 절차를 호기롭게 나서서 하겠다는 손자가 퍽 기특하지만, 너무 급작스런 변화가 아닌가.

게다가 손자의 입에서 흘러나온 백향목이란 이름이 여간 꺼림칙한 게 아니었다.

"원, 본심이 이리 선한 애인데 미국서는 어쩌다가……."

연신 코를 훔치며 아래로 내려온 소씨 부인은 아무래도 사내 녀석인지라 그 옛날 동리를 떠들썩하게 했던 그 일을 새카맣게 잊었나 보다 싶었다. 그렇다고 해서 이제 와 그 일을 손자에게 떠벌리며 계집아이 흉을 볼 수도 없는 노릇이고.

되레 품삯 적지 않게 그 아이까지 살뜰히 챙기겠다는 약속을 하고 나왔으니, 한편으로 스스로 어처구니가 없는 일이다 싶었다.

그렇게 혼란스러운 마음을 가지고 부엌으로 내려오니, 어지러이 널린 채반들이 보기에도 사나웠다.

"공성댁."

한창 나물을 무치던 공성댁이 뒤도 돌지 않은 채로 대답했다.

"예."

"흠, 동네 노는 아낙들에게 뜻 있으면 내 놉 값은 제대로 쳐줄 테니 일손 좀 도와달라 연락하고, 또…… 그 향목이도 좀 부르게."

공성댁이 스르르 몸을 돌렸다.

면구스러움에 소씨 부인은 얼른 안방으로 향했다.

그녀가 그렇게 부엌을 뜨고서 일하던 아낙들 사이에는 침묵이 한동안 고였다. 그러다가 누군가를 기점으로 수군거리는 말들이 나오는 것이었다.

"지난번에는 향목이 그 아는 더는 안 부르겠다고 하시지 않았 능가?"

"그러게 말이여."

"그때 나는 손지가 미국서 와서 또다시 성님이 그 아한테 괘씸한 생각이 일어 그런 줄로만 알았는디, 그건 또 아니었던가 배."

"그렇게. 열 길 물 속 알아도 한 길 사람 속은 모른단 말이 딱이여."

그렇게 아낙들은 12월, 한창 물이 닿으면 손이 빨갛게 어는 그 계절에 광산 김가의 요란한 제사 준비를 소담한 수다로 또 한 고개를 넘어가는 것이었다.

그리고 여인들의 공간에서 이루어지던 그 오랜 풍속과도 같은 일이 이튿날 아흔아홉 칸 고택의 안채 부엌간에서도 지푸라기 타는 풍광 아래 이어지고 있었다.

300년간 그을린 흙벽은 잿빛이 되어 세월의 무게를 더했고, 그 아래 가마솥에서는 놓아 기른 토종닭이 한소끔 끓여졌다. 아낙들은 행여 신성한 자리에 머리카락 한 올이라도 흘리지 않도록 하얀 두건을 고깔처럼 질끈 묶어 쓰고서 분주히 오갔다. 크기가 다양한 채반의 음식들은 여인들의 손에서 손으로 옮겨지며 고소한 기름과 함께 익어갔다.

그 냄새를 맡은 동네 개들은 꼬리를 살랑살랑 흔들며 담장 밖을 오갔다.

한쪽에서 가마솥을 열면 펄펄 끓는 수증기가 어슴푸레해진 겨울 초저녁 하늘 사이로 화르르 올랐고, 마당 가에서는 떡메질하는 소리가 질퍽하니 울려 퍼졌다.

"아유, 초생달 좀 봐. 인자 뜨면 시간이 언제 가누?"

하늘을 바라보던 공성댁이 감나무 너머 모습을 드러낸 달을 보며 이마 위의 땀을 훔쳤다.

"찌고 춥고, 원!"

"형님, 그런 소리 마쇼! 시간 잴라 치면 부엌일이 한정 있는가?"

"그려. 그리고 큰성님 들으시면 노하셔. 이런 자리에 주왕신 썽 난다고."

주왕신은 부엌을 주관하는 우리 고유 신이었다.

"아고, 그려? 그럼 다시 말해야지. 초생달이 꼭 향목이 눈썹만치로 이쁘네. 향목아, 이것 좀 받아주련."

"예!"

소씨 부인과 형님, 동생 하는 사이인 공성댁이 슬쩍 향목의 갸름한 얼굴을 바라보며 채반을 넘겼다. 채반에는 이제 막 삶아낸 깨끗한 면 행주가 한가득이었다. 음식 양이 많으니 뒤치다꺼리할 일도 배로 많은 것이었다.

"가서 요것들 좀 얼른 널고 와."

"예."

향목이 얌전히 대답했다.

그런 향목의 뒤에다 대고 공성댁은 큰 소리로 장소를 이르는 것을 잊지 않았다.

"협문 너머 알지?"

"예, 예."

향목이 살며시 뒤돌아 대답한 뒤, 제사가 치러지지 않는 가옥으로 연결된 쪽문 쪽으로 걸어 나갔다.

부엌간의 사람들은 뜨뜻한 불 가까이에서 벗어나고 싶지 않은 데다 어둠이 깔린 시각 사람이 오가지 않는 뒤뜰 너머로 향하는 것을 내심 싫어했다.

그래서 그것이 향목의 차지가 된 것이었다.

그녀가 채반을 양손으로 들고서 쪽문으로 걸어갔다. 손은 이미 빨갛게 얼어 있었다. 한기가 몰려와 팔이며 온몸에 오소소 소름이 돋았다.

"후아."

대충 물기를 짜낸 행주들은 은근히 무게가 있었다. 계속 쪼그리고 앉아 일을 한 데다 그것들을 채반에 얹고서 걷자니 향목의 가녀린 몸도 배겨날 리 없었다.

그때였다.

"이리 줘."

"엄마야!"

"놀랐어?"

마치 그녀의 하는 양을 내동 지켜보기라도 한 듯 뒤에서 나타난 휴의 등장에 향목은 가슴을 쓸어내릴 수밖에 없었다.

이내 표정을 지운 그녀가 그를 지나쳐 걸음을 재우쳤다.

그러나 채반의 무게로 인해 향목은 생각만큼 빨리 움직일 수 없었다.

휴가 그런 그녀 곁에서 후다닥 채반을 빼앗듯 가져오자 향목이 대번에 쌀쌀맞게 쏘아붙였다.

"가서 네 할 일이나 제대로 하는 게 어때?"

그 말에도 휴는 눈을 크게 떠 향목을 뚫어져라 바라보며 동네 얼뜨기라도 된 양 배시시 웃을 뿐이었다.

"와, 너 말 잘한다."

향목은 답지 않게 거칠게 응수했다.

"내가 병신이니?"

그러고는 채반을 덥석 잡아 자신 쪽으로 끌어오려는데, 휴의 힘은 만만치 않았다.

"어어, 아냐. 너한테 이건 너무 무거워. 내가, 내가 들게."

"이리 내!"

한데 그렇게 갈마드는 사이, 그만 채반에서 깨끗하게 삶은 행주 몇 개가 바닥으로 투두둑 떨어졌다.

향목은 어째 열없이 창피함을 느끼며 얼른 허리를 숙여 그것을 주웠다. 그러자니 눈앞의 휴가 그리 미울 수가 없었다.

그녀는 흰자위에 스르르 윤기가 돌 만큼 눈동자를 굴려 그를 한껏 째려본 뒤, 치맛자락에 탈탈 행주를 털고는 근처 수돗가로 걸어갔다.

그러고는 야무지게 치마를 싸안고서 수도를 틀었다.

한데……

왜 이리 손이 시리다 못해 칼날에 베인 것처럼 쓰리고 아픈지.

휴 앞에서 호호 손을 불기 싫어 내색 없이 행주를 빨고 있자니, 옆에서 휴의 커다란 손이 슥 다가왔다.

두 사람의 손이 엉긴 순간, 향목이 더러운 무언가에 닿기라도 한 듯 얼른 손을 물렸고, 그 바람에 행주는 또다시 바닥에 톡 떨어지고 말았다.

휴는 말없이 행주를 집어다가 억센 남자의 힘으로 빨기 시작했다. 그가 인생을 살면서 생전 하지 않았던 일이었다.

그렇게 행주를 빠는 동안에도 그는 향목의 어여쁜 얼굴에서 시선을 떼지 못했으니, 정말 동네 얼뜨기만 같았다.

향목은 그 시선을 느끼고는 창피함을 꾹꾹 눌러 참으며 그를 슬쩍 올려다본 뒤, 새치름하게 들으라고 한마디를 했다.

"의뭉스럽기는."

벌떡 일어난 그녀가 채반을 불끈 들고는 그를 남겨둔 채로 쪽문의 문턱을 넘었다.

"어어, 향목아!"

휴가 얼른 나머지 행주들에서 흙을 빨아낸 뒤, 쪽문을 넘었다.

대청에 채반을 놓은 채로 연도와 연도 사이로 이어진 빨랫줄에 향목은 하나씩 행주를 널고 있었는데, 그때마다 물기를 짜내느라고운 아미에 바짝 힘을 주는 모습이 보였다.

또다시 날래게 걸어간 그가 향목 앞에 섰다.

그러나 향목은 어느 때보다 싸늘하기 그지없었다.

"비켜."

"내가 하면 더 빨라."

잠시 말없이 아랫입술을 깨물고 있던 향목이 나지막이 말했다.

"너 때문에 혼나기 싫단 말이야."

그 말에는 무어라 대꾸를 못 하고 휴도 멀거니 서 있을 수밖에는 없었다.

그저 대청으로 걸어가 채반 위에 놓인 행주들을 하나씩 집어서 있는 힘껏 물기를 짜주는 것밖에는.

그런 연후 그녀 곁으로 다가와 똥개마냥 얼쩡거리자 향목이 그를 바라보지도 않은 채로 행주를 널며 차갑게 말을 이었다.

"너 때문에 더 어두워. 네가 담장 너머 불빛 다 가리잖아."

"아, 그래?"

멍청하게도 휴는 후다닥 비켜서며 제대로 보지도 않고 손을 벽에 기대는데……

"앗! 차가!"

순식간에 밀려든 뜨거움에 휴가 괴성을 질렀다.

향목이 고개를 저으며 아무런 소리도 없이 대청으로 걸어가 채반을 집은 뒤, 그를 스치며 조그맣게 말했다.

"뜨거운 거겠지. 바보."

아흔아홉 칸 고택의 연도는 제사나 명절이면 부엌간의 아궁이 불을 때거나 온돌을 지피기 위해 돌아가곤 했는데, 거기서 흘러나오는 뜨거운 기운에 휴가 그만 손을 덴 것이었다.

손을 허공에 휘휘 저어가면서도 휴는 향목의 뒤를 따르는 것을 잊지 않았다.

"향목아, 향목아."

그러나 야속하게도 향목은 여인들의 공간인 안채의 부엌간으로 빠르게 걸어간 뒤, 모습을 쏙 감추어 버렸다.

"휴야! 휴야, 어디 있니? 휴야?"

할머니의 부름에 휴는 제사 준비 전, 남자들이 모이는 공간인 사랑채로 터벅터벅 걸어갈 수밖에 없었고.

그러나 휴는 향목의 입술을 훔친 이래, 단 한 번도 동리에서 마주칠 수 없던 향목을 실컷 보고 싶은 마음에 애가 타고 있었다.

그간 동리 여자아이들을 만나면 그는 답지 않게 집에서 몰래 가지고 나온 군고구마들을 한 아름씩 안기며 늑대 같은 남정네의 끼를 유감없이 발휘하곤 했다. 순전히 향목이에 대한 정보를 알아내기 위해.

그러면 여자아이들은 몸을 배배 꼬며 휴 앞에서 눈웃음을 치고는 했는데, 그때마다 휴는 타이밍을 노렸다가 지나가듯 그녀에 대해 묻곤 했던 것이다.

"아, 나도 한국 왔으니까 수능을 보긴 봐야겠는데, 이거 정보도 없고. 그래서 말인데, 걔 있잖아. 그 이번에 그 수능 보고…… 향목이, 걔는 뭐 하고 지낸대?"

"향목이? 아, 이불 뒤집어쓰고 내동 잠잔다고 그러던디? 잠귀신이 붙었디야. 근디 그건 왜?"

고작 알아낸 거라곤 그 정도였다. 그럼에도 그 아무것도 아닌 말에 휴는 마치 자기가 향목이와 같이 손 붙잡고 잠이라도 자는 양, 내지는 뒤집어쓰고 있다던 이불이라도 된 양 얼굴까지 붉혀가며 으헤헤, 으헤헤, 했다.

완전 사나이 가슴에 불을 그리 확 지펴놓았으니, 아무리 향목이 휴를 피해 꽁꽁 숨으려 한들 어디 그게 쉽겠는가.

어른들이 다 모인 집안의 행사에도 휴의 눈에는 향목이 외에는 뵈는 게 없는데.

광산 김가 양가공파 38대 안씨 부인의 제사 준비는 두 개의 살림채에서 진행이 되었다.

이 집안의 특징 중 하나는 중문 너머 시어머니와 며느리의 공간이 각기 개별적으로 있고, 살림채 또한 독자적으로 이루어졌다는 전통이 있었는데, 그 때문에 부엌 또한 며느리가 주관하는 공간과 시어머니가 주관하는 공간이 따로 나뉘어져 있었다.

소씨 부인이 시어머니가 주관하는 커다란 살림채에서 바지런히 제사 준비에 한창일 무렵, 향목은 며느리가 주관하는 부엌간에서 쪼그리고 앉아 전을 부치고 있었다.

바깥사랑채에서는 남자들이 모여 깊어가는 겨울밤, 뜨거운 온돌방에 앉아 이런저런 대화를 나누고 있었는데, 휴는 유독 엉덩이를 들썩이며 어른들의 물음에 집중을 하지 못했다.

"휴야, 무슨 생각을 하기에 당숙 어르신 물음에도 대답을 못해?"

"네?"

할아버지의 사촌 형제인 한 어르신이 긴 곰방대를 빨며 가느다란 눈으로 휴를 응시하고 있었다. 노인이 재우쳐 물었다.

"느이 아버지하고 연락은 하느냐, 그 말이여."

"아, 예."

휴가 목 뒷덜미를 쓰다듬으며 곤란한 문제에 봉착한 듯 바닥을 바라보는데, 김습이 나섰다.

"녀석은 조만간 내가 부를 테야."

그때만큼은 휴도 잠시간 향목의 존재를 잊은 순간이었다. 그가 고개를 돌려 할아버지를 슬쩍 쳐다보다가 다시금 방 한가운데 놓인 화로에 시선을 두었다. 누군가가 부젓가락으로 숯 더미를 쑤시자 뿌연 재가 희미하게 올라왔다.

물끄러미 그것을 바라보던 휴가 결국 슬그머니 일어서자, 김습이 이번에는 그런 손자의 허벅지를 꾹 눌렀다.

"흐흠."

헛기침을 내뱉은 심율 김습은 휴를 향해 나직하지만 엄한 소리를 놓았다.

"어딜 그리 다녀?"

물음이 아니었다.

휴는 속으로 한숨을 눌러 담으며 다시금 멍하니 화로에 시선을 두었다.

이때가 아니면 너를 언제 보고, 또 언제 말을 섞을 수 있을까?

그런 생각이 들자 그는 할아버지의 지청구에도 참을 수가 없었다. 휴가 벌떡 일어섰다.

"담배 좀…… 아니, 볼일 좀 보고 오겠습니다."

하며, 휴가 문지방을 넘자 방 안에 둘러앉은 어르신들은 각기 못마땅한 듯 에헴, 헛기침을 하다가 이내 종주인 김습의 표정을 살피기 바빴다.

아니나 다를까, 김습은 늙어 붉은 기운이 도는 눈에 잔뜩 힘을 주고 있었다. 아까부터 손자 녀석은 방정맞다 싶을 정도로 사랑채의 용마루를 닮게 밟았던 것이다.

그러나 어째 그의 마음 안에는 일견 흐뭇함도 돌았으니.

모두가 자신의 꼿꼿하다 못해 뻣뻣한 성정에 꼬리를 내리곤 했는데, 정작 손자 녀석은 한 치의 두려움을 내보이지 않으니, 아들 정에게서는 보이지 않던 면모였다.

문제아라 낙인이 찍힌 녀석이건만, 그 아이의 너른 어깨를 볼 때면 알 수 없는 기대감이 자꾸만 커지는 것은 왜인고.

방 안에 내려앉은 침묵을 깨고 김습이 입을 열었다.

"사내놈이 적어도 빙충맞지는 않으니 그거면 됐다 싶어."

그답지 않은 쓸데없는 부연이었으나 그래서 더욱이 자리에 모인 집안의 남자들은 모두 조금씩은 놀란 기색이었다.

한편 그 시각, 말끔한 정장 차림의 휴는 또다시 여인들의 공간으로 향하는 중문을 넘어서고 있었다.

"어? 휴야, 왜?"

마을 아주머니의 물음에도 휴의 고개는 연신 어딘가를 향해 두리번거리고 있었다. 향목을 찾는 것이었다.

"뭐 찾는 거 있어?"

아주머니가 휴의 고갯짓을 따라 몸을 돌렸다.

휴가 이내 부엌간에서 나오는 향목을 발견하고는 눈을 빛내며 걸어가자, 아주머니가 의아한 듯 휴의 뒷모습을 쳐다보았다. 사실 휴의 등장은 여인들의 관심을 온통 끌고 있었다.

때문에 그가 자신에게로 곧장 다가오자, 당황한 것은 향목이었다. 마음에 일순 두려움이 용틀임하며 소름마저 돋는 까닭에 향목은 부러 고개도 돌리지 않은 채로 얼른 목적한 뒤뜰을 향해 빠르게 걸었다.

"향목아."

연모하는 여인의 이름을 부르듯 다정다감하게도 부르는 음성을 오가는 여인들이 죄 귀를 쫑긋 세우고 듣고 있다는 것을 전혀 모르는 이 사내, 어쩐단 말인가.

향목이만이 난처해져서 아무것도 듣지 못한 척 뒤뜰로 부랴부랴 향했으니.

뒤뜰에는 커다란 장독대들이 즐비했다. 바가지를 들고서 간장을 담아내기 위해 허리를 숙인 순간, 아무도 없는 공간에 구둣발 소리가 들려왔다.

저벅, 저벅, 저벅.

동시에 그녀의 이름을 부르는 낮은 음성이 있었다.

"향목아."

순간, 저도 모를 뼛성이 와락 치민 향목이 벌떡 일어나 커다랗게 외쳤다.

"어쩌라고!"

"향…… 목아."

향목을 바라보는 휴의 눈동자가 한없이 흔들리고 있었다.

화를 주체할 수 없던 향목이 바가지를 장독대 안에 집어넣어 간장을 아무렇게나 퍼 담은 뒤, 바닥에 확 뿌렸다.

그런데 그것이 그만 화근이 되었으니.

큰 소리를 용케 듣고 무슨 일인가 싶어 모서리를 돌아 뒤뜰로 온 소씨 부인이 그 모습을 보게 된 것이었다.

"이, 이…… 이 무슨 불경스런 일이야!"

놀라 바가지를 손에 들고 선 향목은 그 자리에서 고개를 떨어뜨렸다. 절로 몸이 떨려 아랫입술을 사리무는데, 휴가 나섰다.

"할머니. 있잖아, 할머니. 아무 일도 아니야. 내가 향목이를 귀찮게 하니까 향목이가……."

그러나 소씨 부인의 화는 쉬이 풀리지 않는 것이었다.

"아무리 그렇기로손, 제사상에 놓을 남의 집 장을 이리 바닥에 내동댕이쳐?"

향목을 향해 삿대질하며 언성을 높이는 소씨 부인을 휴가 가로막으며 뒤에다 대고 말했다.

"향목아, 너 얼른 가."

망설이던 향목이 꾸벅 허리를 숙인 뒤, 뛰는 듯 걷는 듯 자리를 피했다.

"내 원 참! 어디서 배워먹은 버릇인 게야! 어디서!"

"할머니, 그게 아니라니까!"

화를 내는 소씨 부인과 그런 할머니를 말리는 손자 휴의 목소리를 안채 부엌간의 여인들이 일손을 멈춘 채 듣고 있었다.

그리고 뒤뜰에서 뛰어나오는 향목이 있었으니, 어찌 아니 그들의 머릿속에 이상한 생각이 들지 않을 수 있겠는가. 게다가 향목은 바르르 떨며 눈물을 쏟고 있었으니.

"이게 무슨 일이야? 어?"

다가서는 공성댁의 물음도 차갑기는 매한가지.

향목은 앞치마를 얼른 벗어 툇마루에 내려놓은 뒤, 누구에게랄 것도 없이 허리를 숙였다.

"죄송합니다. 저 이만 가볼게요. 죄송합니다."

그렇게 향목이 사라지고 난 이후, 정신을 차리지 못한 것은 휴였다.

어제 그렇게도 소씨 부인을 붙잡고 제사 절차며 그가 할 일 따위를 묻고 또 성의를 보이던 휴가 한순간에 돌변해 버린 것이었다. 잔뜩 토라진 아이처럼 사나운 표정을 한 휴로 인해 결국 자정 넘어 이어진 제사는 어째 무겁기가 그지없었다.

"휴가 보통 화가 난 게 아니구만. 가만 보니 노인 양반들도 휴 눈치를 다 보데?"

"긍게. 아까 본게로 소씨 부인은 손지한테 쩔쩔매문서 뒤에 가서는 눈물까정 흘리시두만."

"그 냥반도 늙었어."

"그나저나, 휴 총각은 향목이 뒤꽁무니는 왜 그리 쫓아다닌겨?"

"아, 머슴아가 지집아 쫓아다니는 건 공자, 맹자도 못 말리제."

수다거리가 생긴 아낙들은 어째 신이 난 분위기였다.

"아무리 그래도 소씨 부인이 착각하는 겨. 그 냥반은 꼭 향목이가 휴 총각한테 꼬리 친 거마냥 난리를 떠시는디, 그건 아니제."

"긍게. 미쳤간디, 향목이가 비 오는디 꼴 베러 가? 가 성격에는 아무래 돈을 싸다 준다 해도 휴 같은 총각은 쳐다도 안 보제. 그리고 요새 누가 이런 집안에 시집을 오고 싶어 햐?"

"뭔 소리여, 자네? 그건 너무 멀리 갔네. 연애를 걸면 걸었지, 시집 소리가 왜 나와?"

"연애? 연애 좋아허시네. 가만 본게 향목이가 휴 총각한테 시방 원청 쌀쌀맞드만, 뭐."

"크크크, 향목이 그러고 나간 뒤로 휴 총각 승질이 난 게, 보통 맴 상한 게 아닌가 벼. 이거 원, 돌아가신 지 수십 년 된 양반 제사가 아니라, 초상을 치르는 것 같당게."

그 말에 아낙들이 또다시 까르르 웃음을 터뜨렸다.

순간, 소씨 부인이 부엌의 문턱을 넘어서며 살벌한 눈초리를 날리자 여인들의 공간에도 살얼음 밟듯 차가운 기운이 날렸다.

아무튼 12월, 손톱 같은 초승달이 메마른 삭정이 위에 걸린 어느 날, 산외면의 여인들은 새로운 이야깃거리로 정작 그 주인공들은 모를, 그렇게 재미난 시간을 나고 있었으니.

4. 까치가 전해다 준 새 소식은

해가 지났다. 산외면의 아흔아홉 칸 집은 낮임에도 연도 여기저기서 허연 연기가 흘러나왔고, 담장 너머 높다란 감나무 저 끝에는 까치밥으로 남은 홍시 몇 개가 운치를 더하고 있었다.

실제로 쪼르르 새들이 날아와 부리로 그 빨간 과즙을 톡톡 쪼아 먹고는 또 어딘가를 향해 길조를 전하러 부지런히 날아가곤 했다.

시골의 겨울은 외지에서 달려온 어린 손자, 손녀들이 설빔을 입고 뛰노는 소리로 한바탕 소란스러웠고, 떡을 빼느라, 고기를 볶느라, 나물을 무치느라, 여기저기서 고소하고 맛난 냄새가 진동을 했다.

논두렁의 메마른 벼 포기 위에 내려앉은 하얀 서리마저 한겨울 풍요를 기원하는 잔치의 한마당 같았으니.

아흔아홉 칸 집의 부엌간은 특이하게도 돌계단으로 향하는 길

목마저 개별적으로 나 있었는데, 그만큼 개수 자체도 다른 가옥보다 많았다. 며느리가 주관하는 공간이 따로 있고, 시어머니가 주관하는 공간이 따로 있던 것이다.

여기에 커다란 마당 곁, 본 부엌간이 있었는데, 부엌간 어디고 여인네들의 손길이 바빴다. 거기다 가옥 안도 사람이 붐볐고, 마당 바깥까지 평상을 군데군데 깔아서 사람들이 몰리니, 그야말로 아흔아홉 칸의 그 넓은 집이 그득그득했다. 여인들은 따끈한 국밥 한 그릇씩을 퍼 나르는데, 동네 사람은 물론이거니와 소문을 듣고 여기저기서 몰려들었는지 모르는 이의 얼굴들도 보였다.

정작 조상의 제사는 칼같이 지키는 양반이 자신의 팔순 잔치는 친척들의 권유에 못 이겨 설과 함께 대충 넘어가고자 했던 것이다. 하여 설을 앞둔 며칠 전, 이렇게 대충 소 몇 마리를 잡아 갈비탕 대령에 나선 것이었다.

이상하게도 찬바람을 쐬고 싶던지라 휴는 안에서 음식을 즐기지 않고 밖에 나와 평상에 우두커니 앉은 채로 갈비탕이며 이러저러한 음식들을 바라보고 있었다.

행랑채 너머 부엌간에서 아낙들이 하는 이야기가 그의 귓속으로 고스란히 들려왔다.

"아니, 이런 때에 와주면 좀 좋아? 가만큼 손이 빠르고 음식 정갈한 지집이 또 어딨어?"

"그때 그러고 나갔는디 성님이라면 오고 싶겠어?"

"아이고, 하기야 거, 서울의 최고 좋은 한의대에 붙었다는디, 시방 여기 와서 왜 일을 햐?"

"그동안 몰라서 그렇지, 가가 태어난 날이 실지로는 음력으로

설이잖여. 평소에는 궁게 지 생일날 여 집에 와서 일해주고 음식 받아간 꼴이제. 근디 인자는 뭣 허게 그런 짓을 하겠어?"

"근디 나는 가가 글케 똑똑한지를 몰랐네. 듣기로는 가가 붙은 대학이 우리나라에서 최고로 공부를 잘해야 한다는디, 나는 뭐시여, 그게, 어, 수능이 끝났어도 동리에 안 보이기에 일찌감치 공장에 취직이라도 한 줄 알았당게. 근디 뭐 요새는 시험이 많다며? 글쓰기 준비하고 서울 왔다 갔다 하고 그거를 혼자 다 했다고 하드만. 같이 살던 정길네 엄마도 차마 몰랐는지 요사이 백 씨네 대하는 게 좀 기가 꺾인 것 같드라고."

"백 씨네도 그렇지. 어쩜 그렇게 감쪽같이 사람을 속여? 정읍 학교 앞에는 이미 현수막까정 걸렸다는디, 우리 동네도 하나 붙이자고 시방 도교육청서 얼마 전에 사람이 왔다드만. 근디 백 씨가 거절을 했디야."

"에그, 옛말이고 뭐이고 믿을 거 하나 없어. 다 미신이랑게. 범띠 가스나네 뭐네 옛날에 이집 아들내미를 건드려 갖고서는 발랑 까졌네 어쩌네 우리가 그랬잖여. 어린것이 눈에 색기가 있다고. 근디 그게 색기가 아니라 스르르 눈깔에 윤기가 도는 게 총기였나 벼."

"가시나, 좋겠다. 인자 팔자가 풀려 버렸네. 가가 또 이쁘기는 좀 이쁘냐고. 아니, 커갈수록 혼을 쏙 빼놓게, 그리 생겨나길래 나는 천상 가가 사내 여럿 옮겨 다니는 기생 팔잔갑다, 이리 생각했지. 근디 인자 가는 좀 있으면 사모님 소리 듣겠고만?"

"사모님은 무슨. 원장님 소리 듣겠지."

그 말에 아주머니들이 낄낄거리며 웃음을 흘렸다. 그러고는 다시 말을 잇는데, 그 말이 또 여간 휴의 심기를 건드리는 게 아니었다.

"그나저나 어제사 짐 싸서 기숙사서 돌아왔다던데, 아, 소씨 부인은 그리 면박을 줘놓고는 무슨 고집으로 또 그런 아를 바득바득 불러낼라고 햐? 나라도 안 가겄다. 지금껏 돈을 줬어, 뭘 해줬어? 평소 그리도 데면데면하게 굴다가 한 번 바쁜디 와서 일 안 해줬다고 표정이 대번에 굳어설랑은……. 가가 뭐 이 집 종부래기도 아니고. 며느리 간수도 못 해 이런 날 코빼기도 안 보이는디, 왜 애꿎은 데 화풀이래?"

"아, 동네에 향목이 이야기가 파다한게 괜히 무안하고 그런 거제."

그러고는 저들끼리 혀를 차는 것이었다.

휴는 더는 듣질 못하고 평상 아래 놓인 구두를 신고서 조용히 밖으로 빠져나왔다.

양옥집으로 향하려던 찰나, 뒤에서 자신을 불러대는 요란한 소리가 들려와 고개를 돌리니 평소 잘 뭉치던 기정과 병희, 원주가 보였다.

"야, 어디 가냐? 우리도 너희 할아버님 생신 축하드리려고 특별히 고심하다가 노래 선물 준비해 왔는디."

돌아보니 소형 리코더에 꽹과리라는 요상한 조합이었다.

휴가 주머니에 손을 넣은 채로 귀찮다는 듯 물었다.

"뭐 부를 건데?"

"그거. 각설이 타령."

"각설이 타령?"

원주가 치고 나왔다.

"어르신들이 진짜 좋아하시거든."

휴가 잠시 가사를 생각해 보다가 기정과 병희에게로 걸어갔다. 그가 나직이 가사를 읊어 뱉었다.

"작년에 왔던 각설이, 죽지도 않고 또 왔네?"

그러고는 기정과 병희의 이마에 알밤을 딱딱 소리 나게 먹인 뒤, 휙 뒤돌아 가버렸다. 뒤에서는 아야, 아야, 소리를 내면서도 서로 네 탓이네, 아니다, 네 탓이네, 소리를 하고 있었다.

휴가 뒤도 돌아보지 않은 채로 큰 소리로 말했다.

"저녁에 술이나 한잔하자!"

그 말에야 드디어 뒤에서 괴성 비슷함 함성이 흘러나왔다.

겨울의 밤은 어둠이 급속도로 내려앉는 터라 기정과 병희, 원주는 일찌감치 휴의 집 앞에 모여 있는 상태였다.

"야, 근데 차가 어디로 가버렸냐?"

"어, 그러니까. 오늘 정읍 갈 줄 알았는데?"

그 말에 반년이 넘게 지속된 휴의 가슴앓이를 어렴풋이 추측하고 있는 병희가 슬며시 말했다.

"정읍은…… 안 갈걸?"

"뭐, 그래도 우리 다시 뭉치게 된 게 얼마 만이냐? 한동안은 휴가 하도 혼자만 있으려고 해서 우리 되게 심심했잖아."

"그런 김에 우리 오늘 휴를 상대로 뽕을 뽑아버리자."

그때였다.

휴가 어둠 속에서 걸어 나오며 나직이 말했다.

"뭔 뽕을 뽑아? 내가 브라자냐?"

모두가 귀신이라도 만난 것처럼 화들짝 놀라 움찔하는데, 그런 그들을 지나치며 휴가 말했다.

"좀 춥더라도 오늘은 밖에서 그냥 마시자. 가게에서 술 사다가 안주도 간단하게 해서. 정자든 아니면 느티나무 아래든."

다들 실망한 기색이 역력했지만 산외면의 가게를 향해 걷다 보니 다들 또 조잘거리며 기분이 좋아진 모양이었다. 사실 이제는 이곳에 마트도 여럿 생겼다지만, 그들은 이상하게도 옛날에 가던 구멍가게, 바로 그곳으로 늘 걸음하게 되는 것이었다.

지금도 약속이나 한 듯 그러했는데, 휴만이 침묵을 지킨 채로 묵묵히 걷느라 하얀 입김만을 연신 쏟아내고 있었다.

그때, 산외면의 명물 가운데 하나인 오래된 구멍가게 앞, 버들나무가지 사이로 사람의 인영이 언뜻 보였다.

"향목이가 좋아할까? 그냥 읍내 가서 케이크 샀으면 좋겠는데."

"형, 누나는 이 정도로도 그냥 눈물을 줄줄 쏟는다니까. 어릴 땐 안 그랬는데 크면서 이상하게 완전 수도꼭지 됐잖아. 암튼 초코 과자 파이 케이크는 내가 무조건 장담해."

"서울 말고 전주 있는 학교서도 연락 왔다는데, 나는 솔직히 향목이가 그냥 거기 다녔으면 좋겠다."

그 말에는 도준도 아무런 말이 없었다. 그러더니만 괜스레 주머니에서 구깃구깃한 지폐를 꺼내더니 물끄러미 바라보며 피식 웃었다.

"나 생각나. 어릴 적에는 여기를 점방이라고 불렀는데, 어느 날 부턴가 여기에 아저씨가 바나나 한 다발을 매달아놓은 거야. 그때는 바나나가 좀 비싼 시절이었어? 근데 우리 누나가 나를 업고 폐품 모은 돈으로 여기 와서 딱 한 개만 사다가 먹으려고 했는데 아저씨가 한 다발 사가는 사람 있다면서 안 팔았어."

그 말에 정길이 쿡, 웃더니만 말했다.

"누군지 알겠다. 동네에 한때 바나나 바람이 불었지."

뒤에 선 기정과 병희, 원주, 그리고 휴 역시 그것이 누구 때문인지를 알고 있었다.

"근데 지금도 우리 누나는 바나나라면 쳐다보지도 않아."

어둠 속이지만 휴의 얼굴이 급격하게 굳어졌다. 기정과 병희, 원주마저도 이상하게 홀린 듯 두 사람의 대화를 멍하니 엿듣고 있었다. 아마도 요즘 이 동네의 화제가 온통 향목이라서 그런지 모를 일이었겠지만.

정길이 불편한 다리를 고쳐 서더니만 무언가 아련한 말투로 말했다.

"사실 난 지금 생각해 보면 바나나가 좋았어."

그러고는 그가 부끄러운 듯 잠시 고개를 숙였다가 안경을 끌어올리고는 헤헤 웃으며 말했다.

"그때 휴가 바나나를 애들한테 나눠줬잖아. 한입씩 베어 먹었는데, 내 이에 고춧가루가 있었나 봐. 다들 막 놀리고 그럴 때 향목이가 아주 살짝 진짜로 그 부분을 베어서 먹었잖아. 그래서 어른들은 아직도 나나 향목이 보면 누구 서방, 누구 각시 막 그러시고."

"으하하하! 형, 그게 좋았던 거야?"

"그때는 고마웠고, 지금은……."

정길이 말을 웅얼웅얼거리는데 휴가 갑자기 어둠 속에서 팍 치고 나오더니 그들을 대번에 지나쳐 드르륵 구멍가게 문을 열고 커다란 신장을 구겨 넣듯 안으로 들어갔다.

이번에 정작 화들짝 놀라 버린 사람은 휴의 이야기를 하고 있던 정길과 도준이었다.

뒤에서 기정과 병희, 원주가 헛기침을 하며 휴를 따라 안으로 들어가는데, 원주가 슬쩍 정길을 바라보더니만 입매를 비틀어 비웃듯 말했다.

"넌 한동안 나 좋아서 티 줄줄 내고 고백까지 하고 다니지 않았냐?"

정길이 얼이 빠진 듯 서 있고, 그사이 휴는 정말로 양손 가득 소주를 몽땅 사 들고서 정길과 도준은 쳐다보지도 않은 채 밖으로 성큼성큼 걸어 나왔다.

그들이 어렸던 때보다 산외면 구멍가게의 먹거리 종류는 많아졌지만 정길과 병희는 싸늘한 휴의 눈치를 보느라 대충 아무거나 고르고 황급히 그를 따를 수밖에 없었다. 원주가 정길을 째려보다가 발길을 돌리면서 상황은 이상하게 마무리되었다.

이제는 남은 정길과 도준이 외려 산외면의 자유로운 영혼이라 자칭하며 동네 이곳저곳을 쑤시고 돌아다니는 똥개 같은 그들의 모습을 못마땅한 듯 바라보았다.

한편, 은행나무와 연결된 정자 위에 먼저 앉은 휴는 소주를 뜯어 그대로 들이붓기 시작했는데, 그 모습에 기정과 병희, 원주는 무언가 심상찮음을 느껴 말도 못 하고, 근처에 다가가지도 못하고 있었다. 그렇게 한 병을 모조리 비워낸 휴는 춥지도 않은지 정자에 누워 하아, 하아, 하고 숨을 골랐다. 연신 하얀 입김이 겨울 공기 사이로 흩어졌다.

그런데도 그의 손은 또다시 다른 병을 찾아 헤매고 있었다.

기정이 용기를 내었다.

"야, 왜 그러냐? 어? 할아버지가 뭐라 하시디? 인자 너 공부하래?"

그러나 휴는 말이 없었다.

그때, 어딘가에서 젊은 남녀의 환호 소리와 폭죽 터지는 소리가 연달아 들려왔다. 휴를 제외한 나머지 셋이 고개를 돌렸다가 멀리 정길이네 2층 집에서 소소한 파티가 벌어진 것을 불빛으로 짐작하고서는 나직이 읊조렸다.

"좋겠다, 가시나."

"인자 막 서울로 대학 가서 MT인가 뭔가 가겠네. 야, 근데 니들 그거 아냐? MT 간다고 해서 다 떼십하고 그런 건 아니다. 그건 옛날 말이래."

그러자 병희가 기정의 머리를 한 대 쥐어박으며 으이구, 소리를 해댔다.

원주가 오징어를 찢어 입에 넣으며 새치름하게 말했다.

"치, 좋기는 뭐가 좋아? 향목이 정도는 서울 가면 얼굴 축에도 못 껴. 이쁜 애들이 얼마나 널렸는지 알아? 갠 그냥 오징어야, 오징어."

그 말에 기정이 같잖다는 듯 원주를 쳐다보며 나섰다.

"넌 그냥 오징어나 씹어라."

원주가 기정을 째려보다가 뭔가 생각이 난 듯 눈을 빛내며 말을 이었다.

"이건 내 희망 사항이기도 한데, 도서관 맞은편에 앉아서 서로 다리로 막 그러는 거 있잖아. 근데 요새는 대학교가 등록금도 비싸고 학생들이 자유를 부르짖고 그래서 칸막이 시설이 좋다대? 거기 가서 인자 뭐지? 그, 운 좋으면 일도 치르고…… <u>으흐흐흐</u>."

"야! 시끄러! 이런 시골 양반들을 봤나!"

병희가 장난 반, 진담 반을 섞어서 친구들을 다그치는데, 그사이 휴의 주변에는 널브러진 빈 병들이 떼굴떼굴 구르다가 바닥으로 툭 떨어졌다.

"히? 자 몇 병이나 마신 거냐? 저렇게 깡으로다가 막 들이부으면 사람 디지는디."

병희가 휴를 흔들어 깨웠다.

"휴야, 휴야, 오늘 암만 해도 안 되겠다. 너 그냥 드가라. 응?"

그 말에 휴가 벌떡 일어나 후, 하고 한숨을 내뱉는데, 그 안에 어찌나 고뇌가 깊이 배어 있는지, 모두가 그간 휴가 애써 밝은 척을 하고 있었음을 알 수가 있었다. 아마도 오늘 그 쌓였던 것이 밖으로 표출된 것이 아닐까, 다들 그렇게 생각해 보는 것이었다.

휴가 일어서 몇 걸음 온전히 걷는다 싶던 그때, 갑자기 앞으로 퍽 고꾸라졌다.

깜짝 놀란 기정과 병희가 달려가 그를 잡은 뒤,

"얀마! 광산 김씨 41대손 4대 독자 얼굴에 흠집 나면 우리도 느 그 할머니 눈 밖에 날 거 아니냐? 조심 좀 해라."

그 말에 휴가 <u>으흐흐흐</u>, 하고 우는 것도, 웃는 것도 아닌 괴상한 소리를 내며 한 발, 한 발 걸었다.

그의 머릿속에 할머니가 어린 향목이를 다그치던 때의 기억, 가서 너 저 아이 힘껏 때리고 오라고 시키면 자신은 신이 나서 향목이가 눈을 질끈 감는데도 마구 때리던 기억, 그리고 종국에는 2층 계단에서 밀어 데굴데굴 아이가 굴러떨어졌을 때, 그때 자신조차 놀라 축 늘어진 향목이가 죽은 줄 알고 입을 벌리던 기억, 어느 날부턴가 향목이가 자신 곁으로 오지 않던 기억이 선연히 궤를 맞추어 떠오르고 있었다.

"What can I do for you? ohh. Just……. Just because……. I wanna have you(내가 널 위해 뭘 해야 할까? 으흐, 난 단지…… 그냥…… 네가 가지고 싶어)."

그러고는 그는 잠시 흐느끼는 듯 보였다.

"Cause you are mine(너 내 거잖아)."

기정이 뒤에서 물었다.

"자, 뭐라는 거냐?"

병희가 고개를 갸웃하며 고민을 하다가 이렇게 대답했다.

"코우자만? 코자만! 아하! 코 잠 와."

원주가 오징어를 씹으며 안됐다는 듯 말했다.

"에휴, 뭐가 저리 속이 상해서는……. 잠 온다는데 빨리 데려다주자."

휴를 떠넘겨 받은 소씨 부인은 거구의 덩치를 감당하지 못해 비틀거렸고, 뒤에서 부랴부랴 사람이 나왔는데도 불구하고 그때 이미 휴는 현관 앞에 픽 쓰러진 상태였다.

별거 아닌 일이지만 왠지 휴는 괜한 부끄러움을 느껴 활발하게 책을 고르지 못하고 있었다. 이것저것 책을 뒤적여 봐도 사실상 뭐가 뭔지 모르겠다고 판단한 그는 결국 눈앞에 꽂힌 책 가운데 과목별로 한 권씩 고르려다 아차차 싶어 영어만 빼고 나머지 책을 계산하고서 서점 밖으로 나왔다. 그러고는 버스정류장에 서 있는데, 공부하고 싶은 마음은 전혀 들지를 않고 허망한 마음과 비참한 마음뿐이었다.

할머니의 말에도 꼼짝 않던 그는 무슨 심경의 변화인지 충동적으로 차까지 처분해 버린 마당이었다.

한데 이제 와 이런 노력을 하면 무엇 하나 싶어 한편으로 힘이 쪽 빠졌다. 정작 향목이는 서울로 가버린다니, 몇 개월간 얼굴이나 실컷 보고 말이나 나누었으면 이렇게 허망하지나 않았으련만. 게다가 이제 와서는 동리에서 그녀를 마주친다 해도 어쩐지 이전과는 다를 것만 같았다.

그전에는 신경조차 쓰지 않고 오히려 웃어넘겼는데, 동네에는 이미 자신에 관한 좋지 않은 소문들이 퍼진 것 같았다. 미국에 가자마자 폭력 건으로 퇴학을 당하고 법원에도 들락거린 사실 하며, 어디 그뿐인가. 여자와의 경험도 부풀려서 자랑스레 떠벌렸는데 그것마저 떠돌아다니는 것 같기도 하고, 한마디로 말해 자신은 속도 없이 산외면을 돌아다니며 술이나 넙죽넙죽 얻어 마시는, 미국산 어린 양아치에 불과했던 것이다.

그런 생각을 하고 있자니 버스가 정차했다. 버스에 올라타 고향이라고 볼 수도 있고, 혹은 볼 수도 없는 풍경을 멍하니 응시하며 지나자니 어느덧 산외면이었다. 그는 터덜터덜 검정고시 책이 담긴 봉투를 들고서 집으로 걸음을 옮겼다.

"어이, 휴! 진짜로 미국서도 이름이 휴였어? 그거는 뻥이지?"

"아녀. 요즘은 글로벌인가 뭔가 시대잖여. 조지도 조지고."

"아고, 성님은 총각 앞에서 못 허는 소리가 없어."

아주머니들은 또 한바탕 까르르르 웃으셨다.

동네 어르신들이 그의 기분도 모르고 평소처럼 실없는 농담을 던져 오셨지만, 그는 웃을 기분이 아니었다. 그저 어색하게 웃으며 지나치자 아주머니들이 황급히 웃음을 감추시면서 뭐라 뭐라 수군대셨다.

"이번 거는 너무 심했네. 아무리 휴 총각이라도 조지가 뭐여, 조지가?"

그네들이 당최 무슨 말을 하는지도 모른 채 휴는 자갈밭을 지나 잔디밭까지 걸어가 문을 열고 안으로 들어갔다. 그런데 안이 너무도 고요한 게, 1층 주방의 아주머니들이 손님을 맞는 접이식 방 쪽을 흘깃거리고 있었다.

휴가 아주머니들의 표정을 살피며 큰 소리로 물었다.

"누구 왔……."

"쉬이."

아주머니 한 분이 조용히 하라고 얼른 손짓했다. 아마도 중요한 손님인 모양인데, 휴는 기분도 별로고 해서 껄렁껄렁한 자세로 1층의 소파에 털썩 하고 앉았다. 그러자 아주머니 한 분이 얼른 다가와 그러지 말라는 듯 나직이 말을 했다.

"있잖아, 전주의 한의대에서 교수님 두 분이 할아버님을 찾아오셨어."

휴의 눈이 동그래졌다.

"그…… 향목이 학생 있잖아."

어느새 향목이는 향목이 학생으로 변해 있었다.

"향목이 학생에게 서울로 안 가고 전주에 있는 그 학교로 와달라고 찾아오셨던 모양이야. 여러 가지 혜택을 주겠다면서. 향목이 학생이 고민 끝에 승낙을 했고, 그쪽 교수님들이 겸사겸사 어르신께 새해맞이 인사드리러 오셨지 뭐야. 할아버님이 전화를 해서 향목 학생을 또 부르셨고, 그래서 방에 향목 학생이랑 네 분이 같이 계셔. 그러니까 조금 조용히…… 알았지?"

휴의 가슴은 그때부터 급격히 뛰기 시작했다. 무심코 지나왔는데 현관 쪽을 보니 정말로 여성스러운 검정 구두가 보이는 것이, 저것이 향목이의 것이구나 싶어 그는 갑자기 열이 오르고 얼이 빠진 듯 얼굴이 붉어지기까지 했다.

'향목이가 전주에서 학교에 다닌다!'

그때였다.

아주머니가 옆에서 내내 불렀는지 그는 그제야 고개를 번쩍 돌려 그녀를 바라보았다.

"네."

"저기…… 2층에 올라가 있으면 먹을 거 챙겨다가 올려줄 테니까 올라가 있지 않을래?"

다른 때 같았으면 이 집 손자에게 그런 말을 한다는 것이 언감생심 있을 수 없는 일이었을 텐데, 보아하니 할아버지가 꽤나 신경 쓰는 손님인 모양이었다.

눈동자를 굴리던 휴는 얼른 휴대폰을 꺼내 만지작거리며 말을 받았다.

"잠깐 뭐 좀 알아볼 게 있어서 그것 좀 알아보고 나가려고요."

아주머니는 조금은 난처한 듯 옆에 잠시 있다가 느릿하게 일어서서 주방 쪽으로 걸어갔다. 이 집의 일을 도와주는 사람이긴 하지만, 집안의 문제아인 그를 손님들 앞에 내놓는 게 어쩌면 할아버지를 곤란하게 만들지 모른다는 판단을 했으리라.

하지만 휴로서는 정말이지 오랜만에 만나는 그녀를 자신의 집, 아니, 자신의 영역 안에서 마주칠 수 있는 기회를 놓치고 싶지가 않았다.

그렇게 휴대폰에 열중하고 있는 척을 하고 있는데, 주방 쪽에서 속닥이는 소리가 심상치 않았다.

안방으로 들어간 소씨 부인의 심기가 편치 않았다는 둥, 그녀가 향목이를 보자마자 아는 척도 않고 어색해했다는 둥, 거기까지는 괜찮았는데, 휴 총각은 무슨 생각으로 저렇게 앉아 있는지 모르겠다면서 향목 학생하고 마주치면 불편하지 않겠냐는 따위의 말이 들려왔다.

그제야 휴는 사람들의 뇌리에 예전의 그 일이 여전히 강하게 박혀 있다는 사실을 알 수가 있었다. 갑자기 휴대폰을 만지던 그의 손가락이 느릿하게 움직이다가 급기야는 갈 길을 모르고 멈춰 서고 말았다.

"참 그때 소씨 부인도 해도 너무하셨어. 어릴 때는 멋모르고 그럴 수 있잖아. 애들이 그런 개념이 있기나 해?"

"저번에 TV에서 보니까 애들도 호기심이 있어서 그런 걸 놀이의 하나로 체험해 보려고 한다던데."

"그러게 말이야. 향목이가 그간 커온 걸 보면 이 동리에서 제일 반듯한 앤데, 그것도 모르고 한동안 그 일 때문에 얼마나 구박을 받았어? 향목이 얼굴 보기 힘든 사람 많겠지만, 소씨 부인은 이럴 때 아마 진짜 껄끄러울 거야."

액정에 놓인 휴의 엄지손가락이 미세하게 떨렸다.

그때, 접객실의 문이 열리고 정장을 말끔하게 차려입은 남자 둘이 먼저 밖으로 나왔다. 그와 엇비슷하게 휴의 할아버지가, 그리고 뒤에서 고개를 조금 숙인 채로 향목이가 따라 나왔다.

언뜻 보아도 화기애애한 분위기였는지 휴의 할아버지는 오랜만에 만면에 그득한 웃음을 짓고 있었다. 문이 열리는 소리를 들었는지 안방에서 문이 열리고 소씨 부인도 나왔는데, 그녀는 어색하게 개량한복을 정돈하며 교수님들을 향해서만 말을 걸었다.

"어째 묻지도 않고 오미자차를 내드렸는데, 내 가만 생각을 해보니 겨울이라 다른 차가 더 어울렸나 싶기도 하고……."

"아유, 아닙니다. 내어주신 강정도 잘 먹었습니다. 감사합니다. 무엇보다도 우리 향목 학생과 인연이 이렇게 닿았다는 게 저희로서는 뜻 깊을 따름입니다."

내내 웃음을 짓고 있던 소씨 부인이 그 말에는 서서히 미소를 지운 뒤 어색하게 고개를 돌려 버렸다.

휴는 소파에서 일어나 줄곧 향목을 바라보고 있었다. 그녀는 살며시 바닥을 응시한 채로 얌전히 서 있었는데, 교수 한 사람이 그녀의 등에 손을 얹고서 얼굴을 가만 들여다보더니 말을 이었다.

"공부만 잘하는가 싶었는데 얼굴도 어째 이리 곱습니까? 우리 한의예과가 아주 떠들썩하게 생겼습니다그려."

그 말에 휴의 턱이 저도 모르게 부르르 떨렸다. 향목이 주먹을 쥐고서 입을 가린 채로 웃는데, 그 곱디고운 모습에 휴는 더더욱 숨이 막히고 왠지 모르게 가슴이 답답할 지경이었다.

그때, 휴의 할아버지가 난생처음 듣는 말을 들려주었다.

"이 아이가 태어날 때가 생각이 나네. 범띠 해, 음력으로 정월 초하루라 여자아이가 태어났다 해서 아이 아범은 실망을 감추지 못하는데, 사실 그때 자네들, 설밥이라 들어보았는가? 서설이라고 도 하는데."

"서설…… 이요? 왠지 범상치 않게 들리는데."

김습이 주름진 눈가까지 희미한 미소를 머금다가 이내 입을 열었다.

"그렇다네. 정월 초하루에 함박지게 내리는 눈을 일컫지. 깨끗하고 고고하다 하여 서설이라고도 하고, 아무튼 그 눈이 정월 초하루에 내리면 그 해는 풍성하고 오곡지다 하여 행운의 상징이라 고 한다네."

"그럼 혹시……."

"그렇다네. 향목이가 태어났을 때, 설밥이 내렸지. 게다가 그 깨끗하고 고고한 기운에 범의 기운이 스몄으니 얼마나 심지 곧고 자태가 귀하겠는가."

향목이 처음에는 눈을 동그랗게 뜨곤 듣고 있다가 점차 얼굴이 붉어지는가 싶더니, 급기야 빨갛게 변하고 말았다. 주방 아주머니 들은 아예 호기심을 참지 못하고 근처까지 나와 듣고 있었다.

소씨 부인의 경우, 멍한 얼굴이 되어 있었다.

그러더니만 심율 김습은 혼잣말을 뇌까리듯 조용히 말을 이었다.

"내 이런 아이를 두고 대체⋯⋯."

그러자 교수 한 명이 뒷말을 더 듣고 싶다는 듯 되물어왔다.

"네, 어르신?"

"아, 아니네. 그저 나의 허물이라고만 해둠세."

조용한 침묵이 내려앉은 가운데 교수 한 명이 문득 소파 앞에 우두커니 서 있던 휴를 그제야 발견하고는 슥 쳐다보자 소씨 부인이 기다렸다는 듯이 황급히 나섰다.

"아, 황 선생님, 저희 집 종손 아이입니다. 미국에서 공부를 하고 잠깐 돌아왔는데⋯⋯."

그 말에 주방에 있던 누군가가 피식 웃자 소씨 부인이 순간적으로 그녀를 향해 경고의 눈빛을 보냈다. 그러나 그것보다도 더 그녀를 곤란하게 만든 것은 지아비인 심율 김습의 말이었다.

"미국으로 공부를 하라고 보냈더니만 하라는 공부는 안 하고 사고만 치다가 돌아와 여기 와서 낮이고 밤이고 안 가리고 풍류를 즐기는 놈인데, 혹 내 알기로 김삿갓 선생은 안동 김씨로 알고 있는데, 저놈은 시조도 모르고 들리는 말에는 계집만 안다는데 어데서 난 놈인지⋯⋯."

그 말에 당황한 휴가 얼른 향목을 쳐다보았고, 교수 두 명과 주방의 아주머니들이 큰 소리로 웃었다.

향목의 경우, 그를 약간 경계하는 표정이 되어 쳐다보고 있었다.

휴는 저도 모르게 검정고시 책자가 담긴 봉투를 소파 아래로 슬그머니 밀어 넣어버렸다.

순간, 왁자한 웃음이 퍼져 나갔다.

그러자 화가 났다 해도 단 한 번도 사람들 앞에서 이런 경우를 보인 적 없던 소씨 부인이 안방 문을 거세게 닫고 들어가면서 사람들의 웃음소리는 뚝 하고 멎어버렸다.

그럼에도 김습은 태연하기만 했다.

"놀라지들 마시게나. 나이가 들면 본디 마눌님에게 지고 살아야지 어쩌겠나. 돌아들 가면 내 가서 한동안은 눈칫밥으로 연명을 해야겠네."

그 농에 소소한 웃음이 또다시 공간을 떠돌았다. 사람들이 현관으로 향했고, 교수들은 유독 휴에게 친근감을 표시하며 사라졌지만, 휴의 관심은 그를 쳐다보지도 않는 향목에게로 향해 있었다.

그녀가 구두를 신고 사라질 때까지 설렘을 주체하지 못하고 그렇게.

그때, 할아버지의 태평한 말이 들려왔다.

"이놈아, 입 닫아라. 파리 들어갈라."

휴는 순간 할아버지를 향해 화를 낼까 어쩔까 고민하며 고개를 돌리다가 이미 뒷짐을 지고서 안방 문을 열고 안으로 들어서는 할아버지를 보고서는 허망하게 소파에 주저앉았다.

그의 눈동자가 이리저리 오가며 마구 뛰어대는 심장에 천천히 제동을 걸고 있는데, 주방에서 자신의 모습을 보고서 웃음을 흘리는 것만 같은 소리가 들려왔다.

"어머, 어머, 어떻캐?"

"하이고. 크크, 아무리 그래도 나라면 아니다."

"나도. 그냥 황 그렸지, 뭐."

명백히 향목과 휴의 관계를 빗대어 하는 말이 뻔했다.

휴는 여기 온 이래 늘 장난기 많은 모습을 보여왔는데 순간 오기가 생겨 주방 쪽을 표정 없는 얼굴로 똑바로 응시한 채로 몇 초간을 있었다. 그러자 당황한 아주머니들이 부랴부랴 몸을 돌려 일하는 척을 했다.

"후아!"

그가 바닥에서 낚아채듯 검정고시 책이 담긴 봉투를 들고서 2층의 자기 방을 향해 쿵쾅거리며 올라갔다.

휴가 변했다는 것을 제일 먼저 알게 된 것은 물론 가족들이었다. 통 방에서 나오지 않는 그를 이상하게 여긴 소씨 부인이 방문을 열어보았다가 항상 너저분하게 무언가가 널려 있던 책상이 말끔하게 정리되어 있는 모습을 본 것이다. 그뿐인가. 바로 그 앞에 앉아 손자가 공부를 하고 있는 모습에 그만 소씨 부인은 소리를 지를 뻔했다.

간신히 입을 틀어막고 문을 닫고 나온 이후, 무슨 사시라도 준비하는 양 집 안 사람들 발소리마저 단속을 시켜대는데, 그 모습을 보며 심율 김습이 '거, 새해라 작심삼일일지 모르니 방방 뜨지말게' 한마디 하고 가자 소씨 부인은 그만 심기가 팍 상해 버려 대놓고 지아비를 흘기는 것이었다.

아들 정이는 이제껏 흐지부지 돈만 날리고 온다 간다 말도 없이 어딘가로 내빼 버려 연락도 없는 마당에 손자 녀석이 때마침 저런 모습을 보여주니 어찌 아니 기특하랴.

안 그래도 하나 있는 자식, 한때는 그저 닳을까 만지기도 아까워 애지중지 키웠는데, 요즘 들어 코빼기도 안 보이는 게 재산을 한 뭉텅이 날려먹고는 되레 똥 뀐 놈이 성낸다고, 소식마저 끊어 버리니 동네에도 벌써 소문이 파다했다. 거기다 대고 한동안 소씨 부인은 일하는 여편네들을 모조리 잘라 버릴까, 어쩔까 괜한 데 성질을 부리기도 했다.

자식이라도 어찌 그리 미워지는가. 이제 그녀는 휴가 비록 한 다리 건너 핏줄이지만 4년간 마냥 타지에서 고생만 하고 제 품으로 돌아온 것 같아 그것이 안쓰럽기만 했다. 그런데 이제 마음을 잡고 공부까지 하는 모습을 보여주니, 뭐든 못 하랴 싶은 게 그녀의 속마음이었다.

아무렴, 광산 김가 양가공파 41대손 아니던가!

그다음 휴의 변화를 알아챈 것은 늘 그와 붙어 다니던 동네의 할 일 없는 기정과 병희, 원주 무리였다. 처음에는 전화도 받지 않는 휴 때문에 그의 집 앞에 찾아가기도 했지만, 소씨 부인이 무작정 쫓아내는 탓에 이제는 그녀 모르게 휴 방의 창문을 향해 돌멩이를 던져 보는 게 다였다.

물주가 사라져서 심심하다기보다도 정말로 휴가 없으니, 그들은 마치 약방의 감초가 사라진 양 노는 재미가 사라져 버린 것이었다.

한편, 휴는 4년 전의 기억을 되살려 책을 들여다보는데, 당최 무슨 말인지를 알 수가 없고, 처음 미국에 갔을 때 그렇게도 쉽던 수학마저 이제는 까막눈으로만 보이니 정말 어디서부터 손을 대야 할지 알 수가 없었다.

막연하게 이 시골 촌구석에서 혼자 이렇게 땅굴 파듯이 공부를 하는 게 맞는 것인지조차 알 수가 없고, 한숨만 몇 번을 쉬어가며 애꿎은 페이지를 이리 넘겼다가 저리 넘겼다가 하는데, 짜증 나는 녀석들은 자꾸만 접선을 시도하려 하고 있었다.

"아이, 무슨 로미오와 줄리엣도 아니고."

휴가 열이 받아서 문을 드르륵 열었다.

그러자 무안했는지 기정이 멋쩍은 웃음을 지으며 헤헤거렸다. 한마디 대거리를 해주려는데, 그때 문득 휴의 눈을 사로잡은 광경이 있었다.

휴가 사는 집 사이로는 야트막한 내가 흐르고 있었는데, 때문에 오래된 다리 하나가 운치를 더하고 있었다. 그 다리를 따라 맞은 편에 위치한 곳이 다름 아닌 정길의 집, 그러니까 향목이 사는 집이었다.

정길은 누가 봐도 새로 산 게 분명한 조그만 스쿠터를 문 앞에 세워놓고 있었는데, 향목의 동생 도준이 이리저리 훑어보며 신기해하는 눈초리가 멀리서도 역력하게 보였다.

그때, 정길이 일부러 그러는 것인지 큰 소리로 2층 향목이네를 향해 외치기 시작했다.

"향목아! 향목아! 나오라니까! 나 진짜로 처음으로 태워주고 싶은 게 너야!"

밑에서는 원주가 나직이 뇌까리고 있었다.

"얼씨구, 지랄이 풍년이다."

그때, 옥탑방의 문이 열리는가 싶더니, 향목이가 부끄러운 듯 벽을 짚고서 아래를 바라보는데 긴 머리가 찰랑거리는 게 마냥 어여뻤다. 그녀가 무언가 말을 하는데, 제대로 들리지는 않지만 손을 내젓는 것으로 보아 거절 의사를 표한 게 분명했다.

그럼에도 정길이는 끈질겼다.

"괜찮아. 나와! 우리 엄마 나가고 안 계셔!"

그에 도준이까지 합세했다.

"누나! 나와서 한 번 타봐! 정길이 형이 특별히 누나를 제일 먼저 태워주고 싶다잖아!"

그쯤 되자 쭈뼛거리던 향목이가 조금 망설이는가 싶더니, 느릿느릿 계단을 향해 걸어갔다. 순간, 휴는 눈동자가 뒤집히는 느낌이었다.

저도 모르게 허리에 손을 얹고서 서서히 끊으려고 작정한 담배를 찾아 손을 뻗은 후 라이터를 켜 한 번에 훅 들이켰다. 그리고는 연신 니코틴을 찾아 연기를 흡입하길 반복하며 두 사람의 행태를 지켜보는데, 대문 밖으로 나온 향목이를 향해 정길이 뒤에 있는, 유달리 깜찍해 보이는 분홍색 헬멧을 씌워주는 순간, 그의 주먹이 원목 책상을 쾅, 하고 내려쳤다.

그에 아래서 휴를 올려다보고 있던 기정과 병희, 원주가 움찔하며 시선을 향목이네로 두었다가 휴를 올려보았다가 정신없이 굴며 저들끼리 상황을 파악하려 했다.

아마도 정길이 역시 성인이 되자 불편한 다리를 생각해 집에서 제일 먼저 스쿠터를 마련해 준 모양인데, 그 첫 시승자로 향목이를 지목했다는 것은 꽤나 의미 있는 일일 터.

대체 향목이는 그걸 아는지 모르는지.

"후우."

속이 탄 휴는 연신 담배 연기만 내뿜었다.

"백향목, 이 시간 이후로 너는 아웃이야, 아웃."

그리고도 그는 허리춤에 손을 얹고서 한참을 둘이 어찌하는지 바라보았다.

바람결에 미간을 모은 채로 향목이는 정길의 허리를 잡았고, 동네 어르신들이 박수를 치며 '정길이 각시 향목이!'를 외쳐 대는 통에 휴의 기분은 말이 아니었다.

그런데 하필 휴의 집 앞을 지나던 정길의 스쿠터가 천천히 멈춰 서는 사태가 벌어지고 말았다. 다름 아닌 읍내에 나갔던 정길의 어머니가 예정보다 빨리 돌아오게 된 것이었다. 그녀의 등장에 화들짝 놀란 향목이 죄를 지은 양 뒤에서 후다닥 내렸다.

가만 보니 헬멧을 벗는 게 익숙지 않은지 미간을 찌푸린 모습이 휴의 시선에 고스란히 들어왔다.

그때, 이미 휴의 기분은 차갑게 식을 대로 식어 있었다.

"후우."

그가 아무렇지 않게 원목 책상 위에 담배를 비벼 껐다. 그러고는 한 개비를 더 찾아 물며 돌아가는 행태를 지켜보는데, 이게 웬일인가?

향목이를 그렇게도 못 잡아먹어 구박하기로 유명했던 정길의 엄마가 갑자기 반색을 하더니 이렇게 말을 하는 게 아닌가.

"아이고, 정길이랑 향목이, 좋은 시간 보내고 있었는디, 엄마가 눈치도 없이 방해를 혀부렀네."

휴의 눈동자가 크게 뜨였다. 그러고는 손을 올려 머리를 한차례 쓸어 올렸다.

향목이는 조금 의외라는 듯 정길의 어머니를 바라보았고, 정길의 엄마는 주책없는 걸음으로 어울리지도 않게 종종 뛰어가며 말을 이었다.

"어여 하던 거 마저들 해."

그때쯤 되자 휴는 빡 돈다는 표현이 이해가 되기 시작해서 헛웃음을 흘리며 웃었다.

정길의 엄마가 사라지고 나자 향목과 정길은 서로를 슬쩍 마주 보더니 마치 소년, 소녀처럼 배시시 미소를 주고받았다.

그 옛날 정길의 짐을 들어주며 오롯이 코스모스 길을 걷던 두 사람의 모습이 생각나는 순간이었다.

갑자기 정길이 고개를 숙이며 안경을 끌어 올리더니 부끄러운 듯 말을 이었다.

"있잖아, 향목아, 나…… 공무원 공부 열심히 할 거야. 너, 대학 갔다고 해서 우리 사이…… 변하지 말았으면 좋겠어. 나는 사실 그런 생각 하면 조금 우울해져."

그에 향목이가 고개를 번쩍 들더니 그 까만 눈동자에 심각함을 담아 정길이를 바라보았다.

"그럴 리가? 진짜 그럴 리 없으니까 그건 나 믿어도 돼. 정말이야."

휴가 피식 웃었다. 입가 사이로 담배 연기가 스르르 흘러나왔고, 나직이 한 소리를 덧붙였다.

"지랄들 한다."

벌써 그가 피고 버린 담배꽁초는 책상 위에 한가득이었다. 그럼에도 속은 풀리지 않고 계속해서 타들어만 갔다.

그가 두 사람을 향해 확 소리를 질러 버렸다.

"야! 뭐 하는 짓들이야? 남의 집 앞마당에서 왜 연애질이냐고? 꼴사나운 줄 모르고!"

그러고는 드르륵 창문을 닫아버렸다.

"하아, 하아."

심장이 급격히 뛰는 것인지, 아니면 가라앉은 것인지, 그도 아니면 기분이 우울한 것인지, 의욕이 소진된 것인지 그는 그냥 그대로 책을 덮어버렸다. 그러고는 침대로 걸어가 그대로 엎어지듯 누워버렸다.

한편, 장난기 많은 그가 변했다는 것은 이제 산외면의 동리 사람들 대부분이 아는 사실이었다. 정자나 은행나무 아래 평상에 슬리퍼를 찍찍 끌고 나와 드러누워 있다가 경운기나 어르신이 지나가면 벌떡 일어나 넙죽 엎드려 절을 하고서는 속도 없이 인사를 건네는 한량에, 때로는 새참 얻어먹겠다며 여기저기 돌아다니는 동네 백수건달이었는데, 지금은 표정부터가 차가움이 철철 넘쳐흘러 아무도 제대로 말조차 붙이질 못했다.

학교생활을 하던 향목이는 이제 집으로 돌아와 주로 도준이와 정길이와 함께 간혹 산책을 하며 시간을 보냈는데, 어쩌다 혼자서 담배를 물고 동리를 지나는 휴와 마주칠 때가 있었다. 그럴 때면 휴는 정말로 본 척 만 척 그들을 지나쳐 버려서 오히려 향목이네가 당혹스럽기까지 할 정도였다.

예전이라면 장난이나 농을 걸어올 법했는데 지금은 그러기는커녕 불량기는 더했지만 그 속에 차가움이 너무도 진해져서 마을 사람들 사이에는 이를 두고 말들이 많았다.

말하기 좋아하는 시골 사람들이지만 휴의 이러한 변화에는 어찐지 조심스러워했다. 해서 다들 뒤에서 수군댈 뿐, 드러내 놓고 그의 차가움에 대해 이러쿵저러쿵 논하는 사람은 찾아보기가 힘들었다.

그러나 휴가 180도로 변했다는 것에 대해서는 모두가 느끼는 사실이었다.

지금 현재 산외면의 가장 뜨거운 감자는 당사자는 모르고 있었지만 광산 김가 41대손 김휴의 변화였다.

어찌 보면 전국에 아흔아홉 칸 집이야 찾아보면 또 있기에 희귀하다 볼 수도 없겠지만, 그것은 대부분 조정이 문란해져 지주와 소작농의 관계가 비정상적으로 흐트러진 조선 말기에나 많이 지어진 것이었다. 그러니 300년의 역사를 간직한 가옥은 흔치가 않다고 봐도 무방했다.

게다가 이 가옥에는 우리나라에 단 두 채만이 보존되어져 있는, 호지집이라고도 일컫는 노비의 집이 고스란히 존재한다는 점에서 주목을 받아왔고, 한편으로 건축가들이 주목하는 여러 양식의 특징들이 있다는 점에서 가치를 더했다.

때문에 종종 답사를 하러 오는 건축과 학생들의 발걸음들이 있곤 했고, 그 외에 다큐멘터리 촬영 팀들이 다녀가곤 했는데, 산외면의 아흔아홉 칸 집 담장 너머 매화가 운치를 더하던 어느 날, 또다시 이곳에 카메라가 등장했다.

마침 주말이던 터라 기숙사에서 내려온 향목이는 마치 어린 시절로 돌아간 듯 누구보다도 가벼운 마음으로 담장 너머를 빠끔히 쳐다보며 흥미진진하게 구경에 들어갔는데, 다큐멘터리 곳곳에 픽션 사극이 들어 있어 구경하던 이들은 더욱 빠져들어 깔깔거리며 웃곤 했다.

한편, 휴는 4월에 있을 검정고시를 앞두고 시험을 포기한 상태라 담배를 하나 빼 물고서 길을 나섰다가 아흔아홉 칸 집 앞이 바글바글한 것을 보고서는 저도 모르게 그곳으로 발길을 향한 터였다.

그런데 하필 도준이와 정길이, 그리고 향목이가 연못 너머의 담장에 붙어 마당 가를 쳐다보며 웃으면서 대화를 나누고 있었다.

고개를 들어 너머를 보니, 전통 혼례를 촬영하는 장면을 연달아 찍는데 기러기를 구할 수 없어 대신 가져다 놓은 닭이 원체 혈기가 왕성한 터라 말을 안 들어 NG가 계속 나는 모양이었다.

"야! 안 되겠다! 이거 접고! 밤에 와서 첫날밤 씬 들어가자!"

그 말에 동네 사람들의 귀가 쫑긋했다. 다들 서로 밤에도 오자며 난리인데, 휴는 만사가 귀찮은지라 그저 한숨을 내쉬고는 돌아서려 할 때였다.

문득 향목이가 왠지 아련한 목소리로 옆에 있는 정길을 향해 말했다.

"나도 나중에 시집을 간다면 하얀 웨딩드레스보다는 맵시 고운 한복을 갖춰 입고 첫날밤은 이렇게 으리으리한 한옥에서 보내고 싶어."

그 말에 정길이 어색하게 헛기침만을 연신 해댔다. 휴는 발걸음을 멈춘 상태였다.

도준이가 향목의 생각을 대신 말했다.

"난 그 이유를 잘 알지. 옛날에 우리가 이 집 셋방 살았잖아. 그리고 태어나서 보고 자란 게 무조건 이 동네에서는 이 집이 최고인 줄 알고 자랐으니까. 또 김습 어르신네는 한복을 곧잘 입으시고, 누나는 그 빛깔이 너무도 곱다고 늘 얘기했거든."

그런데 뜻밖에도 향목이의 발랄한 음성이 덧붙여졌다.

"그리고 왠지 첫날밤에 신랑이 촛불을 후, 하고 꺼주면 더 낭만적일 것 같아."

휴는 나무 아래에서 뒤로 돈 채 도준의 깔깔거리는 웃음소리를 들었다.

"하하하하! 누나, 정길이 형 지금 얼굴 무지하게 빨개진 거 알아? 어! 누나는 왜 또 빨개지고 그래?"

거기까지 듣고서 휴는 태우려던 담배를 그대로 손안에 쥔 채로 발길을 돌려 살고 있는 양옥집으로 곧장 향했다.

자갈길을 밟고 잔디밭을 밟자 아는 척을 해오는 도우미 아주머니들이 있었다.

"휴 총각, 나갔다 오는 길이야? 먹을 것 좀 내올까?"

그러나 그의 귀에는 아무런 말도 들려오지 않았다. 그가 곧장 문을 열고 현관에서 신발을 벗더니 할아버지가 계신 안방으로 노크도 없이 들어갔다.

그런데 놀람도 없이 마치 기다리고 있기라도 했던 듯 여전히 꼿꼿한 자세로 김습이 솔잎을 씹으며 신문을 들여다보고 있었다.

"어인 일이냐?"

휴가 무릎을 꿇고서 말했다.

"과외 선생님이 필요합니다."

"구해달라는 얘기냐?"

"아닙니다. 상대는 정해져 있고, 할아버지께서 통보만 해주시면 됩니다."

"알았다."

그러고 나서 김습은 말이 없었다. 휴가 고개를 들어 할아버지를 바라본 채로 마지못해 입을 열었다.

"누군지 안 여쭤보십니까?"

"누구냐?"

"향목입니다."

"……그리 알고 있으마."

쇠뿔도 단김에 빼라 했던가.

정말로 향목이가 영문도 모른 채 김습 어르신 댁에 불려오게 된 것은 바로 그다음 날 오전이었다. 아침을 먹자마자 전화가 온 것도 아니고 사람이 찾아온 터라 더욱 이상하고 묘한 분위기를 자아냈고, 그동안 신세를 지면서도 한편으로는 어려워하던 집에 딸을 보내는 백 씨 부부는 무거운 마음인지라, 향목이의 옷매무새를 괜스레 한 번 더 신경 쓰게 되는 것이었다.

향목이는 일단 도리에 어긋나게 행동한 점이 없는지를 생각하며 걸었고, 혹 어르신 댁에 자주 있는 제사에 학교 일로 빠지게 된 것이 혹여 건방져 보인 것은 아닌가 되짚어보기도 했다. 그도 아니면 마을의 어르신 눈 밖에 날 만한 행동을 자신이 무의식중에 하고 있는 것은 아닌가, 곰곰이 생각을 하며 걸었다.

그러한 끝에 어르신 댁에 당도해 향목은 최대한 몸가짐을 조심하며 안으로 들어서는데, 1층 소파에 어인 일인지 휴가 너무도 당당하고 빤한 표정으로 자신을 뚫어질 듯 바라보고 있는 것이 아닌가. 최근에는 동리에서 마주쳐도 마치 사람 취급도 안 할 것처럼 못 본 척 굴어왔는데, 어쩐지 향목은 예감이 좋지 않아 얼굴이 급격히 어두워졌다.

미닫이문으로 향하면서 향목은 어르신께 꾸지람을 들을 각오를 하고서 안으로 들어섰다.

한데…….

"내 부탁 하나 함세."

어르신이 만면에 장난스런 웃음기를 담고서 존대어를 써오자 향목은 그만 어안이 벙벙해지고 말았다.

"자네, 내 부족한 손자 녀석 좀 가르쳐 주게나."

잠시 그 말의 의미를 이해하려고 생각을 굴리던 그녀는 순간 휴가 검정고시를 준비하고 있을 거라는 사실을 알아채고는 얼른 손사래를 치며 말했다.

"아니요. 저는, 저는 자격이 없습니다. 공부를 하는 것과 누구를 가르치는 것은 정말로 천양지차인걸요."

"그런 말을 하는 걸 보니 벌써 그 차이를 아는 것 같네그려."

휴는 밖에서 그 말을 고스란히 듣고 있었다. 그가 여유로운 표정으로 다리 하나를 다른 한편에 얹었다.

'너, 어디까지 버티나 보자.'

"늙은이가 이리도 부탁을 하는데, 참으로 무심도 해. 응?"

심율 김습이 그렇게 나오자 향목은 그만 얼굴을 붉힌 채로 이러지도 저러지도 못하고 치마 위에 가지런히 놓인 손을 꼼지락거릴 수밖에는 없었다.

"그럼 내 허락으로 알고 손자 녀석에게 일러줄 터이니, 자세한 것은 둘이 알아서 하게. 아, 행여 녀석이 스승의 말을 어기거나 도리에 어긋나게 행동한다면 나에게 즉시 말을 해주게나. 내 따끔하게 혼을 내줄 터이니."

어쩐지 김습 어르신은 신이 나 보였다.

향목은 멍하니 앉아만 있었다.

"뭐 하나? 나가보지 않고."

이쯤 되자 얼이 빠질 대로 빠진 향목은 어르신이 건넨 하얀 봉투가 무엇인지도 모른 채 그것을 멍청히 들고서 미닫이문을 열고 밖으로 나올 수밖에 없었다. 그런 연후에 휴 앞에 멀뚱히 서 있었다.

무슨 말을 해야 할까, 향목은 미간을 모았다.

"저기……."

일단 운을 떼었지만, 그녀는 휴가 알아서 이 일이 그녀에게 얼마나 거북한 일인지를 눈치채 주길 바랐다.

한데 소문대로 정말로 성격이 변한 것인지, 휴는 너무도 차가운 표정으로 그녀를 쳐다볼 뿐이었다.

하필 김습 어르신은 안에서 나오지를 않고 있었기에 향목은 눈앞의 휴가 소파에 앉은 채로 그렇게 표정 없는 얼굴로 자신을 뚫어져라 쳐다보자 마치 벌을 받는 심정이 되어버렸다.

그 시간이 너무도 길게 느껴질 무렵, 얼굴이 달아올라 그만 도망이 가고 싶어지는데 휴가 벌떡 일어섰다.

"따라와. 상의해야 할 거 아냐."

휴가 그녀를 차갑게 지나치자, 향목이 얼른 휴의 셔츠 자락을 잡았다. 아무래도 어르신 댁이고, 좀 전에 또 한차례 소씨 부인에게 꾸지람을 당한지라 향목은 휴를 상대로 짜증도 내지 못했다.

"저기……."

휴가 돌아봤다.

"요즘에는 온라인 강의도 잘되어 있을 거고, 어…… 정읍에 학원도……."

"1개월 남았는데 네 생각에 그게 먹힐 것 같아?"

그러고는 향목이는 신경도 쓰지 않은 채 그가 위층으로 성큼성큼 올라가 버렸다. 결국 향목은 멍한 기분으로 정신을 차리려 노력하며 위층으로 향했다. 한데 따라 올라오는 발걸음이 있어 설핏 내려다보니 소씨 부인이었다.

그녀가 다과를 들고 올라오고 있었던 것이다.

휴 앞에 향목이 어색한 자세로 서자마자 소씨 부인은 그녀에게 알은체도 하지 않은 채 작정한 듯 방문을 환히 열어놓고는 밖으로 나가 버렸다.

그제야 향목은 그녀의 목적이 무엇이었는지 알 수가 있었다. 얼쯤하게 서 있는데 휴가 차가운 목소리로 물어왔다.

"상이 편해? 책상이 편해?"

향목은 얼떨결에 대답했다.

"어? 상."

휴가 갑자기 책 다섯 권을 그녀 앞으로 툭툭 던지기 시작하더니 한숨을 푹푹 내쉬었다.

"솔직히 말할게. 내가 보고 있는 책들인데, 영어 빼고 무슨 말인지 하나도 모르겠어. 내 실력이 어느 정도인지도 모르겠고, 도대

체 얼마를 이 짓을 해야 나는 중졸 졸업장을 손에 쥐는 건지, 해야
하는 건지 말아야 하는 건지도 몰라. 그거만이라도 알려주라.”

향목은 그제야 휴가 진심이라는 것을 알 수 있었다. 그래서 생
각에 잠겨 가만 고개를 끄덕인 뒤, 책을 집어 들어 슬슬 넘겼다.
하지만 좀 더 자세히 알아보려면 시간이 필요할 것 같았다.

“일단 오늘은 수업하지 말고…… 나도 학교 수업이 있으니까
최대한 수업 끝나는 대로 주말에 여기로 와서 금요일 저녁부터 해
서 토요일하고 일요일, 전부 합쳐서 풀로 해보자. 교재는 내가 다
시 알아볼게.”

“좋아.”

그러고 나서 휴는 창가로 걸어가 관심도 없다는 듯 담배를 빼
물었다. 또다시 홀로 남겨진 향목은 마치 어린 시절 휴에게 무시
당하던 그때로 돌아간 것만 같은 기분에 휩싸였다.

“저기, 그럼 나 가볼게.”

“어, 그러든가. 다음에 보자.”

향목은 집에 돌아왔을 때에야 하얀 봉투 안에 들어 있는 것이
학생이 만지기에는 놀라운 액수의 금액이라는 것을 알 수 있었다.

향목은 교재를 통째로 바꿨다. 휴가 보고 있던 책들 가운데 하
나는 시험에서 전혀 다루지 않는, 전혀 엉뚱한 맥락을 어딘가에서
긁어온 것만 같은 괴상한 교재였다. 그녀는 인터넷을 뒤져 수험생
들이 가장 쉽게 접근하고 한편으로는 인기가 많은 책부터 살피기
시작했다. 그중에서 몇 가지를 선정해 고른 뒤, 문제지까지 할아
버지께서 주신 돈으로 모조리 사서 휴에게로 가져갔다.

그리고 금요일 저녁이면 향목의 까만 눈동자가 어김없이 소씨 부인의 행동에 깜짝 놀라 커다래지면서부터 수업이 시작되곤 했다. 갑자기 노크도 없이 들어와 문을 활짝 열어놓고는 나가시는데, 이쯤 되자 향목은 나중에는 버릇이 되어 그의 방에 들어갈 때면 문을 활짝 열어놓는 것부터 습관이 되어버렸다.

반면에 그는 그녀를 여자로 생각도 하지 않는지 해진 청바지들하며 침대 위에 갈아입은 옷들, 치우지 않은 맥주 깡통들을 버젓이 드러내 놓고 있는 경우가 많았다. 그다지 지저분한 편은 아니었지만, 자신의 행동을 감추려는 의도 따위도 없어 보였다.

그리고 휴는 놀라운 집중력으로 1개월 후 중졸 검정고시에 합격했다. 가채점 결과 합격권을 훌쩍 뛰어넘었다는 것을 보여주고 있었지만, 그는 그다지 기뻐하지 않았다. 그저 그녀를 멀거니 놔둔 채로 담배 한 대를 창문가에 기대어 태운 뒤, 이렇게 말한 게 다였다.

"고졸 쪽으로 넘어가자."

당황한 향목이 음료수를 마시다 말고 사레가 들려 쿨럭거리며 말했다.

"어, 나, 나…… 켁켁, 교재를 준비를 못 했는데……."

"내가 했어."

그러더니 그가 꺼내 든 교재는 향목의 방식을 그대로 차용한 것이었다. 그러니까 중졸 합격이 어느 정도 예상되자마자 그는 곧바로 고졸 검정고시 준비에 들어간 셈이었다. 8월에 있을 시험이지만 과목은 두 과목이 더 늘어난 데다가 난이도도 훌쩍 뛰어 솔직히 향목은 휴가 따라올 수 있을까 조금은 걱정되었다.

"병목 현상이 이해가 안 돼?"

"응."

"왜 이해가 안 되지?"

"이해는 되는데, 이런 한자어가 나한테는 어려워."

향목이 가만 생각에 잠겨 있다가 그의 눈을 들여다보며 말했다.

"다음번엔 맥주를 깡통으로 사 마시지 말고 병으로 사서 마신 다음에 목 부분을 한 번 쳐다봐 봐."

진지하게 말한 것이었는데 휴는 그 순간 웃음을 참으려는지 괴상한 표정을 짓다가 급기야 뒤돌아 앉더니 어깨까지 떨어가며 웃기 시작했다.

그간의 차가움이 한순간 눈 녹듯 사라지고 없었다.

그러나 휴의 눈동자에 얼핏 따스함이 스쳤다는 걸 향목은 알 리 없었다.

그저 휴의 웃음에 무안해진 향목이 괜스레 다른 페이지를 넘기고 있는데, 아래서 조금은 힘이 실린 걸음 소리가 들린다 싶더니 소씨 부인이 들어와 휴에게만 웃으며 말을 건넸다.

"무슨 일이기에 우리 손자가 이리 웃을꼬? 하라는 공부는 안 하고 선생이 무슨 말을 했기에."

그에 향목의 얼굴이 붉어지는 순간, 휴가 할머니를 향해 버럭 소리를 질렀다.

"할머니! 대체 왜 그러세요?"

소씨 부인의 어깨가 흠칫 떨렸다. 그녀가 휴의 눈치를 보더니만 굳어진 표정으로 과일 접시를 상에 내려놓은 뒤 조심스레 몸을 돌려 나갔다.

이미 향목의 얼굴에는 감출 수 없는 우울함이 짙게 서려 있었다.

휴가 고개를 숙이며 한차례 한숨을 쉬었다.

"잊어."

화들짝 놀란 향목이 고개를 들어 휴를 보자, 휴가 향목을 똑바로 응시하며 말했다.

"잊으라고."

"아, 그래."

향목이 얼른 교재로 손을 뻗을 때였다.

"미안해. 그러니까…… 그 일도 잊어."

휴가 말했다.

향목이 고개를 들어 휴를 쳐다보았다.

"미국 가기 전, 너에게 꼭 하고 싶은 말이었어."

잠시 의미를 가늠하듯 휴의 얼굴을 바라보고 있던 향목이 순간 놀란 듯 까만 눈동자를 크게 뜨며 몹시 당황한 얼굴로 말했다.

"어, 어. 예, 예전에 잊었어."

휴가 얼굴을 들었고, 그의 시선에 향목의 눈동자가 오롯이 사로잡히고 말았다.

"다른 건 너한테 미안한 거 없어."

"무슨……."

"너한테 키스한 거."

향목의 눈이 커다래졌다.

"지금도 만지고 싶으니까."

일순 굳어진 향목은 시간의 흐름을 잊은 듯 눈조차 깜빡이질 못했다. 멍하니 있던 그녀가 정신을 차린 것은 아래서 인기척이 들린 때였다. 그 별거 아닌 소리에도 향목은 잔뜩 긴장하며 행여 누가 들을세라 얼른 책으로 시선을 이동했다.

"그, 그럼 이 부분 다시 설명 들어갈게."

턱을 괴고 향목을 바라보던 휴가 두 눈을 가늘게 떴다.

향목은 고개를 숙인 채로 그런 휴를 바라보지도 않고 수업에 들어갔는데, 이때부터 휴는 무슨 사악한 마음이 발동한 것인지 감이며 멜론, 포도, 바나나 중에서도 바나나만을 골라서 집어먹기 시작했다.

설명을 하던 향목도 급기야 그것을 감지하고는 얼굴이 붉어지며 나중에는 얼굴을 숙인 채로 교재의 내용을 살피기 바빴다. 휴는 그런 향목의 얼굴을 정수리부터 시작해 턱까지 천천히 훑어 내려갔다.

"나에 대해 궁금한 거 없어, 너는?"

과외를 시작한 이래 처음 있는 사적인 물음이었다.

향목의 시선이 갈 길을 모르고 이리저리 헤맸다.

"왜 넌 나한테 미국 생활이 어땠냐고, 심지어 미국은 어떤 곳이냐고 그런 것조차 묻지를 않아? 그냥 너하고 난 동네 아는 사이야? 내가 인사 안 하고 지나치면 너도 인사 안 하고 지나쳐 버리는, 그런?"

휴는 유난히 가늘고 염색을 하지 않았는데도 약간은 갈색이 도는 향목의 긴 머리를 바라보다 아이보리에 가까운 피부를 응시했다.

그 시간 동안 향목의 얼굴은 붉게 달아오르고 있었다.

휴가 희미한 미소를 머금어 보였다.

"묘하다, 너."

계속되는 그의 시선에 향목의 태도는 눈에 띄게 어색해졌고, 잠시 그것을 즐기던 휴는 결국 아쉬움 속에서 그녀를 놓아주기로 마음을 먹었다.

수업은 다시금 진행되었다.

그러나 그날 향목은 유난히 긴장한 탓에 피곤함을 많이 느꼈다.

"담배 한 대만 태우고 올게."

휴가 아래층으로 내려간 사이, 향목은 두 눈을 질끈 감았다가 서서히 뜨며 정신을 차리려 노력했다. 결국 차가워 보이는 상의 나뭇결을 바라보며 여전히 열기가 도는 얼굴을 가져다 댔다.

그러던 것이 두 눈이 내리감겼고, 한동안 향목은 그렇게 가만히 휴의 공간 속에 홀로 있었다.

계단을 밟고서 휴가 돌아왔을 때, 그녀는 잠에 빠진 채였다.

달가닥.

잠시 향목을 내려다보던 휴가 천천히 문을 닫았다.

아무리 눈을 떴다 감아도 뛰는 가슴을 진정할 수가 없었다.

그가 천천히 향목에게로 다가가 맨 처음 한 일은 아기처럼 말아 쥔 주먹에 자신의 커다란 손을 가져다 대보는 것이었다.

그러고는 그의 입술이 천천히 내려왔다.

비록 가벼운 입맞춤에 불과했지만, 그 긴 접촉으로 휴는 향목에 대한 오랜 갈증을 풀고 있었다.

향목이 눈을 떴을 때는 이미 한밤중이었다.

깜빡깜빡 움직이던 눈꺼풀이 스르르 열렸고, 이내 정신을 차린 향목이 놀라서 얼굴을 들었을 때에는 휴가 맞은편에 앉아 홀로 책을 보고 있었다.

"아아, 깨우지 그랬어."

그가 여전히 무심한 얼굴로 옆의 재킷을 집어 들었다.

"데려다줄게. 가자."

잠든 사이 무슨 일이 있었는지 알 길이 없는 향목으로서는 데려다준다는 휴의 말이 낯설게만 다가왔다.

밤이 늦은 터라 수업을 더는 진행시키지 못했고, 부득불 데려다준다는 휴도 말리지 못했다. 그간 없던 일인지라 계단을 내려가는 향목의 다리가 부들부들 떨렸다.

늘 이곳을 지날 때면 어릴 적 여기서 굴러떨어진 기억이 잠깐씩 스치고 지나가곤 했는데, 그날따라 그 기억이 선명했다.

향목이 난간을 붙잡고서 잠시 숨을 골랐다. 식은땀이 스몄다.

"향목아."

불이 꺼진 거실은 고요하고도 어두웠다.

휴가 향목의 손을 잡아왔다.

휴의 손에 붙들린 향목이 순간 번쩍 고개를 들었다. 그러고는 그의 손을 뿌리친 뒤, 나지막이 말했다.

"나 혼자 갈 수 있어. 들어가."

어떤 정신으로 빠져나왔는지 모를 일이었다.

그날 밤, 향목은 밤새 잠을 이루지 못하고 뒤척였다. 행여 어색함 속에서 이 일을 계속 해야 할까 걱정이 되었지만, 다행히 휴는 예전처럼 돌아와 있었다.

오히려 휴는 그녀에게 차갑다 못해 무신경했다.

그리고 8월이 다가왔다.

시험을 앞둔 전날이었다. 시골의 전기세는 도시에 비해 매우 싸게 책정이 되는지라 에어컨을 틀어놓을 법도 하건만 그들은 약속이나 한 듯 낮에는 선풍기로 버텼고, 밤에는 창문을 열어놓고 솔솔 흘러들어 오는 바람결로 열기를 식혔다. 간혹 책의 낱장이 날아가면 그것을 잡으려 서로의 손이 스치기도 했지만, 향목만이 의식할 뿐, 휴에게서는 일말의 어색함도 느껴지지 않았다.

이제 휴는 그녀에게 관심이 없는 듯 보였다.

어느 순간은 향목이도 그를 가르치는 보람만을 오롯이 느낄 때가 있었다.

"내일이 시험인데, 당연한 이야기지만 너라면 안 떨 거라고 믿어. 마지막으로 뭐 물어보고 싶은 거 있어?"

책들은 이미 다 덮여져 있는 상태였다.

그에 휴가 무릎 한쪽에 손을 얹고서 창가를 바라보고 있다가 그녀를 향해 고개를 돌리더니 입을 열었다.

"샴푸 뭐 쓰냐?"

한동안 이해를 하지 못한 향목이 미간을 찌푸린 채로 예의 그 까만 눈동자를 동그랗게 하며 그에게 물었다.

"뭐?"

"샴푸 뭐 쓰냐고?"

"그건 왜……?"

"지역 축제 있으면 나가 봐, 샴푸 아가씨 선발대회 같은 거."

그것이 그가 시험 보기 전, 그녀에게 마지막으로 한 말이었다.

그리고 그는 전라북도에서 차석이라는 성적을 거두었는데, 보통 그 정도 성적이면 대학 입시를 준비하는 학원에서 서울 상위권에 진입이 가능하다고 판단하는 정도였다.

누구보다도 그 소식에 분주하게 움직인 사람은 역시나 소씨 부인이었다.

휴가 그리 하지 말라고 일렀는데도 불구하고 그녀는 힘든 줄도 모르고 손수 팔을 걷어붙이고는 마을 전체에 떡을 돌리고 소까지 잡았으니, 어르신들께는 특별히 교자상을 펼쳐 놓고 잔치 음식을 마련하기까지 했다.

대학이 가을 학기 개강을 앞둔 어느 날, 마침 그 소식을 들은 향목은 누구보다도 기뻐하며 곧장 뛰어 나갔다. 바람에 머리가 날리고 치마가 다리에 휘감기며 길게 자란 새파란 풀들이 사각사각 피부를 스치다 이따금씩 따갑게 찔러왔지만, 그녀는 개의치 않고 단 한 번도 쉬지 않은 채 휴를 향해 달렸다.

휴가 보였다. 기정과 병희, 원주와 다시 만나 기쁨을 나누고 있는 듯 그의 얼굴에는 잔잔한 미소가 감돌고 있었다. 그들 사이에서 단연 잘나 보이고 귀티가 흐르는 휴를 보며 향목은 그렇게나 뿌듯하고 자랑스러울 수가 없었다. 사실상 여름 한동안은 방학 기간이었던지라 매일매일을 그와 보냈다고 봐도 과언이 아니었다.

"휴야! 휴야!"

어쩌면 이제 그와도 친구가 될 수 있을지 몰라.

휴가 살짝 고개를 들어 그녀를 바라보았다.

향목이 환하게 웃으며 그를 향해 손을 흔들었다.

그가 눈앞에 서 있었다.

"헉, 헉."

향목은 무릎에 손을 짚은 채로 쉬지 않고 뛰어오느라 벅찬 숨을 이기지 못하고 연신 몸을 들썩이다가 그럼에도 맑게 웃음 지으며 그를 향해 말했다.

"소식…… 하아, 들었어. 축하…… 해."

휴는 여전히 그녀를 내려다보며 미소를 짓고 있었다.

"고마워. 언제 밥 한 번 먹자."

그는 그렇게 여전히 미소를 짓고 있을 뿐이었다.

웃음이 사라지고 그 웃음이 미소가 되었다가 미소가 다시 사라지고 그마저 스르르 무너져 버린 것은 오히려 향목이었다. 향목의 숨이 간신히 고르게 평온을 유지했을 때, 휴는 병희를 향해 무언가를 이야기하고 있었다.

향목은 무언가 자신이 크게 착각한 것만 같은 느낌이 들어 순간 아찔해졌다.

그때, 소씨 부인의 목소리가 들려왔다.

"아고, 이게 누구야? 백 선생 아니야?"

향목이 고개를 돌렸다.

소씨 부인이 난생처음 그녀를 향해 웃고 있었다.

"아, 예."

향목이 언제나처럼 예의 바르게 고개를 숙였다.

"고생 많았어. 응? 고생 많았어."

소씨 부인은 향목에게 다가와 연신 등을 쓰다듬어 주었는데, 이런 환대는 처음 있는 일이었다.

"들어와서 뭐라도 좀 먹고 가. 응?"

"아, 아니에요. 저 집에 볼일이 있는데, 휴를 축하해 주러 왔다가 다시 가봐야 해서……."

"아유, 서운해서 어쩌지? 그럼 기다려 봐. 음식 좀 싸줄게."

그때였다.

"할머니! 음식 그거, 아무한테나 막 싸주고 그러지 마."

휴의 말이었다.

순간, 향목은 얼굴이 하얗게 식어 내리는 느낌이었다. 그녀가 애써 웃음을 지으며 말했다.

"그, 그래요. 아무래도 여름이니까……. 그럼 저 가볼게요."

그러고는 꾸벅 인사를 하고서 뒤돌아 터덜터덜 돌아오는데, 왠지 모르게 향목은 자신의 빈손이 처량 맞아 보였다.

관자놀이를 타고 주르르 흘러내리는 식은땀이 괜스레 초라해 보이고, 다리 사이로 감겨오는 치마가 어쩐지 허전하게 느껴졌다. 문득 근래의 그녀답지 않은 감정이 밀려오며 갑자기 기분이 축 가라앉기 시작했다.

'아, 맞다. 휴한테 있어서 나는 셋방살이 음식 구걸하던, 그런 애였지?'

5. 아흔아홉 칸 집의 우물에는 물이 고이고

휴는 단숨에 또다시 동네의 입방아에 올랐다. 역시 광산 김가네 후손답다는 소리가 어김없이 뒤따랐는데, 그와 함께 지나다 보면 그의 방 불이 새벽에도 어김없이 켜져 있었다는 동네 사람들의 말들이 여기저기서 들려오면서 그제야 그가 얼마나 공부에 매진했던가를 모두가 느끼고 있었다.

재미있게도 그는 마치 그 시간들을 보상받기라도 하려는 듯이 다시 예전의 김휴로 돌아가 껄렁껄렁한 모습으로 동네를 마실 다녔고, 여전히 어르신들이 건네는 술도 넙죽 잘도 받아마셨다. 물론 읍내에 나가 한바탕 놀다 오기도 일쑤였고.

그런 그가 지역 신문에 나다 보니 한 번은 소식이 끊긴 줄로만 알았던 중학교 때 친구들이 연락을 해왔는데, 전주에서 학교를 다닐 적에도 인기가 많던지라 휴를 보러 찾아온 학생들 가운데는 유독 예쁘게 차려입은 여학생들도 적잖이 눈에 띄었다.

일요일, 기숙사를 향해 떠나는 날, 마을버스를 기다리던 향목은 휴가 친구들과 함께 졸졸 흐르는 내천 너머에서 내내 떠들고 노는 모습을 고개를 숙인 채로 듣고 있어야만 했다.

어쩐지 이제는 아는 척도 할 수가 없는 사이가 되어버린 것만 같았다. 그녀의 눈가에 코스모스의 겅중 자란 줄기대가 눈에 들어왔다. 저것들이 만발하는 모습을 크면서는 실컷 보지 못하게 되어버렸구나, 문득 그런 생각을 하며 향목은 시간이 가고 어른이 되어간다는 사실을 실감했다. 그렇게 그녀는 무언가 아쉽다는 감정을 어렴풋이 음미하고 있었다.

그때, 휴의 집에서 일을 봐주는 아저씨 한 분이 도원천 아래로 내려갔고, 젊은이들이 박수를 치며 좋아하는 모습이 보였다. 아마도 바깥에서 놀지 말고 안으로 들어와 음식을 먹으라는 이야기를 건넨 모양인 듯했다.

휴의 친구들을 이끌고 안으로 들어가려던 아저씨가 문득 건너편의 향목을 발견하고는 손을 흔들며 물었다.

"향목이, 학교 가냐?"

향목이 대답했다.

"예."

그때, 휴도 손을 흔들며 인사했다.

"잘 가라."

"으응."

그러자 누군가 물은 것 같았다.

"누구야?"

휴가 대답했다.

"어, 내 과외해 준 애."

"뭐? 과외?"

몇몇이 빠끔히 고개를 들고서 의아한 눈으로 향목을 쳐다보았고, 무어라 수군거리는 소리가 이어졌다.

그때, 마을버스가 모래바람을 몰며 안으로 들어섰고, 향목은 4년 전과는 버스승차권의 체계도 달라졌구나, 라는 생각을 하며 빈 좌석을 찾아 앉았다. 하지만 그 이후에 뒤따른 생각은 그녀답지 않게 휴가 다시 어디 먼 곳으로 사라져 버렸으면 좋겠다는 그런 생각이었다.

또다시 부엌데기가 된 것만 같은 기분이 드는 것은 싫었으니까.

시간이 흘렀다.

배추에 서리가 내리고 곧이어 겨울이 왔다. 향목은 대학 1년을 마치고 기숙사에서 짐을 싸서 돌아왔다. 돌돌 만 머플러를 하고 짐을 들고서 마을버스에서 내려 집으로 향할 무렵, 우연히 소씨 부인을 마주쳤는데, 갑자기 그녀가 그 연로한 나이에 그녀의 짐을 덥석 잡더니만 화사하게 웃기 시작했다.

"향목이, 이제 학교에서 왔는가?"

"예예."

"저기…… 다름 아니고, 올겨울은 어디 안 나가면 우리 문중에 제사가 좀 많아서, 너 인자 수험생도 아니잖아. 응? 좀 도와달라고."

향목은 순간 '네' 라고 대답하려다가 휴가 떠올라 망설여졌다.

그러자 순간 소씨 부인의 얼굴이 대번에 굳었다.

"왜? 싫어?"

향목은 잠시 순간을 참아 넘긴 뒤, 이 집에 이러저러한 빚을 졌으니 그 값을 하는 셈 치자고 나름 생각했다.

"아니에요, 도와드릴게요. 그런데 저도 학년이 높아지면 도와드리지 못할 수도 있는데……."

"아그, 이번에는 내가 원체 정신이 없어서 그래."

향목은 소씨 부인에게서 짐을 도로 가져온 뒤 예의 바르게 꾸벅 절을 하고 종종걸음으로 집을 향해 갔다.

그때, 뒤에서 소씨 부인의 부름이 들려왔다.

"저기, 향목아!"

향목이 번쩍 뒤돌아섰다.

"네!"

"올해 날씨가 엄청 추운 데다 독감이 유행인지라 한옥에서는 제삿날에만 일을 하고 재료 준비는 양옥집에서 할 거야. 그러니까 전날은 거기로 와! 응?"

"네!"

그리고 돌아서는데 향목은 괜스레 씁쓸했다.

날이 흐르고 도원천에 살얼음이 끼었다.

소씨 부인이 일을 해달라고 부탁한 날이 다가왔다. 그날은 하필 전날 밤 눈이 펑펑 내려, 미끄러지지 않도록 종종걸음으로 걸어야만 했다. 옆에서 괜찮다는데도 정길이가 같이 바래다주겠다며 바득바득 우겨 함께 가는데, 다리가 불편한 그에게는 차라리 이런 눈밭을 보통 사람과 보조 맞추어 걷는 게 나은 모양이었다.

"꼭 그 집의 일을 해주어야 하나? 다음부터는 거절하면 안 돼?"

그 말에 머플러에 얼굴을 묻은 채로 향목은 그저 웃기만 했다. 사실 속은 쓰렸다.

"근데 왜 오늘은 양옥집으로 오래? 그 집도 변할라나?"

"응. 날씨가 춥고 독감이 유행이래."

향목의 목소리는 힘이 하나도 없었다.

어느새 김습 어르신 댁의 형체가 보이고 있었다. 향목이 말했다.

"이제 돌아가, 정길아. 혼자 가려면 심심하겠다."

그 말에 뜻밖에도 정길에게서 이런 대답이 들려왔다.

"괜찮아. 오랜만에 만나 같이 걸으니까 좋다."

한데 뒤에서 좋아 죽는다고 까르르 웃으시며 아주머니들이 커다란 고무 대야를 들고 나오시다가 한 아주머니는 아예 뒤로 나동그라지기까지 하셨다.

"아고! 참말 정길이 각시 향목이 맞구만."

"애린 것들이 허는 소리가 참말 달보래래 하고만. 둘이 어째 저리 다정해?"

"애리긴. 자들 옛날이면 성례 치렀어."

그 말에 아주머니들은 또다시 한바탕 웃음바다였다.

"너무 그리 말어. 다정도 병인게."

향목을 놀리는 소리가 컸다. 그녀는 그만 얼굴이 붉어져 아니라며 손사래를 치고는 얼른 가옥 안으로 들어가 버렸다.

두툼한 부츠를 벗고 안으로 들어서는데 마침 1층 주방에서 눈에 띄는 한 남자가 있었다. 휴였다. 그가 정수기 앞에 서서 물을 마시고 있었는데 뒤에 선 아주머니들이 향목이 왔다는 걸 알고서는 말을 이었다.

"밖에서 하는 얘기 들었어. 저 아주머니들 하는 이야기 신경 쓸 것 하나 없어. 이제 향목이 위치를 다 아는데 나이 드신 양반들이나, 멋모르고 하는 소리니께 신경 꺼. 시방 누가 정길이 처지하고 향목이 같은 재원이 감히 연결될 거라고 생각을 혀? 언감생심 정길이 녀석도 참 도둑놈 심보지."

향목은 그 말에 순간 망치로 머리를 얻어맞은 느낌이었다. 그리고 뭔가 알 수는 없지만 마음이 아릿한 게, 마저 부츠를 벗으려 고개를 숙이는 바람에 스르르 머리카락이 흘러내려 표정을 감추었다는 게 다행이었다.

휴가 향목에게 인사도 없이 2층의 자기 방으로 향하는 모습이 곁눈으로 들어왔다.

일이 터진 것은 다음 날이었다.

오후 5시 무렵, 정길이의 고집을 꺾을 수가 없어 함께 아흔아홉 칸의 한옥으로 다시 향했는데, 향목은 옛 방식을 그대로 고수하는 이 집 전통에 따라 자정에 치러지는 제사 때까지 정길이 밖에서 추위에 떨고 있으리라고는 꿈에도 생각지를 못했다.

그저 일을 하다가 보면 행랑채 근처의 부엌간을 오갈 때가 있었는데, 바로 옆에는 솟을대문이 있었다. 한데 우연인 듯 정길이 나타나 뜨거운 팩을 건네거나 해서 향목은 그저 시간이 날 때면 자신을 보러 찾아왔나 하는 생각에 환하게 웃어준 게 다였을 뿐이다. 그 날씨에 생선이며 육류를 만지느라 얼마나 손이 시리냐고, 벌써 붉고 이리 차다면서 정길은 한숨을 푹푹 내쉬고 불편한 다리를 동동 굴렀다.

그러면 김가네 문중 사람들은 자기 집안사람도 아닌데 웬 남녀가 이리 대문을 막고 서 있나 슬금슬금 쳐다보는 것이었다.

눈치 없는 아주머니들이 큰 소리로 한마디씩 했다.

"동네에서 일하러 온 지집인디, 둘이 연애를 걸었대요."

타지에서 온 문중 사람들이 두 사람을 쳐다보며 웃었고, 향목은 목까지 붉어져서 정길에게 얼른 가보라며 등을 떠밀다시피 했다. 부엌간으로 향하는데 가만 보니 자신을 노골적으로 쳐다보며 못마땅한 얼굴을 하고 있는 휴가 보여 그녀는 더더욱 가시방석이었다.

대체 무슨 정신으로 일을 했는지 모를 정도였다. 자정이 다 되고 제사가 치러졌지만, 솔직히 향목도 춥고 힘들어서 상을 다 치우는 철상만큼은 참여하고 싶지 않을 정도였다. 그걸 하고 나면 또 채반 가득 음식을 싸줄 텐데, 실상은 그걸 들고서 집까지 가는 게 싫기도 했던 것이다.

그때였다.

큰 소리로 정길이 외치는데, 마치 작정한 것만 같은 목소리였다.

"향목아! 나와! 향목아! 이 집구석에서 이러고 있지 말고 나오라고!"

제주인 김습 어르신이 제삿밥이 준비되는 것을 지켜보다가 순간 눈을 희번덕 떴다. 하지만 이내 입을 꽉 다물었고, 놀란 향목이 밖으로 얼른 뛰어나갔다.

　문중의 젊은 사람들은 후다닥 뛰어나가 담장 너머로 마지막 절차를 망쳐 버린 정길이를 찾아내 젊은 사람이 남의 집 일에 이 무슨 행패냐며 윽박지르기 시작했다.

　그러나 정길은 만만치가 않았다.

　악다구니를 쓰며 다시는 향목이를 이 집안의 일에 데려다 쓰지 말라고 고래고래 소리를 지르는 통에 온 동네가 떠들썩했던 것이다.

　향목이 대신 빌다시피 하며 정길이를 데리고 집으로 향했다. 그러나 정길은 뭐에 그리 분이 안 풀리는 것인지 연신 씩씩거리며 화를 멈추질 않았다. 한데 향목이 만진 정길의 몸은 온통 싸늘해 나중에는 그것이 더 걱정인지라 향목은 끊임없이 물었다.

　"괜찮아? 정길아, 너 괜찮은 거야? 정길아?"

　다리를 저는 폼도 더욱 힘이 들어가 향목은 거의 그의 체중을 받치다시피 해서 집으로 간 뒤, 놀라 펄쩍 뛰는 정길의 부모님 앞에 울면서 정길이를 이불 안에 뉘어야만 했다.

　그리고 정길은 며칠을 앓았다.

　"김습 어르신 불러 올까, 누나?"

　도준이 물었지만 향목은 무슨 생각인지 고개를 젓기만 했다. 자기가 아는 지식을 총동원하고 잠도 자지 않으며 정성에 정성을 다해 정길을 극진히 간호하기 시작했다. 정길은 눈을 살며시 떴다가 향목이 옆에 있으면 안심하고 잠이 들곤 했는데, 처음에는 화가 나서 향목을 향해 욕을 퍼붓던 정길의 어머니도 이제는 슬그머니

두 사람의 눈치를 보고만 있었다. 아니, 되레 흐뭇해하기까지 하는 눈치였다.

그도 그럴 것이, 정길이 아픈 와중에도 이리 물은 적이 있었다.

"향목아, 나는 네가 좋아. 근데 사람들이 다 네가 너무 잘나서 나 같은 거는 거들떠도 안 볼 거래."

그때, 향목이는 고개를 세차게 저었다.

"너, 그럼 정말 사람들 말대로 내 각시 해줄 수 있는 거야?"

그 말에 향목은 아랫입술을 깨물었다.
정길이 실망한 듯 눈을 부르르 떨다가 허망하게 눈물마저 보였다.

"나는 왜 이렇게 태어나서……."

그때, 향목이는 눈물을 참지 못하고 입술을 틀어막으며 정길의 손을 잡았다.

"정길아, 아냐. 그리 생각 마."
"너도 나 같은 거하고 맺어지는 건 싫잖아."
"아니야, 아니야."

향목도 같이 울었다.

그런 향목을 쳐다보며 정길은 눈물 끝에 웃고 있었다.

향목이 흐느끼며 말했다.

"너는 지금껏 우리 도준이한테도 잘했고, 우리 마을에서도 나한테 제일 잘해준 사람이었어. 그런 너를 내가 어떻게……."

그때, 부랴부랴 밖에서 정길의 어머니가 찐 고구마를 들고서 안으로 들어오더니 두 사람의 손을 맞잡고서 이런 좋은 날이 왔네, 하며 아들의 얼굴을 쓸고 닦고 했다.

그리고 그 일은 산외면의 굽이굽이 산들 속 메마른 나뭇가지 하나에 마치 겨울날 불씨 하나가 떨어진 것처럼 화르르 번져 나가 꺼버릴 수 없는 지경이 되어버렸다. 그쯤 되자 멋모르는 노인 양반들이야 제쳐 두고라도 그 둘이 맺어질 리 없다고 믿던 다른 사람들마저 고개를 갸웃하기 시작한 것이다.

정길이 어머니가 신이 나서 동네방네를 돌아다니며 향목이를 대놓고 며느리입네, 하고 말할 정도였다.

한편, 위층에서 딸아이의 행동이며 정길 어머니가 동네가 떠나가라 하고 다니는 행실을 그대로 봐야만 하는 백호성과 강은애의 심정은 그리 달갑지만은 않았다. 사실 은애는 내려가서 당장 애를 데리고 오자고 몇 번이나 남편을 얼렀지만, 호성이 그때마다 말렸었다. 항상 큰아이를 믿었고, 뒷일을 수습하더라도 그것 역시 그 애 몫이라는 것이었다.

정길을 잘 따르고 함께 어울려 놀던 도준의 반응은 의외로 부모님의 것보다 더했다. 노발대발하며 동정심에 우리 누나를 어떻게 해보려 한다는 둥, 정길의 어머니가 이것을 이용해 동네방네 소문을 내고 다닌다는 둥, 분노를 삭이지 못해 목에 핏대를 세워가며 그 나이 대의 혈기 왕성함을 고스란히 내보이다가 아버지로부터 크게 꾸지람을 듣고 나서야 화를 참지 못해 옥상 벽을 치며 눈물을 철철 흘렸다.

시일이 지나 초췌한 얼굴로 2층으로 향목이 올라왔을 때, 도준은 머리가 커진 이후로 난생처음 누나를 향해 대들었다.

"누나, 미쳤어! 아무리 우리가 저 집에 세 들어 살고, 눈치를 보면서 살아왔다지만, 지금 제정신이야? 게다가 그깟 알량한 동정심이 밥 먹여주냐고? 누나 인생 망칠 거야? 지금 동네 사람들이 뭐라고 하는 줄이나 알고 있어?"

향목은 피곤에 겨운 듯 대답도 하지 못하고 자꾸만 안으로 들어가려 했다. 그런 누나를 막아 세우며 도준이가 더욱 목에 핏대를 세웠다. 그 절규에 가까운 목소리가 어찌나 큰지 산외면에 쩌렁쩌렁 울릴 지경이었다. 도준이 향목의 어깨를 잡고 정신 차리라는 듯 흔들기 시작했다.

"누나, 대체 왜 이래?"

"너야말로 왜 이러니? 조건 따져 가며 사람 만나는 바보 되고 싶어? 그나마 이 동네에서 사람 대접 해줘가며 아버지, 너, 그리고 엄마한테 최선을 다했던 게 누구야? 너 왜 그건 기억 못 해? 단순히 정길이가 몸이 좀 불편하다고 해서 나하고 안 어울린다고 생각하는 거야? 누나는 어릴 때부터 숱하게 들어왔어. 정길이 각시가 나라고. 항상 함께 있었고 얘기도 많이 했고 추억도 많아. 넌 내가 뭐 그렇게 잘난 줄 알아? 우리 집이 한의원 차릴 돈이 있어? 결국 봉직의로 취업할 텐데, 그거 별거 아니야. 착각하지 마, 도준아. 그냥 아, 이 정도면 된 거다, 만족하면서 살 줄 알면 된 거야. 항상 그래 왔잖아."

그러더니만 향목이 목소리를 낮췄다.

"누나 피곤하니까 잠시 들어가서 누울게."

안에서 그 말을 듣고 있던 백호성이 씁쓸하게 고개를 끄덕였다. 남편을 바라보던 은애 역시 그 말에 반박할 수 없다는 듯 고개를 수그렸다. 문이 열리고 부모를 마주한 향목은 어쩐지 죄인의 심정이 되어 고개를 숙였고, 호성은 일어났다.

"피곤할 테니 누워라."

그게 다였다.

그러고 나서 향목은 정말 죽은 듯이 며칠을 내리 잤다.

하지만 그날 옥상에서 나누었던 남매의 대화는 꽤나 쩌렁쩌렁 해서 산외면 사람들의 이목을 끌기에 충분했으니.

정확히 설명할 수 없는 것이지만 김습의 감정은 탄복에 가까웠다. 습관처럼 씹던 솔잎도 잊은 채로 그는 가만 향목이란 아이의 존재에 대해 생각하고 있는 때가 많았는데, 어쩐지 참 여인으로 감탄스럽기도 하고, 또 이 말 못 할 감정이란 게 대체 무엇인지.

사실 김습은 그것이 못내 서운함이라는 것을 받아들여야만 했다. 허전하면서도 어떻게 네 그럴 수 있냐는 물음을 주책없이 불러다가 던져 보고 싶은 충동이 드니, 원.

그런데 재미있는 것은 그렇게도 그 아이를 괄시하던 소씨 부인도 요사이 영 힘이 없어 보이는 것이, 늘 향목의 존재는 그저 흉를 잘 가르쳐 준 과외 선생 정도로 딱 선을 긋고서 휴의 짝으로는 어디 좋은 처자 알아보려는 심산을 내내 숨기려 들지 않았는데, 정작 향목이 정길이를 받아들였다는 소문이 돌자 소씨 부인은 갑자기 의욕을 상실한 듯 종종 누워 있기 일쑤였다.

'왜 그러고 있수?' 라고 물어보면 소씨 부인은 어쩐지 멍한 얼굴이 되어 느릿느릿 일어나 무슨 말을 하려는 것인지 입만 달싹달싹 벌렸다가는 또 가만 어딘가를 응시하다가 도로 누워버리곤 했던 것이다.

게다가 사람들은 이제 알고 있었다. 향목의 나이가 비록 어리지만 정길에게 한 약속을 지키기 위해 그녀는 진짜로 다른 이에게 한눈을 팔지 않으리라는 것을. 그리고 모두가 그 아이에게 모질게 했던 부분에 대해 조금은 부끄러워하는 기색도 동리에는 떠돌았으니.

반면, 딱 한 놈이 소도 때려잡을 듯 씩씩하기 그지없었는데, 그 어느 때보다도 밥도 잘 먹고 술도 잘 마시고 동네도 여기저기 쑤시고 다니며 마치 삼국지의 장비라도 된 듯 별거 아닌 일에도 저 어기 폭포수 하나가 떠나가라 웃어대니, 사람들은 모두가 향목과 정길의 이야기 와중에도 휴가 왜 저런다냐 했다.

한창 휴가 향목의 뒤를 쫓아다니던 일은 까맣게 그들 뇌리에서 잊힌 것이었다.

그도 그럴 것이, 그 시기란 것이 매우 짧았고, 가만 보면 휴는 여느 여자 안 가리고 잘 노는 사내애처럼 보였으니까.

설령 누군가가 향목과 휴를 떠올린다 해도 한때 있던 일 정도로 고개를 저어버릴 만큼 둘은 이제 마냥 멀게만 보였다.

게다가 향목과 정길이 경사를 앞둔 것처럼 보이는 마당에 휴는 또 어인 일인지 꽤나 기분이 좋아 보였으니까.

"어이, 휴. 뭐, 기분 좋은 일이 있는가 배? 가만 생각해 보니 휴가 인자는 대학 땜시 학원 가제? 긍게 거기 가면 여자들도 있고. 뭐, 그런 게 벌써 들떠?"

강웅 아저씨의 말에 휴는 속없는 놈처럼 헤헤 웃고 난리도 아니었다. 그런가 하면 밤에는 기정, 병희, 원주와 모여 술도 거나하게 마시고 집으로 돌아와 하하 웃으며 침대에 헤벌쭉 들어 누워 잠이 드는데, 불이 꺼지면 그때부터 그는 소리 없이 눈물을 쏟는 것이었다.

"향목아, 야이, 가시내야. 나는 그냥 남자가 돼가지고 네 앞에서 부끄럽지 않으려고, 그때까지만 꾹 참자고 벼르고 별렀는데…… 고새를 못 참고 딴 놈한테 정조를 맹세하면 나는 뭣이 되냐?"

눈물이 하염없이 흘러 그의 관자놀이를 타고 내려왔다.

"가장 멋있는 남자가 되어가지고 네 앞에 설 준비가 되면 그때는 최선을 다해서 내 옛날에 못 해준 거, 잘해주려고 벼르고 별렀는데…… 싸 보이지 않으려고 내 딴에는 그런 거였는데…… 너, 나하고 그래 놓고 어떻게 다른 놈이랑……."

그가 결국 몸을 웅크려 울음을 토해냈다.

"흐흐흐흐흑."

1층에 누워 잠 못 드는 김습은 실상 방음이 잘되는 데다 귀도 어두워 손자의 울음소리를 듣지 못했지만, 마음으로는 그것을 듣고 있었다. 하여 나직이 읊조리는 것이었다.

"동네에 한 처자를 두고 두 총각이 가슴을 앓네. 어쩌겠는가. 내 핏줄이라도 이제 인연이 아닌 것을."

그 말을 용케 들었는지 소씨 부인이 뒤척거리더니만 깊은 한숨을 내쉬었다.

"요사이 꿈속에서 그렇게도 예쁘고 탐스런 감을 보는데, 통 쳐다만 보고 있고 입맛만 다시다 깨네요. 그냥…… 아깝고, 내가 왜 그랬을까 싶고."

어둠 속에서 천장을 멀뚱멀뚱 바라보던 김습이 나직이 입을 열어 지어미의 말에 대꾸했다.

"……그나저나 저놈 자식이 얼른 정신을 차려야 할 텐데."

그러나 김습 노인의 걱정은 단순한 기우가 아니었다.

휴의 행동은 갈수록 이상해졌으니.

어느 날 정자에 앉은 아주머니들이 여전히 향목이와 정길의 이야기로 꽃을 피우고 있었다. 내막을 잘 모른 채 어쩌다 둘이 엮이게 되었는지를 모르는 동리 사람들은 이야기에 이야기를 부풀려 만들어내곤 했는데, 사람들은 그 재미에 들린 상태였다.

느티나무 아래 철퍼덕 주저앉아 기정과 병희, 원주와 함께 낮부터 막걸리를 조금씩 기울이던 휴는 가만 그 이야기를 듣다가 갑자기 살집이 두툼한 아주머니를 향해 일어나더니 말을 건넸다.

"아주머니, 제 술 한 잔 받으시고……."

"아이고, 휴 총각이 건네면 내 만사 제쳐 두고라도 받아야지."

"그런데 아주머니!"

"어이!"

둘은 쿵짝이 잘 맞는 콤비 같았다.

"백향목이랑 그…… 최정길이 얘기 뭐 아시는 거 있어요?"

아주머니가 팔을 걷어붙이며 아예 휴를 향해 돌아앉았다. 그러고는 마치 두 사람의 일가친척이라도 되는 양 자세히도 살을 붙여 이야기를 해 나가는 것이었다.

"긍게, 어릴 때부터 두 사람은 맴이 있던 거제."

"거…… 그니까 아주머니 말씀에 따르면 백향목이랑 최정길이랑 뽀뽀를 했다, 이거잖아요."

"아, 그렇지. 오호호호호호, 내가 그 야그 자세히 들려줄까?"

"네."

휴가 막걸리를 꿀꺽꿀꺽 들이켠 뒤 입술을 슥 닦으며 아주머니를 빤히 쳐다보았다.

신이 난 아주머니가 입을 가리며 실없는 웃음을 흘려댔다.

"긍게 시방, 둘이 어릴 때부터 눈이 맞아 가지고설라무네 아주 찐하게 뽀뽀를 했는디……."

"아하, 그랬대요?"

그렇게 중간에서 말을 끊은 휴가 건들건들 느티나무 쪽으로 걸어가 바닥에서 막걸리를 통째로 집어 들어 천천히 섞는가 싶더니 병나발을 부는데, 아주머니들이 좋다고 박수를 치셨다.

휴가 그것을 가만 내려놓고는 또다시 대충 소매로 입술을 닦은 뒤, 말을 하길,

"어? 그런데 어쩌죠? 나는 백향목이랑, 요요, 키스했는데."

그의 손가락이 뾰족 내민 자신의 입술을 가리키고 있었다.

"그, 그게 뭔 소리래? 시방 취했는가?"

"흐흐, 취하긴요. 아주머니, 내 말 한 번 들어봐요. 거기다 있잖아요."

갑자기 그가 바지 지퍼로 손을 가져가자 깜짝 놀란 병희가 벌떡 일어났다.

"저기, 저기, 저 자식 봐. 어? 야! 뭣들 하냐?"

병희와 기정이 휴의 어깻죽지를 잡고 끌어내는데, 휴가 고래고 래 소리를 지르기 시작했다.

"얀마! 놔! 옛날에 나랑 백향목이랑…… 몰라? 완전히 갈 데까 지 간 거?"

어느새 아주머니들의 입이 쩍 벌어져 있었다.

"시상에나, 시상에나."

"취해서 저러는 것이여? 치마 두르면 다 좋은 것이여? 뭣 땀시 저러는 것이여? 대체 뭣이여?"

"글씨, 한동안은 지집이라면 다 헤벌레하는 것 같드니만."

그도 그럴 것이, 휴의 헐렁한 청바지가 벌어진 채로 팬티가 적 나라하게 드러나 있던 것이다. 그것이 의미하는 것이 무엇이었겠 는가.

"야! 따지고 보자고! 백향목 누구 각시야? 어?"

"얀마! 이 자식 취했어. 빨리 보내."

"어후!"

한편, 그 무렵 2층의 옥탑방에서 향목은 끙끙 앓고 있었다. 정 길을 간병하는 동안 병이 옮았다고 보기에는 너무도 고된 병치레 였다.

정신이 가물가물한 사이, 향목은 어느새 중학교 1학년 가을 무렵을 넘나들고 있었다.

그러니까 그 추운 한겨울, 그녀는 황금들판을 쓸어내리는 한 줄기 바람을 바라보고 있던 것이다. 그녀의 나이는 열네 살이었다.

어린 도준이는 기침이 잦았고, 엄마, 아빠는 일이 고되었다. 동네 사람들은 자신을 좋아하는 것 같지 않았지만, 옆을 보니 정길이 있었다.

두 사람은 느릿느릿 발을 맞춰 걸으며 그날도 아무것도 아닌 소소한 대화를 나눴다. 정길은 원주를 포기할지 말지 그런 것을 고민하고 있었고, 그 모습을 옆에서 바라보며 향목이는 함부로 어떤 대답도 해줄 수가 없었다.

집으로 가는 길옆, 하이얀 코스모스가 끝도 없이 만발한 그곳, 산도 아니고 언덕이라고 볼 수도 없는 야트막한 동산 아래 하늘하늘 하얀 꽃잎들이 춤을 추는데, 정길이 말했다.

"우리 저 안에 들어가 보자."

어쩐지 약간은 으스스하면서도 아늑할 것도 같은 기분이 들어 향목은 망설이다가 고개를 끄덕였다. 그러고는 천천히 안으로 들어간 뒤 고개를 들어 하늘을 바라보는데, 어찌나 새파란지 그 아래 꽃이 있고 그 아래 자그만 자신이 있었다. 비록 열네 살이었지만 순간 향목은 아무런 고민 없이 이대로 잠시 있었으면 좋겠다는 생각을 했다.

코스모스는 6월부터 10월까지 자색에서 흰색으로 변해가는데 때가 10월인지라 훈풍도 적당히 불어 잠시 마음만 비운다면 근심 걱정이 없어져 버릴 것만 같았다.

그래서였을까?

그녀는 저도 모르게 경중 솟아오른 코스모스 사이에 스르르 누워버렸다. 그러고는 한참을 눈을 감고 있는데 정길이 그녀를 불러왔다.

"향목아. 어딨어? 향목아."

"으응, 잠깐만."

"그래."

그리고 그렇게 눈을 감고 있는데 잠시 후, 눈앞에 어른거리는 그림자가 졌다. 향목이 배시시 웃었다.

"정길아."

털썩.

놀란 향목이 눈을 번쩍 뜨니 차갑고도 무심해 보이는 소년의 두 눈동자가 그녀의 눈동자 바로 지척에 있었다. 목소리는 더욱 차가웠다.

"너희 둘, 진짜 찐하다?"

휴가 바닥에 한 손을 짚은 채로 향목을 위에서부터 누르고 있다.

"뭐, 뭐가? 무거우니까 빨리 비켜."

멀리서 정길이 무언가 소리를 들었는지 그녀를 불러왔다.

"향목아! 향목아?"

휴가 향목의 입을 한 손으로 슥 가려 버렸다. 내내 그를 피해 다닌 것도 햇수로 꽤 되었는데.

어째 불길함이 저절로 스치고 지나가는데, 그가 한참 그녀를 노려보더니만 말했다.

"누가 그러더라, 네가 귀염성 있는 얼굴이라고. 흥, 촌년."

향목이 얼굴을 잔뜩 찌푸리고는 그를 힘껏 밀었지만, 휴의 힘이 더 셌다. 그가 향목을 내리누르더니 귓가에 나직이 말했다.

"선물 하나 줄까 하는데, 어쩌지? 정길이가 알면 큰일인데."

그러고는 그가 잠시 향목의 눈동자를 들여다보는가 싶더니 고개를 내렸다.

입술과 뺨 언저리에 살며시 닿았다 떨어져 나간 것은 대체 무엇이었을까?

향목은 어질어질하고 정신을 차릴 수 없어 소년이 일어났을 때에도 경황이 없었다. 그가 비웃듯이 선 채로 나직이 말했다.

"넌 내가 모를 거라고 생각하지? 쳇, 착각하지 마. 네가 나 안 보려고 하는 것처럼 나도 너 따위 보고 싶지 않으니까."

그러고는 가방을 한쪽 어깨에 둘러메고는 유유히 사라져 버렸다.

멀리서는 정길의 목소리가 내내 들려오고 있었다.

향목은 눈에 눈물이 고이는 것을 애써 참다가 종국에는 자그만 주먹으로 슥슥 눈가를 문질러 눈물을 간신히 없앨 수 있었다.

그녀가 일어나 온통 하얀 코스모스 들판 사이에서 까만 머리 하나를 발견하고서는 힘없이 손을 들어 올렸다.

"정길아, 나 여기 있어."

"향목아!"

스르르, 향목이 눈을 떴다.

"향목아, 향목이 눈 떴어?"

향목이 고개를 돌리니 그새 많이 주름진 엄마의 얼굴이 보였다.

"엄마."

향목이 말했고, 동생 도준의 목소리도 들려왔다.

"누나, 괜찮아?"

"나 괜찮냐고?"

"그래. 누나 꼭……."

도준이 울먹이듯 말을 이었다.

"정길이 형 병 가져온 것처럼 앓았단 말이야."

"아."

향목이 천천히 고개를 끄덕이다가 눈동자를 이리저리 굴리며 그간의 일들을 떠올렸다. 그러고는 어지러운 가운데 자리에서 일어나 머리 위에 얹어진 물수건을 내려놓은 뒤, 말을 이었다.

"엄마, 나 지금 김습 어르신 댁에 좀 갔다 와야겠어."

"얘가! 거긴 왜!"

"죄송하다고 말을 하고…… 다음부터는 가지를 말아야지."

정길이 난리를 쳐 사단이 일어났지만, 그 일 너머에는 자신에게도 책임이 있다고 생각하는 향목이었다. 해서 그녀는 일어나자마자 어르신 댁에 사죄드리는 일부터 매듭을 지어야 한다고 생각했다.

잠시 생각에 잠겨 있던 은애는 도준이를 슬쩍 바라보더니 말을 이었다.

"네가 누나 좀 데려다줘라. 응? 그리고 눈치껏 알아서 데리고 오고."

그에 향목이 나섰다.

"그럴 필요 없어요. 그 정도로 힘이 없지도 않고. 대충 저로 인해 일이 어그러져서 죄송하다는 말씀만 드리고, 이제 앞으로는 그 집 일에서 손 떼겠다는 의사를 분명히 하려고요."

"네 마음이 그래야 편하다면야."

은애가 그간의 신세진 거며, 한편으로는 눈치를 봐온 세월들이 스치고 지나가는지 씁쓸한 얼굴이 되어 고개를 끄덕였다.

향목이는 코트며 머플러까지 단단히 여미고서는 집을 나섰다.

그새 함박눈이 내렸는지 산외면은 온통 하얀 눈 천지였다. 그 때문인지 다행히 사람들을 마주칠 일도 없었다.

김습 어르신의 양옥집 앞에서 향목은 도준의 옷깃을 여며준 뒤, 얼른 나오겠다고 말하고서는 벨을 눌렀다. 그녀를 발견한 도우미 아주머니가 화들짝 놀라며 얼른 문을 열어주었다.

안으로 들어서자 김습 어르신이며 소씨 부인까지 그녀를 쳐다보는 눈길이 기묘했다.

소씨 부인이 먼저 입을 여는데, 어째 다른 때와는 사뭇 다른 느낌이었다.

"향목이, 와, 왔어?"

향목이 초췌한 얼굴로 정중하게 절을 했다.

"그때 일 사과드리러 왔어요. 정말 죄송했습니다."

김습은 어쩐지 말을 이을 수가 없어 그저 향목의 모습을 가만 바라만 보았다.

향목은 괜스레 웃으며 없던 넉살을 부려보았다.

"다음부터는 얌전히 집에 있을게요."

기실 그것이 소씨 부인이며 김습의 마음을 어째 더 씁쓸하게 한다는 것을 아는지 모르는지.

　그때였다.

　2층에서 주머니에 손을 넣은 채로 휴가 내려왔다. 커다란 신장이 위압적인 데다 어딘지 모르게 차가운 분위기가 풍겨 그간의 일을 모르는 향목으로서는 그저 그의 모습을 빤히 쳐다보는데, 그가 곧장 향목이에게로 다가왔다.

　"오랜만이다, 백향목."

　향목이 움찔했다.

　소씨 부인이 놀라서 앞으로 나서는데 휴가 어른들 앞임에도 성큼 다가와 향목의 뺨을 손등으로 슬슬 쓸며 말을 이었다.

　"가녀린 것도 매력 있긴 한데, 너무 말랐잖아. 뭐야, 이게?"

　이번에 나선 것은 김습이었다.

　"녀석!"

　그러나 휴는 심지어 할아버지의 말도 들리지 않는 듯 보였다.

　향목은 그의 이상한 태도에 완전히 얼어붙어 버렸다.

　"이놈 자식이!"

　뒤에서 심율 김습이 등을 내려치는 것도 아랑곳 않고 휴는 그으한 눈으로 향목을 내려다보고 있었다.

　그뿐만이 아니었다. 내내 향목의 뺨이며 턱을 천천히 쓸어내리기까지 했으니, 소씨 부인은 눈을 둘 곳을 찾지 못했다.

　향목이 완전 얼음이 되어 얼굴을 붉게 물들이는데 휴의 손이 가녀린 목 근처에 얹어졌다. 향목은 멈춘 숨을 참지 못하고 천천히 토해내기 시작했다. 휴의 얼굴이 가까이 내려오려 하고 있었다.

향목은 옆으로 얼굴을 돌려 그를 외면했다. 그러나 지금의 이상한 상황에 몹시 당황스러워 머리가 어질어질했다.

"이놈! 이놈!"

김습이 붉어진 눈을 부라리다 연신 기침을 토해냈다.

"쿨럭, 쿨럭."

"아, 안 되겠다. 휴야, 휴야."

소씨 부인이 얼른 다가와 휴의 팔을 잡아끌면서 상황은 종결이 되었다. 다행히도 피식 웃으며 휴는 순순히 소씨 부인에 의해 뒤로 끌려가는 것처럼 보였다.

심율 김습이 향목을 바라보며 노기 띤 얼굴을 지워내더니, 말을 이었다.

"니, 나랑 산책이나 한 바꾸 하자꾸나."

"예예."

그렇게 해서 향목은 부랴부랴 밖으로 나오게 되었다.

양옥집 너머에서 하릴없이 눈을 발로 걷어차고 있던 도준은 소리를 듣고 누나가 이제 나오나 싶어 고개를 들었다가 김습 어르신과 함께 나오는 모습에 얼른 허리를 숙였다.

"어, 도준이도 왔나?"

"예."

도준이는 어르신에게서 어릴 적 약재를 받아먹던 기억이 있음에도 여전히 그를 어려워했다. 그런 도준을 김습이 잠시 바라보는가 싶더니, 말을 이었다.

"날이 차고 길이 좀 미끄럽다만, 내 너희 남매랑 같이 저기 아흔아홉 칸 집에 혹 뭔 일은 없는지 한 번 둘러보고 싶은데…… 도와

주지 않으련?"

괜히 한 번 둘러댄 말이었다.

그런데 천성이 거절을 잘 못 하는지라 남매는 또 그러겠노라 순순히 따랐다. 그렇게 해서 500m가량을 걸어 아흔아홉 칸 집에 당도한 그들은 한겨울 메마른 나뭇가지의 삭정이들을 바라보다가 끼익 나무 문을 열고서 솟을대문의 문턱까지 넘고서 안으로 들어갔다. 바깥 연못은 추위로 인해 이미 살얼음이 살며시 끼어 있는 상태였다.

"참 생각을 해보면 예전에는 어째 저 추운 대청에서 겨울을 났는지. 아침에 일어나면 놋대야에 시종들이 김이 펄펄 나는 물을 들고서 부엌간에서 나오면 아무것도 모르는 나는 그저 발을 내밀고서 그네들이 해주는 대로만 했는데. 누군가는 내게 좋은 시절을 살았겠수다, 이리 말할지 모르겠으나 어린 날을 그리 보내다 보니 애매한 나이가 되어 할 줄 아는 게 있어야지."

그가 잠시 눈을 감았다가 뜨는 순간, 처마 아래 걸린 풍경이 맑은 소리를 내며 바람결과 어우러졌다. 그가 웃는데 마치 어린 시절, 사람이 가득하고 오곡이 풍성했던 그때가 눈앞에 펼쳐진 양 감회에 젖은 것처럼 보였다.

그 모습을 옆에서 바라보던 향목은 말없이 그를 따라 길을 걷다가 키 작은 굴뚝을 보며 말했다.

"그래도 조상님들의 지혜가 참으로 놀라워요. 이것이 곳곳에 있으니 그리 춥지는 않았을 것 같아요."

"허허. 그런가?"

"예."

김습이 가만 멈춰 서더니 마당 한가운데를 천천히 돌았다. 문득 그의 눈가에 나무틀로 덮어놓은 우물이 들어왔다.

향목은 아무런 생각 없이 김습의 옆에 선 채로 말을 이었다.

"어르신들 말씀에 따르면, 우물이 말랐다면서요? 그런데 나무틀로 덮어놓으셨으니 지금은 비록 날씨가 추워 얼었을지 모르지만 물이 생겼을지 모르겠네요."

그 말에 순간 김습이 화들짝 놀란 듯 향목을 쳐다보았다.

"너, 그게 무슨 소리인지 할애비한테 다시 한 번 말을 해주련?"

"네?"

향목이 김습을 바라보았을 때, 김습의 눈동자는 알 수 없는 빛이 온통 뒤섞여 있었다.

"우물에 물이 생기다니!"

향목이 잠시 그런 김습의 얼굴을 바라보다가 자신의 생각을 느릿하게 이야기하기 시작했다.

"원래 햇빛이 강하면 수증기로 증발해 우물물도 마르게 마련인데, 물을 다시 생기게 하려면 그 위에 무언가를 덮어놓으면…… 물이란 것이 같이 붙어 있으려는 성질이 있어서 그렇게 하면 모이고 모이는 게 아닐까 생각합니다."

어쩐지 얼쯤함을 느낀 향목은 옆에 펌프로 걸어가 마중물을 끌어 올리려는 듯 힘을 주기 시작했다.

"으차!"

하지만 이 추운 날씨에, 거기다 여자의 힘으로 우물물이 있다한들 올라올 리 만무했다.

김습 어르신 앞에서는 유독 말이 없는 도준이 키득거리는가 싶더니, 향목의 곁에 와서 웃었다.

"누나, 뭐 해?"

그러면서도 남매는 함께 힘을 주었다.

"으차!"

그때 신기하게도 빠직, 하고 얼음이 깨지는 소리가 들리는가 싶더니, 녹슨 펌프에서 물이 조르르 흘러나왔다.

김습이 순간 비틀거리며 무릎을 짚었고, 놀란 도준이 펌프에서 손을 떼고는 어르신께 달려가 그를 부축했다. 김습이 손을 내저으며 말을 이었다.

"아니다. 됐다, 됐어! 어! 됐어!"

그러더니만 연신 눈을 깜빡이는데, 주름진 눈가에 물기가 언뜻 비치는 것도 같았다.

도준이 유심히 보다가 조심스레 물었다.

"어르신, 혹여 무슨 안 좋은 일이라도……."

"으흐흐흐, 안 좋기는!"

김습은 기실 웃고 있었다.

펌프에서 손을 떼고서 미간을 모은 채로 향목은 어르신을 걱정스레 바라보고 있는데, 그때 김습이 희미한 미소를 머금고서 향목을 바라보더니 기이한 한숨을 내쉬기 시작했다. 마치 머나먼 길을 돌아 이제야 과제를 마쳤다는 것만 같은, 그런 개운한 느낌의 한숨을.

도준과 향목, 김습, 셋이서 돌아오는 길은 온통 김습의 말잔치였다. 지금 이 순간 김습의 마음은 따뜻하고 그렇게 든든할 수가 없었다. 그는 기억하고 있었다. 며느리 혜미에 대한 못마땅함이

극에 달했던 어느 해, 저 우물을 막아버렸는데…….

향목아! 네 아느냐? 그 해에 네가 우리 집에 들어와 태어났다는 것을?

그들은 김습의 양옥집에 당도해 헤어졌다.

사실상 향목과 도준은 조금은 어리둥절한 채였다. 어르신께서 평소답지 않게 말씀이 횡설수설한 데다가, 아까 전 당신의 손자는 그런 추태를 보였는데도 뭐가 그리 신이 나셨는지 난데없는 난 자랑을 하셨다.

이 추위에 정성을 다했더니 웬일로 난에서 조금의 싹이 보이는 것이, 필시 꽃일 것이란다. 그 별거 아닌 말씀을 하시며 무릎을 치고 좋아하시는데, 향목과 도준은 그만 얼떨떨한 얼굴이 되어 웃음을 지어 보이느라 애를 써야 했던 것이다.

"가보겠습니다, 어르신."

"오냐, 오냐. 그래, 우리 향목이 조심해서 가거라. 뭐, 또 보겠지만서도."

향목과 도준은 생경한 어르신의 모습에 오는 내내 말이 없었다. 그저 향목은 어르신께서도 많이 연로하셨구나, 그리 생각을 했다.

한편, 양옥집의 문을 열고 들어간 심율 김습의 주먹은 아흔의 나이답지 않게 단단히 움켜쥐어져 있었다.

소씨 부인이 소리를 듣고 2층에서 달려 내려오더니만 갑자기 곡소리를 내기 시작했다.

"아이고, 이보시오! 지금 우리 애가 또 술을 먹는데…….."

"흐흐, 내버려 두시오. 사내자식이 그깟 술, 한창때는 뭐 술에도 취하고 여자에도 취하는 법! 그게 아니면 어디 사내랄 수 있을까."

소씨 부인이 멍하니 입을 벌렸다.

"에? 당신 그게…… 할 소리예요? 애가 지금 인사불성이 되어가고 있는데……."

한데 늘 티격태격 다툼이 잦아도 눈짓만으로도 서로의 뜻을 알아듣던 노부부가 전혀 딴소리를 하고 있었다.

김습이 이렇게 대답한 것이었다.

"으응, 나는 당연 내 핏줄이 먼저지. 남의 새끼 나 때문에 죽어서 내 천벌을 받은들, 그게 무슨 상관인가! 내 핏줄 살리고 봐야지. 암!"

"무, 무슨 소리셔요? 무슨 생각이 있으셔요?"

소씨 부인이 물었다.

김습이 지어미를 향해 빙그레 웃고는 있지만, 그의 눈가는 어느덧 아련해져 있었다.

그는 어느 비가 흠뻑 내리던 날, 고물고물하던 녀석을 안고서 계집아이가 이 집 문을 쾅쾅 두드리며 동생을 살려달라고 울면서 왔던 그때를 회상하고 있었다.

김습이 혼잣말을 무어라 중얼거렸다.

"나는 알고 있었지. 필시 그 아이 역시 그 약속을 지키려고 우리 집에 그리도 애를 썼다는 것을. 하지만 나는 아니야. 나는 다른 것을 달라 할 테야."

"네?"

소씨 부인이 재차 물었다.

김습이 지어미를 향해 고개를 돌리며 오랜만에 주름진 얼굴 만면 가득 웃음을 보였다.

"내 난생처음 빚 놀음을 해볼 참이니, 댁은 군소리 말고 조용히 향목, 아니, 백 씨에게 혼담을 넣을 준비를 하게. 이 일은 내가 나설 참이네. 말 나온 김에 청혼서는 내 직접 쓰지. 암!"

소씨 부인이 소리도 내지 못하고 입을 가만 벌렸다.

며칠이 지났다.

산외면의 밤은 그 어떤 곳보다 별이 총총했다. 비록 자동차의 하이라이트와 같은 인공의 빛으로 공간 전체가 환하지는 않지만 하늘을 올려다보면 별만큼은 빼곡하게 박혀 있던 것이다. 게다가 이날만큼은 밤하늘을 수놓는 더욱 환한 빛이 있었으니, 마을 사람 모두, 어른이고 아이고 할 것 없이 흥에 겨워 그 불빛에 취하곤 했다.

"빨리 나와, 누나!"

벌써부터 아이들이 논두렁에 나와 흩어지는 모습을 향목이 창밖으로 바라보고 있는데, 동생 도준은 이미 문 앞에서 신발을 신고서 나갈 채비를 마친 채였다. 향목이 싱긋 웃으며 도준을 향해 말했다.

"정길이랑 같이 가자."

한데 어인 일인지 안에서 TV를 시청 중이시던 부모님이 향목의 말을 나직이 끊어냈다.

"흐흠, 너희들, 다 컸으니 조금 떨어져 지내어라."

향목이 의외인 듯 아버지 호성을 바라보았지만, 호성은 단호하면서도 묵묵한 얼굴로 TV만을 바라보고 있었다. 그러고는 덧붙이는 말씀이 있었으니.

"도준이는 밖에서 정길이 나가거들랑 안에 들어와서 누나랑 있다가 같이 나가."

향목이는 어쩐지 거스를 수 없는 기운을 느끼고서는 그저 얌전히 대답할 수밖에 없었다.

"예, 아버지."

그녀가 생각하기에 동네에 파다하게 퍼진 소문 때문에 아버지가 허락하든 하지 않든 둘 사이에 내외가 필요하다고 판단하신 모양이라고만 생각했다. 향목은 그것이 맞겠구나, 수긍하며 안에서 무릎을 끌어안고 도준의 반응을 기다렸다.

잠시 후, 도준이 안으로 들어와 말했다.

"누나, 내가 정길이 형 돌려보냈어. 이제 나와."

어쩐지 도준도 향목의 눈길을 살며시 피하는 눈치였다. 하지만 이내 향목은 웃음을 되찾으며 도준과 함께 개운한 기분으로 쥐불놀이 구경에 나섰다.

벌써부터 집 앞을 흐르는 내천은 불빛의 반사로 인해 기이한 저녁의 물비늘들이 수려하게 반짝이는데, 그 모습이 꿈결같이 아름답기만 했다. 두 사람은 마냥 아이처럼 다리를 건너 이미 농사일이 마감되고 논두렁에 메마른 짚 더미들 사이를 헤치고 선 아이들 너머에 섰다.

어른들이 군데군데 끼어서 깡통에 끈을 메달아 불을 놓아주고 있었다. 그러면 아이들은 신이 나서 빙글빙글 돌리다가 멀리 휙 돌리기를 반복했고, 그것을 맞은 짚더미는 희미한 연기를 뿜어내다 이내 화르르 화려한 불꽃이 되어 바라보는 이의 눈을 시큰하게 젖어들게 했다.

한편, 창가에 걸터앉아 멍하니 밖을 바라보던 휴의 눈에 향목의 모습이 들어왔다. 다리를 건너고 아이처럼 논두렁을 향해 동생 도준과 환히 웃으며 뛰어오는 그녀를 바라보는 순간, 무슨 정신인지 휴는 이 추위에 겉옷도 걸치지 않은 채로 밖을 향해 뛰어나갔다.

그가 현관문을 열고 잔디밭을 벗어나 어릴 적 두 사람이 스치곤 했던 자갈밭까지 밟고 지나가 논두렁 사이에 섰을 때에 그녀는 이미 아이처럼 손뼉을 치며 불타는 짚더미에 끼야아, 소리를 지르고 있었다.

휴가 그녀를 돌려세웠다. 놀란 향목의 두 눈가에 어른어른 불꽃이 일렁이고 있었다.

"말해봐, 너 누구 각시인지."

향목의 눈이 영문을 모르고 흔들렸다.

"모르면 내가 알려줄게."

그러고는 휴의 입술이 비스듬히 내려왔다. 그사이, 아이들은 연신 쥐불놀이에 빠져 있고, 그렇게 한쪽에서 휴에 의해 붙잡힌 채로 향목은 남자의 뜨거운 입술을 경험하고 있었다. 그의 입술이, 혀가 안으로 마구 밀려 들어와 그녀의 여린 곳을 샅샅이 헤치며 뺨에 와 닿는 불꽃의 기운보다 더 뜨거운 기운을 전달하고 있었다.

어디선가 와글와글 무언가 시끄러운 소리들이 들려오는 것만 같았다. 그것이 마치 자신들에게로 향한 것만 같은, 그래서 어서

도망을 치고 어딘가로 숨어야 할 것만 같은 그런 기분이 드는.

향목은 숨이 차올라 그를 힘껏 밀쳤고, 잠시 휴가 그녀를 놓아주는 것 같았지만 이내 그녀의 가녀린 등을 잡아 자신의 가슴에 밀착시키며 다시 입술을 부딪쳐 왔다. 그제야 그녀의 귓가로 동네 사람들의 이야기들이 들려왔다.

"오메메, 저것이 뭐여?"

"시상에, 망측혀라."

"하고, 성님. 그람서 왜 다 보고만 있디야. 그나저나 저러면 저것은 시방 한동네서 어찌 되는 것이여?"

동네 사람들은 이미 모두 모여 두 사람의 진한 입맞춤을 입을 벌리고서 구경하고 있었다. 아이들은 무의식중에 쥐불놀이 깡통을 뱅글뱅글 돌리고는 있지만, 이미 지푸라기를 태우는 일은 저만치 상념 속으로 사라져 버린 듯 멍한 눈이 되어 있었다. 이제는 그 동그란 눈 속으로 한 사내가 몸을 비트는 여인을 붙잡고서 그 열기를 마치 그 자리에서 하얗게 태울 듯 온 정염을 쏟아내는 데 몰두하는 장면을 뇌리에 각인시키고 있었던 것이다.

부모들은 단순한 입맞춤도 아니고, 요즈음 TV에서조차 보기 힘든 저런 장면을 자신의 아이가 보고 있다는 사실을 순간 깨닫고 애들을 잡아끌거나 눈을 가리기 바빴다.

마침내 정길이 어디선가 마치 자신의 불편한 다리처럼 나무 막대기를 질질 끌며 나타나니, 사람들은 행여 무슨 비극이라도 벌어질까 쥐불놀이 판은 이상한 쪽으로 극에 달해 버렸다. 한 나이 든 노인은 몹시 휴를 나무라며 무어라 고래고래 알아듣지 못할 소리를 지껄이다 가래를 땅에 퉤, 뱉었다.

"비켜라, 이 자식아!"

퍽!

정길이 휴를 향해 나무 막대를 휘둘렀다. 그러나 휴는 꿈쩍도 하질 않았다. 그가 향목에게서 입을 떼는 순간, 향목이 막힌 숨을 토해내듯 산소를 들이마시는데, 하얀 입김이 연신 뿜어져 나와 얼마나 그녀가 휴가 전달하는 열기로 인해 숨막혀 했는지를 여실히 알 수가 있었다.

그러나 휴는 여전히 향목을 붙잡은 채였다. 그가 향목의 손을 붙잡고서 논두렁에 쌓아놓은 다른 짚 더미 아래로 데려가더니 사정없이 끌어안고 물었다.

"너, 이제 내 각시야. 알았어? 누구 각시 할 거 없고, 그냥 너는 내 각시야. 알았냐고!"

향목이 놀라 그렁그렁 맺힌 눈물로 그를 바라다보는데, 휴가 곧장 입술을 내려 그녀의 입술을 다시금 머금었다.

정길이 분노와 울분에 차 베어낸 벼 포기 사이를 간신히 넘어가다 고꾸라지고 말았다.

한편, 김습네 집에서는 사람들이 몰려와 이를 일러바치듯 너도나도 할 것 없이 한마디씩 해대느라 난리도 아니었다.

소씨 부인이 고개도 들지 못한 채 조그맣게 지아비를 향해 말했다.

"이 무슨 망신입니까? 부러 아이에게 이르지를 않았는데⋯⋯."

김습이 가만 생각에 잠겨 있다 지어미인 소씨 부인에 동조하듯 고개를 끄덕이며 한숨을 내쉬었다.

"오히려 녀석이 설레발을 칠까 그것이 저어되어 일언반구 없이 일을 진행시켰는데 되레 이런 사단이 나다니. 뭐, 일이 이렇게 되었으니 일단 저 녀석 화기부터 끄고 봐야 할 터."

심율 김습이 고개를 들더니 동네 장정 몇을 훑다가 기정을 발견하고는 손짓했다.

"기정이, 너는 저놈이 내 손자이고, 너와 어울리는 동무라 생각할 것이 없다. 무조건 가서 녀석의 혼쭐을 빼놓아라."

그에 기정이 알아듣지를 못하고 반문했다.

"네, 어르신?"

김습이 무슨 힘이 났는지 옆의 잘 가꾸어진 화단에서 나무 하나를 뿌리째 뽑아낸 뒤 그를 향해 툭 던졌다.

"이것으로 놈을 내려치든 멍석으로 말아 마구 밟든 기절이라도 시켜놓으란 말이다!"

기정이 병희를 쳐다보며 오히려 얼이 빠진 듯 입을 벌리자 김습이 크게 외쳤다.

"어서 가지 못할꼬!"

기정은 그 기세에 놀라 고개를 황급히 끄덕이고는 무심결에 뽑혀진 나무를 들고서는 진짜로 곧장 논두렁으로 달려갔다. 아이들도 우르르 몰려가는 형국이었다.

한편, 휴는 빠져나가려는 향목을 붙잡고서 나지막이 속삭이고 있었다.

"어릴 때 일 나는 다 기억하는데…… 미안하다고 말할 기회도 주지 않고 감히 다른 놈한테 가려고 해? 누구 마음대로? 처음부터…… 처음부터 그 자식하고 붙어 다니는 게 마음에 들지 않았는데…… 나는 이제야 그것을 알아버렸는데, 너는 어째서 나에게 단 한 번의 기회조차 주질 않고…….”

휴의 눈에서 눈물이 주르르 떨어져 내렸다.

향목은 주변이 너무도 시끄러워 그가 하는 말을 하나도 알아들을 수가 없었다. 미세하게 눈을 찌푸려 그가 대체 왜 이러는지 그것을 알아내려고 노력했을 뿐.

그때였다.

“야, 인마!”

사내 몇이 휴를 다짜고짜 그녀에게서 떼어냈고, 휴는 마치 미친 황소처럼 날뛰었는데 누구고 가리지 않고 사정없이 주먹을 휘두르고 발길질을 해댔다. 그 힘을 아무도 감당해 내지 못해 멀찌감치 물러서서 접근도 못 하고 있다가 누군가가 그를 향해 돌을 던지기 시작했다. 그러고는 휴가 몇 개의 돌을 맞고 쓰러진 틈을 타 동네 총각 몇이 다가가 사정없이 발길질을 한 이후에야 사태는 마무리되었다.

그 모습을 멀거니 지켜보고 있던 향목은 멍하니 타들어가는 논두렁의 짚 더미와 어느새 하얗게 재로 변해 버린 짚 더미, 아이들이 자신을 바라보며 뱅글뱅글 돌리고 있는 쥐불놀이 깡통의 어지러운 불빛들, 마치 옛날 자신을 못마땅하게 바라보던 그때의 그 느낌을 닮은 어르신들의 시선, 그리고 한참을 얻어맞고 있는 휴의 모습을 마지막으로 바라보다 치맛자락을 부여잡고는 뒤를 돌아 정신없이 뛰기 시작했다.

“누나! 누나!”

도준의 목소리가 들려왔지만 어서 빨리 이곳을 벗어나야만 했다. 어릴 적 가을 어느 무렵, 코스모스가 만발하던 때의 슬픔이 밀려오면 그 사이에 숨어 울던 때처럼 어딘가에 숨어 눈물을 쏟아내야만 했던 것이다.

김습네 집, 일하는 도우미들은 대체 어느 층에 가서 귀를 기울여야 하는 것인지 알 수가 없었다. 그도 그럴 것이, 지금 정길이 엄마가 찾아와서는 방바닥을 땅땅 치며 김습 어르신을 상대로 막말을 서슴지 않고 있었던 것이다.

그에 반해 2층에서는 휴가 드러누워 끙끙 앓고 있었는데, 어딘가가 부러진 게 아닌가 싶을 정도로 누가 봐도 얼굴이 갈수록 심하게 퉁퉁 붓는데도 김습 어르신은 정작 손자 얼굴을 가만 보더니만 무심히 뒤돌아서 버렸다. 소씨 부인이 진맥 한 번 안 해주느냐, 왜 그리 사람이 매몰차냐, 뒤에다 대고 소리를 질러대는데, 김습 노인이 말을 하길,

"타박상이야. 약 바르면 나을 터이고, 문제는 상사병인데 그걸 두고 낸들 어쩌란 말이오."

이리 말을 해서 소씨 부인은 얼굴이 사색이 되어 일하는 사람들의 입단속을 시키고 아주 그냥 난리도 아니었다.

한편, 정길 엄마는 작정한 듯 김습을 상대로 눈을 치켜뜨고 있었다.

사실 김습이 누구인가. 말을 하지 않아서 그렇지, 동네에 무슨

일이 생기면 마을 사람들은 그에게 찾아와 이러저러한 것들을 논의하고 도움이 필요하면 손도 벌리는 등, 큰어른 정도로 여겨오던 이가 다름 아닌 김습 아니던가.

"우리 정길이가 지금 영감님네 손자 녀석 때문에 화병이 도져 말도 못 하고 밥술 하나를 못 떠요. 거기다가 연분 맺어놓은 처자한테 언감생심 손을 대요? 이거는 도저히 그냥은 못 넘어가지요."

김습 노인이 꼿꼿한 양반다리로 앉아 한복 안주머니에서 솔잎을 꺼내 씹으며 느릿하게 되물었다.

"그냥 못 넘어가면, 어떻게 하시겠단 말씀이오?"

정길이 엄마가 갑자기 헛기침을 하더니, 이내 당당한 요구라는 듯 커다랗게 말을 이었다.

"천만 원! 천만 원 정도면 합의를 보는 걸로 그리 하시죠!"

그 말에 뒤꼍에서 가만 귀를 기울이고 있던 도우미들이 놀라 입을 벌리고 저들끼리도 조곤조곤 저것은 사람의 도리가 아니라며 마치 제 일처럼 화를 냈다.

곧 김습 노인의 목소리가 들려왔다.

"천만 원이라……. 돈이 여기 산외면의 내가 되고 동진강이 되어 넘쳐 난들, 댁에 그리 줄 돈이 있을꼬?"

그러자 정길 엄마가 콧방귀를 뀌었다.

"하! 이 영감 꼬장꼬장한 것은 알았어도 이리 나올 줄은 몰랐네. 어디 누가 이기나 한 번 해보시죠. 내가 돈은 만일에 못 받아낸다 해도 이 억울함만큼은 그냥은 못 넘어가니. 여가 300년을 살았다 했죠? 동네를 뜨셔야 할 것입니다! 모두가 손가락질을 할 짓을 그러게 왜 하셨어요!"

그러고는 벌떡 일어나 미닫이문을 드르륵 열고는 사납게 눈알을 희번덕거리는가 싶더니만, 쿵쾅거리며 현관으로 나가 신을 구겨 신고는 밖으로 나가 버렸다.

"오메, 저 여편네가 미쳤나?"

"정초부터 김칫국을 잘못 처마셨나?"

"아나, 똥이다."

일하는 도우미들이자 동리의 참새 역할이나 진배없는 그네들의 입에서 저런 소리가 흘러나올 줄 정길 엄마는 아마도 잘 몰랐으리라.

모두가 정길이를 가엽게 여기고 제 편을 들어줄 줄로만 알고서는 찬바람을 휙휙 날리며 다리를 건너 집으로 씩씩거리고 돌아간 것이다. 그러나 그녀가 향한 곳은 정길의 방이 아닌, 2층의 향목이네였다.

"야! 향목아! 향목이, 너 좀 나와 봐라!"

방 안에 있던 향목은 순간 정길 엄마의 심상찮은 목소리에 움찔하며 고개를 들었다. 한데 도준이 날쌔게 문으로 향하는가 싶더니 철컥 문을 잠가 버렸다.

"도준아."

향목이 미간을 모았다.

그에 겨울이라 밭일이 없어 집에 계시던 아버지가 낮은 목소리로 한마디 하셨다.

"향목이, 너는 잠자코 있어라."

어머니 역시 그에 동조하듯 무표정한 얼굴이셨다. 향목은 돌아가는 상황에 어안이 벙벙해져 있는데, 곧이어 문을 두드리다 못해 부술 듯 때려대는 소리가 들려왔다.

"아니, 너 죄졌어? 문을 왜 잠가? 안 나와? 너 정말 안 나올 거야? 오냐, 정길이 안 볼 참인 게지?"

향목이 천천히 일어나서 아버지를 향해 말했다.

"제가 잠시 상황만 무마시키고 다시 돌아올게요. 네?"

그에 마지못한 듯 백호성이 말했다.

"여차하면 아버지가 나가마."

도준이 입술을 비죽거리며 '돼지 같은 아줌마'라며 낮게 욕설을 내뱉더니 문을 철커덕 열었다. 향목은 후, 하고 한숨을 쉰 뒤 밖으로 나갔다.

정길 엄마는 밖에서 씩씩거리고 있다가 향목을 발견하자마자 삿대질부터 시작했다.

"너 문을 왜 잠갔어? 어? 이런……. 혹시 네가 그 집 총각한테 꼬리 친 거 아니야?"

그녀가 향목을 위아래로 훑는가 싶더니 비꼬듯이 한마디를 던졌다.

"아, 왜, 있잖아. 그…… 너더러 사람들이……."

향목은 순간 머릿속을 스치는 단어에 눈을 질끈 감아버렸다.

'범띠 가스나.'

그때였다.

드르륵.

문이 열리고 아버지가 나왔다.

"어, 백 씨가 나오셨네. 안 그래도 내가 그 노인네한테 가서 지금 담판을 짓고 오는 참이요. 내가 천만 원 주지 않을 테면 이 동네에서 나갈 준비 하라고 했거든. 다들 지금 그 노인네 손가락질하고 난리도 아닐 판국인데, 되레 나한테 대고 어딜 잘났다고……."

그때, 호성이 갑자기 그녀의 말을 뚝 잘라 버렸다.

"우리 향목이한테는 대체 왜 그러는 것이오? 고지 먹었소?"

"뭐, 뭐요?"

"향목이, 그 집 아드님하고 연분 닿는 일 없을 터이니 그리 아시오. 막말로 말해 그 집 아드님이 쫓아다녔지, 우리 향목이가 뭐 흠 잡힐 일이라도 했냐고? 그러니 그 집 사람 대하듯, 아니, 하인 부리듯 하지 말란 말이오!"

"아이구나!"

정길 엄마는 팔을 걷어붙이며 싸울 듯이 향목의 아버지를 향해 삿대질을 하기 시작했다.

"이 겨울에 이 양반이 나가고 싶은가 벼!"

아래에서는 동리 사람들이 싸움이 났다 싶어 힐끔힐끔 위를 올려다보느라 북새통을 이뤘다.

"들어가자."

향목은 씁쓸한 얼굴로 정길 엄마를 쳐다보지도 않은 채 가족들과 함께 안으로 들어왔다. 그녀가 죄를 지은 사람마냥 얼굴을 숙이고서 가만 자리에 앉는데 도준이 이를 갈며 말했다.

"저런 집구석에 우리 누날 보낼 순 없어. 누나가 정길이 형한테 간다면 나 그 자리에서 죽어버릴 거야."

"도준아!"

"정길 형이 나쁘다는 게 아니야. 저 집안사람이 우리 부모고 우리한테 한 걸 생각해 봐. 절대 안 돼!"

그 말에는 향목도 반박할 수가 없었다.

백호성이 말을 이었다.

"향목이 너는 어디 나가지 말고 당분간 집에 있어라."

그 시각, 김습은 2층의 휴에게 가 있었다.

"지지리 못난 놈. 못난 놈!"

그 말을 몇 번이나 해도 휴는 눈물만 주르륵 흘린 채로 아무 말
도 들리지 않는 듯 무언가를 중얼중얼거릴 뿐이었다.

이제는 사람들도 그것이 향목을 찾는 것임을 모두가 알고 있었
다. 한창때의 사내가 계집에게 미혹되어 열병이 도져 버린 것이
다.

심율 김습이 뒷짐을 진 채로 손자의 모습을 가만 바라보다가 소
씨 부인에게 눈짓했고, 소씨 부인이 일하는 도우미들에게 들리지
않도록 가만 문을 닫았다.

김습이 입을 열었다.

"실은 할애비가 일전에 향목네에 혼담을 넣었고, 다행히 그쪽
에서 수락한 상태. 너희들만 이 일을 모른다 뿐, 어른들은 암묵
적으로 알고 있는 사실이었는데……. 이눔 자식아, 그리 설레발이
치고 싶드나?"

그에 눈물을 흘리던 휴의 눈동자가 가만 움직이나 싶더니, 소처
럼 끔뻑끔뻑했다.

"향목이는 할애비가 잘 안다. 옛날 일 생각해서 마음으로 우리
집에 최선을 다했던 아이다. 내 사람 할 짓은 아니다마는, 나도 향

목이가 탐이 나는 걸 어쩌겠누. 늘그막에 추태를 한 번 부려볼란다. 그 일을 빌미로 향목이 발목 한 번 잡아서 우리 사람 만들어볼 거란 말이다!"

휴의 눈동자가 그제야 이채를 띠며 커다래졌다.

산외면은 청춘남녀의 한바탕 삼각관계 소동으로 인해 시끌벅적했다. 정길 엄마가 김습 노인을 욕하며 산외면을 온통 휘젓고 다녔다면, 곧이어 또 다른 이, 한 명이 산외면을 휘젓고 다녔으니.

휴가 시퍼렇게 퉁퉁 부은 눈을 하고서 마치 예전의 김휴가 돌아온 마냥 기세 좋게 한겨울 농촌 마을을 활보하고 다닌 것이다.

심지어 그는 겨울이라 마실 다니는 어르신도 별로 없고 하자 아예 마을회관으로 돌진한 터였다.

"오메메, 휴 총각 아녀?"

"어르신, 안녕들 하십니까?"

"그려. 여 앉어봐."

"아, 예!"

어르신들은 신기한 눈으로 휴를 쳐다봤고, 달달한 커피 한 사발을 들이켠 아주머니 한 분이 휴를 향해 물었다.

"왜 그랬어, 시방?"

"아, 저 셔터맨 할라고요."

"셔터맨? 고것이 뭣이여? 슈퍼맨은 들어봤어도 셔터맨은 내 난생처음인디?"

"아, 예. 제가 자세히 설명을 드리겠습니다. 그러니까 향목이가 똑똑하잖아요?"

"그렇지. 향목이는 똑똑하제."

"향목이가 또 한의학을 공부하니까 걔한테 그거 하라고 하고 저는 문을 열고 닫아주는 역할을 하려고 향목이한테 접근을 한 겁니다. 제가요."

"아하! 그런 거였구만. 그럼 시방…… 자네가 뜻이 다 있었구만?"

"아, 예."

어르신들은 처음 들어보는 셔터맨을 미국에서 온 청년의 신종 직업 정도로 여기는지 고개를 갸웃갸웃하셨고, 그럼에도 불구하고 맞아서 퉁퉁 부은 눈을 하고서 헤벌쭉 웃는 휴의 모습에서 어째 진실을 읽는 것인지 빙그레 웃으시며 다들 고개를 끄덕끄덕해 주곤 하였다.

반면, 승자처럼 에헴, 하고 나타나 별거 아닌 일로 거들먹거리며 우리 정길이가 시방 어떤 모양새인지 다들 보면 김습 노인을 사람 취급 못 한다는 말로 목소리에 힘을 단단히 주는 정길 엄마의 이야기를 듣다가 보면 어디선가 이런 말이 들려오곤 했다.

"근디 시방, 목에 가다구리 맥였어? 아들내미 아프다는디 가서 간병치레나 할 것이지, 뭐 그리 목소리가 크다요?"

그럼 정길 엄마는 허이구 내참! 기가 막히다는 듯 뿔난 황소가 되어 누구든 덤벼라, 이런 식이 되어버린 것이다.

아무튼 향목이 내내 방에 있는 동안 셔터맨이라는 말은 산외면에 널리 회자가 되었다.

누군가 휴를 향해 물었다.

"어이, 휴 총각! 시방 그럼 자네는 셔터맨이고, 향목이는 뭐

다요?"

휴가 대답했다.

"그야 제 우렁각시죠."

우헤헤헤헤헤헤.

모두가 한바탕 웃어 젖혔다.

향목은 아래층의 정길이 불러도 아버지의 명에 의해 문을 열고 나가지도 못하고, 또 해결해야 할 일이 있어도 도준이 직접 밖에 나가 처리하는 등, 도통 집에 갇혀 있는 신세가 되자 평소 자신을 믿어주시던 부모님이 이 일로 크게 상심하셨다는 생각을 할 수밖에 없었다.

그러던 어느 날, 향목은 아버지가 조그맣게 만들어놓은 간이 목욕탕에서 깨끗이 씻고 나와 대학 입학식 날 입은 고운 옷을 다시 꺼내 입게 되는데…….

영문도 모른 채 그녀는 아버지, 어머니까지 곱게 차려입은 모습을 멀뚱히 바라보며 잔말 말고 너는 그냥 아버지만 따라오라는 말씀에 저간의 일도 있고 해서 이유도 묻질 못하고 부모님이 시키는 대로 단장을 한 뒤, 며칠 만에 처음으로 세상 밖으로 나오게 되었다.

그러자 정길 엄마가 아래층에서 씩씩거리며 말을 붙여왔다.

"왜 시방 우리 정길이를 그짝 집에 오도 가도 못 하게 혀?"

그러나 아버지는 그 어느 때보다 당당하고 단호한 태도로 그녀의 말을 묵살한 채 집 밖으로 나섰고, 향목은 마치 죄인이 된 듯 고개를 숙인 채로 그 옆을 지날 수밖에 없었다. 무언가 심상찮은 일이 일어날 것만 같았다.

그리고 김습 어르신의 집에 당도했을 때, 향목은 그만 머리가 어질어질해지고 말았다. 그날의 일을 애써 잊으려 했는데 벌써부터 가슴이 심하게 뛰어오는 것이, 몸만큼은 그 뜨거웠던 감각을 고스란히 기억하노라, 말을 하고 있던 것이다.

향목이 대번에 아버지의 팔을 잡았다.

"아버지, 우리 그냥 넘어가요. 이 일, 따져 무엇 해요?"

그러자 그녀의 아버지 백호성이 향목을 잠시 바라보더니 어쩐지 눈물이 맺힌 것만 같은 얼굴로 이렇게 말을 했다.

"네 나중에 아버지를 원망할까 그것이 두렵구나. 그간 남들처럼 애지중지, 다 해주지는 못했지만, 나 역시 너는 내게 있어 깨물어서 무엇보다도 아픈 손가락이었다. 무엇이 최선인지, 내 비록 모자라도 그거는 알 것 같으니 아비 믿고 따라와 주렴."

그 말에 향목은 그만 영문을 모르면서도 눈물이 나와 눈을 깜빡깜빡거리며 아무 말 없이 안으로 향했다. 늘 굽은 아버지의 등이 안쓰러워 보이기만 했는데, 이때만큼은 그렇게나 믿음직스러울 수가 없었다.

그리고 놀랍게도 안으로 들어갔을 때, 그네들을 처음 맞은 것은 김습과 소씨 부인, 그리고 천장을 멀뚱히 올려다보고 있는 휴와 그의 아버지 정이었다. 그러니까 휴의 모친을 제외하면 이 집안 식구 모두가 모인 셈이었다. 게다가 그들 역시 마치 무슨 의례를 치르기라도 하듯 고운 한복 차림인 데다 휴의 경우, 잘 갖춰 입은 정장 차림이었다. 가만 보니 눈가에 희미하게 푸른 기운이 도는 것이, 멍이 들었다가 시일이 지나 이제야 가라앉기 시작한 모양새였다.

향목은 어쩐지 휴가 자꾸만 의식이 되어 얼굴이 붉어지는데, 처음에는 천장을 보고 있던 휴가 고개를 내려 그런 향목을 보더니 불쾌하다는 듯 자꾸만 헛기침을 해댔다.

그런 휴의 태도를 나무란 것은 놀랍게도 소씨 부인이었다.

"휴야."

그러자 휴가 넥타이를 조금 끌어내리며 조그맣게 대거리를 했다.

"아, 마음에 안 들어. 진짜 저 조그만 걸 데리고 가서 어떻게 해버릴 수도 없고."

"흐흠."

그 말에 향목의 눈동자가 커다래지는 순간, 김습 어르신이 말을 이었다.

"안으로 듭세."

얼른 진정을 되찾은 향목은 미닫이문을 열고 안으로 들어가 가족 대 가족으로 인사를 나누게 되었다. 참으로 어리둥절한 일이었다.

그녀는 한동안은 뚫어져라 자신을 쳐다보는 휴로 인해 김습 어르신이 아버지를 향해 무슨 말을 건네는 것인지 알아듣지를 못했다. 그저 격식을 갖춘 환대가 조금 뜻밖이고 어르신 댁에서 이상한 방식으로 사과를 건네오고 있다는 생각만 들었을 뿐.

그러던 중 김습 어르신이 향목이를 향해 고개를 돌렸다.

"우리는 이렇게 입을 모았다. 향목이, 너는 어떠하냐?"

멍하니 넋을 놓고 있던 향목이 고개를 번쩍 들어 김습 어르신을 바라보자 휴가 쳇, 하며 혀를 차는 소리가 들려왔다.

김습 어르신이 잠시 백호성을 바라보더니 말을 이었다.

"부족한 놈이지만 천성은 그리 나쁘지 않을 것이고, 내 잘 타일러 볼 터이니 너무 언짢게 생각지 마소."

"아, 아닙니다."

어쩐지 향목은 아버지인 호성이 휴의 반응을 전혀 기분 나빠하기는커녕 그 반대인 것처럼 보여 마음이 불안해지기 시작했다.

그녀가 살며시 미간을 찌푸리는데…….

"네 늘 우리 집에 잘했다. 내 그걸 알고 있지, 암."

향목의 눈동자가 의아함으로 흔들렸다.

김습이 잠시 헛기침을 하다 차 한 모금을 들이켰다. 다시 찻잔을 내려놓았을 때, 그에게서 들려온 말은 향목을 놀라게 하기에 충분했다.

"빚을 갚으려…… 네 그 생각으로 그리 했던 거 맞더냐?"

아무런 말도 잇지 못한 채 향목은 눈을 깜빡일 뿐이었다.

"염치없지만, 네 진정 빚을 청산할 마음이 있고?"

향목의 눈동자가 서서히 아래로 내려왔다. 그녀가 얼쯤한 얼굴로 목을 한차례 가다듬은 뒤 말했다.

"……예, 어르신."

김습이 천천히 고개를 끄덕였다.

옆에 앉은 휴는 무엇이 그리 답답한지 연신 가슴을 치고 있었다.

김습은 그런 손자에게는 눈길도 주지 않은 채 향목이만을 바라보았다. 그가 다시금 입을 열었다.

"그렇다면 우리 집 사람이 되어다오."

향목의 눈동자가 멈칫 굳었다.

심율 김습이 향목의 시선을 잠시 피하며 말을 이었다.

"내 나이만 먹었지, 참으로 면구스럽구나."

그러고는 그가 향목을 향해 알아듣지 못할 말을 또다시 해왔다.

"나 이참에 빚 놀음 한 번 해보려 한다."

잠시 바닥을 응시하던 김습이 다시금 꼿꼿한 자세로 시선을 향목에게로 향했다.

"너를 휴의 짝으로 삼았으면 싶은데……."

향목이 이해를 하지 못하고 아버지 백호성을 향해 고개를 돌렸다.

"아버지?"

그때, 휴가 치고 나왔다.

"이해를 못 하겠어? 내가 그날 그렇게도 일러줬건만, 쯧! 너하고 내가 한날한시에 같이 어른 된다는 소리야."

향목이 번쩍 고개를 돌려 휴를 바라보았다.

"똑똑한 줄 알았더니, 순 바보로구만."

그러고는 그가 백호성을 향해 깍듯한 어조로 말을 이었다.

"장인어른, 죄송하지만 저는 향목이 못 믿습니다. 어찌 되었든 간에 혼례 날짜 빨리 잡아주십시오."

향목이 놀라서 마치 도움을 찾아 헤매듯 고개를 두리번거리는데, 그녀의 아버지가 껄껄 웃으시더니 이렇게 대꾸하는 것이 아닌가.

"장인어른 소리가 어째 그리 쉽게 나와, 이 사람아? 아무튼 동네가 떠들썩한 마당에 내 어쩌겠는가, 그리 할 밖에."

어느덧 백호성과 휴는 눈빛을 교환하고 있었다.

아버지의 시선을 자신에게로 돌리는 데 실패한 향목이 고개를 돌렸다. 그녀가 마지막으로 쳐다본 사람은 다름 아닌 휴였다.

휴가 입술을 비죽이며 아직도 멍 자국이 다 가시지 않은 눈으로 그녀를 계집애처럼 흘겨보는데, 마치 그것이 그 옛날 그녀를 그렇게도 괴롭히던 주인집 아들 휴의 모습을 보는 듯해 향목은 저도 모르게 하아, 하고 숨을 들이켰다.

"아, 아버지!"

돌아가는 상황을 그제야 이해한 향목이 백호성을 바라보며 단말마 같은 소리를 내질렀다.

"늦었어, 백향목."

씩 웃는 휴의 미소가 사악한 장난꾸러기처럼 보였다.

썩은 동아줄이라도 붙잡고자 향목은 두리번두리번 사람들을 바라보았지만, 그때만큼은 모두가 향목의 그런 시선을 나 몰라라 할 뿐이었다.

향목이 다시금 휴에게로 시선을 돌렸다.

그녀의 얼굴을 새치름한 미소를 머금고서 쳐다보고 있던 휴가 눈이 마주치자 헤벌쭉 웃었다. 향목의 눈동자가 급격히 흔들렸다.

그렇게 허공에서 휴와 향목의 눈동자는 한동안 얽혀 있었다.

그러곤 이내 향목의 얼굴에서 붉은 열꽃이 피어나고 있었으니.

6. 아흔아홉 칸 집의 방방마다 불이 켜지고

추운 겨울, 난생처음 아흔아홉 칸 집은 홧홧한 기운이 넘쳐흘렀
다. 연도에서는 허옇게 연기가 연신 뿜어져 나와 그간 싸늘하게
식어버린 기와집의 방바닥을 모조리 데우고 있었고, 며칠이고 방
방마다 불이 켜져 꺼질 줄을 몰랐다. 거기다 어인 일인지 처마 밑
의 장명등이 곳곳에 불을 밝히니, 지나던 마을 사람들은 벌써부터
흥에 겨워 담장 너머 곧 있을 경사를 상상하며 힐끔힐끔 김 씨네
가옥을 들여다보는 것이었다.

어디 그뿐인가.

행랑채며 부엌간, 중마당, 앞마당이 연신 소란스러운 것이, 행
주치마를 입고 바지런히 움직이는 여인들의 움직임은 흡사 그 옛
날 부엌간의 솜씨 좋은 찬모며 행랑어멈들의 몸놀림을 연상케 했
다.

"백 씨네는 이사를 갔는디, 말은 안 혀도 김습 어르신이 도와줬 겄제?"

"흥, 그걸 말이라고 혀? 근디 정길이 고것도 보통이 아니대. 백 씨네 이삿날에 아, 글씨 향목이더러 욕을 퍼붓는디, 어찌 범띠 가 스나라는 말을 그리 아무렇지 않게 혀? 가는 그러면 안 되는 거 아 녀?"

"오죽 심기가 꼬였으면 그랬을라고. 그나저나…… 흐흐, 휴 총 각은 각시 얼굴 보고 싶은가, 만날 백 씨네 집 앞을 어찌 그리 서 성거리는지. 인자는 상견례에 의혼도 혀고 했으니 몸가짐을 조심 해야 하는디, 참말 몸이 달아오른 것이 눈에 훤히 보인게로 고것 보고 있으면 나도 속이 달드라고."

"아, 왜 자네가 몸을 배배 꼬고 그리 좋아혀?"

"아구, 긍게. 나 왜케 웃음이 나와?"

"그나저나 절차가 참말 간소혀. 옛 방식을 따른 것이야 김습 어 르신의 뜻이라 치고, 아무래도 백 씨네 사정 때문이었지? 옛날 같 으면야 김 씨네가 혼례를 치른다 했으면 동네 총각들 모두 나서서 함 사시오, 소리가 떠들썩했을 판인디. 향목이가 가마도 마다했 고, 신혼여행도 그 휴 총각이 군대를 안 가서 보호인인가 뭣인가 가 필요하다고 했더니 그것조차 필요 없다고 했담서?"

"신랑은 못내 서운한가, 다시 생각혀 보라고 신부 집에다가 뭣 을 넣고 어쩌고 혔다드만, 어르신들은 칭찬하대. 기실 이 동네서 뭔 요상한 나라로 그리 돈 뿌려가면서 여행을 다녀? 옛날 방식 따 르기로 했으면사 고대로 하는 것이제."

"그럼 참말 신방도 여서 차리는 것인가?"

"암만, 그렇제. 김습 어르신은 벌써부터 감회에 젖었는가, 평소에는 이 집을 잘 안 오시잖여. 근디 걸음이 잦으시대. 참견도 많으시고. 오죽 좋으신가 만면에 웃음이 그득하신 게, 꼭 옛날에 잃어버린 그 신주 찾은 모양맹키로 낯빛이 환하시드랑게."

"근디 자네, 그 야그 들었어? 아, 글씨 신기하게도 우물에 물이 생겼담서? 오며 가며 일하던 사람들 말로는 나무틀을 치워놓고 본게로 햇빛에 뭣이 반짝이는 것이, 물이 고여 있어서 다들 깜짝 놀랐디야. 그게 대체 몇 년 만이여? 이 집이 다시 성할라고 그러능가?"

"그랬으면야."

그렇게 광산 김가네 아흔아홉 칸 집은 도배를 새로 하고 묵은 먼지를 쓸어내며 거미줄을 죄다 치우는 등, 새 단장에 들어가고 있었다.

앞마당에 차일이 쳐지고 그 아래 멍석이 깔렸다. 교배상에 놓인 비단 보자기 사주 보며 금빛의 간지 띠, 무엇보다도 청실홍실의 서로 묶인 타래실이 지켜보는 사람들의 눈가에마저 희미한 웃음을 머금게 하였다.

신랑 얼굴을 보지 못하도록 안채에서 단장 중인 신부는 긴 활옷을 입고 연지곤지를 찍은 채 수줍게 수모가 시키는 대로 긴 속눈썹을 들어 올렸다.

"인자는 가야지."

신부를 부축할 여인들이 나섰다. 어째 향목이의 망설이는 기운을 그네들은 읽은 것이었다.

"긴장하는 것은 괜찮혀도 신부가 이리 처지면 안 디야."

다홍의 비단 치마가 고왔다. 소맷부리의 청색, 홍색, 황색의 기운이 끝동에 달려 그 찬란함을 더하는 가운데, 문을 열고 대청을 밟고 나가자 신부의 낯을 본 이들이 그 수줍고도 싱그러운 모습에 다들 넋을 뺐다. 마치 꼭 산외면의 어느 야생화처럼, 화려하지는 않지만 풋풋하고도 어딘지 아련한 느낌이 신부에게서 흐른 것이다.

그렇게 향목은 수모들과 함께 교배상 앞에 섰다. 차마 신랑 얼굴은 보지를 못하고 눈앞에 어지러이 놓인 대추며 밤 따위에 시선을 두는데, 자꾸만 아이들의 까르르 웃는 소리며 어른들의 짓궂은 소리들이 향목의 얼굴을 붉게 만들었다.

시키는 대로 두 번 절을 하고 팔을 높이 올려 한삼으로 얼굴을 가리며 슬쩍 시선을 너머로 두는데, 진정 자신의 낭군 될 자인가, 휴 역시 붉게 달아오른 얼굴로 자신을 빤히 쳐다보는 시선이 엿보였다.

"저래 좋은가?"

누군가의 말에 초례청이 한바탕 떠들썩했다.

"그나저나 신부가 참말 에린디, 신랑은 가만 본게 지금이라도 신부를 잡아먹을 기세고. 신부가 걱정이구만."

또다시 까르르 웃음소리가 왁자했다.

향목은 그만 어지러움을 느껴 휘청 옆으로 기울고 말았다. 수모의 부축으로 간신히 버틴 그녀는 그 시간들이 어찌 지나갔는지, 사모를 쓰고 자색 단령을 입고서 자신에게서 한 치의 시선도 비키려 하지 않는 휴의 시선만을 기억했다.

하얀 사기잔에 술을 부어 조금 마시고 그것을 휴가 대번에 받아

마신 뒤, 표주박에 술을 담아 서로에게로 몸을 기울였을 때, 그에게서 느껴지던 그 뜨거운 기운과 여기저기서 들려오던 탄성만이 그녀의 뇌리에 남을 무렵, 닭이 푸드덕 활개를 치고 날아올랐다.

이윽고 밤이슬이 맺혔다. 신방이 뜨거운 것인지, 혹은 자신이 어디가 아픈 것인지, 그도 아니면 휴에게서 흘러나오는 기운이 몹시 뜨거운 것인지 향목은 알 수가 없었다.

"향목아, 향목아."

그의 나직한 부름이 마치 이 한겨울의 추위를 녹여 버릴 봄바람처럼 연신 들려오는데, 그것이 더욱 향목의 머리를 어지럽게만 했다.

그가 내내 고개를 숙인 채로 있던 향목의 손을 덥석 잡았다.

"나하고 혼례 왜 했어? 응?"

갑작스러운 물음에 향목이 긴 속눈썹을 들어 올렸다. 그 시간을 버티는 동안 내내 새집으로 이사했을 적에 펄쩍펄쩍 뛰며 좋아하던 동생 도준의 모습만을 그렸다는 것을 깨닫고서는 아무런 생각 없이 살며시 뇌까리듯 말했다.

"도준이가⋯⋯."

잠시 휴에게서 사나운 기운이 흘러나오는가 싶더니만, 그가 곧장 그녀의 가슴께로 손을 뻗었다.

툭!

놀란 향목이 흡, 숨을 들이켜는데, 휴가 천연히 말을 이었다.

"애기 낳아야지."

향목이 놀란 눈동자로 그를 바라보며 고개를 마구 내젓기 시작했다.

"나는, 나는……."

순간, 어르신들이 휴에게 존대를 사용하라는 말이 떠올라 그녀가 얼른 고쳐 말했다.

"저는 아직 학교도 안 마쳤고…… 안 돼요. 정말로……. 나이도 아직 스물인데 아일 가지면……."

"그래서? 아이 안 낳을 셈이야?"

"나중에, 나중에……."

휴가 갑자기 얼굴을 내려 향목의 입술을 강하게 빨아들였다. 분명 합혼주를 취할 만큼 마신 것도 아니건만 향목은 어딘가에 취해버린 양 온몸에 힘이 풀려 그의 어깨를 꼭 붙잡는데, 그럴수록 휴의 손길은 강하게 그녀를 옭매어 들어오고 있었다.

점차 무릎걸음으로 다가온 그가 향목이 인지도 못 하는 새 그 복잡한 옷고름을 풀자, 상의가 하얀 적삼 차림이었다. 그가 입술을 떼지 않은 채로 펑퍼짐한 치마의 뒤 매무새의 끈을 풀어헤쳤을 때에야 비로소 향목은 그를 간신히 밀어낼 수 있었다.

"안 돼요, 정말로. 그냥은 안 할 거예요."

향목은 간신히 용기를 끌어내어 그렇게 말했다. 휴가 잠시 천장을 바라보며 후, 하고 한숨을 내쉬는가 싶더니, 조금은 화가 난 듯 나직이 말을 건네고는 밖으로 튀듯이 뛰쳐나갔다.

"기다려."

휴가 밖으로 나와 솟을대문까지 건너자 주변에 몰려서 늦은 밤까지 교자상의 전이며 떡이며 술을 즐기던 사람들이 벌떡 일어나 마구 박수를 치며 좋아하는데, 다들 한다는 소리가 어찌나 우스운지.

"얼레? 신랑이 첫날밤에 소박을 맞아부렀네."

그러나저러나 휴는 정신이 하나도 없었다. 눈에 띄는 사내들을 이리저리 살피다가 차마 말을 할 수 없는 부분인지라 마트를 향해 마구 뛰는데, 느티나무를 지날 때 즈음이 되자 휴의 머릿속을 스치는 생각 하나가 있었다.

'내가 왜 이런 걸로 땀을 빼야 하지?'

그가 왔던 길을 도로 뛰기 시작했다.

그러고는 신방으로 다시 되돌아가 문을 열자, 향목은 화들짝 놀라 이불 사이로 몸을 가리기 바빴다. 휴는 얼른 주변을 둘러보다가 예정에도 없던 촛불을 훅 불어 꺼버렸다.

"……됐어요?"

"으응."

그러고는 그는 주섬주섬 옷을 벗고 뒤에서 무언가를 끼우는 척 세심한 연기에 들어갔다.

알 게 뭔가. 어차피 그녀 또한 자신처럼 아무것도 모르는 생 초짜인 것을.

그렇게 뒤를 도는데 향목이 다가오지 말라며 손을 내밀더니만 스스로 벗겠다며 꾸역꾸역 그의 접근을 막았다. 휴는 눈가까지 뜨끈거리는 울렁거림에 간신히 주먹을 쥐고서 그 고역의 시간들을 버텨낸 뒤, 향목이 하늘거리는 속곳만을 남겨두고서 이불 안으로 들어가자 알몸이 아닌 것에 실망할 겨를도 없이 얼른 이불을 젖혀 자신의 몸을 그 안으로 밀어 넣었다.

향긋한 내음이 벌써부터 코를 찌르는 것이, 미칠 것만 같은 혼미함 속에서 휴는 가느다란 향목의 허리를 잡아챘다. 얇은 속곳 차림이었기에 그가 할 수 있는 일이라곤 상의를 간신히 벗기고 치마를 황급히 잡아 아래로 내린 뒤 허리께까지 알몸 상태를 만들어 버린 게 전부였다. 순전히 힘으로 벌인 일이었다.

그때까지 향목은 누가 봐도 어찌할 바를 몰라 하는 처녀라는 것을 고스란히 드러내듯 고개를 옆으로 뉘고서 가쁜 호흡을 뱉어내는데, 달빛 아래 드러난 고운 피부 결이 어찌나 부드럽고 아름다운지.

또 한 줌의 허리는 어떠한가. 흐드러지게 피어난 꽃망울의 가장 여린 속 안을 들여다본 양 선이 가녀린 목에서는 맥이 가쁘게 뛰어대니, 휴는 그만 사납게도 향목의 허리를 안고서 가녀린 몸체에 자신의 중심을 가져다 댔다. 그가 급하게 향목의 머리칼을 연신 쓸어내린 뒤 입술을 머금었다. 그러고는 거부하듯 가리는 손을 잡아채 내린 뒤 자신의 뜨거운 기운을 젖가슴에 묻으니, 여인은 그저 안타까운 숨소리만을 학학, 내뱉을 뿐이었다.

한참의 애무가 이어졌다. 난생처음 남자를 알게 된 향목은 온몸이 흐물흐물해지는 기분에 자꾸만 아래가 젖어드는 것만 같아 부끄럽기 그지없었다.

'이러면 안 되는데…… 이러면 안 되는데…….'

"아아, 저기, 잠깐만요."

그러나 매번 그녀의 말은 휴의 입술에 의해 막혀 버렸고, 향목은 남자의 양기란 것이 어떤 것인가를 처음으로 경험하며 그저 단단한 사내의 어깨를 밀어도 보았다가 매달려도 보았다가 아등바등 혼자서 기진맥진 첫날밤을 버텨내는 것이었다.

반면, 마음 급한 휴로서는 성이 날 대로 난 중심을 더 이상 달래지 않으면 미칠 것 같은 기분에 휩싸이고 말았다.

하여 종국에는 애가 닳고 몸이 달아 죽을 것만 같으니, 그는 결국 향목의 등과 허리를 잡아 자신께로 바짝 붙이고서는 한 손으로 얇디얇은 치맛자락을 확 벗겨내 버렸다. 향목에게서 그 순간 절망 비슷한 신음이 흘러나왔지만, 휴로서는 망설일 여지도, 이유도 없었다. 그가 가느다란 허벅지부터 손끝으로 매만지며 향목의 아래를 더듬기 시작했다.

"하아, 하아. 향목아."

어쩜 이리 우리 색시 예쁜지.

그러고는 가장 은밀한 그곳에 손을 대니 향목이 그를 있는 힘껏 밀어내는데, 휴는 그 힘을 고스란히 받아 꽉 끌어안으며 속으로 되뇌는 것이었다.

'어딜? 너는 내 것이야.'

"아하."

향목의 한풀 꺾인 음성을 들으며 그는 만족스러운 기분과 함께 천천히 성이 난 자신의 중심을 그녀의 음부에 비벼대기 시작했다. 예쁘게도 살며시 젖어든 그녀는 그를 맞을 준비를 그렇게 하고 있었는데, 여인의 부끄러움이 고스란히 느껴져 그것이 어찌나 사랑스러운지.

그가 조심조심 끝을 맞추어 움직이다가 천천히 안으로 들어갔다. 그러고는 최대한 움직임을 자제하며 이성의 끈을 놓지 않으려 노력하는데, 그는 향목의 안으로 밀고 올라가면서부터 호흡이 가빠지기 시작하는 것을, 직감적으로 알 수가 있었다.

"향목아, 향목아."

너, 내 여자 맞구나.

입을 맞출 때 그의 가슴팍에 놓인 여인의 젖가슴의 위치 하며, 그의 손에 움켜쥘 듯 가느다랗게 놓인 허리선, 길게 뻗은 다리 하며 그와 합일한 순간, 그 꼭 맞는 맞물림이 그를 미칠 듯 행복하게 해 아련한 기운이 휴의 눈가에 퍼졌다.

향목은 아픈지 아랫입술을 깨물고서 그의 어깨를 밀어냈다가 이제는 되레 꽉 붙들고서 고통을 참아내느라 부들부들 떨고만 있는데, 잠시 그 모습을 바라보며 휴는 어쩔 수 없는 사내인지라 자신 때문에 아파하는 여인의 모습에 만족감을 느끼며 움직임을 빠르게 할 수밖에 없었다.

뜨거운 기운이 두 사람의 중심부에서부터 가득히 퍼져 나갔고, 그렇게 누가 누구의 것인지 모를 체액으로 깊이 젖어 들어갔다. 이윽고 동그마한 향목의 자궁 안으로 휴의 씨앗이 스르르 퍼져 나가는데, 향목은 당최 정신이 없어 그것이 무얼 의미하는 것인지조차 알 수가 없었다.

그저 끝났다는 생각에 서서히 몸에서 힘을 뺐을 뿐. 그럼에도 휴는 여전히 그녀의 다리 한쪽을 잡고서 미세하게 움직임을 멈추지 않고 있었다. 그가 갑작스레 향목의 납작한 윗배에서 동그마니 올라온 군살 하나 없는 자궁의 모양새를 손으로 더듬는가 싶더니, 향목이 부끄러워 손으로 가리는데도 불구하고 그것을 치워낸 뒤 나직이 말을 이었다.

"이곳에 오늘처럼 내가 평생 머무를 거고 또…… 흐흐, 여기서 우리 아기가 태어나겠지?"

그가 입술을 내려 향목의 귓불부터 시작해 턱 선, 입술까지 천천히 내려왔다.

"고마워, 향목아. 내가…… 많이 미안해."

그의 손은 여전히 향목의 젖가슴을 움켜쥐고 있었다.

향목이 그만 이유도 모르는 서러움에 왈칵 울음을 터뜨렸다.

휴가 그런 그녀를 품에 안고 가만 어르고 달래주며, 그렇게 두 사람의 첫날밤이 살살 아랫목의 군불을 지펴 나가듯이 지나고 있었다.

새벽녘에야 까무룩 잠이 들어 느지막이 깬 향목은 꿈인지 생시인지 눈꺼풀을 깜빡이며 고개를 돌려 장지문을 바라보았다. 문틈 사이로 연한 햇살이 비추어오는 것이, 또다시 왈칵 눈물이 쏟아지려 했다.

그녀가 입술을 깨물었다.

"향목아, 일어났니?"

휴의 음성이었다. 향목이 그만 흡, 숨을 들이켜며 가녀린 손가락으로 원앙금침 곱게 수놓아진 이불을 꽉 움켜쥐었다.

밤새 그녀를 안고서 귓가에 밀어를 속삭이고 또 몸을 비벼대던 사내에게서 더 이상 도망갈 곳이 없었다.

어젯밤 향목은 한 번 터진 울음을 주체하지 못하고 퍽도 섧게나 울었다. 휴는 이유를 묻지 않은 채 그런 그녀를 안고서 많이 사랑해서 미안하다는 말만을 되풀이할 뿐이었다. 그럴수록 향목은 그의 품에 안겨 눈물을 그치지 못했다. 그렇게 울다, 그와 정을 나누다, 수줍기만 한 일들을 반복하니, 어슴푸레한 기운이 신방으로 들어찼다.

휴의 끈끈한 땀이 밴 팔을 벤 채로 향목은 가물가물 정신을 놓았다.

"향목아, 아아, 향목아."

사내는 여전히 뜨겁게도 귓가며 젖가슴을 매만지고 있었다.

문득 아침 무렵, 휴가 한 차례 밖에 나가 놋대야를 들고 와 자신의 부끄러운 곳을 매만져 주던 기억이 났다. 끈적끈적하고 아릿한 기운이 가득한 그곳을 그가 정성스레 닦아주었던 것이다.

다리를 오므릴 기운도, 정신도 그때는 없었다. 그저 다시금 수마에 빠져들었을 뿐.

그러느라 눈을 떴을 때에는 나신이었다.

끼익.

순간, 향목은 질끈 눈을 감았다. 밖에서 들려온 대청 밟는 소리에 저도 모르게 몸이 떨려왔다. 어떤 방식으로 이제 그의 지아비가 된 휴를 마주해야 하는 것인지, 향목은 난감하기만 했다.

한순간에 혼례를 치르게 되고, 한순간에 사내를 경험하게 되고, 그리하여 한순간에 여인이 되었다는 것이 아직은 실감이 나질 않았다.

사랑으로 맺어진 것이 아니었다. 이것은…… 아아, 이것은 무얼까?

드르륵.

문이 열렸다.

소슬한 기운이 느껴지는 순간, 향목은 그와 동시에 코밑에 감기는 어질한 밤꽃 향을 다시금 희미하게 느꼈다.

말이 없던 휴가 무릎걸음으로 다가가 꽃살창을 반쯤 열었다.

"환기 좀 시킬까?"

그러고는 양반다리로 앉아 한동안 물끄러미 눈을 감고 있는 향목의 얼굴을 바라보았다.

"왜 그리 서러운 건데?"

나지막한 물음이었다. 향목의 속눈썹이 바르르 떨리다가 종국에는 참지 못하고 다시금 젖어들기 시작했다.

여전히 눈을 감고 지아비가 된 휴를 외면하고 있는데, 따스한 감촉이 볼에 느껴졌다.

손등으로 스륵스륵 뺨에 번진 물기를 닦아주며 휴는 그만 애처로운 눈이 되었다.

향목이 살며시 반쯤 눈을 떴다. 그 모습이 처연한 한 송이 꽃떨기 같았다.

말없이 부들부들 떨고만 있는 새색시를 보던 신랑이 천천히 고개를 숙였다.

드러난 고운 목선과 쇄골, 갸름한 턱 선이 다시금 휴의 아랫도리에 슬슬 불을 지피고 있었던 것이다.

몸은 장성한 사내라 하나, 그 역시 어리다면 어린 나이인지라 온통 마음을 뺏긴 여인 앞에서 그만 바짝 몸이 달아 볼까지 불그스름해졌다.

오히려 그때 차분히 사내의 입술을 받아들인 것은 향목이었다.

이제 와 그를 지아비가 아니다 부정하고 싶은 마음은 없었다. 되레 그녀 앞에서 조심조심 구는 휴가 어쩐지 향목은 안쓰럽기까지 했다.

초례청에 두 사람이 섰을 때처럼 부드러운 입술이 맞부딪치다 휴의 혀가 신부의 안쪽을 파고들었다.

다만, 정신이 없던 어젯밤과는 달리, 농염한 소리가 생경하고도 선명히 향목의 귓가에 들려, 그것이 무엇보다 싫은지라 그녀는 그만 고개를 돌려 버렸다.

휴가 천천히 얼굴을 물렸다. 눈가에는 뜨거운 기운이 고스란히 남아 눈동자가 몽롱했다.

"내가 싫어?"

향목은 고개를 저었다. 자신도 무슨 생각이었는지 모를 일.

스르르 온전히 눈을 떠 향목은 부끄러움 속에 처음으로 밝은 빛 속에서 평생을 함께하게 될 사내를 눈에 담았다.

휴의 얼굴도 붉기는 마찬가지였다.

이리저리 눈동자를 움직거리던 향목이 입을 열었다.

"오, 옷 좀 갈아입게……."

그러나 목소리가 갈라져 나와 이내 입을 다물어야만 했다.

뜻을 알아들은 휴가 아아, 하더니 몸을 돌렸다.

향목이 야속한 듯 그런 신랑의 뒷모습을 바라보다 다시금 입을 열었다.

"잠깐만 나가 있으면 안 되는지……."

마냥 부끄러워 말도 제대로 끝맺질 못했다.

"어어, 그, 그럴까?"

휴는 혼이 나간 사람처럼 기우뚱 일어나 장지문을 열고 나갔다. 몸은 온통 열기로 들끓고 있었다.

잠시 후, 향목이 모습을 드러냈는데, 어른들이 준비해 놓은 간소한 한복을 입고 있었다. 그 모습이 어찌나 청초한지 휴는 가빠지는 호흡에 멍청히 서서 뚫어져라 향목의 얼굴을 바라볼 뿐이었다.

향목이 그 시선을 조심히 피하며 섬돌 아래로 서려다 미간을 찌푸렸다.

"왜, 왜 그래, 향목아?"

향목이 아랫입술을 질끈 깨물고서 고개를 저었다.

가만 보니 한 손을 뒤로 한 것이 이상해 휴가 고개를 빼서 쳐다보았다. 향목이 후다닥 그를 지나쳤다.

휴가 넋을 놓은 채 그 뒷모습을 바라보고 있었다.

"아침상 들일거나?"

부엌간에서 들려온 물음이었다.

그때까지도 휴의 눈동자에는 향목이 들고 간 명주천이 어른거리고 있었다. 그것은 간밤에 휴가 그녀의 소중한 곳을 닦아주던 천이었다.

부끄러운지 향목은 사람이 나타나기 전 얼른 그것을 지워내려 한 것이었다.

휴가 뒷목을 슬슬 문지르며 얼뜨기처럼 벌어지는 입을 어쩌지 못했다.

"흐흐, 흐흐흐."

그제야 사내의 본성이 또다시 바짝 오른 휴가 성큼성큼 제 색시를 찾아 아흔아홉 칸의 신방을 나섰다.

아니나 다를까, 향목을 마주한 곳은 안채의 부엌간이었다.

그녀가 구석에서 조물조물 천을 빨아내는 모습이 보였다. 혈흔이 물에 씻겨 나가는 것까지도.

휴는 가슴 아리게 심장이 뛰어대는 것을 느꼈다.

'향목아.'

그가 문턱을 넘어 뒤에서 와락 향목을 안았다.

"흡."

향목은 숨을 들이켰다가 천천히 내뱉으며 가만 새신랑의 품에 안겨 있었다.

휴가 하얀 목덜미에 얼굴을 묻으며 말할 수 없는 사랑을 토해냈다.

그녀를 안아 들고서 다짜고짜 옆으로 난 조그만 문고리를 잡아 뺀 후, 마구 고갯짓을 하는 향목에게 입술을 비벼대며 안으로 밀어 넣었다.

다급해진 향목이 어젯밤 조심조심 존대어를 써오던 것도 잊고 급하게 그의 이름을 불렀다.

"휴, 휴야!"

"어어, 향목아."

방은 마치 향목의 아기집처럼 자그마했다.

밖에서는 신랑, 신부가 사라졌다며 찾는 소리, 또 연이어 찾지 말라는 소리, 웃음소리 따위가 어지러이 뒤섞여 들려왔다.

휴가 슬금슬금 버선발로 뒷걸음치는 향목을 바라보다 꼬마 신랑처럼 애원했다.

"한 번만, 한 번만 안아보자."

"싫어. 아침이고, 또……."

"안아만 보자."

그리 대답한 휴는 우격다짐으로 다음 말을 듣지도 않고 향목에게로 털썩 쓰러졌다.

"아아."

밖의 눈치를 보느라 이러지도 저러지도 못하는 새색시의 고운 아미가 애처로이 흔들렸다. 참말 어린 신부였다.

휴가 그런 신부의 속사정 따윈 모르겠다는 듯, 여기저기 입을 맞추다 급하게 바지춤부터 끌어 내렸다. 향목은 두 눈을 질끈 감았다.

그렇게 어린 두 사람의 초야가 지나는 듯, 지나지 않는 듯, 중천에 걸린 산외면의 해가 갸웃 고개를 흔들었다.

어린 새색시의 애가 바짝 탔다면, 그네와 연분 맺은 새신랑의 애간장은 온통 흐물흐물 녹아내리고 있었으니.

아아, 사랑! 사랑! 사랑이 흐드러졌구나!

제법 추위가 풀리고 때로는 따스하다 싶은 바람결이 산외면을 스치고 지나갔다.

2월의 어느 날, 아직도 맵시 고운 한복 차림의 새댁은 행주치마까지 가느다란 허리에 동여매고서 시할아버지 앞에서 아침 식사를 하고 있었다. 모든 것이 솜씨 좋은 이 새댁 아기씨의 손에서 나왔지만, 생긴 것은 마치 아기마냥 얼굴에 아직도 보송보송한 기운이 가득해서 간혹 일하는 사람들은 그것이 신기한지 향목을 물끄러미 쳐다볼 때가 있었다.

하물며 신랑은 어떠했겠는가. 감히 할아버지고 할머니고 신경

아흔아홉 칸 집의 방방마다 불이 켜지고 359

도 쓰지 않은 채 온갖 좋은 찬들을 신부 앞에 턱, 턱, 놓아주니 일하는 사람들이 까르르 웃음을 토해냈다.

향목이 얼굴을 붉히며 말을 하길,

"괘, 괜찮아요. 이러지 마세요."

제 신랑더러 마치 지나던 나그네에게 건네듯 하는 그 말에 모른 척 식사를 하던 김습마저 쿨럭거리며 웃음을 참으니, 당사자만 모른다 뿐 새 식구 들어와 집 안에는 온통 밝은 기운이 넘쳐흘렀다.

식사가 끝나고 어째 서운한 듯 주방을 서성이는 휴의 뒤통수에다 대고 '너는 나를 따라오너라'라며 더 이상 여인네들의 공간을 기웃거리지 못하게 김습이 손자를 다그쳤다.

휴의 얼굴에 사뭇 아쉬운 기운이 번져 나갔다.

그런 것도 모르고 향목은 부지런히 사골 국물을 우려내는 곳에서 기름을 떠내기 바쁘니, 일하는 사람들이 저것 보라며 저들끼리 수군거렸다.

"새댁."

"예, 말씀하셔요."

향목이 행주치마에 손을 닦고는 공성댁을 쳐다봤다.

"저으기, 이 집 온 지 한 한 달 되었나?"

"음…… 예, 아마도."

그러자 공성댁이 뭔지 모를 웃음을 살며시 머금으며 말을 했다.

"새댁 말이야, 신랑이 새댁 바라기가 되어서는 동네에서 어린 것들한테 바보 소리 듣는 거 아는가 몰라."

"예?"

향목이 되묻자마자 공성댁이 이어 말했다.

"그래도 새댁이 눈길 한 번 제대로 안 주는 그 신랑이 산외면의 외지 신부들한테는 인기 최고인 거 알아?"

"그게 무슨……."

"왜 우리 동네에도 외국에서 온 처자들 많잖아. 말이 통하는 데다가 이 집 도련님이 그네들 눈에도 잘생겨 보이는 거지. 그러니 괜스레 이 집 문간방을 기웃거리지 않겠느냐고."

그러면서 공성댁은 재차 말을 이었다.

"그리 데면데면 굴지 말고 눈길 한 번 제대로 줘. 신랑 애달아."

그때 한 씨가 흐흥, 웃으며 설거지를 하다 말고 덧붙여 말했다.

"아, 밤에는 안 그럴 것 아니여. 한방에 젊은 총각, 이쁜 처녀 붙여놨으니 말 안 해도 뭔 일이 나도 날 판인디, 훤한 낮에만 모른 티키 하는 것여?"

그 말에 그만 향목의 얼굴이 새빨개지고 마는데, 그때 소씨 부인의 헛기침 소리가 들려왔다. 그녀가 주방으로 들어와 세간을 기웃거리듯 하며 말을 했다.

"향목이는 뭐 볼일 있다고 하지 않았던가? 그만 위에 올라가 보고, 한 씨 자네는 나 좀 봄세."

향목은 마저 일을 하겠다는 말을 하려다가 소씨 부인의 엄해 보이는 얼굴을 마주하고는 꾸벅 인사를 하고서 위층으로 향했다. 그때, 아래서 언뜻 한 씨를 다그치는 소리가 들려왔다.

"언젯적 향목이인 줄 아는가? 이 집 사람 됐으니 말조심 좀 하게. 그저 내 사람은 내가 추켜야 올라가는 것이고, 내가 아래로 보면 남도 그리 보는 것이야. 말투 하며 그게 뭔가!"

향목은 모든 것이 아직은 그저 얼떨떨하기만 해서 위층에 올라

가서 쉴 수 있다는 사실에 해방감을 느꼈다.

'수강 신청만 하고 잠깐 눈 좀 붙여야지.'

다행히 어르신들은 향목의 학교생활을 지지해 주셨던 것이다.

위층으로 올라간 향목은 컴퓨터를 켜고 수강 신청을 위해 학교 사이트에 접속을 하는데, 아무래도 사람이 많이 몰렸는지 서버가 마비 상태였다. 잠시 침대를 물끄러미 쳐다보다 창밖에서 쏟아지는 햇살이 너무도 포근해 보여 향목은 그만 유혹을 이기지 못하고 침대로 걸어가 잠시 잠을 잘 요량으로 몸을 말았다.

스치듯 밤새 그녀를 곤혹스럽게 하던 휴가 떠올라 얼굴에 붉은 기운이 번졌다가 사라졌다. 아마도 이리 졸음이 몰려오는 것은 그런 연유이리라.

한편, 휴는 서울로 다시 올라간 아버지를 대신해 할아버지로부터 한 해 집안의 대소사를 전해 듣다가 향목이 2층으로 향하는 소리에 그만 정신을 뺏기고 말았다. 온몸이 근질근질해져서는 할아버지의 말을 죄 흘려버린 채로 어떻게 하면 자리를 뜨나, 그 생각에 골몰해 있자 김습이 한마디를 했다.

"거, 정신이 딴 데 가 있는 놈한테 내 무슨. 그만 나가 보거라."

휴는 사실 향목의 고운 얼굴이며 섬세한 목선, 이제는 알고 있는 그 아름다운 나신이며 그에 취해 버린 밤의 시간들을 떠올리며 상기된 얼굴을 하고 있었다.

그는 전혀 부끄럼도 타지 않은 채로 할아버지를 향해 빙긋이 웃어 보이더니만 벌떡 일어나 나가려다 말고 돌아서서 꾸벅 허리까지 숙여 절을 했다.

"감사합니다."

"저, 저……. 큰일이구만. 저러니 동네 바보 소리를 듣지."

그렇게 말을 해놓고도 김습 역시 나오는 웃음을 감출 수가 없었다. 자신은 겨울날의 늙은 고목나무처럼 세월에 무뎌지고 단단해져 감정이 점차 사라져 가고 없는데, 젊은 청춘 남녀의 쫓고 쫓기는 듯한 사랑놀음을 보고 있자니 절로 봄날마냥 회춘을 하는 느낌마저 들어 그것이 그리 눈살이 찌푸려지지 않던 것이다.

그렇다면 요사이 동네 바보 소리를 듣는 휴는 대관절 어떤 모습이기에 그런 놀림까지 듣는 것일까?

휴는 향목을 놀래어줄 요량으로 살금살금 2층 계단을 밟고 있었다. 그 옛날에도 하지 않던 숨바꼭질 놀이에 푹 빠진 듯 짓궂게도 매번 색시가 싫어하는 짓만 골라 하는 것이었다.

"왕!"

그런데 문을 벌컥 열고 들어간 곳에선 향목이 눈이 부실 듯한 햇살을 받은 채 나비잠을 자고 있었다.

'아아, 향목아. 내 색시.'

휴는 그만 절로 아랫도리가 뻣뻣해져 순간 어질함마저 느꼈다. 그의 입가에서는 웃음기가 사라지고 없었다.

향목의 등에 손을 가져다 대어 자신의 가슴팍에 젖가슴이며 날씬한 배를 꼭 붙이고는 귓가에 그녀의 이름을 부를 때면 향목은 늘 손등으로 입가를 가리며 수줍어서 어쩔 줄을 몰라 했는데, 그러면 휴는 그 모습이 너무도 사랑스러워 매번 가쁜 호흡을 들이켜야만 했다. 그런데 그 모습이 선연히 떠오르며 지금 향목의 하얀 얼굴에 살며시 흘러내린 머리칼에조차 반응을 하게 되는 것이었다.

그가 천천히 걸음을 옮겼다. 떨리는 손으로 이불을 찾아 덮어주던 휴는 점차 가빠지는 호흡을 어쩌지 못하고 환한 햇살 아래 나비잠에 빠진 향목 옆에 살며시 누웠다가 종국에는 바싹 붙어 머리칼을 쓸어주고 여기저기에 입을 맞추기 시작했다.

그래도 깨어날 줄을 모르는 향목을 보며 휴는 자신이 근래에 향목을 너무 못 재웠나 하는 자책에 스르르 미안한 마음을 느끼며 무안한 듯 웃음을 지었다. 그러고는 그녀 곁을 차마 뜨지는 못하고 애써 자신도 잠을 한숨 청해볼까, 부러 이런저런 딴생각을 해보는 휴였다.

그가 빳빳하게 솟아오른 아랫도리를 달랠 겸, 가만 잠든 향목에게 말을 건넸다.

"그거 알아, 색시? 나 장인어른한테 혼례 올리기 전에 세 대나 맞은 거. 내가 일전에 그 바나나 사건을 고백했거든. 그랬더니 장인어른이 묵묵히 생각에 잠기시더니만 나더러 세 대를 맞으라고 하시더라. 네 마음 아프게 한 거, 장인어른하고 장모님 마음 아프게 한 거, 너 데려가는 거, 그렇게 세 대. 그때 내가 부디 세게 때려달라고 부탁을 드렸는데, 하필 멍든 데를 안 가리고 때리시더라. 그리고 진짜로 사위고 뭐고 어찌나 힘껏 때리시는지, 맞고 나서는 그냥 얼이 나가서 나도 모르게 웃었잖아. 근데 그날 장인어른하고 나하고 도준이까지 끼어 가지고 얼싸안고 밤새 술 마셨다는 거, 너 그거 모르지?"

졸졸 흐르는 산외면의 내천에도 어김없이 봄의 아지랑이가 피어올랐다. 외지에서 시집을 온 여인들 덕에 산외면에는 다시금 천

진난만한 웃음소리가 퍼져 나갔는데, 그 아이들이 서로 조약돌을 던지며 강가에서 노는 소리가 절로 지나는 이들의 마음을 훈훈하게 했다.

그러나 이렇듯 봄이 왔음에도 어째 심율 김습의 집은 요상한 바람이 솔솔 부니, 산외면의 사람들은 눈을 크게 뜨고 그 댁의 숟가락마저 살필 요량으로 지켜보고 있었다.

기실 1층은 진정 봄이 왔음을 알리듯 훈풍이 마구 부는데, 2층은 찬바람이 쌩쌩 부니 이 어쩐 일인가.

김습의 만면에 웃음기가 가득한 것에 반해 사실 향목은 좀체 짓지 않던 표정을 하고 있었는데, 입술을 뾰족 내밀고서는 새신랑을 마주칠 때마다 잔뜩 앵돌아진 짝지마냥 굴었던 것이다. 늘 향목을 졸졸 쫓아다니는 휴였기에 그러한 모습은 산외면 사람들에게 이제는 익숙하기도 했다.

"으흐흐흐, 신랑이 그냥 애가 닳아부네."

"그나저나 시방, 참말로 신통방통혀. 저리 체구가 큼직허면 밤일도 그냥 도통한가?"

"으흐흐흐, 긍게. 분명히 사고를 친 것은 아닌디 말여."

"자네, 향목이 듣는 앞에서는 그런 소릴랑 말게. 요사이 향목이 보면 통 동네를 돌아다녀도 얼굴을 못 들고 다니는 것이, 그렇게나 부끄러운가."

"글기도 허겄지. 향목이 고 깔끔한 성질에. 거기다 요새 세상은 스무 살에 누가 아를 배? 시쳇말로 아가 아를 밴 것이제. 저거, 향목이 봐봐. 아직도 얼굴에 솜털이 보송보송한디 뭘. 아직 애기지, 애기."

날씨가 풀리고 마실 다닌다는 명목으로 뒷짐을 진 채로 동네를 거닐던 아주머니들은 괜스레 김습의 양옥 정원을 기웃거리며 이렇듯 두 남녀를 살피고 있었다.

그랬다. 향목의 졸음 기운이 심상찮다 싶었는데, 알고 보니 아기를 가진 것이었다.

향목은 분명 피임을 했는데 일이 이렇게 되자 이만저만 속이 상하는 게 아니었다. 학교를 휴학하게 된 것은 둘째 치고서라도 동네 사람 보기가 창피하고 친정아버지며 어머니도 축하를 해주기는 하는데, 어찌나 얼굴 들기가 면구스럽던지. 거기다 날짜를 알고 보니 첫날밤에 아기를 가진 것 같다 하니 더더욱 난처하기가 이만저만이 아니었다. 한데 그 속도 모르고 자꾸만 자기 뒤를 졸졸 쫓아다니는 신랑을 보고 있자니 어찌나 얄미운가. 아주 그냥 미워 죽겠다.

향목은 어르신들이 안 보는 틈을 타 휴를 향해 톡 쏘아붙이는 중이었다.

"저리 좀 가요! 일하는 거 안 보여요? 저리 가란 말이에요!"

그러면 휴는 얄미운 놈이 얄미운 짓만 골라 한다고 능글맞게 웃으면서 자꾸만 허리를 만진다거나 하면서 지분거려 오는데, 그러면 또 향목은 그녀답지 않게 찰싹, 신랑의 손등을 매섭게도 때리는 것이었다.

"향목아. 아이, 향목아. 화 좀 풀어라. 응?"

사실 휴는 향목이 밤에 근처에도 못 오게 하고 만지지도 못하게 하는 등 자신에게 매몰차게 굴어도 그저 그녀가 예쁘고 사랑스러워서 어쩔 줄을 몰라 했다. 게다가 그녀가 남학생들이 즐비한 학교로 돌아가는 것이 내심 마음에 안 들었는데 이렇게 떡하니 명분이 생겨 버리니, 그게 그렇게나 짜릿할 수가 없었던 것이다.

아직 향목으로부터 사랑한다는 말은커녕 그 비슷한 낌새조차 느끼지 못한 휴로서는 행여 나이 어린 그녀가 다른 남자에게 연정을 느낄까 결혼을 하고도 늘 그것을 생각하면 자다가도 벌떡벌떡 일어날 정도였는데, 그 문제가 일단은 해결된 셈이니 묵은 체증이 일시에 내려가듯 그저 통쾌했던 것이다.

거기다 고 조그만 배 안에 자신의 아이가 들어 있다니, 그의 나이 비록 스물밖에는 되지 않았지만 새삼 그 생각을 하면 갑자기 기분이 이상해지는 것이, 감격에 겨워 멍해질 때가 있었다.

하지만 평소 화를 내지 않던 향목이 한 번 화가 나자 짱돌마냥 무지하게 단단했으니.

어느덧 시간이 흘렀고, 향목이 입덧을 시작했다.

곤할 만도 하련만, 오히려 상황이 이렇기에 절대 티를 내고 싶어 하지 않던 향목은 일중독에 빠진 사람마냥 일을 찾아 바지런히 움직였다.

소씨 부인이 오히려 안절부절못할 지경일 정도로.

"아가, 들어가 쉬어라. 응?"

그러면 향목은 행주를 내려놓고 얌전히 예, 소리를 하다가도 그만 휴의 꼴이 보기가 싫어져 밖으로 나와 버리곤 했다. 그러고는 아직은 찬 기운이 서린 공기를 후아후아, 들이켜며 열을 삭이려 노력했다.

그렇게 혼자 있는 시간, 공간을 찾아 움직이던 까닭에 향목의 조금은 날 선 동향은 주변 이들에게도 고스란히 읽히고 있었다.

"아이를 가지니 예민해진 게지. 음."

괜스레 소씨 부인은 그리 말을 했지만, 기실 향목이 자신의 앞날에 대한 걱정과 휴에 대한 원망이 뒤섞여 모나게 행동한다는 것을 알고 있었다.

휴는 어떠했을까?

누구보다도 애타는 이는 그였다.

향목이 그를 피해 어딘가로 꽁꽁 숨어버릴 적에, 처음에는 매번 쫓아가 어르고 달래며 품에 안아 미안하다 속삭여도 보고 했지만, 나중에는 향목의 뜻이 너무도 굳건한지라 그저 멀리서 바라만 봐야 할 뿐이었다.

그러니까, 그녀가 뒤란 대밭에 서서 멍하니 한숨을 내쉬어도, 딴생각에 사로잡혀 장독대의 독들을 마른 행주로 하염없이 문지르고만 있어도 그저 그 모습을 시야에 담을 뿐, 더 이상 이전처럼 가까이 가기는 어려웠다.

그러던 어느 날, 그날도 향목은 뒤란의 대밭에 선 채로 처량 맞은 한숨을 내쉬고 있었다. 행여 어른들 눈에 띌까 몰래 나와 바람결에 흔들리는 대나무 소리를 가만 듣고 있는데, 어깨가 축 처지는 것이 서글프기까지 했다.

한데 문득 뱃속 아이에게 못 할 짓이라는 생각에 퍼뜩 정신이 든 그녀가 살살 배를 문지르며 혼잣말을 중얼거렸다.

"아가, 미안해. 엄마가 바보라서 미안해."

그 모습을 2층 창가에서 물끄러미 바라보고 있던 휴는 차마 그때만은 참지를 못하고 아래로 향했다.

걸음을 재우쳐 뒤란으로 가니, 그녀가 추운 듯 몸을 떨고 있었다.

"향목아."

향목이 몸을 돌렸다.

대밭 너머로 불어오는 바람결에 향목의 머릿결이 흩날렸다.

휴는 그런 향목을 물끄러미 바라보다 풀지 못할 감정의 실마리에 그만 자신조차 애처로워져 미간을 모았다.

그가 빠른 걸음으로 향목에게로 다가갔다.

자갈밭 자그락거리는 소리가 그녀의 귓가에 선연히 꽂혀들었다.

와락, 휴가 향목을 안았다.

"향목아, 향목아."

매번 불러도 애끓는 심정이 되어버린다.

가만 휴의 품에 안겨 있던 향목이 갑자기 그를 밀쳤다. 그러고는 뒤를 돌아 뛰기 시작하는데, 행여 향목이 엎어져 다치기라도 할까, 놀란 가슴에 휴가 본능적으로 움직였다.

"향목아! 향목아!"

그때만큼은 지나치는 동네 사람들의 표정도 아랑곳 않고 향목은 눈물을 쏟으며 휴를 피해 달아났다.

그러나 산외면 이 산골짜기 시골 마을에 숨을 데가 어디 있단 말인가.

뛰는 듯 걷는 듯 걸음을 재촉해 그녀가 당도한 곳은…… 그랬다. 결국에는 여기밖에는 없는걸.

아흔아홉 칸 맞은편의 호지집을 돌아 솟을대문 안으로 들어선 그녀는 협문을 열었다.

어릴 적 추억들이 와락 그녀의 품 안으로 밀려들었다.

순간, 아무도 없는 이 고즈넉한 공간이 가져다주는 말 못 할 모성애에 향목은 눈물이 비어져 나왔다.

언제라도 와서 위로받아도 좋은 곳.

향목이 디딤돌을 성큼성큼 밟고 지나가 사랑채의 용마루에 턱 앉았다.

맥이 풀린 손목이 300년을 살아낸 마루 위에 놓였다.

눈물이 뚝뚝 떨어져 내렸다.

그때였다.

"향목아, 향목아!"

바깥 행랑채를 돌기만 하면 금시 휴와 대면하게 된다!

생각할 겨를도 없었다.

향목이 마치 어리던 그날처럼 신발을 벗어 들고서 후다닥 다락 천장으로 향했다.

옛날에는 이 좁은 곳에 안잠자기 하녀가 들어가 쪽잠을 자다 주인어른이 기침을 하면 가만 소리를 듣다 쪽문을 열고 나와 부엌간에서 자리끼를 떠다 주었다지.

끼익.

향목이 미간을 모은 채로 뒤를 힐끔 돌아보았다가, 얼른 위로 올라가 문을 닫았다.

분명 휴에게 들켰음에도 혼자 있고 싶은 마음에 무릎을 끌어 모은 채로 그녀는 흐흐흑, 흐느꼈다.

지척에 휴가 있었다.

"얘기…… 안 할래?"

손등으로 입을 가리고서 눈물을 꾸역꾸역 참던 향목이 그만 서러워져 더는 참지 못하고 엉엉 울음을 토해냈다.

그러자 이제는 그가 듣든 말든 상관이 없어져 버렸다.

한동안 문 너머에서도 말이 없었다.

그러다 천천히 다락 천장의 미닫이문이 스르르 열렸다.

향목이 말했다.

"너는 왜…… 네 생각만 해? 나는? 내 인생은 어쩌라고? 나도 내 꿈이 있고, 욕망이 있어."

내내 흐느끼면서도 향목은 끝내 말을 이어 나갔다.

말이 없던 휴가 이윽고 입을 열었다.

"나는…… 네가 내 색시라서 좋아. 그런데 내 색시가 나를 떠나 다른 세계를 만들어 버리면, 그러면 나는 어쩌나, 그런 생각에 잠도 못 자."

향목은 붉어진 콧방울을 소매로 훔치며 세게 고개를 저었다. 더 이상 말이 나오지 않고, 그저 그렇게밖에는 그에게 표현을 못 하겠다.

억울함에 엉엉 우는 소리가 담장을 넘었다.

얼마나 지났을까?

"애기도 힘들어해. 그만 울어."

그 말에 향목은 잠시 어깨를 움찔했다. 그러고는 붉은 볼을 하고서 미간을 찌푸린 채로 고개를 숙였다. 그녀는 아직은 납작하기만 한 자신의 배를 바라다보았다. 잠시간 설움을 잊은 순간이었다.

휴가 손을 뻗었다.

"이리 내려와."

향목은 갈등했다. 그것을 휴는 고스란히 읽고 있었다.

휴의 손이 결국 그녀의 가녀린 어깨에 가 닿았다.

그래도 내 서방인걸.

향목이 그의 품에 못 이긴 듯 안겼다.

휴가 그녀의 무릎 아래로 손을 넣어 번쩍 안아 들고서 대청을 밟았다. 그러고는 한쪽에 자리를 잡고 앉아 흔들흔들 아기 어르듯 그녀를 달랬다.

"어엉, 미워. 어어, 억울해. 정말로 억울해."

향목이 어린아이처럼 그 앞에서 다시금 눈물을 쏟아내자 휴가 물었다.

"학교 못 다니게 된 게 서러워? 아니면 내 아이…… 가져서 서러워?"

그 말에 향목이 서서히 눈물을 그쳤다.

담장을 넘어 봄뜻을 알려오는 소소리바람이 불어왔다.

시작은 부드럽고도 희미했다.

쪽.

휴가 그녀의 머리칼을 넘겨주며 이마에 입을 맞추었다.

쪽.

그러고는 콧등에.

쪽.

입술에 입을 맞추다 그녀를 와락 끌어안았다.

그러고는 억센 힘으로 다시금 고개를 비스듬히 기울여 그녀의 입술을 머금기 시작했다. 향목은 또다시 시작되는 어질한 기운에 그를 꽉 붙들었다.

"못 놓아줘. 내 건데. 넌 내 건데."

향목이 속을 끓이는 동안 휴도 어지간히 애가 탔나 보다.

뜨거운 호흡이 그녀의 입술을 넘나들었다.

그날의 일이 있은 후, 살얼음이 낀 것만 같던 향목의 마음에도 살며시 봄이 찾아들었다. 물론 여전히 냉랭한 기운은 감돌았으나, 적어도 휴에게서 꽁꽁 모습을 감추려고 기를 써대지는 않았다.

입덧은 더욱 심해졌다.

그럼에도 그녀의 성정상 어르신들에게 말은 못 하고 신랑인 휴에게도 이를 내색하려 들지 않던 기간이 있었으니, 향목은 먹고 싶은 게 있어도 먹질 못하고 마르기만 했다. 급기야 동네 사람이 보면 흉으로 알까, 고심하며 동생 도준에게 부탁까지 할 생각으로 음식 냄새를 피해 멍하니 정원에 나와 앉아 있는데 어김없이 휴가 눈치를 보며 천천히 다가오기 시작했다.

향목의 갈등이 시작되었다. 그녀가 미간을 찌푸린 채로 가만 정원의 바위 위에 앉아 있는데 휴가 말을 걸어왔다.

"바닥 차. 다른 데 앉지그래?"

이제는 휴도 향목에게 말을 걸 때면 조심스럽기 그지없었다.

어쩐지 향목은 눈물이 비어져 나와 눈을 찌푸리는데, 눈물을 왜 이리 참을 수가 없는지 결국 그렁그렁한 물기를 눈가에 매달고야 말았다.

아이를 배고서 이토록 눈물 마를 날이 없는 새색시는 아마도 없을 것이었다.

"후."

휴가 바닥에 쪼그리고 앉더니 향목을 올려다보며 물었다.

"아이 가진 것이 그렇게 싫어?"

그간 휴에게 매몰차게는 굴었어도 그 말은 순간적으로 듣기가 거북해 향목이 얼른 나오지도 않은 배로 손을 가져가며 고개를 저었다.

"그럼 뭐야? 정말로 내 아이 가져서 싫은 거야?"

향목이 또다시 고개를 저으며 눈물을 주르륵 흘렸다.

"애기 들으니까 그런 말은……."

그에 휴는 순간적으로 마음이 놓여 저도 모르게 눈을 사르르 감았다가 떴다. 향목은 그때 이미 얼굴이 눈물로 범벅이 되어 있었는데, 난생처음으로 신랑의 손을 먼저 잡고서 부탁을 하는 것이었다.

"먹고 싶은 게 있는데, 꼭, 그런 말도 나는 못 하고……."

그에 미간을 찌푸리고 있던 휴의 얼굴에 화색이 돌기 시작했다.

"뭔데? 어? 뭐야? 말해!"

향목이 어쩐지 얼굴을 붉히더니만 말을 못 하겠다는 듯 고개를 젓기 시작했다.

"왜 그래? 구하기 어려운 거야? 걱정하지 말고 말해봐. 내가 어떻게 해서든 구해 올 테니까."

고운 볼을 타고 또다시 눈물방울이 주르르 흘러내렸다. 향목이 고개를 푹 숙이더니 한다는 말이,

"……나나가 먹고 싶은데……."

휴가 향목에게로 바짝 귀를 가져다 대며 다시 물었다.

"응? 뭐?"

향목이 모기만 한 소리로 대답했다.

"바나나……."

"바나나?"

휴의 목소리가 너무도 큰 나머지 놀란 향목은 안을 살피며 조용히 하라고 재빨리 손짓했다. 그러나 한 번 흥분한 아기 아빠를 쉬이 말릴 수는 없었다.

"바나나! 내가 얼른 구해 올게!"

그러고는 마구 뛰어가기 시작했다. 그러다 가만 생각을 해보니 어쩌 이리 웃음이 나오는지, 휴는 미친개에 물린 것마냥 배를 잡고 웃기 시작했다.

바나나가 무엇인가. 향목이 어릴 적 자신 때문에 입에도 대지 않은 과일이 바나나 아니었던가.

"우리 색시는 왜 이리 귀여운 겨."

휴가 평소 잘 쓰지도 않던 사투리를 써가며 연방 우리 색시, 우리 색시, 노래를 불렀다. 그러니 지나던 아이들이 동네 바보 형이라며 놀리는 것도 그리 이상한 일은 아니지 않았겠는가.

한데 그러던 휴가 단단히 화가 났던 날이 있었으니.

향목이 휴에게 그렇게 보쌈 당하듯이 시집을 가버리고 나자 정길이 악에 받친 듯 선을 본다는 둥, 다방의 여인들에게 돈을 물 쓰듯 쓴다는 둥, 이상한 이야기들이 들려왔는데, 그 말을 여실히 보여주기라도 하듯 그는 스쿠터에 늘 여인들을 매달고서 부르릉 산외면을 내달렸던 것이다.

그의 엄마도 어딜 가나 김습을 어른 취급 하지 않으며 욕을 해대는가 하면, 향목이를 두고서도 입에 담지 못할 말들을 서슴없이 해대었는데, 그런 것이 화근이 되어 동네 사람들은 그 집 식구들을 약속이나 한 듯 상대해 주지 않았다.

가령 정길 엄마가 지나며 밭에 씨앗 뿌리는 시기를 괜스레 한 번 물어봐도 쳐다보지도 않은 채로 대답을 느지막이 해준다든가, 상점에 가도 그녀가 만지는 물건을 주인이 부러 도로 매만지는 등, 동네의 찬 기운을 여실히 느낀 그네들은 결국 이사를 결정하고야 말았다.

한데 그날, 향목이 창밖으로 정길네 이삿짐을 실은 트럭을 내동 바라보다 가만 침대에 누워 앓듯이 시름시름 굴었던 것이다. 모른 척 그 모습을 지켜보던 휴는 속이 타다 못해 화가 머리끝까지 치밀어 올라 밖에 나가 죄 없는 나무를 내려치고 발길질을 해대다가 머리를 쥐어뜯어 지나던 사람들을 놀래게 만들었다.

요사이 늘 웃음을 매달고 다니던 휴가 허리에 손을 얹고서 분을 삭이지 못하는 모습에 동네 사람들은 무언가 심상찮음을 느끼고서는 말도 붙이질 못했고, 아이들 또한 동네 바보라고 놀리던 큰형의 모습을 눈을 동그랗게 뜬 채로 바라볼 수밖에 없었다.

내내 마음을 가라앉히려 노력하던 휴가 2층의 창문을 바라보더니 다시 위로 올라갔다.

여전히 향목은 침대에 누운 채로 사람이 와도 본척만척이었다. 휴는 잠시 속으로 한숨을 집어삼킨 뒤 침대 가에 쪼그리고 앉아 부드럽게 향목을 불렀다.

"향목아."

그러나 향목은 빤히 눈에 보이는데도 눈을 감고서 잠이 든 척을 하고 있었다. 휴는 저도 모르게 그만 화를 참지 못하고 자리에서 벌떡 일어났다.

"아후."

그가 머리를 연신 쓸어 올리며 방 안을 왔다 갔다 하다가 벽을 한 번 내려치자 놀란 향목이 번쩍 눈을 떴다. 휴의 주먹은 이미 쥐까져 피가 흘렀고, 그의 얼굴은 화로 인해 벌겋게 물들어 있었다.

"왜, 왜 그래?"

저도 모르게 향목이 결혼 전처럼 반말을 했다. 그에 허리에 손을 얹고 있던 휴가 손으로 창밖을 가리키며 다짜고짜 물었다.

"너 똑바로 말해. 아직도 정길이 좋아해?"

향목의 눈이 크게 뜨였다. 그녀가 침대에서 천천히 일어나 멍하니 자신의 신랑을 올려다보는데, 휴가 근래에 본 적이 없는 모습으로 주먹을 쥔 채로 천장을 보며 연신 한숨을 내쉬는 것이었다. 피는 이미 고이고 맺혀 바닥으로 뚝뚝 떨어져 내리고 있었다.

향목의 머릿속에 결혼을 하고서 휴와 함께 서울에 있는 휴의 어머니 집을 방문했을 때가 스치고 지나갔다. 그의 어머니는 휴에게 서운함을 토로하며 문조차 열어주지를 않았고, 향목은 내려오는 길에 말이 없는 휴의 모습을 통해 그의 가슴에 맺힌 외로움 같은 것을 선연히 읽을 수가 있었다. 한데 그 모습이 지금 그에게서 보이고 있는 것이었다.

향목이 일어났다.

"저기, 손 좀 보여줘 봐."

그러나 휴는 아픔 따위를 느끼지 못하는 듯했다.

"말하라니까! 너 정길이 좋아하냐고!"

분명 아래층에서도 큰 소리를 들었는지 주변이 너무도 고요했다. 그만큼 휴의 분노는 극에 달한 듯 보였다.

향목이 얼른 고개를 저었다. 사실 향목은 정길을 좋아하지 않았다.

이제 그녀는 분명 이 집안의 여자였고, 휴의 아이를 가진 몸이라는 것을 누구보다도 제일 잘 알고 있는 그녀가 아닌가. 애초에 사랑이라고 할 것도 없고, 그런 감정 자체를 알지도 못한 향목이었다. 다만, 자신으로 인해 동네에 분란이 생긴 것만 같아 그것이 속상했던 것이다.

"아니야. 그게 아니라……."

갑자기 휴가 향목에게로 다가오더니 사납게 그녀의 입술을 빨아들이기 시작했다. 아기를 가졌다는 핑계로 향목은 그간 휴를 근처에도 오지 못하게 했는데, 그 벽이 순식간에 와르르 깨지고 있었다.

내내 향목의 입안을 훑고 입술을 머금던 휴가 갑자기 문가로 걸어가더니 철커덕 문을 잠갔다. 향목의 눈이 커다래졌다. 그녀가 도리도리 고개를 저으며 정신없이 말을 했다.

"저기, 지금 어르신들이 아래서…… 그리고 애기한테도……."

휴가 옷을 벗어젖히며 무뚝뚝하게 말했다.

"의사가 괜찮댔어."

"저기, 저기, 내가 잘못했어. 응?"

향목이 저도 모르게 빌기 시작하자 그 모습을 보던 휴가 마음이 아프다는 듯 가슴을 쥐어뜯더니 행동을 멈추었다. 향목이 스르르 눈을 감았다 뜨며 휴에게 다가가 말했다.

"손 좀 줘봐. 아, 어떡해."

그녀가 정신없이 약 상자를 꺼내 분주하게 소독을 하고 세심히 연고를 바르며 휴의 얼굴을 들여다보았다.

"많이 아파?"

그때 이미 휴의 화는 저만치 날아가 버리고 얼굴은 새로운 감정으로 인해 상기되어 가고 있었다. 그가 언제 화를 냈냐는 듯, 향목의 얼굴을 지그시 쳐다보더니 말했다.

"너 이러면…… 나 힘들어."

잠시 눈을 깜빡이던 향목이 어느새 그 말을 알아듣고 얼굴을 붉히며 고개를 떨어뜨리는데, 휴가 그녀의 턱을 들어 올려 입을 맞추었다. 입을 떼었을 때, 휴는 이미 마음의 결정을 단단히 내린 상태였다.

"우리 애기 안 놀라게 조심할 테니까, 한 번만. 제발 한 번만 안아보자."

"만날 한 번만이라면서……."

향목이 안 된다며 고개를 저었지만, 어째 그녀의 저고리 안쪽으로 밀고 들어오는 사내의 손길을 뿌리치는 모양새가 그전만큼 단호하지를 못했다.

향목의 오금이 침대에 걸려 털썩 쓰러지자 휴가 대번에 자신의 셔츠를 벗어젖혔다. 그러고는 단숨에 바지도 내려 버렸다.

요사이 매번 보아왔지만, 향목은 볼 때마다 시선을 어디 둘 데 없고, 난감하기 그지없는 장면이었다. 그의 분신이 빠르게도 부풀어 허공에서 이리저리 움직이고 있었던 것이다.

그를 닮은 것인지, 크기도 컸다.

향목이 붉어진 얼굴로 고개를 모로 하고 있자니 휴가 으흐흐, 웃었다.

"징그러워. 그렇게 웃지 좀 마."

그러거나 말거나 휴는 기분이 이전과는 급격히 달라진 듯, 와락 향목에게로 뛰어들며 말했다.

"우리 색시, 안아보자!"

"으으."

향목은 휴의 힘에 놀라 신음을 흘릴 수밖에는 없었다.

"내가 할게, 내가."

"어딜? 우리 색시는…… 끄응, 너무 굼벵이라 기다리다…… 하아, 서방 죽는다고. 안…… 돼."

그가 자신의 분신을 손에 쥐고서 잠시 살살 달랜 뒤, 그녀의 치마를 위로 들어 올렸다가 젖가슴을 쥐었다가 어찌할 바를 몰라 했다.

더 이상은 안 되겠는지 그가 그녀의 저고리며 치마를 정신없이 벗겨내기 시작했다.

그동안 향목은 아랫입술을 깨문 채로 아래서 누가 올라올까, 아슬아슬한 기운을 고스란히 느껴야만 했다. 그러나 이제는 휴를 말릴 수 없는 지경이라는 것을 아는 까닭에 애가 타는 것은 오롯이 향목의 몫이었다.

이윽고 옷이 벗겨지자 향목이 속삭이듯 말했다.

"아기 조심해서, 빨리 끝내라? 응?"

"으흐흐흐, 건…… 끄응, 나도…… 몰라."

그러고는 휴가 곧장 향목의 분홍빛 돌기로 입술을 내렸다. 내내 그 정점을 빨고 입안에 넣어 굴리던 그가 서서히 혀를 아래로 내렸다.

"아아, 아아."

아직 어리기만 한 향목은 휴의 머리칼에 손을 넣고서 신음을 흘려냈다.

"안…… 돼. 안 된다고. 그러지…… 마. 하악."

그러나 휴는 거침없이 그녀의 몸을 애무했다.

그가 고개를 들었을 때에는 몽롱한 눈동자가 온통 향목의 체취에 취한 듯했다.

분신에서 찔끔 묽은 액이 튀어나오자 휴가 얼른 커다란 남성을 쥐고서 괴로운 듯 하아, 하아, 신음을 흘렸다.

그러고는 양손을 향목의 어깨 너머에 짚고서 최대한 배에 닿지 않도록 조심한 뒤, 허리를 아래로 내렸다.

슬금슬금 그녀의 은밀한 곳에 문지르고 비벼 미끌미끌한 안으로 반이나마 들어간 뒤 긴 한숨을 내쉬었다. 그가 눈을 감고서 빙글빙글 엉덩이를 움직였다.

"아하, 향목아, 향목아."

향목이도 아찔한 감각에 신음을 흘릴까 두려워 미간을 모은 채로 아랫입술을 깨물어야만 했다. 향목이 간신히 한 말은 이것이었다.

"조용히, 제발, 조용히…… 해줘요."

그러나 휴는 그녀의 말에도 아랑곳 않고 온통 사랑하는 데 정신이 팔려 있었으니.

"다리 좀, 다리 좀…… 어어."

기실 향목이 움직인 것이 아니었다. 휴가 향목의 다리 사이로 조금 더 파고들며 넓게 공간을 벌렸다. 그런 뒤 천천히, 느릿느릿, 왔다 갔다 그녀를 음미했다.

핑 도는 감각이 휴의 정수리를 내리덮었고, 이내 등줄기를 타고서 짜릿한 오르가즘이 퍼져 나갔다. 뜨끈뜨끈한 배는 말도 못 했다.

체모와 체모가 엉긴 사이로 체액이 섞여 미끈미끈했다.

휴는 최대한 사정을 참아가며 조심조심 향목을 느끼는 중이었다.

그렇게 둘은 아기가 놀랄까, 어르신들이 들을까, 저 환한 해가 놀릴까, 조심스럽게 사랑을 나누었고, 그랬기에 살살 지펴진 불은 오래도 갔다.

향목이 지쳐서 이마에 땀방울을 매달았을 때에도 휴는 그녀의 목에 얼굴을 파묻고서 연신 애타는 마음을 속삭였다.

"나 좀 좋아해 줘, 향목아. 조금만, 조금만이라도 좋아해 줘."

향목은 어쩐지 아무런 대답을 할 수가 없고 그저 가슴이 미어지는 듯해 희미하게 미간을 찌푸릴 뿐이었다.

해는 어느덧 뉘엿뉘엿 저물어 창하산 어귀에 걸려 있었다.

그러던 중, 휴가 어릴 적 이야기를 꺼냈다.

"내가 어릴 적에 못살게 굴어서 그런 거라면, 자라온 환경이 너보다 형편없어서 그런 거라면, 우리 부모님이 자격 미달이라 그런 거라면, 살아가는 동안에 어떻게 해서든 내가……."

"흐흐흑."

조금씩 찌푸려지던 향목의 얼굴에서 순식간에 눈물이 쏟아져 나왔다. 그녀가 휴의 품 안에서 고개를 저으며 그런 게 아니라고 알아듣지 못할 말을 웅얼거렸다.

휴가 향목의 머리칼을 연신 쓰다듬을 무렵, 어느 정도 진정을 한 그녀가 차분하게 말을 잇기 시작했다.

"나는 그냥 너무나 부끄럽고, 그래서 그런 거지, 우리 아기가 미워서 그런 것도 아니고, 또, 또……."

휴는 다음 말을 재촉했다.

하지만 향목은 그저 아랫입술만 깨문 채로 여전히 휴의 애를 태울 뿐이었다. 휴가 미간을 살며시 찌푸리는데, 향목은 듣고 싶은 말은 건너 뛰어버리고 다른 말을 잇기 시작했다.

"정길이 이사를 가서가 아니라 동네에 분란을 만든 것 같아서 그게 속이 상해서……."

듣고 싶던 말은 비록 듣지 못했지만 휴는 그것만으로도 족했다. 그가 향목을 품에 꼭 끌어안으며 아기 엄마가 된 그녀에게 꼭 해주고 싶던 말을 그제야 건넸다.

"고마워. 우리 색시, 장하고 기특해."

그날 저녁, 차마 어르신들의 얼굴을 마주할 수 없었던 향목은 저녁 생각이 없다며 아래층에 내려가지를 못했고, 휴는 모두의 시선을 한 몸에 받은 채로 싱글벙글 웃음기를 매달고서 일하는 아주머니에게 당당하게 말을 했다.

"우리 색시 먹을 건데, 든든한 죽 좀 해주실 수 있어요? 뭐, 밥도 상관없긴 한데."

휴는 또다시 동네 바보가 된 걸까? 산외면을 사방으로 둘러싼 산자락에 주홍빛 물결을 펼치며 걸쳐진 해가 마지막 붉은 웃음을 토해냈다.

그리고 다음 날, 저간에 있던 휴의 도둑질을 이제는 잘 알고 있는 우편배달부 아저씨가 어영차, 페달을 밟으며 자전거를 끌고서 휴의 집에 당도했다.

휴에게로 새로운 소식 하나가 날아들었고, 휴가 천천히 편지를 열어보았다. 그러나 이미 그에게서는 웃음기가 사라지고 없는 상태였다.

새로 구입한 휴의 중고차가 탈탈거리며 산외면의 언덕을 넘고 있었다. 옆 좌석에는 향목이 탄 채였다.

향목이 연신 휴를 힐끔거렸지만, 그는 말이 없었다. 아까부터 계속된 침묵이었다.

아니, 어쩌면 병원에 가기 전부터 이어져 온 일인데 이제야 눈치를 챘는지도.

어째 심각한 표정으로 상념에 사로잡힌 휴의 모습이 낯설고도 어려워 향목은 괜스레 라디오 버튼을 매만졌다.

"아, 라디오 틀어줄까?"

한 팔을 창틀에 기댄 채 능숙한 솜씨로 핸들을 조작하던 휴가 그제야 향목이 눈에 들어왔는지 말을 걸어왔다.

"아니, 아니에요."

"픕."

향목이 눈을 동그랗게 뜨고서 물었다.

"왜 웃어요?"

"너, 왜 존댓말 반말 섞어서 써? 사람 헷갈리게."

"헷갈려요?"

그때, 휴는 향목을 바라보며 환히 웃었다.

"어, 엄청 헷갈려."

향목은 어째 그와 대화를 하고 싶어 말꼬리를 잡았다.

"뭐가요?"

"음……."

잠시 미소를 머금고 있던 휴가 목을 가다듬더니, 민망하게도 아래를 가리키며 말했다.

"여기 좀 봐."

향목의 눈이 아무 생각 없이 휴의 바지춤으로 향했다가 얼른 고개를 돌렸다.

"그래. 시도 때도 없이 선다."

향목은 붉어진 얼굴로 침묵을 지켰다.

그러면서도 내심은 마음 안에 퍼지는 두근거리는 느낌을 가만 짚어보는 것이었다.

아아, 이게 뭘까? 뭐지?

"할아버지도 나더러 너한테 존대하라던데, 그럴까?"

나지막한 물음이었다.

향목은 가만 생각에 잡혀 우물거리다가 어쩐지 그것은 싫어 고개를 저었다.

"하고 싶은 대로……. 아니, 그냥……."

"그냥 뭐?"

해사한 그의 웃음이 꿈만 같았다. 유독 산부인과 검진을 그와 함께 받고 오는 날이라 그런지 모르겠지만, 향목은 휴의 너른 어깨를 자꾸만 훔쳐보게 되는 것이었다.

그러고는 넘실거리는 마음의 정체를 불안하게 응시했으니.

기대고 싶은 마음, 의지하고 싶은 마음이 스멀스멀 피어오르는 것을 느꼈다.

향목이 조그만 입술을 다문 채로 이제는 뱃속의 아이 아버지가 된 휴의 존재를 강하게 느끼고 있는데…….

"향목아."

"네, 아, 응."

그가 짧게 웃으며 머리를 쓸어 올리다가 물어왔다.

"내가 없어도 너라면 잘살 수 있겠지?"

순간 향목의 눈이 커다래졌다. 짧은 질문이었으나 불안한 기시 감으로 인해 그녀는 잠시 아무런 말도 할 수가 없었다. 이윽고 입을 열었을 때에는 그 불안함이 고스란히 떨리는 목소리에 담겨져 있었다.

"그게 무슨…….."

그에 휴가 고개를 돌리더니만 향목의 손을 잡아왔다.

"아니야. 그럴 일 없고, 농담으로 해본 소리야. 네 반응 보려고."

휴가 씩 웃었다.

도원천이 보였다. 국산 중고차는 오래되어 탈탈 소리를 내며 붉은 벽돌의 양옥집을 향하고 있었다.

"할머님이시네."

"그러게. 한시도 쉬질 않으시니."

향목의 말에 휴가 서서히 속력을 늦추며 말했다. 자갈길 사이로 차가 들어설 때까지 할머니는 1층 기둥 어딘가를 향해 나무 막대기를 움직이고 계셨는데, 처음에는 단순히 먼지를 걷어내는 움직인 줄로만 알았다.

그러나 앉은뱅이 의자를 가져다 놓고 깨금발로 연신 휘두르는 것이 향목의 눈에는 무언가 이상해 보였다. 옆의 휴는 주차를 하느라 할머니의 모습을 제대로 보지 못하고 있었다.

"귀가 어두우세요. 할머님이요."

"할머니도 많이 연로하셨지."

그 순간, 향목의 눈이 미세하게 찌푸려졌다.

시동이 완전히 꺼지고, 휴는 사이드브레이크를 채우고 있었다.

끼익.

할머니가 뒤를 돌아보다가 이내 그들을 향해 환하게 웃었다.

그제야 소씨 부인이 무엇을 하고 있는지가 그들의 눈에 온전히 들어왔다. 그녀는 말벌 집을 헤집고 있었던 것이다. 그것도 아무런 장비도 없이.

일은 순식간에 벌어졌다.

말벌들의 공격에 소씨 부인은 비명조차 내지르질 못했다.

안에 모여서 유리창 곁에 선 채로 소씨 부인의 하는 양을 지켜보고 있던 도우미들이 밖으로 나와 소리를 지르고 난리도 아니었다.

"아이고! 이를 어째!"

"성님!"

벌컥, 향목이 차 문을 열고 달려갔다.

모두가 소씨 부인 근처에 다가가지도 못하고 있었다.

"아아."

그때, 옆에서 세찬 물줄기가 쏟아져 나왔다. 휴가 사색이 된 얼굴로 어느새 수돗가의 물을 틀어 퍼붓고 있었던 것이다.

윙윙.

말벌들이 진정 국면을 보였고, 소씨 부인은 쓰러진 채였다. 그러나 퉁퉁 부은 얼굴이 의식이 없어 보였다.

휴가 소리쳤다.

"할아버지는요?"

"안 계셔요."

울먹이는 공성댁의 대답이었다.

"얼른 가서 보건소에라도 연락할게요."

그러면서 누군가는 벌써 뛰어가고 있었다. 그사이 정자에 앉아 놀던 마을 사람들이 모이기 시작했지만, 다들 소씨 부인의 상태를 보고는 입을 벌린 채 서 있을 뿐이었다. 목이 힘없이 옆으로 돌아가 있었고, 입에서는 허연 침이 마구 뿜어져 나오고 있었던 것이다.

"독허게 물린 것 같은디. 허이구."

"어쩐대? 이럴 때 어르신도 안 계신단 말이여?"

휴는 마음이 급해졌다.

그때, 자그락거리며 자갈 밟는 소리가 들려오더니 향목이 별안간 장독대의 뚜껑을 들어 바닥에 내동댕이쳤다. 와장창! 독 뚜껑이 깨져 나갔다.

모두가 향목이 왜 저런 행동을 하는지 알 길이 없어 두 눈을 휘둥그레 뜬 채로 그녀에게로 시선을 집중하고 있었다.

깨진 사금파리 하나를 든 향목은 얼른 소씨 부인에게로 걸어와 목을 받치더니, 얼굴을 들여다보다가 망설임 하나 없이 독 조각으로 얼굴을 문지르기 시작했다.

"뭐 하는 것이래, 시방?"

"긍게."

사람들이 웅성거렸다.

향목은 소씨 부인의 얼굴에 박힌 침을 빼내고 있었던 것이다.

그녀가 다시금 소씨 부인을 내려놓은 뒤, 담장으로 뛰어가 누가 말릴 새도 없이 장독대를 딛고 서서 호박꽃 잎을 마구 뜯어냈다.

사람들은 다시 넋을 빼고 그녀의 하는 양을 구경하고 있을 뿐이었다.

향목의 굳게 다문 입술에서 심지 곧은 결기 같은 것이 가득 흐르고 있었다. 그것은 묘한 믿음이 되어 사람들을 홀렸다.

호박꽃 잎을 손에 가득 쥔 향목이 장독의 뚜껑 하나를 다시 열어 소금을 한 움큼 퍼냈다. 그때 이미 그녀의 손은 정신없이 이 일을 감행하느라 피가 흐르고 있었다. 장독대의 뚜껑을 내려칠 때 다친 것인지, 호박꽃 잎을 긁어낼 때 담장 가에 찢긴 것인지 모를 상처들이었다. 어쩌면 둘 모두 그녀의 손에 잔뜩 생채기를 냈을지도.

그녀는 손가락 끝에서 흐르는 상처 따위는 아랑곳 않고 호박꽃 잎을 커다란 자갈 위에 놓고서 소금과 함께 정신없이 찧기 시작했다.

그때, 보건소에서 달려온 의사가 사람들을 헤치고 소씨 부인에게로 다가왔다.

그러나 되레 의사는 퉁퉁 부은 소씨 부인의 얼굴을 보고서 난감한 듯 입술을 깨물고 있었다.

"상황 좀 설명해 주세요. 급하게 오느라······."

그러자 공성댁이 나섰다.

"저기 말벌 집을 치우시겠다며 저희들한테 안 맡기고 손수 하시다가 그만······."

"그러니까 말벌한테 지금 공격을 당했다는······ 그런 말씀이시죠?"

"예."

그때였다.

"비키세요."

향목이 다가왔다. 그녀가 소씨 부인의 얼굴에 잘 빻은 호박꽃잎 덩어리를 얹기 시작했다.

보건의는 지켜만 보고 있을 뿐이었다.

마을 사람들도 매한가지였다. 향목의 행동을 여전히 바라만 보며 사태가 어찌 되어가는지 주시하고 있었다.

향목이 고개를 들어 공성댁을 향해 말했다.

"차가운 물수건 좀 가져다주시겠어요?"

그 말에 흐르는 거부할 수 없는 어조에 공성댁이 얼른 고개를 끄덕인 뒤 안으로 들어갔다. 향목은 소씨 부인의 몸체를 허벅지에 얹고서 옷깃을 걷어냈다.

이윽고 공성댁에게서 물수건을 받아 든 향목이 연신 그것으로 몸 이곳저곳을 닦아내기 시작했다.

그러기를 얼마간.

소씨 부인이 스르르 눈을 떠 눈동자를 움직거렸다.

"눈을 떴어! 눈을 뜨셨네!"

"허이구, 다행이고만. 참말 다행이여."

여기저기서 그제야 동네 사람들이 한숨을 내쉬었다. 누군가는 박수를 치는 움직임도 있었다.

보건의의 전화로 들것을 가져온 직원들이 그제야 소씨 부인을 그 위에 얹고는 뛰듯이 인근의 보건소로 향했다.

향목은 하아, 한숨을 내쉬며 흘러내린 머리카락을 쓸어 올렸다.

그 모습을 휴가 묵묵히 바라보고 있다는 걸 향목은 알지 못했다.

소씨 부인은 향목의 발 빠른 응급조치로 위급한 상황을 넘겼다.

전주로 옮겨져 입원을 하기는 했으나, 향목의 조치가 시술의 절반 이상이었다. 나머지는 순간적인 쇼크로 인해 기절을 했던지라 사실상 간단한 항목을 체크하는 절차에 불과했다. 그 후 연로한 나이이기도 했던지라 여러 가지 검진이 시행되어졌다.

며칠 후, 소씨 부인은 건강한 모습으로 다시 산외면으로 돌아올 수 있었다.

"손자며느리가 살리셨네."

"응. 잘난 손자며느리를 두셨구만."

모두가 한마디씩 거들었다.

산외면은 향목과 소씨 부인의 이야기로 한동안 들썩였다.

당시 부재중이었던 김습 역시 그 일을 전해 들은 터였고, 아무런 내색은 하지 않았지만 그날 이후 향목을 불러 바둑을 한판 두

자며 손자며느리와 독대를 한 일은 산외면에서 유명한 이야기가
되어버렸다.

모두가 향목이 김습의 뜻을 이어받게 될 거라고들 입을 모았다.
김습 어르신의 눈매가 단단해졌다며, 구멍가게처럼 변해 버린 이
고을의 한약방이 다시금 화사하게 모습을 드러낼 거라고들 수군
거렸다.

그리고 그 시간을 지나며 누구에게도 말 못 할 고민을 혼자서
하고 있는 사내가 있었다.

7. 복숭아 꽃물을 들여줄 터이니

고운 모시옷을 입고서 하늘하늘 부채질을 하던 소씨 부인이 창하산 너머의 푸른 하늘을 바라보며 나직이 읊조렸다.

"나도 이리 늙고 나니 그 지겹던 종갓집 살림살이가 왜 또 그리 아쉬운 건지."

지나던 공성댁이 말을 이었다.

"성님, 뭐라 하신 거여요?"

"어? 아, 아니여."

한때는 그리도 지긋지긋한 집안 제사며 행사가 자신의 대에서 끝나야 한다며 지아비를 볶던 소씨 부인이었는데, 어쩌 늘그막에 생각이 변하니 참으로 기이한 일이었다.

"진정 나도 이 집 귀신인가."

시집와 부엌간에서 눈물 마를 날이 없던 젊은 날이 가고 온전히 살림이 제 손에 놓이게 된 날, 그리도 행복하고 마냥 좋더니만, 이제 와 행여 소홀한 일이 없던가 되돌아보게 되는 것은 왜인지.

소씨 부인은 조상 앞에 설 일을 생각하면 때로 눈앞이 가풀막지곤 했다.

그러다가도 희미하게 미소를 머금게 된 일이 있었으니, 김습 노인이 한때 아흔아홉 칸 가옥의 우물에 집착하던 일을 생각하면 그네 또한 마음이 훗훗해지는 것이었다. 그러면서 왠지 이제는 죽어도 여한이 없을 것만 같았다.

이 집안에 여인이 잘 들어와 다시금 영화로운 날이 찾아올 거던 그 말.

미신처럼 여기어 지아비에게 지청구를 놓곤 했는데, 주름진 눈으로 가만 하늘을 쳐다보고 있노라면 어째 자신이 틀렸음에 되레 감사하게 되곤 했다.

향목은 아이를 뱃속에 품은 동안 밖으로 나서지 않으면서도 모든 집안의 대소사를 챙겼고, 일가친척들의 연례행사에도 빠짐없이 자신 몫을 해내고 있었다.

아흔아홉 칸 집의 연도에서는 따스한 온기가 넘쳐흐르는 날이 많아졌다.

어디 그뿐인가.

시간이 날 때면 학교를 가지 못하는 대신 시할아버지인 김습에게서 약재며 옛 문헌에 적힌 한의학을 따로 배우니, 집안의 가풍은 이제 손자 대에서 이어지는가 싶었다.

휴 역시 차분하니 책을 보는 일이 많아졌고, 퍽 드레진 모습을 보이는지라 이를 두고 모두가 향목의 덕이라며 손자며느리의 공을 칭찬하곤 했다.

소씨 부인도 그때만큼은 지난날 향목을 구박했던 때를 떠올리며 면구스러운 웃음을 머금곤 했다.

이제 그녀가 할 일이라곤 남은 인생 동안 향목에게 아흔아홉 칸 가옥이 더 이상 스러지지 않도록 살림을 전수하는 일뿐이었다.

다행히 어린 손자며느리는 그 일을 묵묵히 해내고 있었다.

"공성댁."

양옥집 부엌에서 저녁을 준비하던 공성댁이 소씨 부인의 부름에 고개를 돌렸다.

"예, 성님."

"자네, 건너 한옥에 가서 향목이 좀 데려오게. 배가 부른 아이를 내가 너무 무심히 대하는 것은 아닌가 싶으이. 더구나 이 더위에."

"그럴까요?"

행주에 손을 닦으며 공성댁이 거실로 나올 무렵이었다.

뒤에서 휴의 목소리가 들려왔다.

"제가 다녀오겠습니다."

계단을 내려오며 이제는 누구보다도 듬직하게 변한 휴가 공성댁에게 깍듯이 인사를 했다.

소씨 부인이 부채를 내려놓고서 천천히 고개를 끄덕였다.

"그리 할래?"

휴는 할머니를 지나쳐 아련한 미소와 함께 양옥집을 나섰다.

그런 손자의 뒷모습을 양옥집 유리창을 통해 김습과 소씨 부인이 바라보고 있었다.

요사이 휴는 참으로 많이 변했다. 말수가 줄어들어 처음에는 걱

정을 많이 하던 소씨 부인도 휴가 밤늦은 시각까지 책을 끼고서
공부에 매진하는 모습을 보고서는 그다음부터 마음을 한시름 놓
을 수 있었던 것이다.

더 이상 산외면을 이전처럼 휘젓고 다니며 담배를 태운다거나
술을 마시지도 않고, 향목과도 잔잔하니 부부애가 좋아 보였으니
이보다 더 어른들을 기쁘게 하는 일이 어디 있겠는가.

"남녀 간이란 게 붙여놓으면 또 정이 생기게 마련이에요."

뒤에서 공성댁이 휴의 늠름한 자태를 보며 지나가듯 말했다.

"그래, 그렇지. 암, 그래. 옛날 우리네도 다 그리 살았으니."

그러자 부엌에서 이물 없이 지내는 또 다른 아낙 하나가 나와
말을 받았다.

"휴 총각만 향목이한테 애가 단 줄 알아서 처음엔 산외면에서
말도 많았는디, 이제는 향목이도 휴한테 잘해주고 또 지아비로 늘
뒤에서 받쳐 준다고 다들 보기 좋다대요. 휴 총각도 점잖으니, 시
방 많이 변했잖아요."

그에 김습이 뒤를 돌더니 다소 무뚝뚝한 어조로 한마디를 던졌
다.

"아직 멀었어."

기실, 손자에 대한 기대감의 발로였으리라.

모두가 굳은 채로 입을 다물었지만, 김습의 깊은 속내를 아는지
라 내심은 서로가 눈을 맞추며 슬며시 미소를 보이는 것이었다.

한편, 휴는 아흔아홉 칸 솟을대문의 맞은편에 위치한 호지집 아
래 잠시 선 채로 물끄러미 주변에 수북이 피어오른 야생 봉숭아를

바라보고 있었다.

그가 살며시 눈을 감았다 떴다.

'내가 네 앞에 당당한 모습으로 나타날 때까지…… 향목이 너, 언제까지고 너는 내 사람이야. 그거 잊지 마라.'

그가 흰색, 붉은색, 자색…… 형형색색으로 피어난 봉숭아의 떨기들을 뜯기 시작했다.

그러고는 마치 예전의 김휴로 되돌아간 듯 커다란 목소리로 아이처럼 향목을 불러대기 시작했다.

"색시야! 우리 색시 얼굴 좀 보자!"

손바닥 안에는 봉숭아꽃이 한 아름이었다.

잠시 후 끼익, 문을 열고서 앞치마를 두른 향목이 모습을 드러냈다.

얼굴에는 의아함이 가득했다.

휴가 빠른 걸음으로 다가와 향목의 손바닥에 다짜고짜 봉숭아 떨기들을 안기고는 와락 끌어안았다.

우수수 봉숭아 꽃잎들이 바닥에 떨어져 내렸다.

향목의 눈동자가 의아함으로 파삭 흔들렸다.

"우리 색시, 오늘 하루는 어찌 지낸 거야?"

"왜요? 무슨 일 있었어요?"

말간 향목의 눈동자가 지아비인 휴의 얼굴에 가 닿았다.

휴가 씩 웃으며 조그만 얼굴 위로 흘러내린 머리칼을 뒤로 넘겨주며 입술을 내렸다. 콧잔등에, 이마에, 볼에, 귓불에, 그리고 입술에 쪽쪽 입을 맞추던 그가 그녀를 번쩍 안아 올려 다시금 품에 꼭 끌어안았다.

"우리 아기는 어디 잘 있었나?"

그는 한동안 그렇게 향목의 배를 자신의 가슴께에 가져다 대며 가만 아기의 숨소리를 느끼듯 서 있었다.

향목이 휴의 어깨를 짚은 채로 그제야 미소를 보였다.

휴가 그녀를 천천히 내려놓더니 바닥에 떨어진 봉숭아 꽃잎들을 바라보며 말했다.

"안 되겠다. 향목이 너, 안에 들어가 대청에 앉아 있어. 금방 올게."

"무슨 일인데 대체……."

"쉬이."

그렇게 향목의 등을 떠밀다시피 해 300년 세월을 머금은 한옥 안으로 들여보낸 휴는 몸을 돌려 다시금 호지집 근처에 소담히 핀 야생 봉숭아로 걸어갔다.

향목은 사랑채의 용마루에 앉아 하염없이 신랑을 기다리고 있었다.

그녀 너머로 보이는 아흔아홉 칸의 방구들은 반짝반짝 윤이 나고, 마당에 둘러진 깨진 와편들도 어느새 말끔히 정리되어 있었다. 이제 사람 사는 모양새가, 그 온기가 이 낡은 유물에도 감돌기 시작한 것이었다.

얼마나 지났을까?

향목이 처음 이곳 대청에 앉아 음악을 듣다가 휴에게 입술을 뺏긴 그날을 회상하며 희미하게 미소를 지을 때였다.

향나무 옆 협문이 끼익, 열리더니만, 그녀의 지아비가 모습을 드러냈다.

매일 보면서도 어쩜 향목은 요즘 들어 휴를 볼 때면 뛰는 가슴을 주체하지 못하는 자신을 느끼며 얼굴이 붉어지지 않도록 아랫입술을 깨물어야만 했다.

이제는 아예 버릇처럼 되어버린 일.

그는 알까?

사랑하고 있는 것 같다고, 그리 말하면 어떤 표정을 지어줄는지.

까만 밤, 달빛 아래 그의 품 안에서 가쁜 호흡을 들이켜며 정을 통하지 않아도, 그의 흔적만 느껴도, 체취만 맡아도 가슴 두근거리는 이 느낌을 아느냐고.

너무도 부끄러워 말로 채 꺼낼 수도 없는 마음.

향목은 이번에도 살며시 눈꺼풀을 내리깔 뿐이었다.

휴가 그녀 앞에 섰다.

뒷짐 진 손이 앞으로 향하는가 싶더니, 그녀의 옆 용마루에 CD 플레이어가 놓였다.

"잠시만 나한테 시간 좀 내줄래?"

장난기가 스며 있으면서도 마냥 부드럽고 다정다감한 음성에 향목이 살며시 휴를 올려다보다가 웃으며 고개를 끄덕였다. 그때까지만 해도 향목은 앞으로 벌어질 일을 알지 못했다.

긴 손가락이 이어폰을 집어 들어 그녀의 귀로 가져왔고, 이내 익숙한 멜로디가 울려 퍼졌다.

향목이 스르르 미소를 머금었다.

When I saw you at the first time

봉숭아 꽃물을 들여줄 터이니 *399*

I didn't know

we would fall in love

that my life would change forever

now I realized that you are so special to me

　처음 널 만났을 때

　나는 알지 못했어.

　우리가 사랑에 빠지리라는 걸.

　내 인생이 영원히 바뀌리라는 걸.

　이제야 네가 내게 특별하다는 걸 깨달았어.

휴가 그녀의 가녀린 손가락을 잡아오며 말했다.

향목의 눈이 커다래졌다.

음악 소리에 묻혀 그녀는 휴가 하는 말을 제대로 알아들을 수가 없었다.

향목이 얼른 이어폰을 빼내려 했지만, 휴는 그녀의 손을 놓아주지 않고 있었다.

그저 미간을 모은 채 몹시도 흔들리는 눈동자로 그를 쳐다보고 있었는데, 향목은 그만 너무도 마음이 아려와 코끝이 붉게 물들어버리고 말았다.

고개를 내리니, 휴는 널따란 아주까리 잎사귀로 그녀의 손톱을 싸매주고 있었다.

노래는 이어졌고, 향목은 뚜렷한 이유도 알지 못한 채 흐르는 눈물을 주체하지 못했다.

휴가 그런 그녀를 바라보며 속으로 미소를 지었다.

'겨울 올 때까지, 이 봉숭아물이 질 때까지 나 잊지 마. 우리 아기 안은 고운 손, 나는 못 보지만 절대로 내 생각 놓지 마. 봉숭아물이 지고, 겨울이 가면, 우리 아기 커나가는 모습 보며, 너는 나의 사람이다, 그리 살아줘. 2년 있다가…… 돌아올게.'

휴의 눈시울도 붉어지고 있었다.

"향목아, 사랑해."

산외면에 만발한 코스모스가 이제 막 자색에서 연분홍으로 넘어갔으니, 시기는 한층 더울 무렵이었을 것이다.

향목은 가만 부른 배 위에 양손을 얹고서 멍하니 휴를 바라보았다. 짧게 깎은 머리가 아직은 낯설어서 그녀는 가만 눈을 깜빡이며 남편을 쳐다보고 또 쳐다보는 것이었다. 어르신들이 앞에 나와 그와 함께 훈련소로 갈 채비를 하는데, 아내가 되어가지고 향목은 얼쯤한 얼굴로 뒤에 멀거니 서 있을 뿐이었다.

동네 사람들이며 일하는 사람들에게마저 깍듯이 인사를 마친 휴는 그런 향목을 마지막으로 쳐다보았다. 표정 없는 얼굴에서 그는 자꾸만 무언가를 읽어내려 애쓰는 자신의 마음이 그만 초라하다 느껴져서 스르르 그것을 내려놓았다. 대신 그 자신의 사랑만큼은 숨길 수가 없어서 그녀에게로 조심히 다가가 가만 얼굴을 쥐며 애써 미소를 지어 보이는데, 그때까지도 향목은 멍한 표정이었다.

"말 좀 해봐."

휴가 웃으며 말했다. 그러고는 향목의 눈가에서 혹여 눈물을 뺄까 싶어 속으로만 뇌었다.

'혼자 아이 낳게 해서 미안한데, 나는 네 앞에 조금 더 당당하고

싶었어. 나 없어도 씩씩하게 우리 아기하고 같이 있어줘. 매번 미안해, 향목아.'

향목이 어쩐지 힘이 하나도 없는 목소리로 물어왔다.

"왜 얘기를 안 해주고……."

휴는 빙그레 웃으며 짧게 깎은 머리를 슬슬 매만졌다.

"아아, 그냥."

그러고는 살며시 고개를 들어 향목을 향해 넌지시 물었다.

"뭐 할 말…… 없어?"

향목은 눈동자를 이리저리 굴리며 생각에 잠긴 듯 보였다. 그러고는 그의 얼굴을 그저 물끄러미 쳐다만 보았다. 그 시간이 길어지자, 휴는 마음이 그만 찌르듯 아려와 얼른 웃음을 만들어냈다.

"갔다 올게."

그러고는 미련이 남을까 그 흔한 입맞춤도 없이 단번에 뛰어 차에 올랐다.

부르릉, 먼지를 날리면서 차가 떠났고, 향목이 그제야 얼굴을 우그러뜨리더니 눈물을 쏟기 시작했다.

휴는 자주 편지를 보내왔다. 까맣게 그을린 얼굴로 조금 여윈 모습에서 다시금 약간의 살이 붙었을 무렵, 아흔아홉 칸 집이 처음 만들어질 때부터 마련된 산실이 바쁘게 꾸며지기 시작했다. 향목은 기꺼이 이 집의 전통을 따르기로 했다.

코스모스가 하얗게 변할 무렵, 그녀는 예쁜 여자아기를 낳았다.

군에서 훈련을 받던 휴는 사진 속, 자신의 핏줄을 내내 바라보다 향목의 것임이 분명한 봉숭아물이 예쁘게 든 손으로 시선을 이

동했다.

"얼굴 좀 보여주지, 야박하게시리."

그러던 그가 자리에서 일어나 선임에게 말도 없이 화장실로 향했지만, 누구도 이병인 그를 불러다 혼을 내는 이는 없었다.

화장실로 들어가 문을 걸어 잠근 휴는 그제야 참던 눈물을 왈칵 쏟으며 울었다.

"향목아, 아아, 향목아!"

혼자 아기를 낳으며 행여 고생하지 않았을까 싶어 그의 눈물은 그칠 줄 몰랐다. 그렇게 한동안 그는 화장실에서 나올 줄을 몰랐고, 그런 그를 불러다가 평소처럼 군기를 운운하는 선임들도 없었다.

채 붉어진 눈시울을 가라앉히지 못한 모습을 하고서 내무반으로 돌아온 휴는 어색하게 웃으며 씩씩한 말투로 보고를 했다.

"이병 김휴! 그제 날짜로 아기 아빠가 되었습니다! 이에 신고합니다!"

내무반에 박수가 터졌고, 모두가 웃으며 헹가래를 치기 위해 그에게로 몰려들었다.

휴는 얼굴 한 번 마주하지 못한 자신의 딸아이를 그리며 그날 저녁 옥편을 집어 들었다.

며칠이 그렇게 흘렀다. 고심 끝에 그가 옥편을 덮은 후, 하얀 한지를 집어 들었다.

둥글 단(團).

딸아, 내 소중한 딸아.

너를 만나게 되어 아빠는 참으로 행복하단다.

부끄럽지 않은 아빠가 되도록 노력할 터이니,

우리 단이도 둥글고 예쁜 마음으로 그렇게 세상으로 품어라.

—군에서 아빠가.

8. 천 년 전 나의 연분도 너였겠구나

광산 김가네 아흔아홉 칸 가옥은 어느샌가부터 행주질이 멈출 날이 없었다. 그 큰 기와집을 살뜰히 살피고 아끼려면 하루에도 열두 번의 손이 가도 부족했는데, 그 몫을 어리다면 어린 향목이 용케도 해내는 것이었다.

심율 김습의 마음이 어찌 아니 벅찼겠는가.

제 아비와 어미를 반반씩 빼닮은 손녀도 영특하고 예쁜 데다가, 어리지만 입맛이며 하는 행동거지가 마치 휴의 어릴 적 좋은 점만을 보고 있는 것 같아 김습은 그의 성정과는 어울리지 않게 늘 손녀를 끼고 다니며 자랑에 여념이 없었다.

양옥집에 있던 장독대들이 하나둘씩 숫자가 줄어들고, 그와는 반대로 아흔아홉 칸 집 뒤꼍에 빼곡하게 들어서며 사람 사는 냄새를 풍기던 날, 그날도 향목의 걸레질은 멈춤이 없었다. 반질반질하게 대청을 닦고 있는데 눈앞의 마당에서 놀고 있던 아기가 갑자기 와앙, 하고 울음을 터뜨리는 소리가 별안간 들려왔다.

"왜 그래, 단…… 아."

딸아이인 단에게서 울음보가 터지자 고개를 들어 아기를 쳐다보던 향목의 손에서 스르르 마른걸레가 떨어져 내렸다.

군복을 입은 아기 아빠가 아기를 번쩍 안아 들고서 환히 웃고 있었던 것이다.

두 사람의 눈이 마주쳤다.

향목의 입이 가만 벌어지는데, 휴가 그런 아내를 바라보며 싱긋 웃었다.

"어른들한테는 전역 신고를 했는데, 어째 너한테는 좀 어색하다."

무엇이 변한 것일까? 그녀의 낭군에게서는 이제 목소리마저 남자의 냄새가 났고, 분명 변함이 없을 것이 빤한데도 체구마저 더 커진 것 같은 느낌이었다.

"잘 왔다고…… 말 안 해줄 거야?"

그때에는 향목의 눈가에도 눈물이 맺히기 시작했다. 그 모습을 마치 귀엽다는 듯 웃으며 지켜보던 휴가 하늘을 올려다보더니 괜한 푸념조로 말을 이었다.

"아이고, 우리 단이는 휴가를 나올 때마다 아비 속도 모르고 아빠만 보면 어릴 적 우리 각시처럼 울어 젖히고, 예쁜 내 색시는 서방을 봐도 어째 사랑한다는 소리는커녕 반갑게 웃어줄 줄도 모르니, 단아! 아빠 속이 탄다, 타!"

울던 아기가 어째 그 말을 듣더니만 서서히 울음을 멈추었고, 신기하게도 휴를 향해 방긋 웃음마저 보이니 뒤에서 몰래 엿보던 이들이 흡사 마당놀이의 구경꾼마냥 킥킥, 웃음을 뱉어냈다. 그러더니만 어디선가 큰 소리로 이런 말이 들려왔다.

"어이, 색시! 여전히 신랑이 어색햐? 아, 들리는 말에는 휴가 나올 적마다 신랑이 그냥 업어싸코 좋아서 죽을라고 했다던디!"

그 말을 싱글싱글 웃으며 듣던 휴가 냅죽 받아쳤다.

"예, 저희 색시는 천생 여자라서 제 속을 많이 태웁니다."

사실 휴는 휴가를 나올 때마다 그를 어색해하는 향목을 보며 처음에는 서운함을 감추지 못했다. 소씨 부인이 늘 밤마다 단과 함께 자고 싶다는 이유를 대며 둘을 붙여놓아도 어째 그리 데면데면하게 구는지, 휴가 어르다 못해 너 이러면 나 돌아가서 얼마나 힘든 줄 아느냐고 윽박을 지른 적도 있었으니.

그러던 것이 시간이 지나고 보니 휴도 알게 된 것이다.

어느 날 향목이 휴에게 늘 그러던 대로 '단이 아빠에게'로 시작하는 편지를 펼치던 순간, 그 자박자박하게 써 내려간 글씨를 아련하게 바라보는데, 늘 애정의 말 한마디라고는 찾아볼 수 없어도 문득 그는 이 편지를 다 쓴 후 곱게 접었을 그녀의 마음을 깨달았다.

'아아, 네가 그래서 내 눈길을 또 그렇게 사로잡았구나. 너 진정 내 사랑이 맞구나.'

그가 단을 한 팔에 번쩍 바꿔 안고서는 그녀에게로 성큼성큼 다가갔다.

그러고는 시선을 떼지 못한 채로 그를 올려다보고 있는 향목을 향해 나지막이 속삭였다.

"입 맞추면 싫어할 거야?"

향목이 아무런 생각 없이 고개를 끄덕였다가 스스로 깜짝 놀란 듯 도로 얼른 내저었다.

휴가 활짝 웃으며 그녀를 향해 고개를 비스듬히 기울였다. 향목의 눈가에서 눈물 한 방울이 톡, 하고 떨어져 내리며 말 못 할 감정이 가슴 안에 화르르 번져 나갔다.

아흔아홉 칸 집의 담장 너머, 그곳에서는 김습이 우물 안을 들여다보며 흐뭇한 미소를 짓고 있었다.

산외면의 사람들은 둘의 사랑을 몰래 훔쳐보며 키득대며 놀려댔고, 아무것도 모르는 단은 불어오는 산들바람에 그저 좋아 까르르 웃음을 터뜨렸다.

휴가 입술을 떼었고, 향목의 두 볼은 붉게 물들어 사랑하는 남편에게로 향해 있었다.

"거, 휴 총각, 그나저나 축하할 일이 또 있담서? 거시기, 시험은 언제 봤디야? 암튼 좋은 대학 붙었담서!"

"긍게. 듣기론 그 핵교가 한방에서는 최고로 좋은 핵교람서?"

어디선가 맞장구를 쳤다.

"서울까정 가게 생겼네!"

향목이 놀라 고개를 돌리는데, 휴가 가만 고운 턱을 잡아 자신에게로 다시 향하게 했다.

그가 지그시 향목을 바라보며 그간 내내 해온 생각을 제 사랑에게 전하는 것이었다.

'300년 전 이곳에 우리 할아버지의 할아버지의 할아버지가 터를 잡기 그 훨씬 전, 아마도 천 년 전에도 너는 내 사랑이었을 거야.'

외전 창하산 보름달, 유난히 샛노랄 적에

쪽.

사내는 끈질겼다.

쪽.

조그마한 다락 천장에서 연신 입을 맞추는 소리가 산외면 고을,
바람결에 코스모스 부딪는 소리처럼 마냥 조심조심했다.

제대한 지 얼마 되지 않은지라 사내의 머리는 여전히 짧았다.
휴가 애처로이 미간을 모은 자신의 여인을 바라보다 와락 끌어안
으며 입술을 내렸다.

춥. 추릅.

진한 입맞춤 끝에 향목의 입술이 붉게 물들어 종국에는 휴의 타
액으로 젖어들어 갔다.

"하아, 하아."

그녀가 숨을 몰아쉬며 도리질을 쳤다.

"이젠 정말…… 이젠 정말로 가봐야 해요."

밖에서는 저녁에 있을 제사 준비로 자신을 찾고 있을 것이다. 소씨 부인이 연로한 탓에 이제 집안의 살림을 주관하게 된 그녀인지라 제사가 닥치면 아낙들은 모두들 그녀에게 이런저런 일을 물어보고 진행하곤 했던 것이다.

안채 부엌간에서 이루어지는 음식 준비인지라 이곳 사랑채 용마루로 이어지는 공간에 사람이 올 리는 없지만, 향목은 마냥 불안했다.

"괜찮아, 다들 점심 드시고 계시잖아."

그리 말하는 휴의 눈은 이미 그녀의 가슴께에 꽂혀 있었다.

"그래도…… 단이도 나를 찾을지 모르고……."

그 말에 휴도 잠시 눈을 감았다 떴다.

"조금만, 조금만 더 있다가 가자."

마치 연애를 막 시작하고 어른들의 눈을 피해 사랑을 나누는 십대 아이들만 같았다.

불안한 눈으로 여전히 빗살창 너머를 응시하고 있는 향목을 바라보던 휴가 갑자기 그녀를 구석으로 몰아붙이기 시작했다.

"흡."

향목이 놀라 숨을 들이키기 무섭게 휴의 입술이 내려왔다.

춥. 추릅.

진하디진한 입맞춤이었다.

그가 입술을 떼며 지척에서 말했다.

"아까 했던 말, 또 해봐."

향목의 눈동자가 의아함으로 흔들렸다.

"무, 무슨……."

"아까 뒤꼍에서 했던 말."

그에 향목의 볼이 금시 붉어졌다. 그녀가 지아비의 눈을 피하는가 싶더니, 살며시 그의 옷깃을 잡으며 말했다.

"서울 갈 거면, 나하고 단이도 데려가요."

그러나 지아비에게서는 아무리 기다려도 대답이 없었다. 향목이 불안한 눈이 되어 눈동자를 들어 그를 올려다보았다.

한데……

그가 장난꾸러기처럼 씩 웃고 있었다.

"왜? 여기가 싫어?"

"아니에요."

향목이 곧장 대답했다.

"그럼? 집안일이 지겨워?"

이번에도 향목은 곧장 도리질을 쳤다.

"그럼? 말해봐."

휴의 손가락이 향목의 입술을 더듬었다. 그 탓에 향목은 마른침을 삼키며 가쁜 숨을 진정하려고 노력할 수밖에 없었다.

휴는 그녀의 보기 좋은 턱 선을 더듬어 내리다가 가녀린 목에 손을 얹었다.

그렇게 휴는 구석에 몰린 그녀를 양팔 사이에 가두고서 연신 어여쁜 얼굴을 훔치고 있었다.

다시금 그의 입술이 아래로 내려왔다.

쪽.

짧은 입맞춤, 그리고 재빠르게 반복되는 아쉬운 멀어짐. 그리고……

쪽.

향목이 아쉽다고 느낄 새, 다시금 휴의 입술이 천천히 내려와 그녀의 것을 그렇게 짧게만 훔치고 멀어졌다.

향목의 얼굴은 빗살창 너머로 들어오는 희미한 햇빛에 가려졌지만, 몹시도 뜨겁고 마냥 붉어졌다. 이제는 남자를 아는지라 가슴 안에 울렁이는 감각이 퍼지고 있었다. 그녀도 애가 타는지 치맛자락을 움켜쥐었다.

"아아."

향목에게서 단말마의 신음이 새어 나왔다. 젖가슴을 쥐고 비틀던 그의 손이 치마 안으로 들어온 것이었다.

거친 숨을 몰아쉬던 여인은 결국 봇물 터지듯 마음 안에서 샘솟는 사랑을 어쩌지 못하고 지아비의 목에 팔을 둘렀다.

"향목아, 향목아……."

공간은 너무도 좁았다. 겨우 향목이 발을 뻗고 누울 수 있는 정도의 다락이라서 휴에게는 더욱이 그러했다.

그러나 두 연인은 사랑에 취해 서로의 옷을 벗겨내느라 정신이 없었다.

향목의 헐렁한 윗도리가 휴의 손에 의해 위로 올라가자 브래지어에 감싸인 보기 좋은 선이 드러났다. 더는 참지 못해 휴가 뒤로 손을 뻗어 툭, 하고 고리를 벗겨냈다. 그러고는 연신 손과 입으로 젖가슴을 쥐다가 빨다가, 애타는 신음을 흘렸다.

그녀도 신음을 참지 못하고 아랫입술을 질끈 깨물었다. 쇄골을 따라 이어진 가녀린 선이 드러나며 그 사이에 놓인 맥이 거세게 뛰었다.

부드러운 피부를 거친 남자의 손으로 더듬어 내리던 휴가 그녀의 손을 가져와 자신의 셔츠 안으로 밀어 넣었다.

향목이 잠시 그의 단단한 가슴을 매만지다가 조그만 돌기를 건드리자 휴의 호흡이 거칠게 흔들렸다.

"하악. 하!"

별안간 그가 향목의 가느다란 허리와 등에 양손을 얹고서는 자신의 위로 오르게 했다. 채 벗겨지지 않은 브래지어가 흔들렸다.

그의 허리에 걸터앉게 된 향목이 잠시 휴의 얼굴을 내려다보다 망설임 없이 입술을 내렸다.

츕, 추릅.

서툴지만 이제는 휴의 보폭에 맞추어 사랑을 이어갈 수 있게 된 향목이 그의 입안으로 수줍게 혀를 밀어 넣었다. 아찔한 감각에 휴가 참지 못하고 향목의 브래지어를 위로 밀어 올린 뒤, 얼른 자신의 가슴에 와락 끌어안았다. 그러고는 그녀를 조심히 아래로 내렸다.

그녀의 치마가 나비 날개처럼 퍼지며 그의 부푼 중심부에 맞닿았다.

그 상태조차 마냥 좋고 울렁거려 휴는 향목의 허리를 붙잡고서 자신의 중심부에 대고 문지르기 시작했다.

향목의 속옷이 점차로 젖어들어 갔고, 맞닿은 음부가 타버릴 듯 뜨거워졌다.

"아아, 향목아, 향목아."

휴가 몽롱한 눈으로 미간을 모은 채 자신의 지어미를 올려다보며 이름을 부르다 참지 못하고 허리를 비틀었다.

두 사람의 옷가지는 여전히 채 벗겨지지 않은 상태였다.

"흐아, 흐아."

잠시 휴는 숨을 골랐다. 그러고는 그녀를 바짝 끌어안은 뒤, 얼른 한 손을 내려 자신의 바지 버클을 풀었다. 툭, 하고 속옷 사이로 커다래진 그의 남성이 바짝 성난 고개를 들어 올렸다.

양팔을 모은 채로 휴의 강건한 팔에 안겨 있던 향목이 그만 어지러워져 두 눈을 스르르 감았다.

이제는 바깥에서 살림을 맡아 보는 아주머니들이 행여 그들의 소리를 듣는다 해도 어쩔 수 없는 노릇이었다. 대낮, 난데없이 벌어진 정사로 인해 그 흔적이 고스란히 남게 된다 해도, 그리하여 산외면이 수군거리며 그들을 놀린다 해도, 이 격렬한 사랑놀음을 끝내지는 못할 것이었다.

휴가 허리를 들어 올리는 감각이 그녀에게까지 전해졌다.

그는 자신의 속옷과 함께 바지를 아래로 끌어 내리는 중이었다.

그의 남성이 오롯이 모습을 드러내 그녀의 엉덩이에 뜨거운 감촉을 전하고 있었다. 이윽고 휴의 손이 그녀의 치마 안으로 들어와 팬티를 끌어 내렸다. 낯선 자세에 당황했던 것도 잠시, 향목은 지아비를 도와 몸을 들어 올려 다리 사이로 속옷을 간신히 벗어 내렸다. 그러기 무섭게 흠뻑 젖은 그녀의 음부가 그의 남성에 가 닿았다.

좁고 따스하며 촉촉한 감촉이 그의 것을 감싸자, 휴는 긴 신음을 흘렸다.

"으흐, 으흐."

향목이 그런 지아비를 바라보다 한차례 마른침을 삼킨 뒤 용기를 내었다.

무릎을 바닥에 대어 몸을 들어 올렸다가 서서히 앉으며 그의 남성에 그녀의 여성을 끼워 맞춘 것이다.

이윽고 두 사람이 맞물리며 합일이 이루어졌다.

향목은 천천히 엉덩이를 오르락내리락하며 그를 느꼈고, 휴는 그런 자신의 여인이 사랑스러워 희미하게 미소를 지었다.

제대한 이후로 눈이 마주치기 무섭게 사랑을 나누곤 했지만, 향목은 그에게 있어 여전히 풀리지 않는 갈증이었다.

"아아, 아."

자세가 힘이 드는지, 향목이 얼마 가지 못해 그의 가슴에 손을 얹고서 숨을 몰아쉬었다.

휴의 손이 곧장 내려와 그녀의 하얗고 탐스러운 엉덩이를 꽉 움켜쥐었다. 그러고는 다른 한 손으로 가녀린 허리를 감아쥔 뒤, 움직임을 유도했다.

그녀가 다시 그에 의해 멈추었던 행위를 이어가면서 휴의 남성을 따라 축축한 액체가 퍼져 나갔다. 향목의 눈동자가 격렬하게 흔들렸고, 몸을 비틀며 미간을 모았다.

"아학…… 하, 하아."

그녀의 엉덩이가 한 차례 들렸다가 천천히 아래로 내려갔다.

그러기를 몇 차례.

자신은 몇 번이고 절정에 이르렀는데 지아비인 사내는 호흡을 골라가며 내내 사정을 참아내니, 이제는 그만 지쳐 목을 타고 땀이 흐를 정도였다.

요사이 몇 번이고 그는 이렇게 그녀를 절정의 끝까지 몰고 가면서도 마치 쉬이 자신의 것을 내주지 않는 어린아이처럼 사랑을 나누곤 했다.

향목이 양손을 그의 가슴에서 떼어 바닥을 짚으며 힘겹게 물었다.

"왜, 왜 그러는 거예요?"

휴는 여전히 허리를 천천히 돌리며 그녀를 음미하는 중이었다. 그가 접혀진 미간을 펴며 희미하게 웃었다.

"힘…… 후아, 들어?"

향목이 망설임 없이 고개를 끄덕였다. 부드러운 머리칼이 그의 어깨를 스쳤다.

휴가 그녀의 어깻죽지 위에 손을 얹어 자신의 가슴 위로 그녀를 끌어안으며 웃었다.

그 울림이 고스란히 그녀에게로 전달되고 있었다.

"나도…… 힘들어."

이제는 기운을 소진해 버린 향목이 천천히 물었다.

"그럼…… 아아, 왜?"

그가 허리를 잠시 거세게 비틀자 향목이 은근한 아픔에 미간을 모았다. 그의 남성이 자궁벽에 닿으며 거친 소용돌이를 다시금 만들어내었던 것이다.

갑자기 휴가 향목을 불끈 드는가 싶더니, 허리에 손을 가져가 격렬하게 움직이기 시작했다.

"아아, 아아!"

덩달아 그녀의 분홍빛 젖가슴이 공중에서 흔들렸다.

직감적으로 향목은 휴가 이제 마지막을 향해 움직이고 있음을 알았다. 그녀가 두 눈을 질끈 감았다.

"으흑! 하아……."

휴에게서 거친 신음이 토해졌다.

그 순간, 아기집 안으로 그의 따스한 씨앗들이 몽글몽글 퍼져 나갔고, 서서히 움직임이 멈추어졌다.

그가 느릿하게 그녀를 움직이다가 이내 다시금 날씬한 등에 손을 얹어 자신 쪽으로 바짝 끌어안았다.

"사랑한다는 말…… 안 해줄 거야?"

순간, 향목이 멈칫 굳었다.

그녀가 힘겹게 일어나 그와 눈을 맞추었다. 휴가 빙긋이 웃고 있었다.

"그래."

그녀를 탓하는 지아비의 목소리였다.

향목의 양 볼에 다시금 붉은 기운이 퍼져 나갔다. 마치 말을 처음 배우는 아이처럼 그녀가 그의 눈을 피하며 수줍게 고백했다.

"알 거라고…… 생각해서."

"말해."

두 사람의 눈이 다시금 허공에서 마주쳤다.

"말로 해줘."

휴의 눈이 진지하게 변해갔다.

"사랑…… 해요."

향목이 나직이 말했다가 이내 지아비를 따라 하듯 서서히 얼굴을 굳히고서 다시금 입을 열었다.

"사랑해요."

또렷하고 분명한 목소리였다. 그러고는 얼굴을 비스듬히 내려 휴의 입술에 자신의 입술을 가져다 대었다.

어릴 적부터 나고 자라 함께 놀던 공간에서, 이제는 숨바꼭질이 아닌, 몰래 하는 사랑을 두 사람은 하고 있었다.

그때.

"쉬이. 단아, 안 디야. 쉬이."

"으아아아앙! 엄마, 엄마!"

아기를 어르는 목소리와 함께 단의 울음소리가 들려왔다.

그제야 향목은 아랫입술을 깨물며 곤란한 눈이 되어 휴를 쳐다보았다.

"괜찮아. 내 각시 내가 안았는데 뭐."

그때만큼은 씩 웃음을 흘리는 휴가 마치 그 옛날 어린 시절, 자신을 괴롭히던 아이인 것만 같아서 향목은 눈을 흘기며 입술을 깨물었다.

"으하하하하하!"

"조용히 해요."

두 사람의 아옹다옹하는 소리가 다락 천장의 빗살창을 넘어 일하는 아낙들의 귓가에까지 퍼져 나갔다.

"소문나면 어떻게 해요?"

"소문? 나라지."

휴가 다시금 웃었다.

그 소리를 들었는지 키득거리는 아주머니들의 음성이 들려왔다.

두 사람의 사랑은 그렇게 아흔아홉 칸 가옥을 넘어 도원천을 따라 졸졸 흐르다가 산외면을 병풍처럼 두른 산어귀에까지 울려 퍼지고 있었다.

산외면의 사계는 어느 곳보다도 뚜렷했다. 지천에 산과 강, 들이 마주 닿은지라 더욱이 그러했다. 인간사와 자연의 흐름이 어우러진 풍광이 계절이 변화할 때마다 도드라지곤 했던 것이다.

봄이면 씨앗 뿌리는 모습, 새싹이 푸르게 움트는 모습이 마냥 싱그러웠다. 여름이면 아이들이 도원천에 모여 발을 담그고 고기를 잡는 모습, 초록의 풋 열매들이 모습을 드러냈다. 가을은 풍성한 계절임과 동시에 설명할 수 없는 한가로움이 들판 여기저기를 거닐었다. 그러다 일하는 사람들의 모습이 사라지기 시작하면 그때부터는 겨울이 시작되는 것이었다. 진정한 휴면의 계절이었는데, 삭정이 위에 눈꽃이 피면 아흔아홉 칸의 굴뚝에는 연기가 피어올랐다.

겨울. 그 난쟁이 연도에서 허옇게 수증기가 올라오게 된 것은 순전히 향목의 노력으로 인한 것이었다. 김습은 회춘을 한 듯 만면에 웃음을 담은 채 어린 단이를 안고서 산외면을 거닐었고, 소씨 부인 역시 고부라진 허리를 펼 수 있어 신경질이 부쩍 줄어들었다.

김습의 집에 찾아온 변화는 단지 그뿐만이 아니었다. 손자 휴가 좋은 소식을 가지고 고향땅을 밟게 되니, 그의 욕심이 점차 커지게 되는 것이었다. 맨 처음에는 손자며느리를 잘 맞아 휴를 사람 구실하게 만드는 데까지만 내심 기대를 걸었는데, 그도 사람인지라 이렇게 되고 보니 향목이보다는 손자인 휴에게 더욱 기대감을 갖게 되는 것이었다.

그의 손이 불끈 쥐어졌다.

"암, 나야 언제든 죽게 될 몸. 나 좋자고 그 아일 여서 붙잡아 맬 수는 없는 노릇!"

그는 하냥다짐을 하듯 시도 때도 없이 혼잣말을 중얼거리곤 했다.

그러면 소씨 부인이 멀리서도 그 말을 알아듣고 눈물을 찍는 것이었다. 그럼에도 그녀 역시 지아비와 같은 생각인지라, 행여 휴가 뜻을 꺾어 전주에서 공부를 하겠다고 나설까 봐 마음을 단단히 벼르고 있었다. 손자가 그리 나오면 마음이 여려질까 싶었던 것이다.

그러자 한 가지 고민이 생겼으니.

향목을 보내야만 하는 것인가.

내내 떨어져 있던 두 부부를 또다시 갈라놓게 하는 것이 못 할 짓이라는 것을 아는 데다 증손자 욕심도 있었다. 그러나 늘그막에 외로이 그네들만 남아 또다시 아흔아홉 칸 고택에 먼지가 끼고 온기가 끊어지게 되는 것은 정말이지 바라지 않는 일이었다.

해서 도원천에 살얼음이 낀 겨울, 김습의 고뇌는 깊어만 갔다. 그렇게도 신이 나서 한창때 젊은 사람처럼 다시 말수가 는 그였는데, 그해 겨울은 부쩍 말수가 사라지고 없었다. 이전보다 더한 모습이었다.

그 속을 아는 소씨 부인이었으나, 그녀도 무어라 내색을 할 수가 없었다.

아들 정이와 다시금 화해를 하고 불러들였으면 참으로 좋으련만, 김습의 외고집은 아무리 아들이라 해도 먼저 손을 내미는 성정이 아니었다.

그것을 아는지라 잠자리에 들면 전전반측하며 긴 한숨을 내쉬는 그녀였다.

그러던 어느 날이었다.

소씨 부인은 마른 세탁물들을 안고서 2층 방으로 향했다. 그 시각, 휴와 향목은 마당 가에 나와 단이와 시간을 보내고 있었다.

새물내가 물씬 풍기는 가지런한 옷가지들을 방 한구석에 얌전히 놓고 돌아서려던 소씨 부인의 눈가에 무언가가 눈에 띄었다.

"이제 이런 건 볼 필요가 없을 텐데."

눈이 침침해 서적의 제목을 확인할 수가 없던지라 소씨 부인은 고개를 갸웃하면서도 계단을 밟았다. 한데 문득 드는 이상한 예감에 그녀가 고개를 들었다.

바깥에서는 단이가 말린 약재를 가지고 놀고 있었다. 동그란 엉덩이가 마냥 귀여웠다.

이제는 아빠인 휴를 곧잘 따르며 노는 아이인지라 소씨 부인의 마음이 찌르르 아파왔다. 그러고는 향목을 쳐다보는데…….

단이를 불끈 들어 올리는 휴를 쳐다보던 향목이 활짝 미소를 머금다가 갑자기 깊은 한숨을 내쉬었다. 얼굴에는 말 못 할 고심이 가득해 보였다.

소씨 부인의 얼굴에도 절로 어두운 기운이 깔렸다. 천천히 그 자리에 서서 생각에 잠겨 있던 그녀가 무슨 생각인지 몸을 돌려 2층으로 조용히 향했다.

그러고는 탁자 위에 놓인 서적을 들어 올려 실눈을 뜨고서 나직이 제목을 읽어 나갔다.

"한의학과…… 편입 기출 문제……."

소씨 부인의 얼굴에 의아함이 퍼졌다. 손에서 스르르 내려오던 서적이 바닥에 둔탁한 소리를 내며 떨어졌다.

그녀가 2층의 방문을 닫고 나왔을 때는, 기운이 소진된 양 멍한 얼굴이었다.

젊은 사람들의 세계를 잘 알지는 못해도 신경을 곤두세우고 있던지라 대충 돌아가는 모양새를 알 것도 같았다.

그러니까 향목은 제 서방을 따라 서울로 향하고 싶은 마음을 품고 있던 것이다.

"그래, 말릴 수는 없어, 말릴 수는……."

소씨 부인이 고개를 저었다.

그녀의 손이 층계의 난간을 꽉 움켜쥐었다.

"내가 힘을 내야지. 그래, 내가…… 내가 다시……."

그러나 머리가 어질어질한 것이, 그만 바닥에 털썩 주저앉고 말았다.

문을 열고 들어서던 향목이 그 모습을 보고는 소스라치게 놀라 얼른 계단을 올라왔다.

"할머님, 괜찮으세요?"

"어어, 나는…… 나는 괜찮아."

그러나 소씨 부인은 그날 이후 일주일을 까무룩 앓았다.

그녀 옆에서 병수발을 하며 향목은 느낌으로 알았다.

'할머님이 앓게 된 것은 나 때문이야.'

지아비에게조차 말을 하지 않았지만, 그녀는 그날 이후 편입 관련 서적들을 눈앞에서 모조리 치워 버렸다.

　그러던 어느 날, 소씨 부인에게 죽을 떠먹이며 향목이 나직이 말했다.

　"저는 어디 가지 않아요, 할머님. 여기…… 여기서 단이랑 있을 래요."

　그러면서 활짝 웃는데, 그 말에 소씨 부인의 얼굴에 숨길 수 없는 기쁨이 흘렀다. 그녀가 감사함에 손자며느리의 손을 단단히 잡고서 말했다.

　"어째 이런 사람이 있어, 어째. 내가 미안하고 고마우이."

　눈물을 훔치는 소씨 부인 앞에서 향목은 애써 미소를 지어 보이려 했지만, 흔들리는 눈동자 속에 맺힌 서운한 눈물은 어쩔 수가 없는 것이었다.

　그리고 그날 이후, 밤이면 깊은 한숨을 내쉬게 된 것은 이제 향목이었다.

　재회하고 사랑을 확인한 것이 얼마나 되었다고, 야속하게도 신랑을 서울로 보내야 하는 저간의 사정이 몹시도 눈물 났다.

　해서 휴의 품에 안겨 정을 통할 때에도 향목은 그 어느 때보다도 필사적이고 간절한 마음이었다.

　'아아, 이 사람을 또 떠나보내야 하는구나.'

　그가 잠들면 눈물을 몰래 훔치며 잠든 단이의 얼굴을 물끄러미 바라보는 일도 잦아졌다.

　휴는 제대한 이후로 단 하루도 거르지 않고 향목을 안곤 했는데, 그날은 유독 향목을 안고서 놓아주려 하질 않았다.

향목은 한겨울, 그의 품에서 질퍽한 정사를 나누며 땀에 젖은 몸으로 그를 끌어안으며 그에게 자신의 생각을 고백했다.

"나 못 가요. 할아버님, 할머님 놔두고 내가…… 내가 어떻게 가요?"

우는 향목을 안고서 휴는 한동안 그녀의 안에 머무르며 몸만을 탐하는 것처럼 보였다. 그런 지아비가 얄미워 그녀가 단단한 팔뚝을 내려칠 때였다.

휴가 잠시 그녀에게서 몸을 물리더니만, 어둠 속에서 희미하나마 웃음을 보이는 것이 아닌가.

"그럼 내가 너하고 우리 단이 놔두고 혼자서 여길 떠날 거라고 생각했어?"

그 말에 잠시 향목은 꿀 먹은 벙어리가 되어 아무런 말도 하질 못했다. 대신 말을 이은 것은 휴였다.

"그래. 나, 너하고 같이 전주에서 학교 다니면서 공부할 거야."

"아아, 아아!"

향목의 눈에서 물기가 반짝이다가 이내 주르르 관자놀이를 타고 흘러내렸다. 그녀의 선 고운 팔이 지아비의 어깨를 부둥켜안으며 그를 맞으려 수줍게 다리를 벌렸다.

"하아."

깊은 밤, 향목을 사랑하는 휴의 마음이 절절하게 끓고 있었다. 마치 아흔아홉 칸 고택, 온돌의 방구들처럼.

다음 날, 휴는 1층으로 내려가 자신의 뜻을 차분히 할아버지인 김습에게 전했다.

"기대하신 바는 알고 있습니다. 하지만 여기 있으면서 저는 향목이와 함께 공부하고 싶어요."

잠시 생각에 잠겨 있던 김습이 처음으로 손자인 휴의 손을 잡았다.

"그리 해줄 테야?"

휴가 빙긋이 웃었다.

"저로 인해 속 끓이신 건 아닌지 모르겠어요."

"향목이의 속이 더 끓었을 것이야."

한 세대를 걸러 핏줄로 이어진 두 남자는 그날 밤, 술상 앞에 마주 앉아 서로 간의 속내를 이야기할 수 있었다.

그리고 이 집안에 당면한 또 다른 문제가 두 사람 사이에 오갔다.

"향목이가 아버지에게 연락을 취한 모양이에요."

그리 잘 놀라지 않는 김습의 눈동자가 별안간 커졌다. 그는 애써 태연한 모습을 보이려 하고 있었으나, 손이 떨리는 것은 어찌지 못했다.

"아버지도 혼자 지내면서 많이 지치셨는지, 여기로 내려오고 싶어 하세요."

"흠, 너한테 그리 말하더냐? 여가 안정이 되니, 이젠 여기로 발길 돌린다고 해?"

김습의 노성은 바깥까지 선연히 들릴 정도로 컸다.

안방의 동향을 살피던 소씨 부인이 거실을 서성이며 휴의 말을 기다리고 있었다.

"할아버지, 아버지의 고충도 알아주셔요."

휴의 어머니와 헤어지고 난 이후, 문중 어르신께 뵐 면목이 없어진 데다 집안 돈을 뭉텅뭉텅 가져다 썼으니, 그가 고향에 내려오길 꺼려하는 것도 다 이유가 있었다.

"할아버지께서 먼저 손을 내밀어주시면 안 되겠습니까? 게다가 단이에게도 할아버지의 존재를 알려주어야 할 때인 듯싶고요."

김습은 말없이 술을 들이켤 뿐이었다.

그러나 바깥에 선 소씨 부인과 향목은 김습의 뜻을 알고 있었다. 이제는 완고하던 그도 한발 물러선 것이다. 아니, 오히려 속으로 자식에 대한 걱정과 미안함, 그리고 재회를 앞둔 기쁨으로 들뜨고 있다는 것을.

며칠 후, 산외면에 거짓말처럼 김정색 차가 섰다.

그는 난생처음 엄하기만 하던 아버지 김습의 품에 스스럼없이 안기며 처음으로 눈물을 비추었고, 그 모습을 보며 소씨 부인 역시 눈물을 흘렸다.

그런 연후, 정은 단을 안고서 기쁨의 미소를 활짝 지었고, 생각보다 늙어버린 아버지의 모습을 보며 휴도 만감이 교차하는 듯 지난날 자신의 행동을 뉘우쳤다.

그렇게 광산 김가 양가공파의 삼대가 모인 날, 아흔아홉 칸 고택은 또다시 난쟁이 연도에서 연기를 흘려보내고 있었다.

까치밥으로 남은 감나무의 무른 홍시가 빨갛게 운치를 더하는 겨울날이었다.

산외면이 한동안 시끌시끌했다. 마치 노랗게 익은 벼 이삭이 바람에 흩날리며 황금물결을 만들어내는 것처럼 조용하면서도 소담히, 수다는 그렇게 이어졌다.

아낙들은 호미를 쥐고서 밭일을 하다가도, 마을회관에 모여 TV를 보다가도 이내 그 이야기를 꺼내곤 했다.

다름 아닌 심율 김습의 집안 이야기였다.

"크크클, 휴가 애가 닳아붓는 것도 이해가 가, 시방."

"긍게. 아, 마누라가 그리 부끄럼을 타니, 밤일도 재미질 거 아녀. 긍게 향목이를 못 잡아먹어 안달난 모양키로 그러제."

"아이고, 성님은 그런 소리를 왜 햐? 속으로만 생각을 하정."

"아, 틀린 말도 아니제. 가만 본게 눈만 마주치면 지 각시 어쩔질 못해 안달 나 한다고 그전부터 말이 많았잖여. 글드만, 시상에나."

모두가 웃고 난리도 아니었다.

"공성댁 말이, 향목이 가는 항시 그렇다네. 맨발도 안 보여준다는디, 뭐."

"흐흐, 이번에 핵교 공부한다고 어르신한테도 분명히 했담서? 근디 애가 들어섰다니, 속이 상할 만도 하지. 전번처럼 화가 단단히 났는지 휴를 쳐다도 안 보대. 긍게 신랑이 속이 타서는……."

"둘이 싸우는 소리가 시방 문지방을 넘었담서?"

그랬다. 향목이 둘째 아이를 가지게 된 것이다. 하여 심율 김습의 집에는 지금 찬바람이 불고 있었다. 다른 집 같았으면 축하를 하고 난리도 아닐 일인데, 당사자인 향목이 너무도 상심한 나머지 이번에는 어째 어르신들도 그녀의 눈치를 보는 듯싶었다.

학교를 막 다니기 시작한 어느 무렵, 향목은 분명히 자신에게로 다가서는 휴에게 고개를 저으며 아니 된다는 뜻을 분명히 했다.
해가 지기도 전이었고, 콘돔도 없던 탓에 그녀는 배란일을 걱정하
며 다가서는 지아비를 물리려고 몇 번이고 옷고름을 쥐었다.

그럼에도 뜨거운 호흡을 연신 뱉으며 바깥에 사정을 하겠다는
낯 뜨거운 말로 어르고 달래는 휴에게 그만 홀딱 넘어가 몸을 허
락한 것이 화근이었다.

새로운 마음가짐으로 공부를 시작했는데 그만 딱 아이를 가지
게 되었으니, 아이 가진 어미가 속상해하는 것도 무어라 탓할 일
만은 아니었다.

그렇지 않은가.

단이를 배면서 학교를 쉬었고, 또 육아일과 종갓집 살림살이를
도맡아 하느라 한동안 책은 들여다보지도 못하고 그저 시할아버
지의 어깨너머로 약재에 대한 지식을 쌓은 것이 다였는데, 본격적
으로 학업에 들어간 마당에 또다시 임신을 하다니.

향목은 그때만큼은 뿔이 단단히 나서는 휴에게 처음으로 한바
탕 대거리를 했다. 지아비인 휴는 아이를 가진 향목이 마냥 예쁜
지 그녀의 화에도 얼뜨기처럼 웃었는데, 향목에게는 그 모습이 능
글맞게만 다가왔다.

문간방을 넘어 싸우는 소리가 어르신들의 귀에까지 들어가는지
도 모르고서 지아비를 마구 몰아댔던 것이다.

"이제 와 학업 이어가는 마당에 아이가 생겼으니, 이제 어떻게
하면 좋으냐고요? 거기다, 단이 보기도 힘든데 배불러 학교 다니
면 그 모습은 또 어떻게 하고요?"

아직은 납작하기만 한 배에 손을 얹으며 향목은 화로 인해 붉어진 얼굴을 하고서 씩씩거렸다.

　본의 아니게 임신 사실을 알게 된 1층 김습 내외는 손자인 휴가 손자며느리에게 한바탕 당하는 모습에도 그저 기쁨을 감추지 못했다.

　어쩌 임신이 이리도 쉽게 되는가. 마냥 기분이 가라앉은 향목은 휴와 한 학교, 한 강의를 들으면서도 한동안 그를 무시했더랬다.

　산외면이 그런 그들의 모습을 두고 와글와글거린 것은 우연이 아니었다. 언제고 눈에 띄는 젊은 신랑, 신부의 사랑 다툼은 창하산 아래 도원천을 졸졸 흐르는 냇가의 물처럼 산외면 사람들에게 소담한 수다거리가 되었던 것이다.

　이제는 의젓해지고 점잖은 신랑의 모습을 갖춘 휴였으나, 제 색시의 뒤꽁무니를 다시금 쫓아다니는 모습은 늘그막 감흥이라곤 좀체 찾아볼 수 없는 아낙들의 눈에 색다른 즐거움을 주는 것이기도 했고.

　"색시야, 색시야, 화 좀 풀어라."

　다시 동네 바보가 되기라도 한 양, 휴는 한동안 향목의 화를 풀기 위해 무던히도 애를 썼다. 그리고 아기가 자라는 느낌을 느끼며 향목은 마지못해 마음을 다스렸다.

　물론 학교생활은 이어가고 있었지만, 점차로 배가 불러오며 휴와 향목은 학교의 명물로 자리 잡았으니.

향목에게 마음이 있어 접근하던 남정네들도 휴가 신랑이라는 말을 쉬이 믿질 못했는데, 점차로 향목의 배가 불러오자 그 모습에 향목에게로 향하던 시선을 거두는 것이었다.

인근의 부잣집 아가씨들이 많이 다닌다는 이 학교에서 휴 역시 여학생들의 눈길을 사로잡는 사내였으나, 일편단심 향목의 뒤를 쫓는 모습에 한동안 학교는 두 사람의 존재를 놓고 말도 많았다. 그러던 것이 정말로 향목의 뱃속에 든 아이가 휴의 아이라는 것을 알게 되자 두 사람의 사랑은 이제 한의학과 건물의 담장을 넘어 자연과학대 건물의 이야깃거리가 되어가고 있었다.

그도 그럴 것이, 부푼 배를 하고서 수업을 듣는 앳된 아가씨의 존재가 사람들의 시선을 마냥 사로잡은 것이다. 어디 그뿐인가. 어느 날은 단이를 안고서 휴가 학교 안으로 들어섰으니, 모두가 기함한 것은 당연지사였다.

그렇게 어리기만 하던 두 부부는 함께 아이를 낳고 기르며 어른의 문턱을 넘고 있었다.

"금실이 어째 그리 좋누?"

"긍게. 아주 둘이 좋아 죽어뿌네."

한 번 화가 풀어진 향목은 다시금 휴를 보며 얼굴을 붉히곤 했는데, 그러면 지나던 어르신들은 그 모습에 또 까르르 한바탕 웃음을 터뜨려 향목의 고개를 들지 못하게 하곤 했다.

그리고 겨울이 찾아왔다.

아흔아홉 칸 고택의 산실, 휴가 둘째 아이의 탄생을 기다리며 눈앞에 보이는 키 큰 아기 잣나무 사이를 서성이고 있었다.

오롯한 여인들만의 공간에 꽃나무가 마당에 심어진 것이 아닌, 잣나무가 마당 가를 가득 채운 것은 어떤 연유일까? 필시 조상의 깊은 뜻이 있을 터인데.

안사랑채, 이 집의 전통 대대로 향목은 산실로 꾸며진 이곳에서 몸을 풀기 위해 안으로 들어간 상태였다.

담장 너머 산외면에 웃음꽃을 안겨다 줄 또 다른 아이를 기다리는 동리 사람들이 깨금발을 들어 연신 아흔아홉 칸 고택의 중문 너머를 힐끔거렸다.

"향목이, 자는 왜 고 흔한 괌도 안 질러?"

"갸가 원체 깔끔혀야지?"

"아, 소리도 지르고 혀야 애도 쑹풍 잘 나오고 산모도 힘이 안 드는 법인디."

"긍게 말이여."

안사랑채 마당을 거니는 휴는 더욱 애가 탔다.

"으윽, 으윽."

향목의 신음 소리가 장지문 너머로 이어지긴 하는데, 딱히 이렇다 할 소식이 들려오질 않으니 어찌나 속이 타는지.

그가 하늘을 올려다보았다.

정신이 없는 탓에 까만 밤하늘에 걸린 달이 그토록 노랗고 커다란 줄도 몰랐다. 다만 멀리서 사람들이 수군거리는 소리를 들으며 그런가 보다 했을 뿐.

"달이 원청 노랗고 크네."

"시방 아까 뉴스에도 나왔어. 슈퍼 문이라고 하드만."

"슈퍼 문? 그것이 뭣이대?"

누군가는 담장 너머 휴에게로 소리를 질렀다.

"어이, 휴! 자네, 셔터맨 말고 슈퍼 문 아능가?"

초조함에 대답할 정신없이 섬돌 아래서 이리저리 오가던 휴가 멍한 정신으로 하늘을 올려 보다가 갑자기 몸을 돌렸다.

소씨 부인이 급하게 손자를 막아 세웠다.

"아서."

"아니요. 안 됩니다. 저 말리지 마세요."

그가 순식간에 신발을 벗고서 대청을 밟은 뒤, 장지문을 열고서 안으로 들어갔다.

"에구머니나!"

아주머니들이 놀라 휴를 쳐다보았지만, 그는 무엇도 눈에 들어오지 않는 듯했다.

땀에 젖어 얼굴 여기저기에 머리칼을 붙인 향목의 모습을 본 순간, 휴의 눈동자가 뒤집어졌다.

"향목아, 향목아! 나 왔어. 어? 향목아."

그가 애가 끊어지는 심정으로 지어미의 이름을 부르자, 향목이 희미한 눈을 떴다.

"내 말 들어. 지금이라도 병원 갈까?"

향목이 희미하게 웃다가 고개를 저었다.

그러나 휴는 어인 일로 단단히 화가 난 듯 보였다.

"이까짓 거, 다 부질없어. 너만 있으면 돼. 난…… 너만 괜찮다면 좋으니까. 어서 대답해. 가자, 의사 부르든지 병원 가든지 하자!"

그 말을 건너에서 들으면서도 김습은 아무 말도 하지 못했다.

향목이 간신히 천장에 매단 천을 바짝 쥐었다.

"으으. 으으!"

휴가 바닥에 무릎을 꿇은 채로 그답지 않게 눈물을 보이기 시작했다.

"향목아, 으흑. 향목아!"

"그랴, 그렇지. 산모가 이제야 힘이 나나 보네. 신랑이여. 신랑이 지금 옆에 있응게 힘 좀 줘봐."

휴가 갑자기 몸을 틀더니 여의사를 밀어내며 말했다.

"잠시만 비켜주십시오."

그러고는 향목의 이마를 만졌다가 맥을 짚으며 상태를 보았다. 그의 눈에 어느 때보다도 결기가 넘쳤다. 관자놀이에는 땀이 송골송골 맺혀 있었다.

그가 치마 아래를 살피자 지켜보던 아주머니들이 놀라 기함했다.

"그러는 거 아니여!"

그러나 휴는 아랑곳 않고 급하게 오가며 향목의 호흡을 진정시키려 했다. 지켜보던 여의사도 믿음이 가는지 아이 아버지에게 자리를 내어준 상태였다.

"향목아? 자, 후아, 후아. 그래, 힘 줘. 지금!"

"으아. 으으윽!"

휴가 갑자기 왈칵 눈물을 쏟아냈다.

그러고는 머리를 드러낸 조그만 핏덩이 아래로 손을 넣어 빼내며 입술을 깨물었다.

"으아아아아앙!"

아이가 온전히 모습을 드러냈고, 휴는 처음으로 이 집의 전통을 어기고서 뜨겁게 달구어진 가위로 아기와 산모를 이어온 탯줄을 잘라냈다.

"그래, 아가야. 고생 많았어. 고생 많았다, 우리 아가."

아이 아버지로서 휴는 눈물을 쏟으며 무릎걸음으로 향목에게로 다가가 머리칼을 쓰다듬었다.

"우리 아들 봐. 향목아, 어?"

향목이 희미하게 눈을 떴다가 미소를 지었다. 그러나 힘이 부치는지 깜빡깜빡 눈을 떴다 감았다 하는 것이, 그녀는 분명 이 시간을 정신력으로 버티고 있었다.

밖에서는 마을 사람들의 박수 소리가 커다랗게 들려오고 있었다.

어느새 들어왔는지 소씨 부인도 한 자리를 차지하고서 기쁨에 젖어 아기를 바라보며 눈을 빛내고 있었다.

그 시간, 휴는 조금은 달랐으니.

아기의 조그만 손을 바라보며 미소 짓는 향목에게 꼭 그 옛날 말썽쟁이 휴로 돌아간 듯 울먹이며 말했다.

"향목아, 내가 다시는 너 고생 안 시킬게. 네가 나 밀어내면 앞으론 그런가 보다 할게. 네 근처에도 안 갈게. 아니, 내가 내일이라도 당장 수술할게."

그 말에 향목이를 제외한 아주머니들이 갑자기 웃음이 터지는지 입을 틀어막는가 싶더니, 누구랄 것도 없이 갑자기 까르르 웃음을 터뜨렸다.

"시방 별소릴 다 허네. 아, 젊은 양반이 거 지키지도 못할 말을."

"참말 애 같구만."

향목이 그제야 정신을 차리고서 미간을 모으며 지아비인 휴를 바라보았다.

"여기 들어오면 어떻게 해요? 어른들이 알면……."

"괜찮아, 향목아. 이제 아니다 싶은 건 바꾸자. 응?"

휴가 눈물을 훔치며 그리 말했고, 소씨 부인이 잠시 그런 두 사람을 바라보다 사람들에게 눈짓을 했다. 나가보자는 눈빛인 것이었다.

오롯이 아기와 부부만이 남게 된 시간, 휴가 향목의 손을 잡았다.

"단이 낳을 때도 이랬어?"

향목은 그 힘들던 때를 떠올리면서도 아니라 고개를 저었다.

금세 지어미의 뜻을 알아챈 휴가 그때 함께하지 못한 시간까지 한꺼번에 북받치는 듯 엉엉 울음을 터뜨렸다.

그 시각, 밖에서는 여인들의 공간인 안사랑채를 거닐던 김습이 이제 누가 보아도 할아버지가 된 아들 김정을 바라보고 있었다.

"됐다, 되었어."

기실 자신의 의무를 다했으니 조상 앞에 부끄럼이 없다는 뜻이었다.

"나를 따라오렴."

김습이 아들 정을 데리고서 간 곳은 조상의 위패가 모셔진 사당이었다.

그 맞배지붕의 기와 양식을 바라보며 김습이 그제야 주름진 눈가에 번지는 눈물을 훔쳤다.

그는 조상께 감사의 인사를 드렸다.

뒤에서 아버지를 따라 절을 하던 정이 절차가 끝나자 하늘을 가리키며 아버지에게 말했다.

"달이 유독 노랗고 크네요."

"흐흐흐, 그렇구나."

뒷짐을 진 김습이 아들 정에게 말했다.

"내, 너에게 보여주고 싶은 게 있으이."

사당 문을 넘은 심율 김습은 뒤란에 있는 우물로 걸어갔다. 물가에 비친 달 역시 크고 샛노랬다.

"물이……."

정이 놀란 듯 물에 비친 달을 바라보며 말을 채 잇지 못했다. 김습이 얼굴 가득 웃음을 머금고서 아들의 손을 잡았다.

"그래. 이제 내, 죽어도 여한이 없다만…… 아니, 아니다! 내 증손자가 어찌 자라는지 보고 싶구나. 욕심인 게냐?"

그때였다.

"아닙니다, 할아버지. 절대! 절대로 욕심 아니어요."

어느새 휴가 단이를 안고서 다가와 있었다.

"휴야, 이리 와서 우물 한 번 보아라."

정이 휴에게서 손녀를 받아 안으려 손을 뻗으며 말했다.

그렇게 삼대는 머리를 맞대고서 우물 깊은 저 너머에 비친 또 다른 달을 바라보고 있었으니.

그때, 안사랑채를 넘어 뒤란까지 이어지는 사내아이의 울음소리가 들려왔다.

"으아아아아아앙!"

"어이고, 고놈 참 울음소리 한번 실하네. 꼭 휴가 태어나던 그때
가 떠오르니."

김습이 허허, 웃음을 흘렸다.

휴도 벌어지는 입을 주체하지 못했고, 천성이 여린 정은 먼 길
을 돌아온 듯 눈물을 흘리고 있었다.

"산외면 창하산의 보름달이 이리 크고 밝으니, 이 아이는 낭중
에 자라 무엇이 될꼬?"

모두가 뚜렷한 말은 없었지만, 필시 집안에 피어날 풍성한 기운
을 예감하고 있었다.

벌써부터 아흔아홉 칸 고택의 낮은 굴뚝에는 연신 허연 연기가
쏟아져 나오고 있었으니.

〈完〉

작가 후기

　글을 쓸 수 있도록 많은 조언을 해주신 부모님께 드리고 싶은 글입니다. 아울러 책과 관련하여 아무것도 모르실 외할머니께 볕 좋은 날에 찾아가 책이 나왔다고 인사를 드리고 싶네요.
　할머니, 고생하셨어요.ㅅㅅ

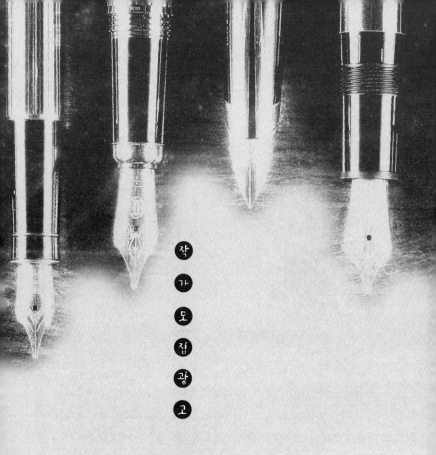

작
가
모
집
광
고

도서출판 청어람의 문은 항상 열려 있습니다.
실력있는 작가 분들의 많은 관심 부탁드립니다.

TEL:032-656-4452 • FAX:032-656-4453
http://www.chungeoram.com
e-mail:chungeorambook@daum.net